LES
SECRETS DU
DOCTEUR WU

HEIDI
CULLINAN

LES SECRETS DU DOCTEUR WU

HEIDI CULLINAN

Publié par
DREAMSPINNER PRESS

5032 Capital Circle SW, Suite 2, PMB# 279, Tallahassee, FL 32305-7886 USA
www.dreamspinnerpress.com

Les secrets du Docteur Wu
Copyright de l'édition française © 2019 Dreamspinner Press.
Titre original : The Doctor's Secret
© 2019 Heidi Cullinan.
Première édition : avril 2019
Traduit de l'anglais par Anne Solo.

Illustration de la couverture :
© 2019 Kanaxa.
Les éléments de la couverture ne sont utilisés qu'à des fins d'illustration et toute personne qui y est représentée est un modèle

Édition e-book en français : 978-1-64405-563-2
Édition imprimée en français : 978-1-64405-564-9
Première édition française : juin 2019
v 1.0

Édité aux États-Unis d'Amérique.

Pour Kwanna Jackson

REMERCIEMENTS

AVANT TOUT, merci à Dan Cullinan, qui a supporté mes dix millions de questions concernant la médecine. C'est uniquement grâce à lui que je me suis lancée dans une trilogie médicale.

Merci à Tracy Cheuk et aux commentateurs des forums Formosa qui m'ont gentiment aidée à rendre Hong-Wei plus authentique en me donnant un aperçu de sa vie.

Merci à Anna Cullinan et à ses compétences en cartographie. Grâce à elle, Copper Point semble plus réel et elle m'a aussi empêchée d'envoyer mes personnages dans dix directions différentes.

Merci à Elizabeth North de m'avoir aidée à imaginer Copper Point et d'avoir accepté que Dreamspinner Press publie ce roman.

Merci à mes betalectrices qui m'ont tenu compagnie pendant la rédaction de ce roman, qui ont étudié les premières ébauches et qui m'ont toujours donnée l'énergie et l'amitié dont j'avais besoin pour continuer. Un merci tout particulier à Rosie M, Pamela Bartual, Marie et Sarah Plunkett

Merci à mes lecteurs, aux nouveaux qui viennent de me découvrir et aux anciens qui me suivent depuis dix ans. J'espère vous donner des histoires pendant trois décennies de plus.

I

LE DR Hong-Wei Wu craqua à peine monté dans l'avion à destination de Duluth.

Pendant la première étape de son vol en provenance de Houston, il s'était distrait en sirotant des boissons et en lisant le journal médical qu'il avait dans son sac. Il avait aussi picoré dans son plateau-repas, tout en levant un sourcil septique devant les nouilles « asiatiques » découvertes sous un blanc de poulet cuit au micro-ondes.

Soudain, il réalisa qu'il devrait dorénavant se passer des talents culinaires de sa sœur et de sa grand-mère, et son cœur se serra. Repoussant résolument son émotion, il se concentra sur un article évoquant les effets de la gabapentine [1] pour atténuer la douleur postopératoire des patients ayant subi une chirurgie de la tête et du cou.

Quand il débarqua à Minneapolis, sa dernière escale, Hong-Wei dut affronter la réalité de son choix et l'avenir qui s'ouvrait devant lui. Affolé, il se précipita dans un bar de l'aéroport et commanda un whisky bien tassé. Bien entendu, il lui faudrait une période d'ajustement, mais il était résolu à réussir dans sa nouvelle vie. Après tout, il avait brillé à Baylor, Texas, alors que risquait-il dans le petit hôpital isolé du Nord Wisconsin ?

Brillé ? Tu parles ! Tu as tellement paniqué que tu as tout laissé tomber – y compris ta famille – pour fuir le plus loin possible.

Il vida son whisky pour chasser cette vérité dérangeante.

Un peu plus tard, en faisant la queue pour embarquer, il était certain d'avoir recouvré son sang-froid.

Puis il entra dans l'avion.

Il y avait moins de vingt rangées. Hong-Wei ouvrit de grands yeux en repérant des hélices sur les ailes. Était-ce même légal ? Avait-il la berlue ? C'était certainement une erreur, ce coucou ne pouvait pas être un avion commercial. Pourtant, l'hôtesse de l'air portait un uniforme au logo de la compagnie aérienne. Et les passagers qui se pressaient derrière Hong-Wei

---

1 Antiépileptique, antalgique et anxiolytique.

1

tendaient leurs billets et agissaient comme si la situation était tout à fait normale.

Hong-Wei contourna un couple de personnes âgées et s'adressa au steward :

— Excusez-moi... Monsieur ? Où se trouvent les premières classes ?

Au regard consterné que le jeune homme lui jeta, Hong-Wei comprit qu'il allait recevoir de mauvaises nouvelles.

— Il n'y avait pas suffisamment de passagers, alors, ils ont déclassé l'avion à la dernière minute. Du coup, il n'y a plus de première classe. En principe, vous devriez avoir reçu un remboursement partiel de votre billet. Si ce n'est pas le cas, contactez le service clientèle en arrivant à l'aéroport.

Hong-Wei n'avait pas reçu de remboursement, car ce n'était pas lui qui avait acheté son billet, mais l'hôpital. Il sentit sa mâchoire se crisper et dut faire un effort pour le cacher.

— Ce sont les *sièges* ?

Jamais il n'en avait vu d'aussi inconfortables. Il savait déjà qu'il aurait du mal à caser ses genoux dans le maigre espace disponible entre sa place et celle devant lui.

— Puis-je au moins m'asseoir devant une porte pour avoir plus d'espace ? s'enquit-il.

Le steward parut encore plus embarrassé.

— Non, je suis désolé, ces places sont déjà réservées. En revanche, je vous offrirai une boisson et des cacahuètes.

Des cacahuètes !

Hong-Wei fixa longuement le siège étroit et évoqua ce qui l'attendait à Ste Anne... des personnes enthousiastes, des bras ouverts. Les murs derrière lesquels il avait tenté de cacher ses doutes et son insécurité s'effondrèrent.

Tu n'aurais jamais dû quitter Houston. Qu'est-ce qui t'a pris ? Fuir en rejetant les sacrifices de ta famille ne te suffisait pas ? Pourquoi avoir accepté ce poste alors que tu avais d'autres propositions, infiniment plus prestigieuses ? Pourquoi partir aussi loin ?

Tu es lamentable. Tu fais honte aux tiens. Auras-tu un jour le courage de les regarder en face ?

— Excusez-moi, monsieur, je voudrais passer, déclara une voix fluette.

Arraché à ses pensées moroses, Hong-Wei constata qu'il bloquait le passage et qu'une petite dame âgée aux cheveux blancs levait sur lui des yeux voilés par la cataracte. Elle était vêtue d'un tailleur-pantalon jaune vif et tenait contre elle un sac à main assorti.

Il s'écarta.

— Pardonnez-moi, madame. J'ai été surpris. Je ne m'attendais pas à trouver un aussi petit avion.

Elle agita la main dans un geste aérien et trottina jusqu'à son siège.

— Oh, c'est toujours ce qu'ils nous collent pour aller à Duluth. Et encore, celui-ci est spacieux par rapport au dernier dans lequel je suis montée.

Hong-Wei réprima un frémissement à l'idée qu'un vol commercial pouvait être encore *plus petit*.

La vieille dame s'installa près du hublot avec un soupir de satisfaction.

L'avion se remplissait et Hong-Wei, toujours planté au milieu, gênait de plus en plus. Se résignant à son destin, il installa son bagage à main dans le coffre et prit son siège, à côté de la vieille dame. Il grimaça en pliant les genoux de côté. Quand il jeta un coup d'œil à sa voisine, elle lui sourit affablement et lui tendit la main.

— Je suis Grace Albertson. Enchantée de faire votre connaissance.

Il n'avait aucune envie d'entamer la conversation, mais il ne tenait pas à se montrer impoli, surtout envers une personne âgée. Cachant donc sa consternation, il serra la main fanée.

— Jack Wu. Tout le plaisir est pour moi, madame.

Si Mme Albertson avait de l'arthrite, sa poignée de main était étonnamment ferme.

— D'où venez-vous, Jack ?

Hong-Wei lui rendit son sourire.

— De Houston. Et vous ?

Elle agita les mains avant de répondre :

— Oh, j'ai grandi près de St Peter, mais je vis maintenant à Eden Prairie. Je retourne régulièrement à Duluth voir mon arrière-petite-fille. Houston, dites-vous ? Ainsi, vous êtes né ici ? Je veux dire aux États-Unis.

— Non, je suis né à Taïwan. J'avais dix ans quand ma famille est venue s'installer aux États-Unis.

Elle bougea encore ses mains frêles devant elle.

— Vraiment ? Dans ce cas, vous êtes… Oh, je m'y perds un peu, ajouta-t-elle en riant. Seriez-vous un Américain de première génération ou de deuxième ? Bah, c'est sans importance. Ma grand-mère est arrivée en Amérique à dix-huit ans, toute jeune mariée, sans parler un mot d'anglais.

3

Elle a appris, mais aujourd'hui encore, elle s'exprime en norvégien quand elle est en colère. Nous nous sommes toujours demandé si elle disait des gros mots.

Mme Albertson haussa les sourcils en examinant Hong-Wei, puis elle enchaîna :

— Vous parlez parfaitement l'anglais. Vous l'avez appris à l'école, j'imagine ?

— Oui, mais j'avais aussi des professeurs particuliers en primaire. Pour être franc, j'ai eu quelques difficultés à m'adapter.

C'était une litote ! Une chance que sa sœur ne soit pas là. Loin de tenir compte de l'âge de Mme Albertson, Hong-Su aurait sermonné la vieille dame en affirmant qu'il était inconvenant de demander son origine à un Américain d'origine asiatique. Penser à Hong-Su rappela à Hong-Wei qu'il ne rentrerait pas chez lui ce soir et qu'il ne pourrait pas se plaindre d'avoir *encore* subi une inquisition sur ses origines.

Aurais-je commis une terrible erreur ?

Mme Albertson hocha la tête d'un air docte.

— Eh bien, c'est tout à votre honneur. Personnellement, je ne connais que l'anglais. Quand j'étais enfant, ma mère me conseillait d'apprendre le norvégien pour m'entretenir avec ma grand-mère dans sa langue natale. J'en ai fait un an à l'école secondaire, mais sans grand succès, je le reconnais. J'ai à peine retenu trois ou quatre mots. Pour parler aussi bien, vous devez avoir travaillé dur. Il est impossible de deviner que vous n'êtes pas né ici.

Avant que Hong-Wei puisse trouver une réponse polie, un sac le heurta à la tempe. Le flot des passagers continuait à monter à bord et un quadragénaire en surpoids avançait en ahanant, son sac à bandoulière cognant tous les premiers sièges de chaque rangée. Le cadre ventripotent ne s'en excusait pas. Soit il ne s'était pas rendu compte qu'il avait frappé Hong-Wei à la tête, soit il s'en fichait. Il s'installa devant une issue de secours à la place que Hong-Wei avait convoitée.

Rien que pour ça, Hong-Wei le trouva odieux.

Sa voisine fit un petit bruit de langue désapprobateur.

— Que les gens sont mal élevés ! Il ne vous a pas fait mal, j'espère ? Oh, mon pauvre ! Laissez-moi jeter un coup d'œil à votre tête.

Une vraie mère poule !

Hong-Wei ravala un sourire et leva les mains.

4

— Merci, mais ne vous inquiétez pas, je n'ai rien. Il faut avouer qu'il n'y a guère de place pour manœuvrer dans ce couloir. Ça ne m'étonne pas que certains passagers récoltent des bosses.

Il était soulagé que la frêle Mme Albertson n'ait pas été atteinte à sa place.

Elle lui tapota la jambe.

— Bien, mais rapprochez-vous de moi, ça vous évitera de recevoir d'autres coups. Je vais vous montrer des photos de mes petits et arrière-petits-enfants. C'est pour les voir que je suis dans cet avion, vous savez.

Incapable de trouver une excuse valide, Hong-Wei se pencha et Grace Albertson commença à faire défiler devant ses yeux les photos enregistrées sur son téléphone. Hong-Wei s'efforça de marmonner des appréciations aux moments voulus.

Il fut sauvé par le steward qui annonça la fermeture des portes et entama les habituelles annonces de sécurité. Sa voix résonnant bruyamment dans le haut-parleur, toute conversation fut impossible pendant plusieurs minutes. Hong-Wei refusa poliment le bonbon que lui proposait Mme Albertson. L'avion roulait déjà sur la piste dans un grand rugissement de moteur. Hong-Wei n'aurait pas pu écouter de la musique, même avec des écouteurs. Il regretta de ne pas en avoir acheté à l'aéroport de Minneapolis ou mieux encore, de n'avoir pas pensé à en emporter dans son bagage à main. Bien entendu, il avait l'option de demander un casque au personnel de bord, mais ces accessoires étaient le plus souvent de piètre qualité, aussi préféra-t-il s'en passer.

Ce n'était qu'un détail supplémentaire prouvant son manque de préparation. Il avait pris sa décision à la hâte, plein de fureur et d'inconscience, et agi sans réfléchir comme Hong-Su le lui reprochait toujours. À Houston, sa seule priorité avait été de changer de vie. Il ne supportait plus le stress, la pression, et il avait été très sûr de lui. Maintenant, avec le bruit du décollage dans les oreilles, alors qu'il affrontait ce dernier vol avant de rencontrer son destin, Hong-Wei n'était plus du tout aussi certain d'avoir pris la bonne décision. Il avait perdu cette confiance qui avait longtemps brûlé si fort en lui, le poussant toujours vers de nouveaux accomplissements.

Médecin, je peux l'être n'importe où, s'était-il dit avec défi en retournant son acceptation, *aussi bien être chirurgien à Houston, Texas, qu'à Cleveland, Ohio, ou à Copper Point, Wisconsin. Plus je serai loin du désastre que j'ai provoqué, mieux ce sera.*

5

Mais alors qu'il était coincé dans cet avion, impuissant à revenir en arrière, son défi s'évaporait aussi définitivement que sa confiance en lui.

Mon Dieu, qu'ai-je fait ?

Pris de terreur, il en oublia sa voisine jusqu'à ce que l'avion soit en plein ciel, ses moteurs tournant à un régime moins bruyant. Mme Albertson pressa alors dans sa paume un petit objet qui crissait. Hong-Wei y jeta un regard torve : c'était un bonbon.

Il tourna la tête, la vieille dame lui adressa un clin d'œil.

— C'est de la menthe poivrée. Ça vous calmera. Au pire, ça vous changera les idées. Je crois que vous en avez bien besoin.

Penaud, Hong-Wei n'osa pas refuser une seconde fois.

— Merci.

Elle lui tapota la jambe.

— J'ignore qui vous attend à Duluth, mais je vois bien que vous êtes nerveux. Vous savez, j'ai connu des hauts et des bas dans ma vie, alors, laissez-moi vous dire ce que l'expérience m'a appris : votre situation n'est certainement pas aussi grave que vous l'imaginez. Il est très probable que tout ira bien. Et si ce n'est pas le cas, si ça s'avère pire que vos expectations, quel intérêt avez-vous à vous ronger les sangs à l'avance quand vous ne pouvez rien y faire ? Une fois au pied du mur, vous veillerez à agir au mieux de vos capacités.

La menthe poivrée lui explosa sur la langue et lui monta aux sinus. Il respira un grand coup et froissa l'emballage plastique du bonbon entre ses doigts. À tout autre moment, il n'aurait pas répondu. Mais là, il était piégé dans cet avion et la panique montait en lui, menaçant de l'emporter.

Parler ne pouvait qu'être bénéfique.

— C'est juste… je me demande si j'ai fait le bon choix en venant m'installer ici.

Il serra les dents, certain qu'elle allait réclamer des précisions ou s'interroger sur sa santé mentale, mais elle se contenta de demander :

— Quand vous avez pris votre décision, vous étiez sûr de vous ?

Hong-Wei suça son bonbon en pesant sa réponse.

— Je voulais avant tout changer de lieu de travail. Quant à ma destination, ça a été le hasard, je crois. J'ai bien failli pointer sur une carte en fermant les yeux.

Mme Albertson éclata de rire.

— Eh bien, cela explique pourquoi vous vous sentez si mal à présent. Mais peu importe, vous aviez une raison d'agir comme vous l'avez fait.

Pourquoi avoir laissé ce choix au hasard au lieu de prendre une décision circonstanciée ?

Hong-Wei éprouva un bref élan de panique, mais à sa grande surprise, celui-ci fut vite écrasé par la validité de la question. En avalant le bonbon, Hong-Wei avait enfin l'esprit libéré jusqu'à ses moindres recoins.

— Parce que ma destination n'avait aucune importance. Où que j'aille, je savais que ce serait la même chose. J'espérais pourtant… qu'en allant très loin, aussi loin que possible, ce serait peut-être… différent.

Elle sourit.

— Ah, je vois ! Vous êtes idéaliste. Mon défunt mari l'était aussi. Mais comme vous êtes très fier, vous préférez le cacher.

Hong-Wei se frotta la joue.

— Vous parlez comme ma sœur. Elle aussi m'accuse d'être trop fier et trop idéaliste pour réussir dans la vie.

— Vous n'avez pas à avoir honte, le monde a bien besoin d'idéalistes. J'ignore où vous allez, mais je suis certaine que là-bas aussi, ils en auront besoin. C'est courageux de votre part de vous lancer dans l'inconnu, cela ne peut que vous faire du bien. Ne vous inquiétez pas trop. Même si la situation est catastrophique, vous trouverez une solution.

— Mais je ne veux pas de catastrophe ! Je veux réussir, quoi qu'il m'en coûte.

Il évoqua sa famille, ses parents, ses grands-parents et sa sœur… tous l'avaient dévisagé avec inquiétude en apprenant qu'il partait. *Je veux devenir quelqu'un dont ils seront être fiers au lieu du raté que je suis aujourd'hui.*

— Bien sûr. Personne ne souhaite les problèmes. Ils arrivent pourtant, mais sans toujours être aussi graves que nous le pensons. Dans la vie, il faut savoir prendre des risques. Sinon, on n'avance pas.

D'une main sur la bouche, elle étouffa un bâillement, puis elle ferma les yeux en se blottissant dans son siège.

Laissant la vieille dame somnoler, Hong-Wei fixa le siège devant lui. Les conseils qu'il venait d'entendre tournoyaient dans son crâne. *Prendre des risques.* Sans réellement le vouloir, il avait appliqué cette philosophie de manière subliminale en acceptant ce poste et en déménageant ici. Le problème était que son cerveau logique avait encore du mal à l'accepter.

Toute sa vie, Hong-Wei n'avait pensé qu'à ses études et à son travail. Il avait toujours été tête de classe, aussi bien à l'école qu'à l'université et pendant ses années de médecine. Il avait brillé durant son internat et reçu des éloges constants. Sa renommée ayant largement dépassé Baylor et ses environs, les hôpitaux s'étaient battus pour l'avoir. On lui proposait les meilleurs stages avant même que ses pairs aient commencé à postuler. Il voyait alors son avenir comme un chemin parfaitement dessiné.

Il n'arrivait toujours pas à expliquer, même à lui-même, comment il avait pu passer des hauteurs élitistes à une ville anonyme qu'on atteignait en avion à hélices.

Ste Anne cherchait un chirurgien et Copper Point était la ville la plus au nord de la carte, loin des hôpitaux connus et des grandes cités, aussi dans l'esprit enfiévré d'Hong-Wei, c'était le refuge idéal. Il ne connaissait rien du Wisconsin. Il pensait avoir lu quelque part que cet État se spécialisait dans le fromage. Peu importait, ce serait pour lui un nouveau départ.

Mais serait-ce réellement différent ? Ce ne serait certainement pas Baylor, mais serait-ce *différent* dans le bon sens du terme ?

En le traitant d'idéaliste, Grace Albertson avait souri. Sa sœur considérait ce trait chez lui comme un défaut. Hong-Wei attendait de Copper Point – ou plutôt de ses habitants – une sorte de valorisation de lui dans sa globalité, idéalisme compris. Il voulait que tous apprécient le fait qu'il ait choisi cette destination particulière alors qu'il aurait pu aller n'importe où. Peut-être découvrirait-il que la petite ville était bien l'endroit où il pourrait se trouver et s'épanouir. Recevrait-il un signal, une indication quelconque qu'il était compris et accepté ? Cette demande ne lui semblait pas excessive.

Lorsque l'avion atterrit, Mme Albertson se réveilla. Hong-Wei l'aida à rassembler ses affaires, puis l'escorta le long du couloir jusqu'au terminal et au-delà des contrôles de sécurité.

— Vous semblez avoir retrouvé une partie de votre assurance pendant que je dormais, remarqua-t-elle.

Hong-Wei en doutait.

— Disons plutôt que j'ai décidé d'accepter mon destin.

Elle hocha la tête en signe d'approbation.

— Rappelez-vous que les erreurs pimentent la vie. Si à votre arrivée vous tombez sur une situation catastrophique, affrontez-la. Je vous promets une chose : quel que soit ce que vous allez trouver, vous y penserez avec attendrissement quand vous aurez atteint mon âge – à condition que vous vous en approchiez dans le bon état d'esprit.

Ils arrivaient au bout du couloir menant à la zone d'arrivée. Hong-Wei s'inclina devant la vieille dame.

— Merci, Mme Albertson, merci pour vos conseils et votre compagnie. Je ferai de mon mieux pour ne pas oublier vos paroles.

Elle lui serra fermement la main et sourit.

— Bonne chance, jeune homme.

Resté en arrière, Hong-Wei la regarda rejoindre sa famille qui l'attendait. Il assista sans regret ni envie aux retrouvailles et aux embrassades. Ensuite, prêt à affronter la suite de son aventure, il scruta le reste de la foule et chercha le comité d'accueil de Copper Point.

Personne ne semblait l'attendre.

Hong-Wei se figea, troublé et un peu inquiet. Il s'était attendu à un groupe important, la plus grande partie du conseil d'administration de l'hôpital aurait dû se trouver là, souriant et avançant pour le saluer. Ils avaient maintes fois mentionné combien tous étaient impatients de le voir et avaient assuré qu'une délégation viendrait le chercher à Duluth. Ils connaissaient sa photo et Hong-Wei savait qu'il n'était pas difficile à identifier. D'ailleurs, il n'avait vu que trois ou quatre autres Asiatiques dans tout l'aéroport. Et la zone d'arrivée n'était pas bien grande. Rien d'étonnant dans un aéroport aussi minuscule.

Que se passait-il ?

Ses appréhensions lui revinrent, annihilant le calme que Mme Albertson avait su lui procurer.

Je n'ai même pas encore commencé et c'est déjà un échec.

Il le vit à ce moment-là, le « signe » qu'il avait demandé. En fait, c'était un panneau portant son nom – DOCTOR WU – sur deux lignes. La première était en anglais, en caractères d'imprimerie. En dessous s'affichait le mot mandarin pour médecin en *hànzi* [2], suivi de Wu, également en caractères chinois. Sauf que ce n'était pas le bon mot et que le caractère pour « Wu » n'était pas celui qu'utilisait la famille de Hong-Wei. L'ordre était également incorrect, puisque médecin était avant Wu. En mandarin, il convenait d'écrire « Wu Dr » au lieu de « Dr Wu ».

Pourtant, Hong-Wei avait espéré un signe et ce panonceau était la réponse à son vœu.

L'homme qui tenait le panneau semblait être seul. Il était jeune, quelques années de moins qu'Hong-Wei et paraissait nerveux. Malgré son air hagard, il était attirant, ce que Hong-Wei ne put manquer de remarquer. *Adorable* aurait aussi été une bonne façon de décrire ce jeune homme, cheveux châtains, regard vif, barbe au menton et tee-shirt moulant des muscles solides…

2 Caractères chinois.

Quand les yeux noisette rencontrèrent ceux de Hong-Wei, une sorte d'électricité crépita dans l'air.

Non ! Bon sang, non.

Hong-Wei érigea ses barrières aussi vite que possible. S'il avait prévu d'avoir une vie sociale, il n'avait pas le temps de nouer une relation ni même une simple aventure, et surtout pas avec un membre de son hôpital.

Mais ces yeux ! En plus, l'inconnu lui avait écrit un message en caractères chinois. L'écriture était incorrecte et maladroite, mais l'intention était bonne. Dans le sourire incertain du jeune homme, Hong-Wei devina de l'espoir. Sans doute cet accueil avait-il été son idée.

Hong-Wei crispa les doigts sur la sangle de son sac et avança d'un pas assuré. La situation était catastrophique, mais il comptait bien l'affronter.

PERSONNE N'AVAIT prévenu Simon que le nouveau médecin était aussi beau !

Il n'avait pas été enthousiaste à l'idée de se taper une heure et demie de route pour aller chercher le nouveau chirurgien à l'aéroport de Duluth, surtout que cette demande de dernière minute lui tombait dessus après une longue journée. Ça faisait maintenant une semaine qu'il travaillait aux heures les plus bizarres et c'était à lui qu'on demandait de faire le taxi ? Ce médecin, tout le monde en parlait, comme si sa venue était une chance pour Ste Anne. Malheureusement, Simon n'avait pas pu refuser une « demande » qui émanait d'Erin Andreas. Le nouveau directeur des ressources humaines était aussi le fils de président du conseil d'administration de l'hôpital.

— Vous êtes l'infirmier du service de chirurgie, n'est-ce pas ? Eh bien, accueillir notre nouveau chirurgien me semble votre rôle, avait remarqué le DRH avec un mince sourire d'excuse. J'avais prévu de me déplacer en personne accompagné de plusieurs médecins, mais tous sont occupés en ce moment et moi, j'ai une crise d'ordre interne à régler. C'est donc à vous que revient cette tâche.

Sans attendre l'accord de Simon, Andreas avait enchaîné en lui donnant le lieu et l'heure du rendez-vous avec le Dr Wu. Il avait également éprouvé le besoin de rappeler une fois encore ce qu'Owen appelait Le Foutu Édit : le nouveau règlement – assorti de menaces de représailles – interdisant les relations intimes entre les membres du personnel de l'hôpital. Simon ne comprit pas trop si Andreas parlait pour lui ou pensait au nouveau docteur

Tandis que son pouls s'accélérait à la vue du chirurgien, Simon s'accrocha à son panneau de bienvenue écrit à la hâte. Il décida que finalement, c'était bien lui que visait Le Foutu Édit. Le Dr Wu ressemblait à un acteur de cinéma asiatique ! En fait, il était le sosie d'Aaron Yan, une des cinq stars préférées de Simon sur le site DramaFever.

Le Dr Wu était aussi *très* grand. Simon était de taille normale, mais par rapport au chirurgien, il se sentait petit.

Le nouveau docteur était grand et beau, doté de traits ciselés, avec des cheveux courts et très noirs, mais naturels. La coupe était élégante et hérissée. Les yeux sombres scannèrent le terminal de l'aéroport avec acuité, puis se fixèrent sur Simon. La mâchoire était ferme, les pommettes sublimes.

Je vais travailler à ses côtés tous les jours. Lui tendre ses instruments. Suivre ses instructions. Si son odeur est à la hauteur de son apparence, je risque de tomber dans les pommes avant même l'arrivée du premier patient.

Mentalement, Simon se gifla pour se remettre les idées en place, puis il se redressa et sourit. Il brandit son panneau en regardant l'homme approcher.

— Dr Wu ? Bonjour et bienvenue. Je suis Simon Lane, infirmier en chirurgie du centre médical Ste Anne. Enchanté de faire votre connaissance.

Le Dr Wu accepta la main que Simon lui tendait, mais il regarda autour de lui comme s'il cherchait quelque chose.

Quand Simon comprit ce que c'était, il baissa les yeux, les joues brûlantes.

— Je... je suis désolé, mais je suis venu seul. L'hôpital est assez petit, comme vous le savez, et les autres médecins qui devaient venir vous accueillir ont tous été appelés en urgence. J'espère que vous n'êtes pas vexé.

Sans croiser son regard, Wu se racla la gorge.

— Non, Bien sûr que non.

Simon était sûr que Wu mentait : il était vexé, au moins *un peu*, ce qui le chagrina. D'un autre côté, il comprenait la réaction de l'illustre chirurgien. Il trouvait très inélégant que l'administration ait choisi un innocent infirmier comme bouc émissaire pour écoper les conséquences d'une erreur de protocole qui n'était pas de son ressort.

Mais ce n'était pas le bon moment de s'apitoyer sur son sort ou de baver sur la beauté de cet homme. Le Dr Wu avait fait un long voyage et méritait un peu de professionnalisme. Simon esquissa un sourire forcé et désigna la direction des tapis roulants.

— Allons récupérer vos bagages, d'accord ?

Les dents serrées, Wu ajusta son sac à bandoulière et acquiesça.

— Je vous suis.

Ce fut en silence qu'ils se dirigèrent vers la zone de récupération des bagages, où les autres passagers du vol de Minneapolis étaient déjà rassemblés. Une dame âgée vêtue de jaune et entourée de sa famille, enfants et adultes, agita la main quand le Dr Wu passa devant elle. Il lui rendit son salut, ce qui poussa Simon à se demander si la vieille dame était une connaissance du chirurgien. Il faillit poser la question, puis se ravisa, considérant que c'était stupide. Mieux valait se concentrer sur son rôle. *Professionnel. Montre-toi professionnel.*

— D'après l'écran d'affichage, vos valises devraient arriver sur le tapis numéro 2, annonça-t-il.

Le Dr Wu lui jeta un coup d'œil, puis haussa les sourcils avec dédain.

— Il n'y a que deux tapis et ils sont côte à côte.

Simon acquiesça.

— Vous avez raison, je n'avais pas fait attention. Pour être franc, c'est le seul aéroport que je connaisse. En fait, je n'ai pris l'avion que deux fois.

À peine les mots échappés de sa bouche, Simon les regretta. Il se frotta la joue.

— Excusez-moi, vous allez considérer que votre comité d'accueil est encore pire que prévu. Je ne connais rien au reste du monde, mais concernant Copper Point, je suis un expert.

Tais-toi, Lane, par pitié ! Ce malheureux toubib va penser qu'ils lui ont envoyé l'idiot du village. Malgré son pessimisme, il remarqua que le sourire du Dr Wu, cette fois-ci, était authentique.

C'était un sourire magnifique ! Si Simon recevait trop souvent de ces sourires éblouissants, sans doute aurait-il vite besoin d'un cardiologue.

Le tapis à bagages ne bougeait toujours pas. Pour ne pas laisser le silence retomber, Simon entama la conversation sur les sujets qui, d'après lui, étaient susceptibles d'intéresser le Dr Wu.

— Le DRH m'a demandé de vous inviter au restaurant avant de rentrer à Copper Point, mais si vous êtes fatigué, nous pouvons sauter cette étape. D'après ce que j'en sais, votre appartement a déjà des provisions de base. Si vous avez besoin d'autre chose, nous pouvons nous arrêter en chemin.

Il s'interrompit, se mordit la lèvre et jeta un coup d'œil gêné au Dr Wu.

— Hum, reprit-il, je dois vous avertir qu'à Copper Point, le choix est limité question épicerie. Nous avons de quoi manger, évidemment, mais la population, restreinte et homogène, aime la nourriture basique, aussi pour des produits spécifiques faut-il aller jusqu'à Duluth ou commander en ligne. Un fin gourmet de mes amis s'en plaint toujours. C'est pourquoi je vous proposais un arrêt. Rien d'obligatoire, bien sûr, c'est juste… euh…

Merde, maintenant, il bredouillait. Et les bagages n'arrivaient pas, et le chirurgien ne disait rien. Simon lui jeta un regard à la dérobée et constata qu'il sourirait toujours. Plus encore, en fait.

Simon ravala un gémissement et serra les poings. Quand il reprit la parole, ce fut d'une voix un peu brisée :

— C'est agréable d'avoir une nouvelle tête en ville, vous savez, et l'hôpital a vraiment besoin d'un chirurgien. Un chirurgien attitré, quoi. Excusez-moi, je parle toujours trop quand je suis nerveux !

Ses joues étaient écarlates, il le sentait bien, et une rougeur chaude descendait jusque dans son cou.

— Et c'est moi qui vous rends nerveux ? J'en suis navré.

Sa voix chaude et douce comme du velours recouvrit Simon.

Effectivement, le Dr Wu le rendait nerveux, mais Simon ne voulait pas le révéler. Après tout, c'était son nouveau supérieur. Pas question de lui laisser deviner la vraie nature de sa… nervosité.

— Non, je… euh, ce n'est pas vous. Pas vraiment. C'est juste… je regrette d'être un comité de réception aussi piètre. Vous méritiez mieux. Je suis certain que l'hôpital se rattrapera dès votre arrivée.

— Ne vous sous-estimez pas, je vous remercie d'être venu à ma rencontre.

Il paraissait sincère et si gentil que Simon ne pouvait plus respirer. Son visage et son cou devaient être rouges comme une betterave.

Le tapis se mit enfin en route, déversant les premières valises. Le Dr Wu s'éloigna pour récupérer ses bagages. En revenant, il demanda :

— Vous parliez de dîner ici. Auriez-vous un restaurant particulier en tête ?

Rendu maladroit par l'émotion, Simon sortit son téléphone de sa poche et fit défiler la liste qu'Andreas lui avait remise.

— Il y a un italien avec de bonnes critiques. Oh, c'est dans la mauvaise direction !

Comme la plupart des noms de sa liste, remarqua-t-il. Il était peu probable qu'il rentre chez lui avant minuit. Il cacha sa consternation et énuméra les autres choix :

— Ou alors le Restaurant 301, « cuisine américaine classique avec spécialités locales ». Je ne sais pas trop ce que ça signifie, mais si ça vous tente, je peux regarder le menu. Encore un italien. Waouh ! Il y en a cinq en tout, annonça-t-il, les yeux sur son écran. La Taverne propose de la pizza grecque au feu de bois. De la pizza *grecque* ? Ça paraît bizarre ! C'est sans doute destiné à attirer les touristes punks !

Les sourcils froncés de perplexité, il se tourna vers le Dr Wu, qui avait baissé la tête. Quand il se redressa, il réprimait un rire. Simon voulut s'excuser d'avoir proféré une ineptie pareille, mais le chirurgien prit la parole :

— En toute franchise, je préférerais un hamburger accompagné d'une bière dans un petit restaurant sans prétention.

Oubliant la liste établie par Andreas, Simon ouvrit sur son téléphone l'application Yelp, tapa « burger » et étudia les propositions. Dès la première, il sut où il allait emmener le Dr Wu.

— Que diriez-vous de Clyde Iron Works ? C'est décontracté et on y mange très bien. Ils ont aussi un excellent choix de bières locales. Je n'en prendrai pas, bien entendu, puisque je conduis.

— Parfait.

Simon prit la poignée de la plus grosse des deux valises.

— Laissez-moi vous aider. Vous avez votre bagage à main et l'autre valise.

Après une brève hésitation, le Dr Wu hocha la tête.

— Merci.

Comme Simon l'avait craint, son coffre n'était pas assez grand pour recevoir tous les bagages du chirurgien, il dut poser une des valises sur la banquette arrière.

Une fois encore, il s'empourpra.

— Désolé, nous sommes à l'étroit. Je comptais emprunter la voiture d'un ami, beaucoup plus spacieuse, mais elle est actuellement en révision.

Il ouvrit sa vitre, paya son ticket, puis quitta le parking de l'aéroport.

— Aucun problème.

À ce stade, Simon n'aurait su dire si Wu se montrait juste poli ou s'il était sincère. Troublé, il se remit à trop parler :

— Mon ami s'appelle Owen, nous nous connaissons depuis le primaire. Vous le rencontrerez vite : c'est anesthésiste à Ste Anne. Il faisait partie du groupe censé vous accueillir, avec Kathryn, une autre de mes amis, interne en gynéco-ob. Malheureusement, ses patientes ont toutes décidé d'avoir leur bébé aujourd'hui.

Wu regardait par la vitre, observant le paysage qui défilait.

— Vous disiez bien connaître Copper Point. Vous êtes installé là-bas depuis longtemps ?

Simon éclata de rire.

— J'y ai passé ma vie et peut-être aussi la précédente. Je suis de ceux dont les arrière-arrière-grands-parents vivaient déjà en ville. Quand j'avais quatre ans, Copper Point a fêté son cent-cinquantième anniversaire et j'ai défilé sur un char avec les autres descendants des familles fondatrices.

En y réfléchissant, Erin Andreas, qui avait quelques années de plus, avait dû y être aussi.

— Parlez-moi de Copper Point. J'ai regardé sur internet, bien sûr, mais ce n'est pas la même chose.

— Eh bien, la ville est bâtie sur la baie qui alimente le lac Supérieur, c'était un des premiers bastions des Territoires du Nord-Ouest. Auparavant, l'endroit traitait déjà des fourrures. Les premiers colons sont venus d'Europe pour exploiter les mines. Je crois…

Simon se mordit la lèvre.

— En fait, reconnut-il, je ne connais pas si bien que ça le *passé* de Copper Point. Je peux cependant vous dire que nous avons une mine de grès – autrefois, c'était du cuivre, mais maintenant, c'est du grès –, quelques magasins sympas et une petite université, Bayview, qui se spécialise dans les arts libéraux. Il y a plus de restaurants sur le campus qu'au centre-ville ! Nous sommes loin de tout, vous savez, aussi nos commerces s'en sortent pas trop mal, même avec la concurrence des grandes surfaces. Copper Point est une ville assez petite pour que tout le monde se connaisse. Parfois, c'est un peu pénible.

Il jeta un coup d'œil au Dr Wu et enchaîna :

— Et vous venez de Houston, hein ? J'ai regardé sur internet pendant que j'attendais à l'aéroport. Waouh, c'est gigantesque ! Avez-vous grandi là-bas ou ailleurs au Texas et déménagé à Houston pour entrer à l'université ? Ils n'ont pas raconté grand-chose vous concernant. Je sais juste que vous êtes né à Taïwan et que vous fait votre internat à Baylor.

Simon posa la main sur le panonceau posé entre eux et décida que c'était le bon moment de s'en excuser :

— C'est moi qui ai eu l'idée d'écrire votre nom en mandarin. J'espère que je n'ai pas abusé. J'avais mal compris, j'ai cru que vous veniez d'arriver de Taïwan. Je suis désolé.

Le Dr Wu jeta un coup d'œil à la pancarte et sourit gentiment.

15

— Ne vous excusez pas, j'ai aimé votre panneau. Merci, c'était une charmante attention. J'ai vécu jusqu'à mes dix ans à Taipei, puis ma famille a déménagé à Houston. Par chance, l'université que je visais s'y trouvait aussi. C'est au moment de mon internat que j'ai été contacté par Baylor.

— Vous êtes arrivé aux États-Unis à dix ans ? C'est tard ! Étonnant que vous n'ayez aucun accent !

— Ma sœur en a un léger, parfois, mais nous avons fait de gros efforts pour apprendre l'anglais et parler comme de vrais Américains. Nous tenions à nous intégrer.

Le Dr Wu secoua la tête, l'air pensif, et enchaîna :

— Pour travailler nos accents, nous passions notre temps libre à regarder des films. Elle trouvait les scripts pour que nous les lisions en même temps que nous écoutions.

Simon n'avait pas eu l'intention de révéler ses secrets, mais la route qui se déroulait devant lui l'hypnotisait, tout comme la voix basse et douce du Dr Wu. Il s'entendit dire :

— J'aimerais faire la même chose avec le coréen ou le chinois. Je suis abonné au site DramaFever et j'adore les émissions asiatiques. Pourtant, je n'ai appris que quelques mots – *je suis désolé, merci* et *je vous aime*. Et encore, pour le dernier, je ne suis pas certain.

Après cet aveu, un silence embarrassant régna dans l'habitacle. Simon se crispa intérieurement.

Au bout d'un long moment, le Dr Wu demanda :

— Vous… regardez la télévision *asiatique* ?

Simon acquiesça, prêt à assumer ses paroles. Il n'avait pas à avoir honte, après tout.

— Oui, surtout les films romantiques. Ce sont mes préférés. Un jour, par hasard, j'en ai trouvé un sur Netflix et j'ai adoré. Du coup, Netflix m'en a proposé d'autres et comme Alice, je suis tombé dans le trou du lapin. Par la suite, j'ai découvert DramaFever, un réseau entièrement dédié aux feuilletons asiatiques et à partir de là… j'étais cuit. Maintenant, je regarde les nouveaux épisodes au fur et à mesure qu'ils sortent, mais j'ai aussi fouillé le catalogue pour visionner les anciens.

Il résista à l'envie de s'excuser et enchaîna :

— À mon avis, les émissions asiatiques sont bien meilleures que la plupart des reportages télévisés américains. Ça me fait rêver… j'aimerais voyager.

— Et pourquoi ne le feriez-vous pas ?

Simon haussa les épaules et força un sourire :

— Je n'en ai pas l'occasion. En vérité, ajouta-t-il décidant d'être franc, j'ai un peu peur. Plus jeune, je voulais visiter le monde, mais plus je prends de l'âge, plus cela me semble impossible. Oh, j'en ai toujours envie, mais pas tout seul, alors… Vous, en tout cas, vous n'avez peur de rien, Dr Wu. J'ai hâte de travailler avec vous !

Sans répondre, Wu se contenta de regarder par la vitre, le visage indéchiffrable. Craignant d'avoir été trop expansif, Simon s'apprêtait à s'en excuser quand il remarqua la main du chirurgien crispée sur le bord du carton, s'y accrochant comme à une ancre.

Ainsi, même s'il parlait trop et disait parfois des bêtises, il avait tapé dans le mille avec ce panneau. C'était toujours ça.

HONG-WEI SOURIAIT. Le restaurant était décoré de façon originale dans un style « industriel urbain ». Le menu des plus prometteurs proposait des hamburgers sous toutes les formes, des pâtes et, comme promis, une vaste sélection de bières locales.

Hong-Wei en commanda deux différentes et un cheeseburger au bacon, accompagné d'oignons frits.

Lane, qui avait opté pour une salade au saumon fumé, cligna des yeux surpris en regardant Hong-Wei croquer ses beignets et vider sa chope.

— Ainsi, docteur, vous n'êtes pas un adepte de la nourriture diététique ?

Hong-Wei haussa les épaules, s'essuya la bouche avec une serviette en papier et débarrassa ses doigts des miettes de panure.

— Ma mère et ma grand-mère surveillent constamment mon régime, aussi ai-je tendance à me lâcher dès que j'échappe à leur influence.

À travers la table, il poussa son assiette d'oignons frits en direction de Lane.

— Goutez-y, ajouta-t-il. Ils sont excellents.

Lane leva une main et secoua la tête, le regard brûlant de curiosité. Hong-Wei continua à manger et à siroter sa bière. Il restait un peu troublé par la déclaration du jeune homme dans la voiture, comme quoi il n'avait « peur de rien ». Il sentait son stress revenir. Pas étonnant d'ailleurs, puisque plus sa nouvelle vie approchait, plus il était terrifié. Pour contrer ses angoisses, *junk food* et alcool semblaient la meilleure solution.

Entendre parler Lane l'amusait et le distrayait, aussi chercha-t-il à relancer la conversation :

— Vous m'avez donné un aperçu de Copper Point. Parlez-moi maintenant de l'hôpital. J'avais un emploi du temps si serré à Houston que je n'ai pas eu l'occasion de venir dans le Wisconsin pour une visite en bonne et due forme.

Comme il l'avait espéré, Lane se détendit et parla volontiers :

— Ste Anne est un petit hôpital destiné aux urgences, ce que vous devez déjà savoir. Vous n'avez connu que des grands hôpitaux, alors, j'ai un truc important à vous dire : voilà, les petits hôpitaux ont une ambiance tout à fait différente. Juste après l'obtention de mon diplôme d'infirmier, j'ai d'abord travaillé dans un grand hôpital, aussi je vous en parle d'expérience. À Ste Anne, nous n'avons pas de bâtiments de plusieurs étages avec des départements spécifiques et séparés les uns des autres, nous sommes tous agglutinés. Il n'y a qu'un bureau pour les infirmiers et infirmières, une seule salle de repos pour les médecins, un seul ascenseur – si je ne compte pas celui qui dessert la buanderie. Sur le papier, nous avons cent lits, mais à cause du règlement assez strict qui gère les « urgences », seuls soixante-quinze pour cent sont utilisés. En principe, chaque membre du personnel a un rôle spécifique, mais dans la pratique, tout le monde met la main à la pâte en intervenant dans un service ou l'autre. Moi par exemple, je suis infirmier en chirurgie, mais je travaille souvent dans d'autres services quand un médecin a besoin de moi. Et c'est pareil pour chaque spécialiste.

Quand Hong-Wei avait passé son entretien d'embauche avec l'administration de l'hôpital, ces spécificités n'avaient pas été évoquées. Il y réfléchit en terminant sa première bière. Au fond, il n'était pas surpris. Il se demanda quels autres renseignements intéressants il pourrait soutirer à Lane.

— Et sinon, comment ça se passe entre les médecins ? L'ambiance est-elle bonne ou se montrent-ils compétitifs entre eux ?

Lane lui jeta un regard perplexe.

— Compétitifs ? Je ne vois pas ce que vous voulez dire. Pour ce qui est de l'ambiance… les gens s'entendent bien en général, mais il y a des exceptions. Mon ami Owen – le Dr Gagnon – a la réputation d'être difficile. Personnellement, je ne trouve pas. Les infirmières bavardent beaucoup, mais les ragots, ce n'est pas mon truc. D'un autre côté, c'est humain et ça ne changera jamais, soupira-t-il. Le conseil d'administration est un peu… effrayant. Les membres sont tous vieux, ce qui n'est pas un défaut en soi, mais ils se la jouent club exclusif et fermé. Nick Beckert, le directeur de l'hôpital, est un homme solide, je le connais depuis longtemps – à l'école secondaire, c'était un ami de Jared, un de mes colocataires. Je suis moins fan de notre nouveau DRH, Erin Andreas, le fils du président du conseil. Il me rend nerveux. Vous connaissez Roz, celle qui joue dans *Comment se débarrasser de son patron*?

C'était l'un des films sur lesquels Hong-Wei et Hong-Su avaient travaillé pour améliorer leur anglais.

— Je la connais, oui.

— Eh bien, Andreas me fait parfois penser à elle. J'ai l'impression que tout ce que je lui dis sera répété au conseil et inscrit sur mon dossier.

Lane jouait avec sa paille, il la fit d'abord tourner entre ses doigts, puis la suçota, le regard détourné. Il semblait plongé dans ses pensées.

Hong-Wei se figea, un beignet d'oignon à la main, les yeux rivés sur les lèvres pleines contractées sur la paille.

Ça suffit ! se réprimanda-t-il. *C'est un infirmier. Ton infirmier.*

Il échappa à sa fascination quand Lane carra les épaules, une détermination nouvelle s'affichant sur son visage.

— Je vais vous révéler quelque chose… De toute façon, vous l'apprendrez bien assez vite. Voilà, nous avons eu pas mal de scandales récemment à Ste Anne. D'abord, le directeur général que Nick Beckert a remplacé a été renvoyé pour détournement de fonds. Les remous n'étaient pas encore calmés qu'un de nos médecins mariés fut surpris en fâcheuse position avec son infirmière. C'est digne d'une émission de télé-réalité, non ? Malheureusement, les journaux commençaient à en parler, ça passait le soir au journal télé et ça a été assez pénible. Avant, le conseil était très laxiste, sauf pour les dépenses, mais depuis, il a serré les boulons. Du coup, nous avons un nouveau directeur et un nouveau DRH. Andreas est vraiment très strict. Faites attention à lui, indiqua Lane qui pointa sa fourchette vers Hong-Wei. Ne vous laissez pas berner par sa petite taille et sa voix douce, il est du genre à sourire en vous arrachant la tête. Il est arrivé le mois dernier et il y a déjà eu quatre licenciements.

C'était une information intéressante. Hong-Wei la digéra en entamant sa seconde bière.

— Des médecins ?

Lane éclata d'un rire dont l'amertume avait de quoi surprendre.

— Vous plaisantez ? Bien sûr que non ! Aux yeux d'Andreas, un médecin n'a jamais tort.

Sans doute se souvint-il que son interlocuteur était médecin, car il s'empourpra, détourna le regard et s'éclaircit la gorge.

— Hum, reprit-il, je veux dire, l'hôpital donne toujours le bénéfice du doute à un médecin.

Hong-Wei croqua dans son burger, le temps de peser sa réponse.

— Ce sera un changement intéressant, alors, dit-il enfin. Jusqu'à ce jour, j'étais interne en chirurgie et j'ai toujours été tenu responsable de tout ce qui se passait dans mon service, même si je dormais chez moi à ce moment-là.

— Ce ne sera pas le cas à Ste Anne. J'ai cru que les choses s'amélioreraient avec le nouveau système des enregistrements électroniques – après tout, les médecins ne pourraient plus nous reprocher de ne pas comprendre leur gribouillis incompréhensible, ou le pharmacien ne serait plus à même de nous engueuler quand il se trompait sur une prescription –, mais ça n'a fait que déplacer le problème. Maintenant, en cas d'erreur sur une ordonnance, le pharmacien affirme que la dose risque de tuer le patient, alors, il appelle l'hôpital et demande à parler au praticien… et nous nous faisons engueuler qu'il ait été dérangé.

Détendu par la bière qu'il venait d'ingurgiter, Hong-Wei ne retint pas son rire. Refusant d'écouter la voix intérieure qui l'avertissait du danger, il prit aussi le temps d'admirer la façon dont la lumière tamisée du restaurant soulignait la largeur agréable des épaules de Lane et jetait des reflets dorés sur ses cheveux bruns.

— J'ai aussi vécu cette expérience étant interne. Plutôt que la transmettre à mes infirmiers, je me suis efforcé de devenir un chirurgien compétent.

Oh, que Lane avait un beau sourire !

— Vous êtes *exceptionnel*, à ce qu'il paraît. Je ne suis pas dans le secret des dieux, mais j'ai surpris des bribes de conversations entre les autres médecins et les administrateurs. Auriez-vous des compétences particulières ? Je n'ai pas tout compris, mais je sais quand même que Ste Anne a beaucoup de chance de vous avoir.

Hong-Wei garda son verre contre ses lèvres plus longtemps que nécessaire, le temps de réfléchir à ce qu'il allait dire. Lors de son entretien d'embauche, il n'avait pas révélé toute la vérité aux représentants de Ste Anne. L'auraient-ils découverte par la suite ? En principe, c'était sans importance. Pourtant, il se sentait mal à l'aise. Son but en déménageant ici était de prendre du recul et d'exercer en tant que chirurgien généraliste.

Il se racla la gorge et posa son verre.

— J'ai eu beaucoup d'options après mon internat, c'est exact. Si j'ai choisi Ste Anne, c'est parce que je voulais une expérience hospitalière plus... intime. Et sans complications.

Lane lui adressa un sourire un peu timide, incroyablement attachant.

— Sans complications ? Je ne sais pas si ce sera le cas. En revanche, question intimité, vous serez servi. Vous risquez même de trouver étouffant d'avoir tout le monde sur le dos, moi y compris, j'en ai peur. Il y a quelques infirmiers compétents à Ste Anne, mais je suis le seul à avoir une spécialisation en chirurgie – et vous serez notre seul chirurgien. Nous nous verrons beaucoup, Dr Wu.

— Appelez-moi Jack.

Lane leva haut les sourcils.

— Oh, c'est votre prénom ? Je ne m'y attendais pas. J'ignorais que les Taïwanais avaient des noms occidentaux.

Hong-Wei avait atteint le point non-retour. Était-ce dû à l'alcool – ces bières locales s'avéraient traîtresses ! – ou au sourire de Lane et ses yeux affectueux ?

— Non, Jack est le nom que j'utilise en dehors de ma famille. Les Américains ont des difficultés à prononcer les noms asiatiques.

— J'utiliserai Jack si vous préférez, mais j'aimerais connaître votre vrai prénom. Je suis curieux de savoir qui vous êtes réellement.

Qui vous êtes réellement. Les deux à la fois, Jack et Hong-Wei. Incapable de résister au charme du jeune infirmier, il s'agita dans son siège et répondit :

— Wu Hong-Wei.

Pourquoi avoir donné son nom à la taïwanaise, avec un ordre inversé par rapport à l'occidentale ? Quelle stupidité !

Vous êtes idéaliste. En y repensant, Hong-Wei reconnut que Grace Albertson ne s'était pas trompée. Sans doute était-il également romantique.

— Wu Hong-Wei, répéta Lane.

Hong-Wei frissonna et se tétanisa. La prononciation était maladroite, pire encore que d'ordinaire parce que Simon avait manifestement essayé d'imiter son accent.

Depuis l'aéroport, Hong-Wei sentait chez Simon Lane un intense désir de connexion. Ça se voyait à son regard intense. En le dévisageant, Hong-Wei comprit une vérité que le jeune infirmier tenait sans doute à lui cacher : Simon avait fait ce long trajet pour le récupérer en partie parce qu'on le lui avait ordonné, en partie parce qu'il était serviable, mais surtout parce qu'il était très seul.

Hong-Wei n'eut pas le temps de s'endurcir. Déjà, les murs qu'il avait érigés s'effondraient, réduits en poussière. Il absorba une longue gorgée de bière.

— Si tu veux, Simon, tu peux m'appeler Hong-Wei.

Simon lui adressa un grand sourire qui fit bouger ses oreilles et briller ses yeux noisette. Ébloui par ce sourire lumineux, Hong-Wei ne parvenait plus à se souvenir pourquoi flirter avec son infirmier était une très mauvaise idée. Il pressentait que plus il tenterait de résister, plus il serait condamné à sombrer.

Il était venu à Copper Point chercher l'aventure, mais pas sous cette forme.

Pourtant, son instinct lui disait que ce qui l'attendait au bout de sa route, c'était Simon.

II

WU HONG-WEI.

Le nom résonna dans sa tête alors que Simon rentrait chez lui après avoir laissé le nouveau chirurgien à son appartement. *Wu Hong-Wei.* Toute la nuit, Hong-Wei s'était exprimé dans un anglais parfait, mais quand il avait prononcé son nom taïwanais en mandarin, Simon avait frissonné de façon ridicule.

Il n'aurait pas dû, se sermonna-t-il. D'abord, le Dr Wu – Hong-Wei – était plus ou moins son patron, mais il y avait aussi Le Foutu Édit à ne pas oublier. Pourtant, en se garant devant chez lui, Simon flottait sur un nuage de béatitude. Après avoir remonté son allée d'accès en se disant de ne pas fantasmer, il décida finalement de s'accorder un répit, au moins ce soir.

Bien entendu, il lui faudrait cacher son émotion à ses deux colocataires, Owen Gagnon et Jared Kumpel, des amis de longue date qui tous deux étaient médecins à l'hôpital. Et qui avaient la réputation d'adorer les commérages !

La maison était éclairée. Jared était dans la cuisine, occupé à faire la vaisselle. Owen était vautré dans un fauteuil rembourré, un pied sur le sol, l'autre sur le canapé, avec son ordinateur portable sur les genoux. En entendant Simon entrer, il leva les yeux et le fixa par-dessus la monture de ses lunettes.

Il éteignit son ordinateur et se leva.

— Le retour de l'enfant prodigue ! Alors, que penses-tu de notre nouveau chirurgien ?

Jared s'essuya les mains sur une serviette et, d'un signe, appela Simon dans la cuisine.

— Viens d'abord dîner. Je t'ai gardé une assiette au four.

— Oh, désolé, j'ai déjà mangé à Duluth. Le Dr Wu avait faim, nous sommes allés au restaurant.

Il ôta ses chaussures et suspendit sa veste, déterminé à cacher son embarras. Au moindre signe de faiblesse, ses deux amis l'interrogeraient sans pitié.

Owen se frotta les mains.

— Excellent. Tu en as donc appris davantage à son sujet. Viens ici, raconte-nous tout ! Est-il un arrogant prétentieux ? S'est-il montré odieux envers toi ? D'un chirurgien, je m'attends au pire !

Jared sortit du four le plat qu'il avait gardé pour Simon et en transvasa le contenu dans un Tupperware.

— Tu exagères, Owen. J'ai connu quelques chirurgiens sympas.

— Vu la définition que tu as du terme « sympa », ton avis ne compte pas. D'ailleurs, *tu* es un prétentieux arrogant.

Puis il se tourna vers Simon et agita la main avec impatience.

— Allez, parle ! Comment est-il ?

Simon s'assit au coin du canapé et tira sur ses jambes son plaid afghan préféré. *Comment décrire Hong-Wei sans paraître ridicule ?*

— Il est assez réservé, mais il s'est vite détendu quand nous avons commencé à discuter.

En vérité, Hong-Wei était plus distant que réservé. Et jamais Simon n'avait pensé avant ce jour à trouver ce trait de caractère attirant. Il fouilla sa mémoire pour trouver d'autres informations susceptibles de satisfaire la curiosité d'Owen.

— Il a refusé un restaurant chic, reprit-il, il a préféré un pub. Il a une sœur et il vient de terminer son internat.

Et il m'a donné son vrai nom.

Un verre et une serviette à la main, Jared lui jeta un coup d'œil.

— Je n'ai toujours pas compris pourquoi un chirurgien choisit de quitter Baylor St Luke pour s'enterrer à Copper Point. Soit il est nul, soit il est fou.

Owen s'accouda à son siège, le visage dans la main.

— Oh, il n'est certainement pas nul ! Sinon, Beckert ne serait pas autant vanté d'avoir réussi à l'attirer ici.

Jared ricana.

— Tu parles ! Il a juste vu Baylor sur le CV et ça l'a totalement aveuglé.

Simon évoqua Hong-Wei à l'aéroport, si calme et confiant, il le revit aussi au restaurant, agitant les mains avec des mouvements gracieux et sûrs.

— Je doute fort que le Dr Wu soit incompétent.

Jared retourna vers l'évier.

— Il est fou, alors. Aucune importance, tant qu'il fait son travail.

Soudain soupçonneux, Owen jeta à Simon un regard inquisiteur.

— Tu ne nous as toujours pas donné ton avis, Simon. En fait, je te trouve étrangement fuyant.

Simon détourna les yeux.

— Que veux-tu que je te dise, Owen ? Je le connais à peine, j'ai juste dîné avec lui avant de le raccompagner, c'est un peu court pour étayer une opinion. Il est plutôt gentil de prime abord. Dans la voiture, il n'a quasiment pas dit un mot. Il a un peu téléphoné, ensuite, il s'est endormi.

Plusieurs fois, il avait eu l'impression que le nouveau chirurgien flirtait avec lui, mais sans doute prenait-il ses désirs pour des réalités. Dans tous les cas, il n'était *pas question* qu'il en parle à ses amis.

Voyant Owen prêt à insister, Simon enchaîna :

— Je suis brièvement passé chez lui pour l'aider à porter ses valises. L'appartement est vide, à part des paniers-cadeaux remplis de provisions, de serviettes et d'articles de toilette. Je lui ai proposé de l'emmener à Walmart pour acheter des oreillers et une couverture, mais il n'avait pas envie de ressortir. Il a emprunté ce qu'il lui fallait au gérant de son immeuble.

Et Simon avait donné à Hong-Wei son numéro de téléphone au cas où il aurait besoin d'aller faire des courses. Hong-Wei avait promis de le contacter par texto, détail que Simon garda également pour lui.

Owen secoua la tête

— Un médecin qui choisit un petit hôpital après un internat dans une des plus prestigieuses facultés de médecine du pays, c'est déjà bizarre. En plus, il se pointe dans notre petite ville du Nord, quasiment à la frontière canadienne, sans même un oreiller ? Jared a raison : ce mec est timbré !

Avec un soupir de satisfaction, il passa les doigts sur sa poitrine et remua dans son fauteuil, manquant faire tomber son ordinateur portable.

— Ce point étant réglé, enchaîna-t-il, passons à la question suivante : est-il beau ? Nous fera-t-il concurrence à l'hôpital ?

Simon cacha son visage dans son plaid. Voyant ça, Owen éclata de rire.

— Je vois, reprit-il. La réponse est oui. *Délicieux !* Comptes-tu lui mettre le grappin dessus, Simon ?

Relevant la tête, Simon le fusilla d'un regard noir.

— Bien sûr que non ! Je te rappelle qu'Erin Andreas parcourt les couloirs en serinant à tous ceux qu'il croise qu'il est strictement interdit aux salariés de Ste Anne de fricoter ! Et comme il a formellement promis la porte à ceux qui passeraient outre, ça donne à réfléchir.

Owen leva les yeux au ciel.

— Erin est un crétin. Personne ne tiendra compte de son Foutu Édit ! C'est une règle complètement idiote, surtout dans une aussi petite ville. L'hôpital est le second employeur de Copper Point, après la mine, il y a donc de bonnes chances pour que les couples s'y forment.

— Toi, tu peux râler ouvertement, Owen. Tu es leur seul médecin anesthésiste, tu ne risques pas d'être viré. En fait, tous les médecins seront protégés. Ce n'est pas mon cas ni ceux des autres employés subalternes.

Owen rouvrit son ordinateur portable.

— Si tu veux mon avis, ce serait très bête de ta part de refuser de batifoler avec un beau chirurgien sous prétexte qu'Erin a un balai enfoncé bien profondément dans son joli petit cul serré.

— Si son cul t'intéresse autant, cria Jared de la cuisine, pourquoi n'y enfonces-tu pas autre chose qu'un balai ?

Avec un cri outré, Owen lui jeta son coussin à la tête. Jared l'esquiva en riant.

UNE FOIS couché, Simon se remit à penser à Hong-Wei. Le nouveau chirurgien allait-il lui téléphoner ? se demanda-t-il. Il imagina une tournée des magasins, se vit aider Hong-Wei à choisir ses meubles, ses décorations et autres. Frissonnant d'émoi, il envisagea que Hong-Wei lui déléguerait peut-être ses futurs achats. Il pressa les mains sur ses joues brûlantes en se voyant occupé à accomplir sa tâche au mieux de ses capacités. Ensuite, il retournerait chez Hong-Wei… qui l'attendrait devant son l'immeuble, la tête détournée, le regard perdu dans le lointain, superbement vêtu, avec le vent jouant dans ses cheveux. En le voyant arriver, son expression se réchaufferait.

Simon Lane, tu es complètement ridicule.

Oui, il l'était, mais il s'entêta dans ses rêveries romantiques jusqu'à ce qu'il s'endorme. Le lendemain, quand il ouvrit les yeux en entendant sonner son réveil, il avait le cœur battant et le souffle court. Il fredonna en prenant sa douche et passa ensuite dans la cuisine se préparer à déjeuner avec un grand sourire aux lèvres.

Malheureusement, il oublia de corriger son expression béate quand Owen le rejoignit. Simon sursauta en recevant un coup de coude dans les reins.

— Hé ! s'écria Owen. Je reconnais cet air-là. Petit cachottier ! Tu t'es fait draguer.

D'émotion, Simon faillit en laisser tomber son sandwich.

— Quoi ? N... non !

Owen récupéra le sandwich, le rangea dans son Tupperware et pointa son index sur le nez de Simon.

— Tu mens ! Tu pointes toujours la langue quand tu mens. Il t'a dragué. La question est, pourquoi ne m'en as-tu rien dit ?

Simon repoussa la main d'Owen et s'empara d'un sachet de carottes.

— Il ne m'a pas dragué... je ne crois pas, je ne sais pas, je n'en suis pas certain. Mais oui, il me plaît. Voilà, tu es content ? Maintenant, laisse-moi tranquille. Je dois me préparer.

Owen lui vola une de ses carottes et la croqua.

— Je tiens à le rencontrer. Dis-moi, compte-t-il manger à l'hôpital aujourd'hui ?

— Je n'en sais rien. Il n'en a pas parlé.

— Il n'a pas de voiture. Comment va-t-il se déplacer ?

— Je ne sais pas.

S'étant posé la même question, Simon avait donné à Hong-Wei son numéro de portable. Le prétexte de le dépanner à l'accession lui avait paru valide... même s'il avait d'autres raisons cachées.

— Son appartement n'est pas très loin de l'hôpital, renchérit Owen. Il est aussi sur ton chemin. Tu risques de le croiser à l'occasion. Dis-moi, comptes-tu partir à pied ?

Simon le toisa d'un regard assassin.

— Mais c'est pas vrai ! C'est de l'obsession, qu'est-ce qui te prend ?

Il frissonna d'angoisse devant le sourire létal qu'Owen lui lança.

— Je trouve ta réaction très *intéressante*, mon petit Simon. Tu es d'ordinaire un garçon calme, posé, presque indolent. Je t'ai vu te préparer à diverses rencontres romantiques en étant détaché, à moitié endormi – tu en bâillais presque. Et voilà que tu craches le feu quelques heures à peine après avoir rencontré notre médecin vedette. Rien d'étonnant à ce que je me pose des questions.

Simon se résigna à tout avouer. Après tout, il deviendrait fou s'il devait en permanence cacher son secret – et pas question bien entendu de se confier à ses collègues de l'hôpital.

— Owen, il ressemble à Aaron Yan !

Owen fronça les sourcils.

— Hein, qui ? Connais pas. Je présume qu'il joue dans ces feuilletons asiatiques dont tu raffoles ?

Simon posa ses carottes et sortit son smartphone. Il trouva une récente photo de l'acteur, prise pour la promo de son dernier film, *Refresh Man*, et la montra à Owen. Ce dernier sifflota.

— *Putain*, joli morceau ! Si tu restes sur la touche, je vais peut-être m'intéresser à son cas.

Le cœur de Simon en rata un battement. Il serra son téléphone contre sa poitrine et protesta :

— Tu ne sais même pas s'il est gay !

Owen haussa un sourcil.

— Ça, je le découvrirai très vite. Tu ne comptes pas me demander de te le laisser ?

Oh, Simon aurait bien voulu interdire à Owen d'approcher Hong-Wei, mais, le Foutu Édit d'Andreas l'avait fortement impressionné. Il attacha son sac à carottes et le ferma d'un clip.

— Je ne peux pas me permettre de perdre mon emploi, Owen. Le nouveau règlement m'interdit d'envisager quoi que ce soit avec le Dr Wu. Il n'est pas pour moi, je te l'ai déjà dit.

Avec un soupir frustré, Owen s'écarta du comptoir.

— On verra. Dis, je pars d'ici quelques minutes. Tu veux que je t'emmène ?

Simon secoua la tête.

— Non, merci, j'ai des courses à faire ce soir, après l'hôpital. Je vais prendre ma voiture.

QUAND IL arriva à Ste Anne, il subit une véritable inquisition des secrétaires, agents d'entretiens, infirmiers et infirmières : tous voulaient en savoir plus sur le nouveau chirurgien.

— À quoi ressemble-t-il ?

— Son vol s'est bien passé ?

— As-tu dîné au restaurant avec lui ? Où ça ? Qu'a-t-il commandé ?

— Il est beau ?

— Il est marié ?

— Quel âge il a ?

— Il est gentil ?

— Comment l'as-tu trouvé ?

Simon s'efforça de répondre poliment à tous… tout en donnant aussi peu de détails que possible, surtout quand les questions étaient d'ordre personnel.

— Le Dr Wu est affable et très professionnel. C'est un excellent médecin qui apportera beaucoup à Ste Anne. Il m'a aussi semblé très strict et rigoureux dans son travail. Oui, il est beau. Il a environ trente ans. J'ignore s'il est marié ou pas, je me voyais mal lui poser la question.

D'un geste dédaigneux, Christie, l'infirmière-chef, repoussa cette objection

— Ce n'est pas de la curiosité, mentit-elle, je voulais juste savoir si nos paniers de bienvenue s'adressaient aussi à sa femme.

Pauvre Dr Wu ! pensa Simon. Son appartement était tellement vide… à part justement ces paniers-cadeaux.

— Il a débarqué seul, en tout cas.

Et pourquoi parler d'une femme, Christie ? Ça pourrait être un mari.

Dante, l'un des techniciens de maintenance, se pencha sur le comptoir.

— Peut-être sa femme arrivera-t-elle plus tard. Il ne t'a rien dit ?

Simon remua nerveusement les dossiers médicaux étalés devant lui. L'idée que Hong-Wei attendait éventuellement son épouse le contrariait.

— Non. Bon, j'ai du travail, il faut que je fasse la tournée des patients.

Ces derniers se montrèrent tout aussi curieux concernant le nouveau chirurgien et posèrent les mêmes questions. En vérité, le Dr Wu était aujourd'hui le principal sujet des conversations et tout le monde voulait en savoir davantage à son sujet.

Une question revenait souvent : *allait-il déjeuner à l'hôpital ?*

— Je n'en sais rien, répétait Simon. Il ne m'a rien dit, mais je doute fort qu'il le fasse aujourd'hui. D'abord, il doit être fatigué par son voyage, ensuite, il doit aménager son appartement. Il y a beaucoup à faire !

Tout le monde s'accorda pour lui donner raison.

Après le déjeuner, Simon aidait Mme Mueller à prendre sa douche quand il entendit une grande agitation dans le couloir. La vieille dame, atteinte de démence sénile, essaya de se lever afin d'aller voir ce qui se passait.

— Est-ce Bobby ? demanda-t-elle.

Simon passa la pomme de douche dans son autre main et insista pour que sa patiente reste assise sur le tabouret en plastique.

— Bobby viendra dîner avec vous, Mme Mueller. Après votre douche, je vous aiderai à enfiler une belle robe en son honneur. Qu'en dites-vous ?

Elle sourit et se laissa faire, une expression douce et vacante figeant ses traits fanés.

— Oh, oui ! Bobby m'emmènera dîner dans un joli restaurant. Il y aura un festival ce week-end, vous savez.

Son mari était un coureur invétéré qui l'avait lâchement abandonnée des années plus tôt. Pourtant, elle en parlait avec attendrissement et attendait constamment sa venue. L'ayant vite découvert, Simon était entré dans son jeu, espérant apporter un peu de joie dans la vie de la vieille dame.

— Dans ce cas, je vais vous laver les cheveux et vous faire belle pour sortir.

Il installa sur ses cheveux blancs un protège-visage et fit mousser le shampooing qu'il avait apporté. Il continuait à parler à Mme Mueller, mais elle restait distraite, l'oreille tendue, attentive au brouhaha animé qui provenait du couloir.

Elle s'agita et tenta encore de se lever.

— Croyez-vous qu'il s'agisse d'un voleur ?

— Non, il y a des gardes, personne ne peut entrer, je vous le garantis. Vous êtes en sécurité. Restez assise, Mme Mueller, le carrelage est glissant, vous risquez de tomber et de vous blesser.

Elle lui tapota le bras.

— Vous êtes gentil, presque aussi attentionné que mon Bobby.

Il termina sa tâche, fit sortir sa patiente de la douche et l'essuya avec soin. Il lui enfila ensuite une couche adulte et une belle chemise de nuit qu'une des aides-soignantes avait achetée pour elle à Goodwill. Quand Mme Mueller sentit le tissu lui caresser les chevilles, elle rit et tapa des mains.

— Oh, Bobby va adorer cette robe ! Merci beaucoup !

Elle prit la main de Simon et l'embrassa sur la joue.

— De rien, répondit-il avec un sourire. Maintenant, étendez-vous et reposez-vous. Il faut que vous soyez en forme pour le grand jour.

D'ici quelques heures, elle aurait oublié le festival, Simon et peut-être même Bobby. En tout cas, elle demanderait où elle était et pourquoi elle se trouvait là. Et personne ne parvenait à lui expliquer son état. Mme Mueller ne comprenait pas. Souvent, Simon se demandait si c'était une bénédiction ou une malédiction. L'énorme tumeur au ventre de Mme Mueller intriguait le corps médical. L'estomac compressé, la vieille dame avait perdu l'appétit. Le chirurgien ambulatoire n'avait pas osé opérer, craignant de causer plus de mal que de bien. La pauvre dame végétait donc, bourrée d'analgésiques quand la douleur devenait insupportable.

Simon passait du temps avec elle, plus sans doute qu'il l'aurait dû. Il faisait rire la vieille dame et la persuadait de manger malgré la douleur. En principe, c'était le rôle d'un aide-soignant, mais qui s'intéressait autant que lui au sort de cette patiente condamnée ?

Il attendit qu'elle soit endormie pour quitter sa chambre. Il était à peine dans le couloir que Dante l'interceptait.

— Simon, il était là !

Très excité, il gesticulait et désignait le bureau des infirmières.

— Qui ?

— Le nouveau chirurgien ! À voir le raffut qu'il a provoqué, on aurait cru une rock star ! Les femmes le regardaient avec des étoiles dans les yeux et gloussaient comme des écolières. Quand il est parti, elles ont commenté son charisme. Je dois avouer qu'il est magnifique. Je regrette presque d'être hétéro.

Le cœur de Simon se mit à tambouriner. Très agité, il cacha dans son dos ses mains tremblantes.

— Le Dr Wu ? Il est venu ?

Dante le scruta des pieds à la tête.

— Qu'est-ce que tu as fait ? Tu es trempé et ta blouse est pleine de taches. Et dans tes cheveux, c'est… des flocons d'avoine ?

Simon étouffa un cri horrifié et tâta ses cheveux poisseux avec une grimace.

— J'ai donné sa douche à Mme Mueller, ensuite, je l'ai fait manger. Ça a été galère, comme d'habitude. À présent, elle dort.

Dante secoua la tête.

— Ce n'est pas à toi de t'en charger, ça fait cent fois que je te le dis ! Tu es infirmier, pas aide-soignant. Va te doucher, je te couvrirai. Tu as des serviettes de toilette dans ton casier, hein ?

— Oui, merci, Dante, je te renverrai l'ascenseur.

Il courait déjà dans le couloir quand la voix de Dante résonna dans son dos :

— Si tu tiens à me remercier, présente-moi la nouvelle infirmière de nuit, elle est très jolie. Et n'en parle surtout pas à Andreas !

Simon courait toujours, en se posant des questions sur la véritable raison de sa précipitation et de son affolement. Voulait-il se nettoyer au cas où il tomberait sur Hong-Wei ? Le chirurgien devait déjà avoir quitté l'hôpital… ou alors, il était en réunion avec l'administration. De toute façon, sans doute serait-il trop tard pour lui parler quand Simon serait enfin présentable. Pourtant, il ne ralentit pas et ouvrit la porte des vestiaires, décidé à faire le plus vite possible.

Il pénétra dans la pièce sans regarder devant lui et heurta de plein fouet un obstacle inattendu qui s'avéra être… *Hong-Wei*. Sous le choc, Simon resta sans voix. Il était fortement secoué par l'impact, mais aussi par le parfum du chirurgien, subtil mélange d'eau de toilette, d'après-rasage et d'un musc légèrement poivré.

Simon en eut le ventre noué et les genoux flageolants. Le voyant vaciller, Hong-Wei le rattrapa et le stabilisa d'un bras autour des reins.

— Ça va ?

Non.

Simon crut mourir d'embarras. Il était dans un état de saleté indescriptible et il avait failli renverser Hong-Wei.

— Oui, mentit-il. Merci.

Il se redressa et remit de l'ordre dans sa tenue dans la mesure de ses moyens, puis croisa les bras sur sa poitrine dans le vain espoir de dissimuler l'avant de sa blouse. Alors seulement, il osa lever les yeux sur l'homme qui lui faisait face.

Hong-Wei était superbe, bien entendu. Il portait un pull à col roulé gris et un pantalon noir qui bruissait au rythme de ses mouvements. Sa blouse blanche déboutonnée voletait autour de lui.

Par chance, elle n'arborait aucune trace de gruau – même après que Simon s'y fut involontairement frotté.

Simon rassembla à grand-peine les brides de sa dignité.

— Enchanté de vous revoir, Dr Wu. Je ne m'attendais pas à ce que vous passiez aujourd'hui à l'hôpital.

Hong-Wei parut sur le point de répondre, puis il fronça les sourcils en fixant les cheveux collés de Simon. Ce dernier n'eut pas le temps de justifier son état, une voix tonnante résonna derrière Hong-Wei :

— Simon, bouge-toi, j'aimerais sortir.

Owen.

Écarlate, Simon s'aplatit contre le mur pour permettre à Hong-Wei de s'écarter et de laisser passer Owen. Derrière son ami, il y avait… Beckert et Andreas, respectivement directeur général et DRH de Ste Anne. Tous deux quittèrent les vestiaires à la queue leu leu derrière Owen.

Oh, que Dieu m'assiste ! pensa Simon.

À sa grande surprise, Hong-Wei l'attendit, puis l'incita d'un geste à le suivre. De ce fait, les cinq hommes se retrouvèrent en cercle dans le couloir.

Nick Beckert entama la conversation avec une affabilité de politicien en s'adressant à Simon :

— Encore merci d'avoir accueilli le Dr Wu à l'aéroport la nuit dernière, Simon. Je lui ai présenté nos excuses pour avoir envoyé comité d'accueil aussi restreint, mais il m'a affirmé que vous aviez tenu votre rôle avec brio.

Simon résista à son envie de vérifier s'il avait encore des flocons d'avoine dans les cheveux. Ça devait être le cas…

— De rien, monsieur. C'est bien normal de s'entraider.

Hong-Wei étudiait toujours la tenue désordonnée de Simon.

— Un problème ? demanda-t-il.

Simon haussa les épaules. Puis il effleura ses cheveux poisseux et céda :

— Désolé… Je comptais justement prendre une douche. J'ai aidé Mme Mueller à manger.

Andreas lui jeta un regard sévère.

— C'est aux aides-soignants de nourrir les patients, M. Lane.

Owen montra les dents avec un sourire dangereux.

— Simon est bien plus attentif aux patients difficiles, Erin. Tu sais très bien que c'est l'homme le plus consciencieux de Ste Anne. Quand il a fini son travail, il cherche toujours à aider le personnel de chambre débordé. Je l'ai même vu sortir les poubelles aussi à l'occasion !

Puis Owen se frotta le menton, l'air pensif. Cette fois, il s'adressa au Dr Wu :

— Mme Mueller a une tumeur à l'estomac, bénigne, mais inopérable. Vous pourriez trouver ce cas intéressant, Jack.

Jack ?

Surpris, Simon cligna des yeux. Ainsi, Owen et Hong-Wei en étaient déjà à s'appeler par leurs prénoms.

Hong-Wei releva vivement la tête.

— Vraiment ? Pourrais-je avoir le dossier de la patiente, M. Beckert ?

Le directeur sourit comme un chat devant une jatte de crème.

— Avec plaisir. Je vais dès à présent procéder à votre enregistrement pour vous donner accès à tous nos fichiers informatiques. Et pendant que nous y sommes, je vais aussi vous attribuer quelqu'un pour faire faire vos courses.

Hong-Wei posa la main sur l'épaule de Simon.

— Inutile, Simon s'est déjà proposé. Vous n'avez pas changé d'avis, n'est-ce pas, Simon ?

Le visage brûlant, Simon était certain d'être devenu écarlate.

— Hein ? Non ! Enfin, oui, je veux dire… appelez-moi si vous avez besoin de moi, Dr Wu. Je vous conduirai où vous voulez.

— Merci.

Après un dernier geste, Hong-Wei s'éloigna, sa blouse blanche flottant autour de lui comme agitée par une brise invisible – on aurait cru un clip publicitaire pour les hôpitaux ! Les trois autres le suivirent. Juste avant que le groupe disparaisse au coin du couloir, Owen se retourna pour adresser à Simon un clin d'œil entendu.

Andreas se retourna aussi, les yeux étrécis et soupçonneux.

Une fois seul, Simon entra dans le vestiaire, se déshabilla et courut sous la douche, où il régla le jet à fond.

HONG-WEI N'AVAIT pas prévu d'aller à l'hôpital, car il comptait d'abord meubler son appartement. Et pour le faire, ses seuls outils étaient sa tablette et sa carte de crédit. Très vite lassé des achats en ligne, il avait décidé pour se distraire d'aller inspecter son nouvel hôpital. Il avait délibérément choisi un duplex à proximité de Ste Anne pour pouvoir s'y rendre à pied. Aussi, quand le vide et le silence de son appartement lui étaient devenus insupportables, il avait rassemblé ses affaires et s'en était allé, impatient de découvrir les réactions qu'allait provoquer son irruption sans préavis.

Il ne fut pas déçu. Pour être franc, il n'osait pas imaginer la réception qu'il aurait reçue en annonçant sa venue ! Ste Anne le traita comme un roi en visite – ou un dieu. Quand le directeur plaisanta en disant qu'avec quelques minutes de préavis, le tapis rouge aurait été déployé, Hong-Wei fut certain qu'il y en existait bel et bien un, caché quelque part, attendant de servir.

Oh, il nota bien deux ou trois réactions négatives d'ordre raciste, mais plus maladroites qu'agressives. On lui fit visiter l'hôpital de fond en comble et dans l'ensemble, il fut traité glorieusement par tous ceux qu'il croisa, du directeur au concierge. C'était enfin l'accueil fiévreux et reconnaissant auquel il s'était attendu en atterrissant à Duluth.

Pour terminer la journée, il fut invité à dîner au *steakhouse* local par les membres du conseil et quelques médecins. Les premiers correspondaient exactement à l'image qu'Hong-Wei s'était faite d'eux : des vieillards de race blanche, très riches et dégoulinants de sourires paternalistes. Nick Beckert, le directeur de l'hôpital, était Afro-américain, ce que Hong-Wei savait déjà puisque c'était avec lui qu'il avait passé un entretien d'embauche sur Skype. Il fut surpris de découvrir que le Dr Kathryn Lambert-Diaz, gynéco-obstétricienne, l'était également et qu'elle était mariée à une avocate dominicaine. Au cours de sa tournée à Ste Anne, il avait remarqué deux infirmières hispaniques. Certes, il était le seul asiatique, mais c'était pour lui un soulagement de constater que l'hôpital ne pratiquait pas de discrimination raciale.

En fait, en examinant avec plus d'attention les convives attablés au *steakhouse*, il nota que pas mal de « Blancs » étaient en fait métis. Il y avait aussi des personnes originaires d'Inde ou du Pakistan. Travaillaient-elles à l'université locale dont Simon Lane lui avait parlé ? se demanda Hong-Wei.

Le Dr Kumpel, pédiatre, et le Dr Gagnon, anesthésiste, l'avaient accompagné durant sa visite. Ils étaient encore là ce soir et Hong-Wei les appréciait déjà. De toute évidence, c'étaient des amis proches qui se fréquentaient même en dehors de l'hôpital. Leur attitude envers Hong-Wei était plus décontractée et naturelle que celle de la plupart de leurs confrères, plus âgés. Ils avaient même insisté pour recevoir Hong-Wei à dîner « chez eux » un de ces soirs.

Surpris par cette information, Hong-Wei mit un moment à la digérer. Se redressant dans son siège, il considéra d'un œil neuf l'intimité des deux hommes.

— Vous vivez ensemble ?

— Oui, acquiesça Kumpel. Nous sommes colocataires, nous l'étions déjà pendant nos études universitaires et en fac de médecine. Et puis, nous sommes nés ici, nous nous connaissons depuis la maternelle. Nous avons d'ailleurs un troisième colocataire, Simon Lane, votre infirmier en chirurgie. Il est passé hier vous chercher à l'aéroport.

Simon. Hong-Wei évoqua l'embarras rougissant du jeune homme après l'avoir heurté, à l'hôpital. Qu'il était adorable, même avec ce gruau collé dans les cheveux ! *Ainsi, il habitait avec Kumpel et Gagnon ? Hmm.*

— J'accepte volontiers votre invitation. Il faudra juste fixer une date.

Les deux amis promirent de s'en charger sous peu, puis l'addition fut payée et les convives se levèrent. La fille d'un des membres du conseil, une gentille femme d'âge moyen, proposa à Hong-Wei de le raccompagner. Professeur d'université, elle avait plusieurs infirmières de l'hôpital parmi ses élèves. Il accepta avec un sourire.

Peu après, elle s'arrêta devant son immeuble et lui adressa un sourire rayonnant :

— Vous avoir est une telle chance pour Copper Point !

QUAND HONG-WEI fut à nouveau seul dans son appartement, il examina son lit de fortune, ses valises encore remplies de ses vêtements et les innombrables paniers de bienvenue qui lui avaient été adressés. Il soupira, attristé : il ne se sentait pas vraiment chez lui.

Ce fut sans doute pourquoi il décrocha quand sa sœur lui téléphona.

— Salut.

Hong-Su ricana avec un scepticisme assez aiguisé pour découper le verre.

— Tu réponds ? C'est pas trop tôt ! D'accord, je t'écoute. Raconte-moi dans quel désastre tu t'es encore fourré. Parce que je te connais, petit frère, rien qu'à ton « salut », je sais que ça ne va pas du tout.

Hong-Wei s'assit en tailleur sur ses couvertures. À l'autre bout de la ligne, en arrière-fond, il entendait le bruit caractéristique d'un hôpital animé.

— Ce n'est pas un désastre. C'est juste étrange... étrange et différent.

— Bien sûr que c'est étrange ! J'ai vingt minutes de pause avant de ma prochaine tournée. Tu as le choix : soit tu te montres borné en prétendant ne rien avoir à dire, soit tu utilises ce temps à bon escient pour te confier.

Hong-Wei n'avait qu'une seule objection.

— Les parents ne sont pas à proximité, j'espère ?

— Tu es vraiment parano ! Pourquoi refuses-tu qu'ils sachent que nous communiquons ?

Parce que dans ce cas, ils voudraient également lui parler et Hong-Wei n'était pas encore prêt à ça.

— Sont-ils là ou pas ?

— Tout d'abord, cet hôpital est immense et les chances sont faibles qu'ils soient à cet étage et dans ce service pendant que je te parle. De plus, je doute fort qu'ils me tombent dessus à l'improviste, mais ça ne te suffirait pas, alors, non, ils ne sont pas là. Ils ne sont même pas ailleurs dans le bâtiment.

— Tu es sûre ?

— Oui. Ils sont occupés ce soir à une collecte des fonds pour une œuvre caritative.

Allongé sur le dos, Hong-Wei regarda le plafond.

— Je ne sais pas par où commencer.

— Est-ce si terrible ? Regrettes-tu déjà ta décision ?

Un peu, mais pas au point de rentrer à Houston. Il se détendit et chercha à s'expliquer en libérant le flot de ses pensées.

— J'avais prévu de tomber sur une situation extrême, genre série télévisée. La réalité est moins tragique, mais plus morne. J'avais cru comprendre que nous serions deux chirurgiens, en fait, il n'y a *que moi* à temps plein. Plus un en ambulatoire, comme ils le faisaient avant mon engagement. Et c'est pareil pour l'anesthésiste, le pédiatre ou la gynéco. Ils prennent parfois un remplaçant pendant leurs congés. Ils manquent aussi de personnel infirmier et d'aides-soignants. En passant aujourd'hui pour une visite impromptue, j'ai trouvé mon infirmier occupé à nourrir une patiente. Au fait, je n'aurai que lui pour m'assister en chirurgie, bien que d'autres soient formés à titre d'auxiliaires.

Il sourit. Penser à Simon l'aidait à se relaxer. Hong-Su émit un son sinistre, entre grognement et soupir.

— Ça ne me surprend pas. Bien sûr que c'est morne, tu as choisi un endroit complètement paumé ! Comment veux-tu que de jeunes médecins aient envie de s'enterrer là-bas ? Même les locaux rêvent sans doute de s'en évader, une fois leur diplôme en poche. N'as-tu rien écouté des sermons de nos parents ?

N'étant pas d'humeur à supporter les remontrances de sa sœur, Hong-Wei cessa de s'auto-apitoyer sur son sort et reprit d'une voix plus ferme :

— Je disais juste que la réalité diffère un peu mes attentes, c'est tout. Je m'y ferai vite et tout ira bien.

En arrière-plan, une machine bipait doucement.

— Je n'en doute pas, répondit enfin Hong-Su. J'ai un peu de temps libre demain, alors je t'enverrai les cartons que tu as préparés. Pendant que j'y suis, as-tu besoin d'autre chose ?

Elle enchaîna sans lui laisser le temps de formuler une réponse :

— Des plats, peut-être ? Des bols à nouilles, des cuillères, des baguettes ? As-tu pensé à en mettre dans tes cartons ?

— Non, reconnut-il. J'en rachèterai.

Il ne comptait pas révéler à sa sœur que ces articles étaient inconnus à Copper Point. Pourquoi ne pas y avoir pensé plus tôt ? Il regretta d'avoir laissé sa vaisselle favorite derrière lui.

— J'en étais sûre ! Tu étais trop déterminé à nous prouver que tu étais capable de te débrouiller ! Je suis surprise que tu aies pensé à prendre des sous-vêtements. Je t'enverrai ta vaisselle et ces sachets de nouilles instantanées que tu aimes tant. Tu pourras ensuite en commander d'autres sur Amazon, ils livrent partout. Je te transmettrai les liens. C'est moins bon que les plats-maison, mais j'ai rarement le temps de cuisiner ces temps-ci, alors ça me dépanne. Avec un peu de chance, tu rencontreras un charmant garçon au Wisconsin, il cuisinera pour toi et je lui apprendrai nos recettes de famille.

Hong-Wei tressaillit et s'en voulut aussitôt. Quelle réaction stupide ! Sa sœur était de son côté, il le savait, mais l'entendre évoquer son homosexualité avec tant de désinvolture lui donnait envie de se rouler en boule sur son ce lit de fortune et de s'y cacher du monde.

— Ta pause doit être écoulée à présent.

Il s'en fallait de cinq bonnes minutes, mais Hong-Su ne le contredit pas.

— Essaie de m'appeler de temps en temps, d'accord ?

Elle n'est pas ton ennemie.

— Je le ferai. C'est promis.

— Au fait, si tu n'as pas pris de haut-parleur Bluetooth, achètes-en un. La musique compte presque plus pour toi que des meubles.

— J'ai un casque.

Il l'avait trouvé dans sa valise, bien emballé.

— Ça ne fait pas le même effet. Il doit bien y avoir des grandes surfaces au Wisconsin, non ? Sinon, monte dans un bus, aventure-toi hors de ton trou. Ou téléphone à une groupie reconnaissante et demande-lui où on en vend. Fais-le dès que possible.

Ce ton autoritaire arracha un sourire à Hong-Wei.

— Oui, chef. Merci.

— De rien.

Après avoir raccroché, Hong-Wei passa plusieurs minutes à considérer ce que sa sœur lui avait dit. Ensuite, il vérifia l'heure et chercha sur internet les magasins susceptibles d'avoir un haut-parleur. Il en trouva plusieurs ouverts en soirée, mais aucun à proximité de son appartement. Et il n'y avait pas de bus à Copper Point.

Il envisagea la soirée qui l'attendait, le silence oppressant de son appartement et grimaça. Toujours allongé sur le dos, il leva son téléphone portable au-dessus de sa tête et fit défiler ses contacts, jusqu'à trouver le nom qu'il cherchait : Simon Lane. Il pressa sur « message » et tapa un SMS.

Tu avais proposé de m'emmener faire des courses. Toujours dispo ?

Moins de vingt secondes plus tard, il recevait une réponse. Il la lut avec un frisson d'anticipation.

Bien sûr. Quand ? Maintenant ?

Hong-Wei voulait sortir sans attendre.

Oui, si ça ne te dérange pas.

La réponse fut encore plus rapide :

J'arrive. Le temps d'enfiler mon manteau et mes chaussures, et je serai devant chez toi dans dix minutes.

Il hésita à attendre Simon sur les marches extérieures, puis se ravisa : ça faisait trop désespéré. En revanche, il répondit à la sonnette de sa porte d'entrée plus vite encore que Simon avait répondu à son texto.

Le jeune infirmier était mignon à croquer dans son jean tout simple, son tee-shirt uni et son manteau bleu qui faisait ressortir la couleur de ses yeux.

— Tu es prêt ? demanda Simon.

Il désigna la rue derrière lui : un SUV y était garé, le moteur tournant au ralenti. Puis il enchaîna :

— J'ai pris la voiture d'Owen, nous aurons plus de place si tu as beaucoup d'achats à faire.

— Oui, je suis prêt. Merci encore.

— De rien, vraiment. Ça me fait plaisir. Tu sais, il te faudra une voiture. Tu ne pourras pas aller à l'hôpital à pied en plein hiver. Il fera bien trop froid !

Le matin même, Hong-Wei avait trouvé l'air glacial – et on n'était qu'en avril !

— Froid ? Dis-moi, les hivers sont rudes dans le coin ?

— Bien sûr. Nous sommes au nord du Wisconsin, dans une baie où se déverse le lac Supérieur. Il fait *très froid*. Et il y a *des tonnes* de neige. J'espère que tu as un garage !

— Oui, juste en dessous de mon duplex. On y rentre derrière l'immeuble, il y a un dénivelé et les garages sont à demi enterrés. Je comptais effectivement acheter une voiture, mais pour le moment, j'ai d'autres priorités. Je viens d'avoir ma sœur au téléphone, elle m'a rappelé que je vivais mal sans musique. Je voudrais donc un haut-parleur Bluetooth pour mon téléphone. Plus tard, il me faudra une chaîne stéréo.

Avant d'ouvrir sa portière, Simon s'arrêta net et lui jeta un regard lourd de reproches.

— Tu aimes la musique ? Pourquoi ne pas me l'avoir dit dans la voiture ? Quand je t'ai demandé ta station Spotify préférée, tu ne m'as pas répondu.

Hong-Wei pouvait difficilement révéler qu'il s'amusait trop à regarder Simon pour penser à la musique – sans compter que son joli chauffeur le distrayait de la terreur qui menaçait de l'engloutir chaque fois qu'il songeait à ce qui l'attendait.

Il opta pour une version abrégée de la vérité.

— Je savourais trop ta compagnie pour avoir besoin de musique.

Si Simon parvenait à prendre cet air embarrassé en salle d'opération sans pour autant perdre ses moyens, la vie d'Hong-Wei à Ste Anne risquait d'être nettement plus intéressante que prévue.

Bien sûr, il ne comptait pas dépasser le stade des compliments si son jeune infirmier n'avait pas encore fait son coming-out – ou s'il préférait ne pas mélanger le travail et le plaisir. Hong-Wei ne supportait pas qu'un médecin abuse de son pouvoir sur ceux qui travaillaient sous ses ordres.

Simon se reprit et monta dans la voiture.

— Sais-tu déjà où tu veux aller ? Sinon, je peux te proposer Electronics Barn, ils doivent encore être ouverts. Et il y a aussi Target.

Hong-Wei se méfiait des appareils vendus en grande surface.

— Je préfère Electronics Barn.

Simon acquiesça et attacha sa ceinture, il paraissait étonné.

— J'aurais pensé que ta priorité, c'était de meubler ton duplex, dit-il après un moment d'hésitation.

Effectivement, Hong-Wei comptait le faire, mais où aller ? Certainement pas à Target.

— Je m'en occuperai demain.

— Demain, je ne pourrai pas t'accompagner, s'excusa Simon. Je travaille toute la journée. Le matin, en chirurgie, l'après-midi, je remplace en service d'étage. Si tu veux, je te laisse ma voiture et j'irai à l'hôpital avec Owen

Gagnon avait parlé de Simon comme d'un ami colocataire, rien de plus. Pourtant, Hong-Wei ne put réprimer un ridicule accès de jalousie en imaginant son jeune infirmier en voiture avec l'anesthésiste.

— Si j'accepte d'emprunter ta voiture, je t'accompagne au travail. Mais je ne voudrais pas que ça te pose un problème.

— Oh, non, bien sûr que non. Je n'en aurai pas besoin pendant que je travaille. Et puis, tu es déjà monté dans ma voiture, hein ? Elle n'a rien de reluisant.

Il agita la main en direction du tableau de bord et demanda :

— Tu disais vouloir acheter une voiture. Quel modèle comptes-tu prendre ? Je peux te conduire chez nos concessionnaires, à moins que tu préfères aller à Duluth pour un modèle plus classe.

Hong-Wei haussa les épaules.

— Je pensais prendre une Honda ou une Toyota d'occasion. Le plus important, c'est qu'elle ait quatre roues motrices pour affronter la neige.

— Tu n'en auras pas besoin sauf si tu envisages de faire du tout-terrain, ce dont je doute fort. Ici, la plupart des voitures se contentent de mettre des pneus neige l'hiver. Et si tu veux une voiture étrangère, il faudra aller à Duluth. À Copper Point, les concessions n'ont que des américaines : Chevrolet, Ford ou Dodge.

Hong-Wei éclata de rire. Devant le regard étonné que Simon lui lançait, il cessa de rire et ouvrit de grands yeux.

— Comment ? Tu parlais sérieusement ?

Manifestement embarrassé, Simon hocha la tête.

— Oui, désolé.

Il se tritura les cheveux et ajouta :

— Tu sais, nous avons de la chance qu'il nous reste des concessionnaires. Après la crise automobile, ces garages auraient fermé sans les aides étatiques. J'ai congé samedi. Si tu veux, je t'emmènerai à Duluth. Jared voudra venir aussi, il adore les voitures. Owen regrettera beaucoup de rater ça, mais il est d'astreinte.

Hong-Wei se remettait à peine du choc d'avoir appris que Cooper Point ne vendait que des véhicules américains. Il avait vaguement entendu dire que ça existait dans les endroits reculés, mais ça ne l'avait pas préparé à affronter cette réalité. Ça semblait si étrange ! Il aurait voulu souligner que les Honda et les Toyota étaient la plupart du temps montées aux États-Unis alors que Chevrolet, Ford et Dodge faisaient fabriquer leurs pièces détachées au Mexique, mais il se ravisa. Ce genre de propos créait vite des antagonismes, il ne le savait que trop.

Il préférait ne pas se mettre Simon à dos. Pas de cette façon, en tout cas.

Il hésitait encore sur ce qu'il comptait faire de Simon, mais le blesser n'entrait pas dans ses projets.

41

— J'accepte volontiers ta proposition de me conduire à Duluth samedi, merci.

— De rien.

Simon désigna un petit centre commercial sur la gauche.

— Voilà ! reprit-il. Nous avons une boulangerie, un atelier de réparation, une maison de retraite et un centre de jardinage. Un peu plus loin, il y a plusieurs restaurants et quelques bars peu recommandables. Ceux de la Grand Rue sont bien plus accueillants. Les restaurants ne sont pas mal. En particulier la Table Familiale qui, comme son nom l'indique, propose des plats traditionnels, essentiellement des fritures. Mon préféré, c'est le burger, juste à côté. Le mexicain est bien aussi. Quant au China Garden, j'adore… Oups, s'excusa-t-il en rougissant. Tu seras sans doute plus difficile que moi dans ce domaine.

Un restaurant chinois au Wisconsin ? C'était surprenant, mais Hong-Wei savait déjà que le Midwest foisonnait de restaurants proposant de la cuisine « chinoise américaine ». Il doutait fort de trouver à China Garden ses plats favoris, mais savait-on jamais…

— Qui en sont les propriétaires ? Des Chinois de naissance ?

— Oh, oui. Et tous les serveurs sont asiatiques. Certains des jeunes parlent correctement l'anglais, mais la plupart savent à peine dire *bonjour*, *merci* et *excusez-moi*.

— De quelle région sont-ils originaires, le cuisinier en particulier ? demanda Hong-Wei.

Simon cligna des yeux.

— Je… je ne sais pas. Désolé.

Hong-Wei soupira

— Aucune importance. Je me demandais juste s'ils savaient faire une vraie soupe aux nouilles et au bœuf. Je me renseignerai.

Simon ne disait plus rien, aussi Hong-Wei s'inquiéta-t-il de l'avoir vexé. Un simple coup d'œil furtif le rassura : le jeune homme paraissait plongé dans ses pensées.

Au bout d'un moment, Simon demanda :

— Je peux te poser une question ?

Hong-Wei pivota dans son siège et scruta le profil à peine visible dans la pénombre de l'habitacle.

— Bien sûr.

— Pourquoi ta famille a-t-elle émigré aux États-Unis ?

— Mon père, qui avait commencé sa médecine à l'étranger, a été accepté comme interne en chirurgie à McGovern, Houston. Nous l'y avons tous suivi, ma mère, ma sœur, mes grands-parents et moi.

Simon se tourna brièvement, les sourcils froncés.

— Et tu as vraiment appris l'anglais en regardant des films ? Je me sens tellement nul de ne rien avoir appris de toutes ces séries asiatiques !

— J'ai *un peu* appris avec des films et *beaucoup* à l'école, d'abord, à Taïwan, puis en arrivant à Houston. Et j'ai eu des professeurs particuliers. En outre, tu regardes tes émissions par plaisir, sans le besoin vital de t'intégrer à une autre culture. Personnellement, j'aurais été prêt à regarder tous les DVD de *Friends* pour éviter de me faire tabasser.

Simon grimaça.

— Je vois.

— Ma sœur et moi étions dans une école privée qui recevait des étrangers de toutes nationalités avec une excellente politique d'encadrement et d'intégration. Nous avons donc pu trouver des professeurs particuliers à des prix abordables. À l'époque, ma mère ne travaillait pas, elle nous aidait à étudier. Quant à mes grands-parents, ils s'occupaient de la maison pour laisser à mes parents le temps de se concentrer sur leur travail et notre édiction. À la fin de son internat, mon père a commencé à exercer comme chirurgien et nous avons été plus à l'aise, financièrement parlant, ce qui a permis à ma mère de terminer ses études d'administration hospitalière. Actuellement, mes grands-parents vivent comme des rois dans une maison que mes parents ont acquise dans la proche banlieue de Houston, et ma sœur et moi sommes tous les deux médecins, ce qui correspond aux vœux de la famille.

Malgré lui, sa voix s'était faite plus acerbe. Par chance, Simon ne lui en fit pas la remarque, se contentant de dire :

— Ainsi, ta sœur est également médecin ? Est-elle aussi spécialiste ?

— Oui, en oncologie chirurgicale.

— Oh. Vous êtes tous chirurgiens ? Quelle est la spécialité de ton père ?

— Orthopédie de la main.

— Waouh ! C'est vraiment spécifique. Et toi, si j'ai bien compris, tu es chirurgien généraliste. C'est exactement ce qu'il nous fallait ! Oh, regarde, voilà le magasin d'électronique !

Machinalement, Hong-Wei tourna la tête vers l'enseigne rouge et jaune. *Chirurgien généraliste.* Il avait failli rectifier, se reprenant à la dernière seconde. Non, il n'était pas un simple généraliste, mais l'avouer

43

aurait été ridicule. Sa priorité en venant à Copper Point était de rompre avec son passé.

Tu es sorti ce soir pour acheter un haut-parleur Bluetooth, pas pour raconter tes problèmes identitaires à ton nouvel ami.

— C'est parfait, allons-y, lança Hong-Wei.

Question taille, le magasin faisait à peine le quart de celui situé non loin de l'appartement que Hong-Wei, à Houston, avait partagé avec sa sœur. De prime abord, il s'inquiéta du maigre choix proposé en matière d'enceintes Bluetooth et de matériel stéréo, mais l'employé s'avéra efficace. Non seulement, il aida Hong-Wei à trouver un haut-parleur digne de ce nom, mais il lui commanda aussi un système stéréo et des enceintes sophistiquées. Au Texas, Hong-Wei s'était déjà intéressé à ce tout nouveau modèle, mais il avait renoncé à les acquérir quand sa sœur l'avait menacé de son scalpel.

En quittant le magasin, il vibrait d'anticipation.

— Il y a longtemps que ce modèle me faisait envie ! Je suis ravi de l'avoir enfin trouvé.

— Et que comptes-tu écouter sur cet incroyable équipement ? Quelles sont tes musiques préférées ?

En pleine euphorie, Hong-Wei faillit répondre. Il se ravisa finalement, peu enclin à partager ses secrets. Il n'était pas encore prêt.

Rappelle-toi, tu es un banal chirurgien généraliste. Agis normalement.

— Un peu de tout. Et toi, tu as des goûts particuliers ?

— Non, pas vraiment, marmonna Simon.

Il se racla la gorge et se passa la main dans les cheveux. Puis il changea de sujet :

— Tu parlais d'acheter tes meubles demain, mais si tu as un moment, je connais un endroit avec du choix et des meubles de bonne qualité. Si tu préfères attendre, ça ne me gêne pas.

Hong-Wei regarda sa montre et fronça les sourcils.

— Tu as vu l'heure ? Je doute fort que ton magasin soit encore ouvert.

— Mais si, ça va aller. D'autres achats avant ça ?

Non, Hong-Wei rêvait juste d'un vrai lit et d'un bon fauteuil où s'asseoir.

— Non, allons-y.

Au bout de la Grand Rue, Simon se gara devant un bâtiment en face du parc municipal qui bordait la falaise. *Meubles Petersen.* Pensif, Hong-Wei examina l'enseigne à double face, désuète, mais bien entretenue, trônant

44

au-dessus d'un auvent métallique qui surmontait de longues fenêtres bien éclairées malgré le fait que le magasin était de toute évidence fermé.

Dès que Simon sortit la voiture, un homme affable, doté d'une grosse moustache, coiffé d'un bonnet et arborant une veste couleur bronze, avança à sa rencontre, un sourire radieux aux lèvres.

— Bonsoir, Simon. Je suis ravi de te voir !

Simon le salua de la main.

— Bonsoir, oncle Jimmy. Je te présente le Dr Wu, le nouveau chirurgien dont je t'ai parlé au téléphone. Dr Wu, mon oncle, James Petersen, est le propriétaire du magasin.

Les yeux pétillants, Petersen tendit la main, un sourire soulevant sa moustache

— À votre service, docteur. C'est une grande joie de vous avoir à Copper Point.

Hong-Wei accepta la poignée de main.

— Appelez-moi Jack, je vous en prie. C'est très aimable à vous de nous ouvrir votre magasin à une heure pareille.

— Mais non, voyons ! J'étais occupé au sous-sol, à vider les poubelles et à curer les drains. Votre visite est pour moi un plaisir. Et si j'en crois mon neveu, vous avez tout un appartement à meubler. Je suis toujours heureux de soulager mes clients de leur argent.

Il rit de sa plaisanterie, puis retrouva son sérieux et attira Hong-Wei d'une main sur son bras.

— Prenez votre temps, Jack, regardez si quelque chose vous plaît. Si ce n'est pas le cas, je vous montrerai nos catalogues et vous pourrez passer commande. Nous travaillons avec des artisans ébénistes Amish de Cashton, ce qui nous permet d'avoir éventuellement des exemplaires personnalisés de nos beaux meubles en bois. Avant tout, j'aimerais savoir précisément ce dont vous avez besoin. Aménager une maison ne se fait pas sans réflexion, vous savez. Il s'agit de votre foyer, de votre refuge à la fin d'une longue journée de travail. Il n'est pas question de choisir à la légère !

Hong-Wei cacha son sourire devant la verve de Petersen. C'était manifestement un vendeur-né, un homme qui connaissait les ficelles du métier. Les meubles « personnalisés » étaient sans doute plus coûteux que ceux qui se trouvaient dans le magasin. Petersen le convainquit même de prendre rendez-vous avec une architecte d'intérieur locale susceptible d'aider à son aménagement. En temps normal, Hong-Wei aurait refusé, certain qu'une habitante de Copper Point ne pouvait pas avoir ses goûts, question conception et décoration.

Cependant, il changea d'avis quand Petersen lui montra le portfolio de la jeune architecte, remarquable aussi bien par ses choix que par ses différentes adaptations en fonction de la clientèle.

Le rendez-vous fut fixé le lendemain après-midi. Le premier entretien était gratuit, une simple prise de contact.

En quittant le magasin, deux heures plus tard, Hong-Wei avait dépensé plus de sept mille dollars. Plusieurs meubles lui seraient livrés le lendemain, le reste, commandé, arriverait sous peu.

En montant dans la voiture, Hong-Wei remarqua :

— Ton oncle est un vendeur exceptionnel !

Simon démarra et quitta le trottoir, les sourcils froncés.

— J'espère qu'il ne t'a pas poussé à trop dépenser. C'était ma seule réserve quand je lui ai téléphoné.

— Oh, non ! Il m'a évité bien des complications, parce que je ne savais où aller. Je n'aime pas commander mes meubles en ligne, on ne juge la qualité du bois qu'au toucher. Et si j'aime vivre dans un cadre agréable, la décoration ne m'intéresse pas. À Houston, je partageais un appartement avec ma sœur, c'est elle qui l'avait décoré. Quand je lui ai demandé de venir faire la même chose ici, pour mon duplex, elle s'est contentée de me rire au nez. Ton oncle m'a été d'un grand secours !

— D'accord, tant mieux. Je suis content que mon idée t'ait plu.

— Oui, beaucoup. Merci. C'est très gentil de ta part d'être passé me prendre.

— Tu plaisantes ? Oncle Jimmy m'a pris trois fois à part pour me remercier de t'avoir amené chez lui. Il m'a promis un fauteuil relax à titre de commission. Quand tu as commandé des étagères et un meuble stéréo, il m'a proposé un modèle en cuir. Il y a un second magasin de meubles à l'autre bout de la ville, tu sais. Oncle Jimmy va pouvoir se vanter partout que le nouveau médecin a acheté des meubles Petersen.

Hong-Wei tenta en vain de retenir son sourire

— Je vois, merci quand même. Grâce à toi, je dormirai demain soir dans un vrai lit.

— J'en suis ravi pour toi. Que veux-tu faire à présent ?

Hong-Wei voulait retourner chez lui et brancher son nouveau haut-parleur Bluetooth.

— Rentrer. En revanche, si ta proposition de me laisser ta voiture demain tient toujours, je ne dis pas non.

— Oh, bien sûr. Veux-tu la garder dès ce soir ?

S'il acceptait, Simon irait demain à l'hôpital avec Gagnon. Hong-Wei le comprit tout de suite.

— Non, garde-la et passe me chercher demain, mon appartement est sur ton chemin. Quand j'aurai fini, j'irai me garer à Ste Anne, je t'apporterai les clés et je rentrerai chez moi à pied.

Il s'attendait à ce que Simon évoque une fois encore la modestie de sa voiture, mais le jeune homme se contenta de dire :

— D'accord, mais si par hasard tu as besoin de la garder, fais-le, aucun problème. Je trouverai à me faire raccompagner.

— Mmm.

Il fit semblant d'accepter cette option – puisque Lane semblait y tenir.

Une fois déposé devant son immeuble, il salua d'un geste Lane qui repartait, puis se rua chez lui. L'appartement était toujours aussi vide, mais le problème serait en partie réglé dès le lendemain, ce qui rendait la situation plus acceptable.

Sans plus s'inquiéter de savoir où le mènerait son flirt avec son infirmier ni s'interroger sur son étrange jalousie en l'imaginant monter en voiture avec un autre que lui, Hong-Wei brancha son haut-parleur et écouta un concerto pour violon.

Très vite, il se sentit mieux. Beaucoup mieux ! Hong-Su avait eu raison, comme d'habitude.

III

Simon avait prévu de filer en douce, mais ses deux colocataires le coincèrent dans la cuisine pendant qu'il préparait son déjeuner. Owen se plaça à sa droite, appuyé contre le placard.

— Tu es rentré très tard la nuit dernière et la façon dont tu es allé droit dans ta chambre sans nous raconter tes occupations de la soirée m'a semblé des plus suspectes.

Jared se mit l'autre côté, bloquant toute échappatoire à Simon.

— Une nouvelle rumeur se répand ce matin, susurra-t-il. Notre nouveau chirurgien aurait dépensé une fortune en meubles chez Petersen. Serais-tu au courant, Simon ?

Alarmé, Simon s'exclama :

— Hein, une rumeur ? Ne me dis pas qu'oncle Jimmy a déjà posté ça sur sa page Facebook !

Owen éclata de rire.

— Non, mais ta tante l'a raconté à ma mère, qui m'a envoyé un texto en me réclamant des détails. Malheureusement, je n'ai rien pu lui dire vu que tu joues les cachottiers !

Pour éviter les regards accusateurs de ses deux amis, Simon, acculé comme il l'était, n'eut que l'option de baisser la tête et de regarder le sol.

— Le Dr Wu devait meubler son appartement, alors, oui, je l'ai conduit en ville et nous sommes passés au magasin. Il était tard, alors j'ai prévenu oncle Jimmy de nous attendre. Je ne vois pas ce que je pourrais vous dire d'autre.

Jared s'accouda au comptoir, s'empara d'une tomate qui se trouvait dans un saladier près de l'évier et l'examina d'un air désinvolte.

— Qu'en penses-tu, Owen ? Le teint de notre jeune ami te fait-il penser à cette tomate ou plutôt à une betterave ?

— À mon avis, c'est la couleur d'un homme très attiré par la beauté exotique de notre chirurgien vedette. Et je te rappelle qu'hier, à Ste Anne, une bonne trentaine de personnes ont offert à Jack de lui servir de chauffeur, mais qu'il a préféré Simon, celui-là même qui est venu le chercher à l'aéroport de Duluth.

Simon pressa les mains sur ses joues brûlantes et ferma les yeux.

— *Arrêtez* ! Ça suffit !

Jared lui claqua les fesses avec affection.

— Je ne vais pas tarder à aller travailler et notre nouveau chirurgien n'ayant pas encore commencé son service, c'est sur moi qu'est tombée la garde de ce soir aux urgences. Le manque de personnel devient *vraiment* pesant, l'administration devrait faire quelque chose ! Simon, tu as les mêmes horaires que moi, veux-tu que je t'emmène ?

Simon s'enflamma davantage en réalisant que sa situation déjà précaire était sur le point de s'aggraver.

— Euh, non… non, merci, bredouilla-t-il. J'ai proposé ma voiture au Dr Wu pour la journée, je passe donc le chercher et il me déposera à l'hôpital avant d'aller vaquer à ses occupations.

Ses deux amis ne le ratèrent pas, bien entendu. Quelques minutes plus tard, il tremblait encore d'énervement quand il s'installa au volant de sa voiture. Le court trajet jusqu'à l'appartement de Hong-Wei ne suffit pas à le calmer.

À peine assis sur le siège passager, le chirurgien repéra que Simon n'était pas dans son état normal. Il fronça les sourcils.

— Ça va ? demanda-t-il. Tu parais fiévreux.

Simon pressa les mains sur ses joues.

— Non, c'est juste… Mes colocataires se sont moqués de moi ce matin.

Le silence pesa dans l'habitacle. Simon crut le sujet clos et démarra. Puis il jeta un coup d'œil à son passager. À sa grande surprise, Hong-Wei était en colère.

— Est-ce leur habitude ? Serais-tu leur souffre-douleur ?

Simon savait bien qu'il n'aurait pas dû se sentir euphorique à l'idée que Hong-Wei soit prêt à prendre sa défense, pourtant il l'était au point que la tête lui tournait.

— Non, non, pas du tout, tu n'as pas à t'inquiéter pour moi. C'est très gentil de ta part et je t'en remercie, mais Owen et Jared n'ont fait que me taquiner. Nous sommes amis depuis longtemps, tu sais, ils ont toujours été plutôt… sarcastiques.

Constatant que Hong-Wei ne paraissait pas convaincu, il s'empressa d'ajouter :

— Nous étions ensemble à l'école, Owen, Jared et moi, nous avons noué des liens indéfectibles. Dans une petite ville comme Copper Point, les habitants se montrent parfois étroits d'esprit, alors pour survivre, nous sommes devenus *Les Trois Mousquetaires*. Plus tard, nous sommes allés ensemble à Madison, à l'université, nous étions colocataires. Une fois diplômés, nous avons décidé de revenir à Copper Point. Owen et Jared me rendent dingue parfois, c'est vrai, mais je les adore.

Étrangement, sa déclaration pleine de feu ne parut guère apaiser Hong-Wei.

— Hmm. Et si je comprends bien, aucun de vous trois n'est en couple ?

— Oh, chacun de nous l'a été, plus ou moins longtemps, mais de façon éphémère. En ce qui me concerne, je sors peu depuis mon retour. D'abord, j'ai beaucoup de travail, ce qui me laisse peu de temps pour ma vie sociale, ensuite, on ne peut pas dire que Copper Point soit très animée la nuit. Et surtout, il est rare que je trouve des hommes qui… m'attirent.

D'un coup d'œil furtif, il vérifia la réaction de son passager. Avec des papillons dans le ventre, il constata que Hong-Wei ne semblait pas choqué. En fait, son homosexualité ne devait pas être une révélation pour lui.

— En clair, tu ne sors ni avec Gagnon ni avec Kumpel ?

Sidéré, Simon cligna des yeux.

— Quoi ? Non, bien sûr que non. Étant adolescents, nous y avions vaguement pensé, mais sans jamais aller loin. Nous sommes des amis, de très bons amis, c'est tout.

Comme Hong-Wei restait étrangement silencieux, Simon décida de l'interroger à son tour :

— Et toi ? Tu sors beaucoup ?

Pendant qu'on y est, j'aimerais que tu me confirmes ton orientation sexuelle.

Il regretta d'avoir parlé à peine les mots échappés de sa bouche en voyant Hong-Wei se refermer – complètement.

— Non

Bon sang.

Simon aurait volontiers parlé d'autre chose, mais il était trop tard : ils arrivaient à l'hôpital. Il regrettait amèrement cette séparation sur une note tendue. Dans un dernier effort pour tirer le meilleur parti possible de la situation, il esquissa un sourire forcé et déclara :

— Voilà, je suis arrivé à bon port. Je te laisse ma voiture à présent. Quand tu n'en auras plus besoin, dépose les clés à la réception. Si tu préfères la garder plus longtemps, aucun problème, je m'arrangerai pour me faire raccompagner ce soir et je la récupèrerai une autre fois. Jared travaille tard dans la soirée, alors…

— Ta voiture sera là quand tu sortiras ! coupa Hong-Wei.

Il semblait à nouveau contrarié. *Pourquoi ?* Simon n'en avait aucune idée.

— D'accord, comme tu voudras. Bonne journée.

— Toi aussi.

En pénétrant à l'hôpital, Simon était très troublé et malheureusement, la journée qui l'attendait ne l'aiderait certainement pas à se détendre. Simon avait beaucoup de mal à supporter le Dr Orth. Quatre mois plus tôt, le vieux Dr Stevens, chirurgien attitré de Copper Point depuis des décennies, avait pris sa retraite. Depuis lors, divers chirurgiens d'autres hôpitaux, parfois même d'États limitrophes, prenaient des vacances à Ste Anne en ambulatoire. Si aucun d'eux n'était particulièrement remarquable, le Dr Orth, lui, s'était vite révélé franchement odieux. Encore jeune et très imbu de lui-même, il avait pris Simon en grippe – et pour être franc, cette antipathie immédiate avait été réciproque. Passer des heures au bloc avec le Dr Orth était une vraie pénitence.

Une fois cette épreuve terminée, Simon se rendit aux vestiaires. Il comptait se doucher, se changer, dîner, puis entamer son second tour de garde aux urgences.

Il sortit de la cabine de douche, la mine renfrognée. Il grinçait des dents et marmonnait des jurons en retournant aux casiers du personnel.

Owen s'y trouvait aussi.

— Houlà ! s'exclama-t-il. Orth t'a mis de charmante humeur, à ce que je vois.

— Sois gentil et dis-moi qu'il dégagera pour de bon dès que le Dr Wu prendra son poste.

Sans attendre de réponse, Simon enfila son uniforme, referma son casier et se retourna. Étonné, il constata qu'Owen lui aussi s'équipait.

— Oh ? Tu as été appelé ? Que se passe-t-il ?

— Un risque de césarienne. Deux même, d'après Kathryn, mais commençons par la première, ensuite, nous verrons. Et vu que toi et Jared êtes aux urgences, vous m'enverrez peut-être d'autres patients.

— Ne plaisante pas avec ça ! protesta Simon. Si j'ai bien compris, nous sommes tous réquisitionnés ce soir en heures sup, Jared et moi aux urgences, et toi, en obstétrique ?

— Oui et prépare-toi à revenir ce week-end : Jared tient absolument à célébrer la guérison d'une jeune patiente. Au fait, avant de commencer, passe au bureau des infirmières. Un colis t'y attend.

Owen souriait, l'œil pétillant.

Sans doute les clés de sa voiture que Hong-Wei avait déposées, pensa Simon. Il pensa d'abord attendre et les récupérer plus tard, puis préféra de jouer la carte de la prudence : des clés, ça se perdait vite !

— D'accord, merci. Bonne chance avec tes césariennes !

— Ce n'est pas moi qu'on découpe, je ne suis que l'anesthésiste qui aide ces pauvres parturientes à ne pas trop souffrir. Dépêche-toi d'aller chercher ton colis, insista-t-il, avec un clin d'œil.

Sur ce, Owen agrafa son badge sur le revers de la blouse et quitta les vestiaires.

Peu après, Simon courait dans le couloir, essayant d'oublier la tension des heures qu'il venait de passer avec sa bête noire. Il espérait qu'il n'y aurait pas de chirurgie d'urgence au cours des prochaines heures, car Orth était de service jusqu'à dix-neuf heures. Ensuite, il ne reviendrait que le lundi suivant. Entre les deux, il n'y aurait pas de chirurgien à Ste Anne. Simon se demandait quand Hong-Wei comptait commencer. Il avait déjà posé la question à Erin Andreas et obtenu en guise de réponse : « c'est au Dr Wu d'en décider », ce qui ne l'avançait guère. Son contrat d'engagement devait bien avoir une date, tout de même !

En fait, Simon se fichait bien des détails administratifs, la seule chose qui lui importait, c'était que le Dr Orth ne mette plus les pieds à Ste Anne.

Une fois arrivé au bureau des infirmières, il s'étonna d'y trouver autant de monde : plusieurs membres du personnel, mais aussi des patients. Sans doute devait-il s'agir d'une exhibition des photos d'un nouveau-né. Comme il ne se sentait pas d'humeur à les regarder, il ignora la foule et avança vers le comptoir.

— Hé, le Dr Wu a dû passer déposer mes clés. Un de vous sait-il où il les a laissées ?

Sa question récolta une tempête de rires, des chuchotements et même quelques « chut ! » Étonné, Simon leva les yeux et vit Hong-Wei au centre du groupe aggluttiné. Incroyablement sexy comme à son habitude, il portait un jean noir et un polo gris moulant. Accoudé à l'autre bout du comptoir, un sourire aux lèvres, il avait un trousseau de clés entre les doigts. Devant lui était posé un sac au logo de China Garden d'où s'échappait de délicieux fumets.

— Merci de m'avoir prêté votre voiture, Simon, déclara le chirurgien. Pour vous en remercier, j'ai apporté de quoi dîner. J'espère que vous avez un moment avant votre prochaine garde.

D'autres rires retentirent alentour, d'autres commentaires chuchotés. Simon avait les oreilles en feu. Dire qu'il avait passé la journée à s'inquiéter d'avoir dit une bêtise le matin même et contrarié son passager, le poussant à s'enfermer dans un silence maussade ! Et voilà qu'au contraire, le beau chirurgien flirtait avec lui devant tout le monde. Car Hong-Wei *flirtait*, son expression l'indiquait sans équivoque. Simon aurait bien voulu accepter cette invitation, mais s'il enfreignait le règlement, Andreas risquait de le virer.

Et parmi les témoins de cette petite scène, combien envoyait déjà des textos à toute la ville ou publiaient des photos sur Facebook hein ? Affolé, il tourna délibérément le dos au groupe et se concentra sur Hong-Wei.

— Merci beaucoup de cette gentille attention. Malheureusement, je suis attendu aux urgences d'ici quelques minutes.

— Dans ce cas, je vous laisse le sac. J'espère que vous aurez le temps de manger plus tard. En attendant, je vous accompagne à votre service.

Tout en parlant, il prit Simon par le coude. Tétanisé d'horreur, Simon entendit les appareils photo des smartphones cliqueter dans son dos. Il retint à grand-peine un juron : la rumeur allait vite se propager dans Copper Point.

Après avoir tourné à l'angle d'un couloir et retrouvé un peu d'intimité, Simon s'intéressa enfin à l'odeur émanant du sac que tenait Hong-Wei

— Ça sent bon, j'en ai l'eau à la bouche. Qu'est-ce que c'est ?

— Je suis retourné au restaurant chinois devant lequel nous sommes passés l'autre jour. J'ai fait une commande… qui est dans ce sac. Pour être franc, je cherchais aussi à t'impressionner.

Après avoir reniflé, Simon ne put retenir sa curiosité :

— J'ai beau humer, je ne reconnais pas cette odeur. Est-ce un plat épicé ? Parce que je dois t'avouer que le piment et moi, nous ne nous entendons pas très bien.

— C'est un *tsao mi fun* – des nouilles de riz sautées. Je les ai prises au porc, car beaucoup de gens n'aiment pas les crevettes. Non, ce n'est pas épicé. En fait, la cuisine taïwanaise l'est assez peu. J'ai été tenté de commander mon plat préféré, la soupe au bœuf et aux nouilles, mais c'est plus long à préparer. Ce sera pour une autre fois.

— Ça sent tellement bon ! s'exclama Simon.

Plus il humait le sac, plus il avait faim. Il hésita, se mordit la lèvre et jeta un coup d'œil par-dessus son épaule, puis céda.

— J'ai encore quelques minutes avant de commencer, avoua-t-il.

Hong-Wei sourit.

— Je sais.

— Je n'arrive pas à croire que tu sois allé dans un restaurant inconnu pour passer une commande !

— En gros, c'est bien ce qui s'est passé, mais ça a été un peu plus compliqué.

Ils arrivaient devant l'ascenseur. Hong-Wei s'arrêta et jeta un coup d'œil autour de lui.

— Où veux-tu manger ? Connais-tu un endroit ?

Simon se passa une main sur les cheveux.

— À la cafétéria, peut-être…

Hong-Wei désigna une porte.

— Pourquoi pas ici ?

C'était le salon réservé aux médecins. Techniquement, Simon n'était pas censé y pénétrer, surtout pour manger ! Ceci dit, il y allait souvent avec Owen et Jared. Et puis un vendredi, à dix-sept heures, tous ceux susceptibles d'y trouver à redire étaient déjà rentrés chez eux.

— D'accord, tentons le coup.

Quand Hong-Wei lui jeta un regard interrogateur, Simon désigna le panneau sur la porte : « réservé aux médecins ».

— C'est interdit aux infirmiers, précisa-t-il.

Hong-Wei pinça les lèvres.

— Oh. J'espérais que les petits hôpitaux n'appliquaient pas cette ségrégation ridicule.

Simon posa sa main sur la poignée de la porte et la fit tourner.

— Eh bien, ça dépend des hôpitaux et de leurs administrateurs, je présume. À Ste Anne, nous sommes un peu déboussolés parce que, comme je te le disais l'autre jour, notre administration a récemment connu pas mal de remaniement. Bien entendu, notre nouveau DRH a voulu marquer son…

Il se tut parce qu'en ouvrant la porte, il venait de trouver Erin Andreas devant le distributeur de boissons. Le DRH, manifestement en pleine discussion houleuse avec Owen, toisa Simon d'un regard noir. S'il envisagea de le réprimander pour son intrusion, il changea d'attitude dès qu'il aperçut derrière Simon son nouveau chirurgien.

Il afficha un sourire affable et avança vers lui :

— Dr Wu, vous revoilà ! Je suis heureux de constater que vous vous sentez déjà chez vous à Ste Anne. Puis-je faire quelque chose pour vous ?

Hong-Wei agita le sac qu'il portait.

— Hier, M. Lane m'a très gentiment accompagné en ville et m'a indiqué où acheter mes meubles. Aujourd'hui, il m'a prêté sa voiture. Je suis venu lui rapporter ses clés et le remercier avec un plat de mon pays natal. J'espérais qu'il aurait le temps d'y goûter avant sa prochaine garde aux urgences.

Toujours curieux, Owen s'approcha lui aussi de Hong-Wei, son regard attentif fixé sur le sac.

— Oh ? Ça sent très bon ! Y en a-t-il assez pour que je goûte aussi ?

Une demande aussi directe parut surprendre Hong-Wei. Quant à Simon, il était tenté d'étrangler son ami. Il n'en eut pas le temps. Andreas intervint et se jeta sur Owen, qu'il entraîna presque de force hors du salon.

— Dr Gagnon, tu es attendu en obstétrique, si je ne m'abuse.

Owen, beaucoup plus grand qu'Andreas, fusillait le sommet de sa tête d'un regard noir.

— Quoi ? Non, mon pager n'a pas sonné !

Sans lâcher prise, Andreas se contenta de lui sourire. Owen pinça les lèvres et leva les yeux au ciel, puis il se résigna.

— D'accord, d'accord, j'y vais. Lâche-moi, je saurai trouver mon chemin !

— Non, je préfère t'accompagner.

À la porte, Andreas s'arrêta et salua d'un signe de tête Simon et Hong-Wei.

— Bonsoir, Dr Wu, bonsoir, M. Lane. Bon appétit.

Simon le regarda sortir. C'était bien la première fois qu'il éprouvait de la reconnaissance envers Andreas. Malheureusement, un autre « intrus » restait dans la pièce : Jared. *Mes colocataires sont épouvantables*, pensa Simon avec amertume.

Mort de rire, le pédiatre se laissa tomber sans un fauteuil et posa les pieds sur la table basse.

— Mon Dieu, que c'est drôle de voir Owen et Erin se chamailler ! Simon, tu devrais manger vite. Andreas sera sur notre dos ce soir, il compte nous faire subir une autre évaluation.

Avec un soupir, Simon s'assit en face de Jared.

— Encore ? Mais c'est pas vrai ! Il n'a rien de mieux à faire le vendredi soir ?

Jared ricana.

— Andreas ? Certainement pas.

Hong-Wei ouvrit le sac et en retira deux boîtes en polystyrène. Il paraissait perplexe.

— D'après ce que j'ai compris, Erin Andreas est DRH à Ste Anne. Pourquoi évalue-t-il les employés ?

Jared jouait distraitement avec la paille de son café.

— Parce que ça lui plaît de se sentir important ! Oui, c'est notre DRH, mais son père, le président du conseil d'administration de l'hôpital, possède également la moitié du comté. C'est une famille très ancienne. Les Andreas affirment que leur arbre généalogique remonte à des commerçants français installés à Copper Point au temps du commerce des fourrures, bien avant la mine.

Très amer, Simon ruminait en silence. Ce soir, la présence d'Andreas aux urgences allait alourdir sa charge de travail. Comme s'il en avait besoin après un après-midi avec Orth !

Mais alors, Hong-Wei ouvrit le container et l'odeur qui s'en échappa frappa Simon de plein fouet. Il se pencha pour regarder les nouilles miroitantes.

— Oh, mon Dieu !

— Mange pendant que c'est chaud, recommanda Hong-Wei.

Il sortit du sac des baguettes, puis hésita.

— Que préfères-tu, Simon, des baguettes ou une fourchette ?

Simon rougit.

— J'adorerais savoir me servir de baguette, mais je ne suis pas doué. Chaque fois que j'ai essayé, ça a été un désastre.

Hong-Wei sourit.

— Je t'apprendrai, mais une autre fois. Ce soir, tu n'as pas le temps. Y a-t-il des fourchettes ici ? demanda-t-il à Jared.

— Oui. Une minute…

Jared se leva et sortit un sachet de couverts jetables d'un tiroir près du micro-ondes. Il revint et le tendit à Simon, puis étudia les deux hommes avec intérêt.

— Vous semblez bien vous entendre tous les deux, remarqua-t-il.

Simon lui aurait volontiers donné un coup de pied, mais il fut distrait par l'habileté avec laquelle Hong-Wei maniait ses baguettes. Le chirurgien avait attrapé une bonne portion de nouilles qu'il portait à sa bouche. *Seigneur, même en mangeant, il est beau à tomber !*

Simon s'efforça d'oublier ces idées dérangeantes et goûta à ses nouilles. Dès la première bouchée, il gémit de plaisir.

— C'est délicieux !

Hong-Wei s'essuya la bouche avec une serviette en papier.

— Pas mauvais, concéda-t-il. Légèrement différent de ce à quoi je suis habitué. Je suis heureux que ça te plaise, Simon.

Il se tourna ensuite vers Jared.

— Vous avez raison, Simon et moi nous entendons bien. Comme nous allons travailler ensemble, apprendre à mieux le connaître me semblait important.

Jared sirota sa paille.

— Mmm. Bien, nous avions parlé de vous avoir à dîner. Vous êtes libre demain soir ? Simon et moi ne travaillons pas, et Owen est d'astreinte. C'est presque un samedi libre – une rareté !

Simon se redressa, une promesse lui revenant en mémoire.

— Non, pas demain, je dois conduire le Dr Wu à Duluth. Il envisage d'acheter une voiture.

Le visage de Jared s'éclaira.

— Vraiment ? Je peux vous accompagner ?

Hong-Wei esquissa un sourire indéchiffrable.

— Je ne voudrais pas vous déranger.

Jared posa sa tasse et se pencha en avant.

— Me *déranger* ? Ma vie est ennuyeuse à mourir et je suis toujours en quête de distraction. En plus, Owen sera furieux de rester en plan, c'est un sacré bonus. Avez-vous déjà une idée de ce qu'il vous faudrait ?

Les deux médecins discutèrent voitures quelques minutes pendant que Simon terminait ses nouilles. Il aurait préféré être seul avec Hong-Wei et en voulait un peu à Jared de son interférence. D'ailleurs, pourquoi faisait-il une telle obsession envers le beau chirurgien ? Même si Hong-Wei s'intéressait à lui sur un plan personnel, ce qui n'était sans doute pas le cas, une vraie relation était impossible.

Pourtant, Simon aurait préféré manger en tête-à-tête avec Hong-Wei.

Il finissait la dernière bouchée de son plat quand Jared se leva, repoussa son siège et s'étira paresseusement.

— Bon, je vais aller voir ce qui se passe sur le terrain. Avec un peu de chance, la soirée sera calme et la nuit paisible.

Avant de quitter le salon, il tapota l'épaule de Simon.

— Je te couvrirai si Andreas se pointe, mais ne tarde pas trop. Il est peu sensible à mon charme. En contrepartie, je compte sur toi dimanche pour ma petite fête. Ma jeune patiente sortira en début de semaine prochaine. Les enfants adorent te voir sur scène !

Une fois le pédiatre sorti, Hong-Wei haussa un sourcil et se tourna vers Simon.

— *Sur scène ?*

Devenu ponceau, Simon prit la ferme décision de tuer Jared à la première occasion. À contrecœur, il expliqua :

— Jared fête toujours la sortie d'hôpital d'un enfant. Au fil des années, c'est devenu une tradition à Ste Anne. En plus, ça amuse les jeunes patients qui sont encore hospitalisés. Owen et moi sommes réquisitionnés pour participer à ses spectacles quand nous sommes en congés.

— Cet endroit est tellement bizarre ! Ça me plaît.

— J'espère que tu le penseras toujours quand tu auras commencé à travailler ici.

Hong-Wei récupéra les emballages vides, les remit dans le sac et se leva.

— Justement, je compte prendre mon poste lundi.

Lundi ?

— Si tôt ? Andreas est-il au courant ?

— Il m'a dit de prendre mon temps pour m'installer et de commencer quand je me sentirai prêt. Je n'interviendrai en chirurgie qu'à la fin du mois, dans quinze jours. Mais en venant plus tôt, je compte me familiariser avec l'hôpital, le personnel et les procédures. D'après ce que j'ai compris, Ste Anne manque constamment de mains, je serai donc à même d'aider en cas de besoin. Et en ce qui concerne mon futur service, je tiens à tout passer en revue avec toi, mon infirmier, dès que tu auras un moment de libre. Chaque chirurgien a ses petites manies concernant l'organisation des salles d'opération, je voudrais donc t'expliquer en détail mon modus operandi. Andreas est d'accord, il m'a donné la priorité sur toi et a promis de trouver quelqu'un pour te couvrir pendant les heures que tu passeras avec moi pendant cette période de transition.

Le cœur de Simon rata un battement à l'idée d'assister Hong-Wei plutôt qu'Orth. Il n'osa pas s'attarder sur cette perspective.

— Bien sûr ! s'exclama-t-il avec ferveur. Je viendrai dès que tu auras besoin de moi. J'ai hâte de travailler avec toi !

Hong-Wei jeta le sac dans un des bacs à tri, puis tapota la table du bout des doigts.

— Moi aussi. Au fait, j'aimerais rester à Ste Anne ce soir. Si je te suis aux services urgences pour commencer à te poser quelques questions, ça ne te dérangera pas ? J'espère ne pas t'attirer des ennuis avec Andreas.

— Aucun risque, il est prêt à t'accorder tout ce que tu lui demanderas. Explique-lui ta requête, il y accèdera volontiers. Ste Anne a beaucoup de chance de t'avoir, tout le monde en est conscient. Le conseil te donnerait la lune, si tu y tenais vraiment.

— Non, merci, je n'ai pas la place de la mettre dans mon appartement. D'accord, je passe voir Andreas. Merci, Simon. À très vite.

En se rendant aux urgences, Simon était sur un petit nuage.

Les urgences... le terme était vieillot, Simon s'en était rendu compte quand il avait travaillé dans de grands hôpitaux à Madison. Hong-Wei devait le penser lui aussi, après avoir connu ceux d'Houston. Mais Ste Anne aimait les traditions. Hong-Wei parlait de « services d'urgences », cependant. Et Simon trouvait que ça faisait plus professionnel, plus classe – plus *Hong-Wei*.

Conscient d'afficher un sourire niais, il chercha à composer son expression en pénétrant dans le service, en vain.

En le voyant, Jared leva le pouce.

— Bravo, Simon. Il t'offre à dîner, il est dingue de toi !

Affolé, Simon le fit taire et jeta un regard inquiet autour de lui. Par chance, l'autre infirmière bavardait avec une aide-soignante et la réceptionniste. C'était l'heure du changement d'équipe et le brouhaha ambiant était plus bruyant que de coutume entre ceux qui partaient et ceux qui arrivaient.

— Tais-toi, Jared, ne dis pas des trucs pareils ! Mon Dieu, si Andreas t'avait entendu !

— Il n'est pas là, il est occupé en obstétrique à houspiller Owen. Je suis au courant parce qu'Owen m'envoie toutes les trente secondes un texto pour se plaindre. Parfois, il passe aussi sur Snaps.

Jared leva le bras et montra à Simon l'écran de son téléphone : les notifications Messenger et Snapchat y pullulaient, effectivement.

— Je suis sérieux, Simon, reprit Jared à mi-voix. Wu s'intéresse *vraiment* à toi.

Pour s'occuper les mains, Simon remplit inutilement un chariot d'accessoires qu'il finit par ôter.

— Il vient d'arriver, marmonna-t-il. Il ne connaît personne, il cherche juste un ami. C'est moi qui suis allé le chercher à l'aéroport, il m'en est reconnaissant, ça ne va pas plus loin.

— Tu parles ! Tu n'as pas remarqué la tête qu'il tire quand Owen et moi te bousculons un peu, ou au contraire, qu'il nous trouve trop tendres avec toi ? Il grogne comme un pitbull : « il est à moi ! » Bien entendu, nous le faisons *justement* parce que sa réaction nous fait rire.

Simon plaqua les mains sur ses joues. *Était-ce vrai ?* Cette perspective lui faisait battre le cœur plus vite, mais…

— Et alors ? Même s'il s'intéresse à moi, ça n'aboutira à rien. Tu connais comme moi le règlement de Ste Anne !

Jared leva les yeux au ciel.

— Ne dis pas de bêtises. Vous pouvez très bien être ensemble, tous les deux. Il vous suffira d'être discrets, c'est tout.

Simon secoua la tête.

— *Discrets* ? À Copper Point ? Alors qu'il est le prestigieux chirurgien que tout le monde espérait sans y croire ? Je doute de pouvoir traverser la rue en sa compagnie sans que notre photo paraisse le lendemain dans *La Gazette* en première page ! De plus, je pense que tu exagères.

— Non, il s'intéresse à toi. Si une relation stable ne te tente pas, tu peux au moins coucher avec lui.

L'idée court-circuita les terminaisons nerveuses de Simon.

— Je ne peux pas. Le règlement…

Jared se pencha plus près.

— Tu en as très envie, je le lis dans tes yeux. Mais tu as peur et tu utilises le Foutu Édit en guise de bouclier. De quoi as-tu peur, Simon ?

Simon cessa de jouer avec son chariot.

— Il n'est *pas question* que je risque ma carrière pour un plan cul !

— Une fois de plus, tu esquives la question.

Effectivement. Et Simon avait bien l'intention de persister.

— Tu n'es pas censé travailler, Jared ?

— Si, mais j'ai déjà fait le tour des patients.

— Eh bien, pas moi, et je dois aller consulter le registre. L'infirmière de jour vient de partir, je n'ai pas le temps d'écouter tes bêtises.

Abandonnant son chariot à Jared, il s'empara d'un bloc-notes et le serra contre sa poitrine dans l'espoir de calmer les battements affolés de son cœur.

De quoi as-tu peur ?

Il évoqua le sourire séduisant de Hong-Wei et frissonna. Puis il repoussa fermement cette image, effrayé qu'elle apporte à sa question des réponses qu'il ne voulait pas entendre.

HONG-WEI TROUVA Andreas dans le service obstétrique, où il se disputait avec Gagnon. En le voyant, le DRH leva la main devant le visage de l'anesthésiste et accueillit Hong-Wei d'un sourire.

— Dr Wu, puis-je faire quelque chose pour vous ?

Hong-Wei étouffa un rire en voyant Gagnon, dans le dos d'Andreas, imiter – ou plutôt caricaturer – sa posture et son sourire. *Puis-je faire quelque chose pour vous ?* mima l'anesthésiste, la bouche en cul-de-poule, avant de se détourner pour étudier l'écran de son moniteur.

Hong-Wei s'éclaircit la gorge.

— J'ai réfléchi, j'aimerais prendre mon poste lundi, si ça vous convient aussi.

L'expression d'Andreas devint avide.

— Bien entendu, Dr Wu ! Je suis absolument ravi que vous vous sentiez déjà prêt à travailler. Nous avons déjà signé un contrat d'une semaine avec un chirurgien ambulatoire, mais la suivante en est encore au stade des négociations, aussi si vous désirez commencer à opérer plus tôt que prévu, c'est tout à fait possible. En fait, indiquez-moi vos desiderata et je m'efforcerai de vous apporter satisfaction.

Simon a raison, pensa Hong-Wei. Erin Andreas agissait plus en directeur qu'en simple DRH. Et son pouvoir l'enivrait.

— Pour l'instant, je veux surtout apprendre à mieux connaître le personnel et former Simon Lane, mon infirmier, à mon modus operandi. J'aurai donc besoin de passer du temps avec lui. C'est ma priorité. Je préfère m'assurer qu'il comprenne bien mes attentes avant d'opérer avec lui.

Andreas hocha la tête.

— J'enverrai une note générale pour informer le personnel que tous sont susceptibles d'être appelés pendant leurs heures de travail pour un entretien avec vous. Comme vous l'avez sans doute déjà remarqué, nous formons notre personnel à remplir d'autres postes afin d'utiliser aux mieux nos ressources humaines. Je vous remettrai la liste de ceux qui interviennent en chirurgie. Simon Lane sera effectivement celui avec lequel vous travaillerez le plus souvent. À l'heure actuelle, nos chirurgiens étant uniquement ambulatoires, nous avons peu de patients en chirurgie. Je transmettrai une note à *La Gazette* pour informer Copper Point que notre service chirurgical sera bientôt opérationnel même le week-end.

Sidéré, Hong-Wei cligna des yeux.

— Voulez-vous dire qu'actuellement, ce n'est pas le cas ?

— Malheureusement, non. Nous avons la chance que notre gynécologue-obstétricienne, le Dr Lambert-Diaz, suive de près ses parturientes et évite de quitter la ville quand un accouchement est programmé. Quand elle y est obligée, nous devons envoyer les futures mères dans le Michigan, à Ironwood. C'est l'hôpital le plus proche. En plus, nous devons les avertir bien à l'avance quand nous leur adressons un patient. En dernier recours, c'est une ambulance pour Duluth, ou même Eau Claire. Duluth est plus proche, mais il nous faut tenir compte de la couverture sociale de nos patients : ceux qui dépendent de Medicaid [3] doivent rester dans l'État, c'est moins coûteux. Le Dr Lambert-Diaz sera ravie de vous confier ses patientes si elle a besoin d'un congé.

Hong-Wei n'en croyait pas ses oreilles.

— Que feriez-vous si un patient arrive ce soir avec une appendicite aiguë ?

Sans perdre son calme, Andreas le fixa droit dans les yeux.

— Je vous supplierai d'intervenir, Dr Wu.

En apprenant que s'il quittait la ville, Copper Point serait sans chirurgien, Hong-Wei fut tellement secoué qu'il alla s'enfermer dans le bureau qu'Andreas lui avait attribué. Il passa un coup de fil à sa sœur et vacilla presque de soulagement quand elle décrocha. Elle paraissait très énervée, mais il coupa sa diatribe après deux ou trois secondes :

— Imagine un peu ! Ils n'ont personne ici pour assurer les urgences le week-end. Personne !

Elle siffla.

— Ça craint ! D'un autre côté, c'est logique. Les urgences, ça coûte cher.

— Oui, mais en cas de problème, ils envoient leurs patients dans des hôpitaux à des heures de route. Demain, je comptais aller à Duluth acheter une voiture. Maintenant, je ne peux pas, sinon, je passerais mon temps à me torturer à l'idée que des patients risquent de mourir pendant que je...

3 Assurance maladie des États-Unis pour les personnes à revenus modestes, géré par les États et subventionné par le gouvernement fédéral

Il s'interrompit juste avant de dire : *batifole avec mon infirmier*. Il n'était pas encore prêt à parler de Simon à Hong-Su.

— Petit frère, ne sois pas idiot. Tu dois pouvoir quitter la ville et ton travail de temps à autre. Sinon, la pression finira par te tuer !

— La situation va évoluer, ils engageront des remplaçants les week-ends où je ne serai pas d'astreinte. Du coup, je pense attendre un peu avant d'acheter ma voiture. Je ne suis pas à une semaine près.

— Pourquoi ne pas en acheter une sur place ?

— Parce que Copper Point ne vend que des américaines.

— Ah oui, quand même ! Écoute, tu peux certainement t'entendre avec un concessionnaire local et lui commander la voiture de ton choix, même s'il s'agit d'une étrangère. Tous les garages sont plus ou moins connectés. Sinon, tu choisis une voiture en ligne et tu la fais livrer chez un des concessionnaires de ton patelin. Et il te préviendra dès qu'il la recevra. Tu as assez d'argent sur ton compte, hein ? Sinon, je te ferai un virement.

Même après les milliers de dollars dépensés pour ses meubles, Hong-Wei avait encore assez pour payer cash une voiture d'occasion. Il ne comptait pas en acheter une neuve. Ayant touché une belle prime d'engagement, il préférait ne pas demander à Andreas une avance sur salaire.

— Tu crois vraiment qu'on me livrerait une voiture à Copper Point ?

— Ça dépend du prix que tu y mettras. Sinon, tu peux demander à un de tes nouveaux amis d'aller la récupérer pour toi, non ?

Hong-Wei était certain que Gagnon accepterait en se frottant les mains. En fait, il ne tenait pas *tant que ça* à aller à Duluth. Dans ce cas, pourquoi ne pas y envoyer Gagnon et Kumpel et, en leur absence, profiter d'une journée avec Simon ?

— Oui, c'est une idée.

— Tu vois ? Tout s'arrange quand on y réfléchit un peu. Et souviens-toi que ces gens sont longtemps restés sans chirurgien. Tu es là maintenant, d'accord, mais ça ne veut pas dire pour autant que c'est à toi de sauver le monde. Le stress t'a déjà poussé à filer à l'autre bout du pays. Ne refais pas les mêmes erreurs.

Elle avait raison. Comme toujours.

— D'accord, je m'en souviendrai. Merci.

— Tu sais, j'ai vraiment l'impression que tu t'attaches à Copper Point. Ça commence à attiser ma curiosité. Je passerai peut-être un de ces quatre te rendre une petite visite.

Hong-Wei se raidit. Il adorait sa sœur, mais c'était encore trop tôt pour qu'il affronte sa famille dans ce nouvel environnement.

— Il n'en est pas question !

— D'accord, d'accord, joue au héros en solo. Mais vas-y mollo.

Hong-Wei fit de son mieux pour suivre ce conseil. Dans l'heure qui suivit, il envoya à chacun des membres de la liste qu'Andreas lui avait remise un mail dans lequel il se présentait. Il prit aussi la peine de les avertir qu'il comptait s'entretenir avec chacun d'entre eux, individuellement ou pas, afin de passer en revue les procédures relatives à la manière dont il tenait à gérer ses salles d'opération.

Puis il retourna aux urgences et s'entretint avec Simon, mais pas longtemps. Il était distrait par chaque nouveau patient, même si aucun d'eux ne réclamait une opération d'urgence.

Il s'attarda un moment auprès de Kumpel qui plâtrait une fracture du bras chez un jeune garçon. Une fois le patient ramené dans sa chambre, le pédiatre demanda :

— Ça va ? Vous paraissez perturbé, mais je ne parviens pas à déterminer si vous vous ennuyez, si vous êtes en colère, ou les deux à la fois.

Hong-Wei venait de constater que se trouver à l'hôpital réveillait ses inquiétudes. Il hésita, puis jugea préférable d'être franc.

— Andreas m'a indiqué que nous n'avions personne en chirurgie durant le week-end.

Kumpel lui jeta un regard attentif.

— Oui, c'est loin d'être idéal, mais nous avons des solutions palliatives. C'est pour ça que vous traînez ici ? Au début, j'ai cru que c'était pour Simon, mais je commence à me poser des questions.

Hong-Wei sursauta, surpris par le naturel avec lequel le pédiatre évoquait son attirance envers le jeune infirmier. Il décida de ne pas relever l'allusion.

— Vous avez raison, je suis d'abord resté pour parler à Simon de mes procédures chirurgicales, mais maintenant, je me sens… d'astreinte pour ce soir et tout le week-end. Il n'est pas question que je m'absente alors qu'un habitant de Copper Point peut avoir besoin d'un chirurgien. Même si je m'y risquais, je serais incapable de me concentrer.

Kumpel se pencha sur le comptoir de la salle d'examen et y tapota ses doigts.

— Vous vous inquiétez trop, mais je ne peux pas dire que ça me dérange. Ça change agréablement des médecins intérimaires que nous avons d'ordinaire et qui filent le vendredi soir sans un regard en arrière. J'aime votre attitude, Jack, vous vous sentez déjà concerné alors que vous n'avez pas encore officiellement commencé. Ceci dit, vous n'avez pas à rester, je vous assure. Vos nouveaux meubles ont été livrés aujourd'hui, non ? Vous devriez les inaugurer.

Décidément, tout se savait à Copper Point ! Hong-Wei devina qu'il mettrait un certain temps à s'y habituer.

— C'est vrai, mais j'aime bien être ici.

Kumpel ricana.

— Foutaises, personne n'a envie de traîner aux urgences ! C'est juste que vous n'avez rien de mieux à faire. Simon étant occupé pour le moment, j'ai une solution à vous proposer…

Il sortit son téléphone et tapa un texto. Ensuite, il se redressa et passa un bras autour des épaules de Hong-Wei.

— Venez, Jack. Je vais vous trouver une blouse et des patients qui ont besoin de distraction.

Tenté d'objecter, Hong-Wei changea d'avis et se laissa entraîner. Il suivit Kumpel pendant sa tournée auprès de plusieurs lits. Aucun cas n'était sérieux, quelques ivrognes, les accidentés habituels du vendredi soir et deux enfants malades, auprès desquels le pédiatre s'attarda.

Il prit le temps de présenter Hong-Wei aux jeunes patients, mais aussi à leurs parents.

— Notre nouveau chirurgien, le Dr Jack Wu. Il commence lundi. En attendant, il nous assiste ce soir aux urgences et apprend à connaître le personnel. Nous avons une chance incroyable de l'avoir !

Hong-Wei admira le pédiatre. En plus d'être un excellent praticien, il s'efforçait de faire rire ses jeunes patients. Et Simon l'assistait avec compétence.

Pendant une période plus calme, Kumpel demanda :

— Avez-vous déjà opéré des enfants, Jack ?

Non loin d'eux, Simon complétait le dossier informatique d'un patient. Hong-Wei haussa les épaules et essaya de cacher que cette question le contrariait. Mais Kumpel n'était pas indiscret, il cherchait seulement à mieux le connaître.

— J'ai fait de la chirurgie pédiatrique, oui. En fait, j'ai touché un peu à tout au cours de mon internat.

— Je ne comprendrais jamais comment on peut quitter Baylor pour Copper Point ! Ne vous inquiétez pas, je ne compte pas vous interroger – je craindrais trop de briser le sort et de vous voir disparaître pour retourner d'où vous venez –, mais j'aimerais en savoir plus sur votre parcours. Andreas nous a seulement dit que vous étiez chirurgien généraliste.

Chirurgien généraliste. La même formule que Simon. Eh bien, oui, c'était ce qu'il voulait être désormais. Hong-Wei posa sa tasse et se racla la gorge.

— C'est compliqué.

Kumpel s'étira dans son fauteuil et bâilla.

— J'étais certain que ce serait votre réponse ! Au fait, Simon, j'ai oublié de te le dire, mais Mme Mueller est retournée aujourd'hui à la maison de retraite.

Simon soupira, sans lever les yeux de son écran.

— Et elle nous reviendra d'ici une semaine.

Kumpel se tourna vers Hong-Wei.

— C'est vrai. C'est la patiente dont je vous ai montré le dossier l'autre jour, celle qui souffre d'une tumeur inopérable à l'estomac.

Hong-Wei s'en souvenait. Les scans étaient mauvais. Il aurait voulu en avoir d'autres, mais pour ça, il lui faudrait convaincre Medicaid d'accepter une dépense supplémentaire – ce qui n'était pas gagné.

— J'aimerais être prévenu quand elle sera de retour, indiqua-t-il.

— Bien sûr.

Cette nuit-là, aucun patient ne nécessita une opération.

HONG-WEI AVAIT envisagé de demander à Simon de le raccompagner, mais Kumpel lui mit le grappin dessus.

Lorsqu'il s'arrêta devant l'appartement de Hong-Wei, il se pencha vers lui et déclara :

— Je passerai vous prendre demain matin vers neuf heures. Le samedi, Owen nous prépare un excellent brunch. S'il est appelé – c'est son week-end d'astreinte à l'hôpital –, je me chargerai de faire la cuisine. Au fait, pour Simon, je voulais vous dire : ne vous inquiétez pas, il est très attiré par vous.

Figé, Hong-Wei fixait le pare-brise, droit devant lui.

Kumpel continua d'un ton calme :

— J'ai bien vu la façon dont il vous a fixé toute la nuit. Pour clarifier la situation, il est gay, Owen et moi aussi, et nous avons tous les trois fait notre coming-out. Vous, vous ferez ce que vous voudrez. En fait, il serait probablement plus prudent que vous restiez un temps dans le placard vu qu'Andreas tient beaucoup à interdire les relations entre les employés de Ste Anne et que Simon a peur d'être viré. Je voulais juste vous dire que je suis de votre côté, Owen aussi. Nous sommes tous les deux très attachés Simon et nous aimerions le voir heureux. S'il l'est avec vous, ce serait encore mieux.

Quelle ville étrange !

— J'accepte votre invitation, répondit Hong-Wei. Je partagerai votre brunch demain matin avec grand plaisir.

Une sueur d'angoisse lui perlait au front. Puis il s'interrogea sur la véritable nature de son inquiétude. N'était-ce pas *exactement* dans ce but qu'il avait quitté Houston : vivre à sa guise, se faire des amis, tomber amoureux et profiter de l'existence ?

En toute franchise, je n'en sais rien. Je n'ai toujours pas compris ce qui m'avait poussé à fuir.

— Tant mieux ! Je demanderai à Simon votre numéro de portable et je vous contacterai pour vous donner des précisions. Dormez bien et ne vous tourmentez pas trop concernant les patients. S'il y a des urgences, nous les réglerons au fur et à mesure qu'elles se présenteront, comme d'habitude. C'est la politique de Ste Anne.

Hong-Wei acquiesça, sortit de la voiture et se dirigea vers son appartement.

Une fois chez lui, il s'affala dans son nouveau canapé – il en était encore à s'émerveiller d'avoir des meubles ! – et pressa la télécommande de son enceinte Bluetooth. Il écouta Chopin et se calma graduellement.

IV

LE WEEK-END ne se déroula pas du tout comme Simon l'avait prévu, mais finalement, tout s'arrangea pourtant.

Pour commencer, il n'avait pas pensé que Jared sortirait chercher du lait et revienne accompagné de Hong-Wei, ni que ce dernier refuse d'aller à Duluth se chercher une voiture. Jared, en revanche, n'en sembla pas surpris.

Dès que Hong-Wei parla d'acheter une voiture sur internet, Owen les entraîna tous dans son bureau et bondit sur son ordinateur portable. Une heure plus tard, Hong-Wei avait trouvé ce qui lui fallait, une Toyota Avalon 2018. Il passa aussitôt sa commande. En attendant qu'elle arrive, Owen promit de lui laisser emprunter sa voiture chaque fois qu'il en aurait besoin.

Les trois médecins se tutoyaient à la fin de ce rituel viril.

Pour remercier ses nouveaux amis, Hong-Wei les invita à dîner à China Garden. Owen en voulait toujours à Andreas de l'avoir privé de goûter aux plats chinois, aussi accepta-t-il avec enthousiasme.

Voyant que Simon s'inquiétait un peu que tout finisse en désastre, Jared lui fit un clin d'œil.

— Pas de panique. Tout ira bien. Si Owen déraille, je le remettrai dans le droit chemin.

À la surprise de Simon, Owen se tint à carreau. En revanche, il suivit avec attention la façon dont Hong-Wai s'adressa aux serveurs en mandarin pour passer commande.

Ensuite, deux employés de l'hôpital entrèrent au China Garden. En remarquant Owen, ils sursautèrent, l'air paniqué, se chuchotèrent un avertissement et filèrent sans demander leur reste.

Hong-Wei avait remarqué leur manège. Il haussa un sourcil et se tourna vers Owen :

— Que diable leur as-tu fait pour qu'ils se comportent ainsi ?

L'anesthésiste se contenta de hausser les épaules, la mine innocente. Simon se chargea de répondre pour lui.

— Owen a un cercle d'amis des plus restreints : juste Jared et moi. Et maintenant toi, je crois. Envers tous les autres, il est tellement odieux qu'on le surnomme l'Ogre.

Du bout des doigts, Owen dessina le signe du zodiaque chinois qui décorait son set de table.

— Je n'ai rien d'un ogre, grommela-t-il. C'est juste que les gens ne m'intéressent pas. Chaque fois que quelqu'un m'approche, c'est pour me demander un service, je déteste ça.

Hong-Wei se mit à rire.

— Je suis très flatté de ne pas faire partie du lot. Pourquoi ai-je droit à un régime différent ?

— Parce que comme moi, tu aimes bien Simon. On a des goûts communs, quoi !

Comme il ne leva pas les yeux, il ne remarqua pas que Hong-Wei s'était raidi et que Simon était devenu aussi ponceau que les tentures derrière lui.

— Je déteste être un buffle ! reprit Owen. Je veux être un serpent.

Sortant de sa transe, Hong-Wei se pencha lui aussi sur son set de table.

— Alors, tu es de 1985 ? Moi aussi. Et tu n'es pas un simple buffle, mais un buffle de bois. Tu es décisif, direct et toujours prêt à aider les faibles.

Owen lui adressa un sourire rayonnant.

Hong-Wei ajouta:

— Tu es également nerveux et agité.

Jared éclata de rire.

— C'est exactement lui ! Et moi, alors ? Je suis 1984. Un rat.

Hong-Wei sortit son téléphone et vérifia la date sur son écran.

— Un rat de bois. Tu es entreprenant, toujours prêt à aller au fond des choses.

Simon et Owen se mirent à rire. Puis l'anesthésiste fit signe à Simon.

— À toi, maintenant. Tu es plus jeune.

Simon se pencha et vérifia le set de table.

— 1986. Un tigre.

— Un tigre de feu, précisa Hong-Wei avec un clin d'œil.

Owen leva les mains au ciel. Sans en tenir compte, Hong-Wei consulta son téléphone, puis déclama :

— Tolérant, talentueux, volontaire. Fiable et populaire, mais facilement exploité.

Jared et Owen ouvrirent de grands yeux et eurent le même geste pour pointer Simon du doigt.

— C'est toi ! C'est exactement toi ! Tu es bien un tigre de feu !

Le repas s'avéra excellent. Simon ne reconnut pas ce qu'il mangeait, car ce n'était pas ce qu'il commandait en général dans un restaurant chinois.

Il s'amusa de constater que tout le personnel s'arrangea pour passer à leur table et parler à Hong-Wei, qui se montra très patient envers eux. Si Owen se concentrait sur le contenu de son assiette, Jared et Simon étaient tous deux fascinés par les admirateurs de Hong-Wei.

— Ils viennent te parler pour écouter leur langue natale ? s'étonna enfin Jared. J'ai du mal à y croire.

Hong-Wei secoua la tête.

— Non, c'est le fait que je sois médecin qui les intéresse. Je le leur ai dit quand j'ai passé ma première commande de nouilles pour Simon.

Jared et Owen échangèrent un regard entendu.

— Je vois, dit Jared. Tu leur donnes des consultations gratuites ?

— Oui, mais je crois les avoir choqués en leur avouant que je n'y connaissais pas grand-chose en médecine orientale puisque j'ai passé la plus grande partie de ma vie aux États-Unis. Ils s'étonnent que ma grand-mère ne m'ait rien appris dans ce domaine.

Simon fronça les sourcils.

— Je ne comprends pas, si la médecine chinoise est une science de grand-mères, pourquoi n'ont-ils rien appris des leurs ?

Hong-Wei sourit.

— C'est juste une plaisanterie, voyons. Et ça prouve qu'ils m'ont adopté, ce que je trouve plutôt sympa. Et puis, ça me fait plaisir de parler mandarin. Le propriétaire est un brave homme qui traite bien son personnel. Ce n'est pas toujours le cas dans ce genre de restaurants.

Simon posa sa fourchette.

— Ah bon ? Pourquoi ?

Hong-Wei haussa un sourcil.

— Que savez-vous au juste de l'origine des restaurants chinois aux États-Unis ?

Les trois autres le fixèrent, l'air ahuri. Aussi continua-t-il :

— À la fin du dix-neuvième, les États-Unis ont bloqué les émigrants chinois, mais en 1915, un tribunal a fait une exception pour les restaurateurs, créant ainsi une jurisprudence qui s'est peu à peu répandue à travers le pays. Du coup, il s'est monté un réseau d'immigration plus ou moins légal qui persiste encore aujourd'hui. Beaucoup de restaurants emploient une main-d'œuvre avec des contrats d'environ six mois. Ces commis vont ensuite dans d'autres restaurants chinois via un réseau de bus qui n'existe que pour eux. Ils vivent ensemble, dorment ensemble, travaillent ensemble. En règle générale, ils ont un dimanche sur deux de libre. Souvent, ils ont à rembourser une dette colossale : l'emprunt contracté pour arriver aux États-Unis. D'autres envoient le maximum d'argent à leur famille restée dans un petit village. Mais ici, M. Zhang gère un établissement respectable et il paie bien ses employés.

Simon, Jared et Owen en restèrent abasourdis. Le pédiatre fut le premier à recouvrer la parole :

— Je n'ai jamais pensé aux personnes qui travaillaient ici, reconnut-il. J'ai cru… ils semblaient professionnels, alors, je me suis dit… merde, je ferais mieux de me taire, je ne fais qu'aggraver mon cas ! Je me sens tellement idiot !

Hong-Wei jeta un coup d'œil autour de lui.

— C'est un bon emplacement, mais très isolé. M. Zhang doit y tenir, parce que je doute qu'il y ait d'autres restaurants chinois à proximité. Vivre ici l'oblige à ne fréquenter personne.

Simon réfléchit un moment, puis jeta :

— Nous avons des rayons de produits chinois à l'épicerie.

Hong-Wei se frotta les lèvres pour cacher un sourire.

— Je sais. Ils trouvent ça très drôle. D'après eux, les produits ne valent rien, ils ne se servent jamais là-bas.

Simon ne put qu'approuver : il avait goûté, c'était infect. Il était encore sous le choc d'avoir appris que les Chinois de cet établissement n'avaient aucun rapport avec la communauté de Copper Point. Était-ce par choix ? Ou avaient-ils été mal accueillis ?

IL Y pensait encore le dimanche suivant quand on lui demanda de remplacer une infirmière malade. Il pensait aussi à Hong-Wei, à sa voix, à ses anecdotes, à ses rires. Il avait hâte de le revoir. Pourtant, quand Jared l'entraîna à la cafétéria pour fêter le départ d'un de ses jeunes patients par un spectacle, il fut heureux que le chirurgien ne soit pas à l'hôpital. Ce n'était pas le genre de rire que Simon voulait d'entendre de lui.

La journée avança et Simon pensait toujours à son nouveau patron et à la décontraction avec laquelle Owen et Jared l'avaient constamment associé à Hong-Wei pendant le dîner.

Hong-Wei n'avait pas paru en prendre ombrage, certes, mais… lui, Simon, qu'en pensait-il ?

Il n'en était pas certain. À l'idée que le chirurgien s'intéresse *vraiment* à lui, une sorte de panique montait en lui. Et il ne parvenait pas toujours à la repousser. Jared avait raison : sa terreur n'était pas seulement due au strict règlement imposé par l'hôpital. Bien entendu, Simon ne tenait pas du tout à tenir un rôle dans le prochain scandale sexuel de Ste Anne, mais la nature de son malaise était plus complexe.

De quoi avait-il peur ? Pourquoi Hong-Wei lui inspirait-il cette réaction ?

À ce stade, il se savait même plus s'il tenait à revoir Hong-Wei le lundi suivant par crainte que ses sentiments – ses peurs ? – s'aggravent encore.

Ce jour-là, il s'avéra que sa relation avec le nouveau chirurgien ne fut pas le véritable problème de Ste Anne. Le feu d'artifice éclata entre Hong-Wei et le Dr Orth.

Au temps du Dr Stevens, Simon arrivait à l'hôpital à cinq heures et demie du lundi au vendredi. Il préparait la salle d'opération, puis assistait le chirurgien tout au long de la journée jusqu'à ce que sonne l'heure de rentrer chez lui. Depuis le départ à la retraite du médecin, l'emploi du temps de Simon, bien plus irrégulier, dépendait des opérations prévues – *quand* il y en avait. Au départ, le Dr Stevens s'était bien proposé pour les dépanner, mais il avait ensuite décidé d'aller s'installer en Floride. Plus le temps passait, moins le service opérait, mais même aux derniers temps du Dr Stevens, Simon avait noté une baisse régulière des interventions.

Ce lundi-là, Simon arriva à six heures du matin. Il prépara la salle d'opération, puis, la première intervention n'étant programmée qu'à onze heures, il alla proposer ses services au rez-de-chaussée. Il avait à peine terminé sa tournée quand, à sa grande surprise, Hong-Wei s'approcha de lui. Il portait une blouse blanche et une tenue de chirurgie.

Simon jeta ses gants dans le conteneur biohazard, profitant de ce bref répit pour calmer ses battements de cœur. Le simple fait de voir Hong-Wei le mettait dans tous ses états. Puis il se retourna et demanda :

— Bonjour, Dr Wu. Auriez-vous besoin de moi ?

Hong-Wei lui tendit une liasse de documents.

— Oui, Andreas m'a autorisé à te réquisitionner. Je tiens à te montrer comment je veux que ma salle d'opération soit organisée. C'est un point très important pour moi et je travaille mieux avec une équipe bien rodée.

— Mais il y a des chirurgies programmées aujourd'hui, s'étonna Simon. Qui va assister le Dr Orth ?

— Andreas a déjà tout arrangé avec l'infirmière en chef. Si j'ai bien compris, ton auxiliaire te remplacera cette semaine en salle d'op.

Il s'agissait de Rita Taylor, qui méprisait Orth encore plus ouvertement que lui. Simon fit un effort pour rester impassible.

— Avez-vous informé le Dr Orth de ces changements ?

Hong-Wei sembla agacé.

— Non, pas encore. Il n'est toujours pas arrivé. Ce retard est inadmissible et met en péril le protocole chirurgical. J'ai prévenu l'administration que nous le remplacerons s'il ne s'est pas présenté à dix heures. L'intervention prévue est une simple laparotomie.

Orth ne serait jamais là à dix heures. Le lundi, il était toujours en retard et le personnel en tenait compte pour préparer les patients. Mais Orth serait probablement furieux d'être remplacé.

Simon hésitait encore à en prévenir Hong-Wei quand il fut entraîné jusqu'au cabinet du chirurgien, l'ancien bureau du Dr Stevens. La pièce était propre, vidée des détritus que les chirurgiens ambulatoires y laissaient en permanence. Tout était rangé et organisé, les étagères dépoussiérées, les livres et dossiers laissés par Stevens bien alignés, assortis de nouveaux que Simon ne reconnut pas.

— Le reste de mes affaires est arrivé vendredi, annonça Hong-Wei. J'ai envoyé certains de mes cartons directement à l'hôpital. D'autres sont en route.

Il retira un classeur d'une étagère et le passa à Simon.

— Tu y trouveras l'essentiel de mes procédures et de mes préférences. Ensuite, j'aimerais t'accompagner pour la première installation, car je suis assez maniaque sur l'arrangement de mes instruments et plateaux, et j'ai des opinions très arrêtées sur l'éclairage. En outre, j'aime écouter de la musique au bloc, ça me rend plus productif, surtout si la procédure est longue ou difficile. Je demanderai éventuellement à un technicien de changer de disque, mais je veux que tout soit prêt à l'avance. Pourrais-tu t'en charger en plus de tes autres tâches ?

Simon cacha sa stupéfaction. De la *musique* ? Pendant une opération de *chirurgie* ? Jamais on ne lui avait présenté une telle requête.

— Je ferai de mon mieux, répondit-il. En cas de problème, je veillerai à ce que tout se passe mieux la prochaine fois.

— Parfait. Une erreur est pardonnable tant qu'elle ne se répète pas. Autant commencer immédiatement à appliquer ma procédure.

Simon leva les mains, toutes ses sonneries d'alerte retentissant en même temps.

— Attends, tu veux faire ça *maintenant*, alors que d'autres chirurgiens travaillent encore ?

Hong-Wei se durcit, retrouvant le masque impassible et lointain qu'il affichait à l'aéroport, lors de leur première rencontre.

— Oui. Je présume que tous sont au courant de mon arrivée, n'est-ce pas ? Ils sont sous mes ordres et doivent bien s'attendre à des changements. Je ne veux pas que tu te soucies de leurs réactions, je me chargerai personnellement de leur parler en temps voulu. Bien entendu, ils opèreront comme ils l'entendent, dans une certaine mesure, mais c'est *mon* service dorénavant et c'est à moi qu'ils répondront.

Si Hong-Wei parlait à Orth sur ce ton, il y avait de fortes chances pour que le chirurgien claque la porte et ne revienne jamais à Ste Anne. *Andreas est-il au courant ? Et Beckert ?* Owen, s'il était là, dirait à Simon que ce n'était pas ses affaires et il aurait raison. Néanmoins, Simon décida de rester à proximité pour tenter d'intervenir avant que la situation dérape.

Son fantasme de sauver Hong-Wei passa vite à la trappe. Pour commencer, Simon dut pédaler pour ne pas se faire larguer par son nouveau patron. L'hôpital avait deux salles d'opération, une dédiée aux accouchements – et autres interventions d'ordre gynéco-obstétrical –, l'autre pour la chirurgie générale et les éventuelles spécialisations, programmées le mercredi et vendredi après-midi.

Hong-Wei n'aimant pas l'idée de partager son territoire avec les chirurgiens ambulatoires, Simon reçut l'ordre de trouver le moyen de séparer les zones aussi hermétiquement que possible et de créer un manuel pratique applicable au personnel infirmier afin de remettre la salle en place.

Simon ne se vexa pas de recevoir des instructions aussi précises. En fait, c'était même un soulagement, après avoir si longtemps dû supporter la désorganisation et l'incohérence du Dr Stevens, d'obéir à un chirurgien qui savait exactement ce qu'il voulait.

Très vite, Simon cessa de s'inquiéter de la réaction des autres chirurgiens et s'activa de son mieux à remplir sa tâche.

Dix heures sonnèrent et le Dr Orth n'était toujours pas arrivé. Simon émergea de sa bulle et se raidit, certain que les problèmes n'allaient pas tarder.

Toujours calme et décisif, Hong-Wei le conduisit jusqu'à la salle où le patient attendait.

— Suis mes instructions et tout ira bien, déclara-t-il.

Il ouvrit la porte et entra avec un sourire, la main tendue – un comportement incroyable, surtout pour un chirurgien ! Certes, Simon n'en avait pas connu beaucoup, sauf à UW-Madison quand Jared et Owen terminaient leur internat, mais d'après son expérience, aussi limitée qu'elle soit, les chirurgiens n'étaient pas les plus chaleureux des hommes. C'était compréhensible, dans un sens, vu que leur rôle n'était pas de faire la causette, mais d'ouvrir leurs patients pour tenter de leur sauver la vie.

Hong-Wei distillait le charme, distrayant la jeune femme étendue de sa terreur des douleurs postopératoires. Il lui promit qu'une fois opérée, sa vésicule biliaire ne serait plus un problème et qu'elle pourrait donc le soir même rentrer chez elle retrouver son bébé. Il prit son temps pour expliquer le traitement médicamenteux avant et après l'opération, confirmant ce que Kathryn Lambert-Diaz avait déjà dit : il n'y avait aucune contre-indication empêchant la jeune mère d'allaiter.

Quand elle sembla détendue, le chirurgien s'écarta et laissa Simon la préparer pour la chirurgie.

— Demandez à un aide-soignant de la conduire au bloc, Simon, ordonna Hong-Wei. Je veux que vous y soyez en avance pour une dernière vérification.

— Oui, Dr Wu.

Pris par le charisme de Hong-Wei, Simon oublia la confrontation imminente avec le Dr Orth et s'occupa de la patiente. Un peu plus tard, seul en salle d'opération pour un ultime contrôle, il pensait davantage aux instructions de Hong-Wei qu'à la réaction d'un Orth ulcéré d'avoir été éconduit.

Avec Hong-Wei aux commandes, tout semblait facile. Après une seule journée sous ses ordres, Simon était aussi euphorique que s'il avait gagné la loterie des infirmiers.

En quittant le bloc opératoire, il entendit une voix coléreuse venant du couloir devant la chambre de la patiente. Apparemment, Orth s'en prenait à l'aide-soignant et Rita qui, dûment convoquée, se préparait à assister à l'opération.

— Qui a contrevenu à mes ordres ? Qui a préparé ma patiente en mon absence ?

La jeune infirmière, affolée, pressait les mains sur son ventre.

— Excusez-moi, Dr Orth, le Dr Wu a dit…

Orth lui coupa la parole d'un ricanement méprisant :

— Le *Dr Wu* ? Peuh ! Il n'est pas encore officiellement en poste et il cherche déjà à foutre le bordel dans mon service ? Je vais le remettre à sa place, ce freluquet ! Où est-il ?

Simon s'était figé. Avant qu'il ait le temps de bouger, Orth le vit et fonça droit sur lui, son regard fulgurant le toisant au-delà de son long nez pointu.

— Vous ! Vous étiez censé m'assister aujourd'hui, alors qu'est-ce qu'elle fiche là, celle-là ? hurla-t-il, le doigt pointé sur Rita. Pourquoi devrait-elle vous remplacer puisque vous êtes là ? Que se passe-t-il, bon Dieu ?

Simon serra les dents avant de répondre :

— J'assiste le Dr Wu aujourd'hui.

Les fines narines d'Orth palpitèrent de fureur. Il pointa un doigt osseux vers la poitrine de Simon.

— Écoutez-moi bien ! Je me fous de ce que le grand homme vous a dit. C'est *moi* le chirurgien cette semaine et je gère ce service comme bon me semble. C'est *ma* patiente, *ma* salle d'opération et vous êtes sous *mes* ordres. C'est compris ?

Que Simon était-il censé répondre ? « J'ai obéi au Dr Wu » ne servirait qu'à verser de l'huile sur le feu, mais baisser les bras serait insulter le seul patron sous les ordres duquel il voulait travailler.

— Un problème ? intervint une voix.

Hong-Wei !

Simon ne put retenir un soupir de soulagement. Il sentit la chaleur corporelle de l'homme qui se plaçait derrière lui, si près de lui qu'il le touchait presque.

Orth pinça les lèvres, méprisant, et toisa Hong-Wei.

— Alors, c'est vous la vedette de Baylor qui vous octroyez le droit de tout changer dans mon service ? Vous avez un sacré culot !

Un sourire glacial aux lèvres, Hong-Wei plaça ses mains derrière son dos.

— Vous devez être Dr Orth. Bonjour, je suis effectivement Jack Wu, le nouveau chef du service chirurgie à Ste Anne. J'ai réorganisé votre horaire afin que vous et moi ayons un entretien un peu plus tard dans la journée. En attendant, consultez plutôt les changements que j'attends de vous. Je crois que la petite salle de conférence à l'étage est libre actuellement. Vous êtes tellement en retard ce matin que j'ai décidé d'opérer à votre place. Je ne voulais pas faire attendre votre patiente.

Orth devint ponceau et se mit à postillonner :

— Quoi ? Écoutez, vous ne pouvez pas…

Hong-Wei jeta un coup d'œil à l'horloge murale et fronça les sourcils avant de poser la main sur l'épaule de Simon.

— Il n'est pas question de prendre du retard. Vérifiez que la patiente a bien été conduite au bloc.

Simon acquiesça et fit un pas en avant, heureux d'esquiver une confrontation qui s'annonçait pénible, mais Orth le bloqua en le prenant par le poignet. Simon se raidit quand Orth leva son bras comme un vainqueur son prix.

— C'est *ma* patiente ! hurla Orth. Et *mon* infirmier.

Simon retint son souffle. Le regard étréci, Hong-Wei ne réagit pas. Plus Orth vitupérait, plus le calme de Hong-Wei devenait menaçant.

— Si vous ne souhaitez pas travailler sous mes ordres, ce n'est pas un problème pour moi. Je m'occuperai de vos chirurgies en commençant à travailler dès cette semaine.

— *Espèce de salopard !* Vous pensez que vous pouvez vous pointer et tout diriger ? Savez-vous au moins dans quel trou vous êtes tombé ? Vous trouvez malin de vous mettre à dos le seul chirurgien susceptible de vous remplacer ? Je me tape des tonnes de kilomètres pour ramener mon cul d'Eau Claire jusqu'à Copper Point ! Les chirurgiens d'Ironwood ou de Duluth hésitent déjà à venir ici parce que ça les fait changer d'État, mais si je répands le bruit que vous êtes un emmerdeur, vous n'aurez plus personne, je vous le garantis !

Il serrait si fort ses doigts sur le bras de Simon que ce dernier ne put retenir une grimace.

Le regard de Hong-Wei était dur comme du silex, pourtant, sa voix resta douce :

— Je vous prie de libérer mon infirmier, il a du travail.

Orth se contenta de ricaner. D'un geste brutal, il secoua Simon et le rapprocha de lui. Abandonnant toute velléité de courage, Simon jeta à Hong-Wei un regard désespéré par-dessus son épaule.

Hong-Wei effleura Orth au niveau du coude. Orth poussa un cri étranglé et recula, la main serrée sur son biceps, le regard furieux. Libéré, Simon vacilla et s'affaissa contre Hong-Wei. Il se sentait à l'abri, comme un cocon… Il y resta blotti une seconde à peine, puis rougit et s'écarta.

Des pas précipités résonnèrent derrière eux. Erin Andreas et Nick Beckert venaient d'arriver. Le DRH examina la scène, puis toisa Orth froidement.

— Enfin arrivé, Dr Orth ? J'ai demandé à Sally de vous contacter. Comme vous étiez en retard, *une fois de plus*, nous avons dû prendre d'autres dispositions. Nous n'avons plus besoin de vous aujourd'hui.

Beckert tira sur les poignets de sa chemise et adressa à Hong-Wei un signe de tête bourru :

— Désolé, Dr Wu, de faire attendre votre patiente. Nous allons nous occuper du Dr Orth. Je vous libère, ainsi que Simon.

Hong-Wei passa devant Simon, comme pour le protéger le temps de contourner un Orth écumant de rage. Les deux hommes s'éloignèrent dans le couloir. Au lieu de retourner directement au bloc, le chirurgien entraîna Simon dans un réduit adjacent. Une fois à l'intérieur, il pressa doucement Simon contre le mur et verrouilla la porte.

— Ça va ?

À bout de souffle, étourdi, Simon leva les yeux. Oh, Hong-Wei était si proche ! Si beau aussi. Simon sentait encore contre son dos la chaleur corporelle du médecin et cette étrange sensation d'être protégé et bercé.

Actuellement, Hong-Wei était devant lui, un bras tendu contre le mur de brique, penché en avant, le visage crispé. Il paraissait si préoccupé que Simon en eut mal pour lui.

Il savait qu'il ne devait pas, qu'il ne *pouvait* pas, mais dans l'intimité de ce réduit, avec l'homme de ses rêves à sa portée, il ne put résister à la tentation… de rêver. Surtout quand Hong-Wei leva la main pour caresser son visage. À peine un effleurement, mais Simon frissonna tout de même, les lèvres écartées, les yeux rivés à ceux de son vis-à-vis.

Une main ferme se posa sur son poignet.

— Je regrette que tu aies été impliqué dans cette altercation. Il t'a fait mal ?

Incapable de parler, Simon se contenta de secouer la tête. Il était incapable de détourner le regard. Il s'en voulut de fantasmer alors que Hong-Wei s'assurait simplement de son état après une rencontre déplaisante. D'ici une seconde, le chirurgien allait sourire, le libérer et l'entraîner au bloc pour cette laparotomie.

Mais Hong-Wei ne souriait pas, pas plus qu'il ne libéra Simon. Au contraire, il se rapprocha. Et Simon huma son odeur avec délice : épices, lin d'une propriété impeccable et ce musc unique qui n'appartenait qu'à

Hong-Wei. Simon sentit trembler ses mains, impatientes de se poser sur les hanches de son patron.

Puis Hong-Wei plia le bras et se pencha plus près, sa blouse blanche s'enroulant autour d'eux deux. Son regard ne quitta jamais celui de Simon.

Wu s'intéresse vraiment à toi

Il reconnut alors que Jared avait vu juste. La question était : que comptait-il faire ? En fait, c'était évident : il voulait Hong-Wei plus qu'il avait voulu quoi que ce soit de sa vie. Mais *devait-il* céder ? Devait-il coucher avec son patron et braver les interdits d'Andreas ?

Le *bon* chemin – celui de la sagesse – était facile à déterminer. Malheureusement, le réaliser n'incita pas Simon à bouger.

Une fois encore, Hong-Wei lui caressa la joue d'un geste plus déterminé, son pouce glissant sous le menton de Simon, s'attardant sur son cou.

— Veux-tu que j'arrête ?

Quelle terrible question ! Pourquoi lui demander de choisir ? En fait, c'était bien dans la nature de Hong-Wei. Devait-il et *voulait-il* prendre le risque de jouer son cœur ? Devaient-ils s'arrêter ? Oui, sans doute. Simon le voulait-il ? Non. Il désirait prolonger de ce moment étrange et merveilleux où, après avoir joué au beau chevalier en blouse blanche venu à sa rescousse, le nouveau médecin l'avait conduit dans un placard pour lui voler un baiser.

Son désir devenant intolérable, Simon leva les mains et les posa sur les épaules de Hong-Wei.

— Je ne... Nous ne devrions pas, mais... j'ai envie...

Les genoux de Hong-Wei frôlèrent les siens, sa main libre empoigna Simon par la taille pour coller son corps au sien.

— Je te veux, Simon.

Les jambes flageolantes, Simon s'accrocha à lui.

— Moi aussi, mais... je ne peux pas perdre mon travail, bredouilla-t-il. Et je ne veux pas non plus compliquer les choses entre nous en salle d'opération. Pourtant, j'ai envie de toi.

En prononçant ces mots, il serra les doigts, il se reconnaissait à peine. Son pouls battait fort à ses oreilles. Il réprima la peur qui menaçait de le faire douter de lui et enchaîna :

— Je doute que ce soit une bonne idée. Probablement pas. Mais j'ai envie de braver les interdits... *juste pour cette fois.*

Le visage de Hong-Wei changea. Il n'exprimait pas de la surprise, mais de la tendresse, comme si l'aveu de Simon l'avait touché. Il prit doucement le visage de son assistant entre ses mains.

— Je te protégerai, promit-il à mi-voix. Je te protégerai envers et contre tout. Toujours. En tant que médecin, en tant qu'ami, en tant que…

Il se tut et le mot « amant » flotta dans l'air confiné.

Plein d'expectatives, Simon ferma les yeux.

Au début, le baiser fut doux. Hong-Wei mordilla sa lèvre inférieure jusqu'à ce que Simon cède et ouvre la bouche. Puis le baiser s'approfondit, leurs langues s'entremêlant tandis que leurs mains se crispaient et leurs corps se rapprochaient. Soudain avide, Simon caressa Hong-Wei partout où il pouvait l'atteindre, découvrant des muscles durs sous ses vêtements. Pour ne pas être en reste, Hong-Wei passa la main sous l'ourlet de sa blouse pour chercher sa peau nue.

Ce fut le chirurgien qui rompit le baiser.

— Nous sommes attendus au bloc, chuchota-t-il contre la bouche de Simon.

Simon acquiesça, concentré sur la main qui plongeait sous sa ceinture pour caresser sa hanche. Hong-Wei avait le souffle court. Haletant, il appuya son front contre celui de Simon. Ce dernier ferma les yeux, souhaitant faire durer ce moment un peu plus longtemps. Jamais il ne s'était senti aussi vivant ! Il en voulait plus. C'était même un besoin essentiel.

Pourquoi diable avait-il dit *juste pour cette fois ?*

Hong-Wei frotta son nez contre celui de Simon, puis recula avec un soupir. L'amant disparut, le chirurgien reprit son masque professionnel et rajusta les vêtements de Simon, puis les siens.

— Notre patiente nous attend, annonça-t-il.

Simon vacilla, doutant d'être capable de tenir debout. Il avait la tête embrumée.

— Hong-Wei…

Sa voix était basse et suppliante. Devait-il quémander ce qu'il voulait ? Il ne savait comment faire.

Hong-Wei ajusta le badge de Simon.

— Je vais passer le premier et annoncer que tu seras bientôt là. Prends le temps de te remettre.

Il se retourna, déverrouilla la porte et s'éclipsa.

Une fois seul, Simon resta plusieurs secondes à fixer la porte, le regard vide. Puis il glissa jusqu'au sol.

HONG-WEI N'AVAIT pas prévu d'embrasser Simon si vite.

Son plan était plutôt de séduire son infirmier en lui faisant la cour. Il avait envisagé de longues conversations pour apprendre à mieux le connaître, des approches discrètes, puis, le moment venu, il proposerait à Simon à une relation secrète. Ainsi, il n'irait pas contre la politique d'Andreas et ne causerait pas de scandale à l'hôpital. Au lieu de ça, voilà qu'il fricotait avec son infirmier dans un placard alors qu'il aurait dû se préparer à opérer.

Avait-il complètement perdu la tête ?

Apparemment, oui.

Il aurait volontiers fait porter le blâme à Orth, mais en toute honnêteté, il était en grande partie responsable de ce dérapage. Voir Orth brutaliser Simon l'avait mis hors de lui. Du coup, il avait mal géré la situation et pris des risques insensés. Tout aurait pu très mal tourner. Si Orth avait riposté, par exemple, ils se seraient battus en risquant d'endommager leurs mains – le pire des drames pour un chirurgien.

Mais ce baiser…

Si Hong-Wei s'était souvent imaginé en train d'embrasser Simon, la réalité avait dépassé ses fantasmes les plus débridés. C'était comme plonger le doigt dans un dessert succulent : maintenant qu'il y avait goûté, il brûlait du désir d'en avoir davantage. Il y avait tant à savourer chez Simon !

Si seulement il n'avait pas fait ça dans un placard à fournitures !

Si seulement Simon n'avait pas dit « juste pour cette fois » !

Oubliant son envie d'embrasser Simon, Hong-Wei se concentra sur l'opération à venir et revit une dernière fois le dossier avant d'entrer au bloc. La patiente s'y trouvait déjà, endormie. Gagnon était auprès d'elle. Hong-Wei enfila son uniforme stérile avant d'approcher.

Simon était là, lui aussi.

Après avoir inspecté les instruments, Hong-Wei rappela à chacun sa place et les récentes modifications des procédures. Gagnon observait la scène d'un air lointain, sans paraître se soucier que sa présence trouble le personnel – sauf Simon. Lui n'était nerveux qu'envers lui, Hong-Wei.

Gagnon s'adressa à Hong-Wei :

— Pour moi, c'est bon. Et toi, ça va ? D'après ce que j'ai entendu dire, Orth a encore fait des siennes. C'est un sale con. Je suis ravi que tu l'aies mouché.

Hong-Wei eut l'impression que Gagnon jetait un rapide coup d'œil à Simon avant de s'en détourner très vite.

— Ma priorité, c'est la patiente, répondit-il.

Une préparatrice s'approcha de lui et, après un regard inquiet adressé à Gagnon, déclara :

— La salle est prête, Dr Wu, organisée conformément à vos demandes. Nous sommes prêts à lancer la musique dès que vous en donnerez l'ordre.

Hong-Wei la remercia d'un hochement de tête.

Surpris, Gagnon leva les sourcils.

— De la *musique* ?

— Oui, ça m'aide à garder l'esprit clair pendant que je travaille.

Hong-Wei se pencha sur la patiente, examina les plateaux d'instruments, le personnel… En fait, il vérifia tout, sauf Simon.

— Vous êtes prêt, M. Lane ? demanda-t-il calmement.

— Oui, Dr Wu.

Il paraissait bizarre, mais Hong-Wei n'aurait su définir la nature de son malaise. Simon était-il éteint ? Déçu ? Regrettait-il leur baiser ? Ce n'était pas le cas de Hong-Wei, même s'il aurait préféré s'en tenir à son plan initial.

Gagnon gloussa.

— *M. Lane* ? Si tu tiens à tant de formalités, Jack, mon vieux, il va falloir que je me tienne à carreau.

Owen Gagnon était un cadeau du ciel ! décida Hong-Wei.

— Quelque chose me dit que rien au monde ne pourrait t'y contraindre, *mon vieux*, répondit-il.

Rasséréné, il se détendit, roula des épaules, puis lança :

— Très bien. Allons-y.

L'opération se déroula sans heurts, bien mieux que Hong-Wei l'avait espéré pour sa première intervention avec une nouvelle équipe dans un nouvel hôpital – et après cette scène pénible avec Orth. Simon et lui formaient une bonne équipe, venait-il de découvrir, même avec ce malencontreux baiser qui pesait entre eux. De toute évidence, son assistant avait soigneusement appris ses instructions concernant l'organisation du bloc opératoire et Hong-Wei aurait très peu à reprendre.

Bien sûr, il y avait surtout ce léger problème de « l'après-baiser ».

Il aurait voulu en parler à Simon, mais sans trop savoir comment s'y prendre. D'ailleurs, était-il sage de revenir sur le sujet ? Depuis le jour de leur rencontre, à l'aéroport, il avait jugé Simon comme un homme discret. Ce matin-là, il était franchement effacé.

Hong-Wei envisagea de l'inviter à déjeuner, ce qu'il aurait fait en temps normal pour commenter l'opération et leurs débuts, mais il finit par y renoncer. Simon paraissant troublé, Hong-Wei ne voulait pas en rajouter.

De toute façon, il s'avéra qu'il n'était pas libre, car Andreas et Beckert réclamèrent sa présence à déjeuner. Pour commencer, ils lui présentèrent leurs plus plates excuses concernant cette scène avec Orth, ensuite, ils lui annoncèrent une nouvelle à laquelle il s'attendait plus ou moins : ulcéré que Hong-Wei l'ait éjecté du bloc opératoire ce matin, Orth avait déclaré qu'il ne reviendrait plus.

Ste Anne perdait donc son seul chirurgien de remplacement.

Sans cesser de manger, Hong-Wei haussa les épaules.

— Et alors ? Nous avons peu d'opérations prévues cette semaine et toutes sont assez banales. Je demanderai à Simon de téléphoner aux patients pour leur annoncer qu'ils auront un nouveau chirurgien, moi. Prévoyez-vous des difficultés ?

Beckert échangea un regard avec Andreas. Ce dernier secoua la tête et se tamponna la bouche avec délicatesse, se donnant ainsi un bref répit avant de répondre :

— Non, pas vraiment, mais à Copper Point, les gens sont parfois réfractaires au changement. J'écrirai personnellement aujourd'hui même à tous les patients attendus à Ste Anne ces prochaines semaines, leur garantissant notre satisfaction que vous ayez accepté de travailler chez nous et notre totale confiance en vous. En ce qui concerne les patients, hum, je présume que vous avez l'habitude des grand-mères inquiètes et des vieillards grincheux ?

— Bien entendu. J'ai même un spécimen de chaque en guise de grands-parents. Je me doutais bien qu'il y aurait quelques heurts durant la transition, c'est inévitable, mais j'ai passé ma vie à rassurer mes patients. Je m'en sortirai, ne vous inquiétez pas.

Rassuré, Andreas se renfonça dans son siège.

— Parfait ! Je n'en attendais pas moins de vous. Alors, c'est réglé, il ne vous reste plus qu'à vous adapter aux horaires de Ste Anne. Maintenant que nous avons un chirurgien à demeure, j'espère que le service tournera bientôt à plein rendement, mais en attendant, comme vous le disiez, les opérations sont rares.

Hong-Wei fit un signe de la main.

— Aucune importance. Ça facilitera la transition.

Andreas haussa un sourcil.

— Dans l'intervalle, peut-être accepteriez-vous quelques gardes aux urgences ? J'essaierai que ce soit essentiellement de jour, mais en cas de besoin, ça pourrait aussi être en soirée, le week-end ou la nuit. Je vous en avertirai, bien entendu, sauf urgence inattendue. Si je vous pose la question, c'est qu'en temps normal, nous engageons des ambulatoires pour ces gardes – sauf le week-end.

Hong-Wei jeta un coup d'œil étonné à Beckert, mais le directeur en titre de Ste Anne ne semblait pas prendre ombrage de voir son DRH mener la conversation. *Intéressant.*

— Bien volontiers, répondit Hong-Wei. J'aime travailler et je remplace très volontiers – durant mon internat, je l'ai fait chaque fois que c'était possible. J'ai bien conscience que j'aurai peu l'occasion d'opérer tant que le service ne sera pas complètement fonctionnel, ce qui risque de prendre un certain temps. J'espère juste que vous chercherez un remplaçant, dès que ce sera possible, en particulier pour le week-end. Je refuse formellement que mes patients soient conduits Dieu sait où en cas d'urgence – le premier hôpital est à trois heures de route ! En attendant, appelez-moi sans faute en cas d'urgence.

Cette fois-ci, Beckert intervint :

— Oui, nous vous cherchons un remplaçant, mais ça prendra un peu de temps. Merci de votre proposition, en tout cas.

Andreas reprit :

— Je voulais aussi aborder avec vous une question concernant vos infirmiers. Le service de chirurgie était peu employé, ils sont souvent répartis à droite et à gauche. Pour le moment, les deux seuls dûment formés en chirurgie sont Simon Lane et Rita Taylor, sa suppléante. Nous cherchons une personne de plus, ce qui permettrait de couvrir les vacances, les congés de maternité, etc. D'après notre protocole, l'horaire de M. Lane reflète le vôtre autant que possible, mais si vous êtes tous deux affectés en remplacement dans d'autres services ça risque de devenir compliqué. À moins que vous acceptiez de l'avoir comme infirmier quand vous faites un remplacement, cela vous poserait-il un problème ?

Non, bien entendu. Hong-Wei ne voyait aucun inconvénient à passer le plus de temps possible avec Simon, ce qui lui donnerait plus d'occasions de flirter. Quel dommage que l'hôpital interdise les relations entre les membres du personnel !

— C'est effectivement la solution la plus simple, se contenta-t-il de dire. Simon Lane est très compétent et j'apprécie de travailler avec lui.

— Excellent ! Tout ceci reste transitoire, bien sûr. Dès que le service de chirurgie sera opérationnel, M. Lane retrouvera son poste d'assistant à plein temps. Malheureusement, je doute que ce soit envisageable avant… six mois au moins. Nos patients ont pris l'habitude de se faire opérer à Duluth, Ironwood ou même Eau Claire, et certains continueront à le faire. Comme je vous le disais, Copper Point résiste au changement.

Comme tout le monde, Erin Andreas, pensa Hong-Wei en retenant un soupir.

— Travailler ne me fait pas peur.

Beckert se pencha en avant, empressé et radieux.

— Nous sommes là pour vous faciliter la tâche, Jack, alors n'hésitez pas à demander de l'aide en cas de besoin. Nous sommes tellement heureux de vous avoir à Ste Anne !

Andreas le fusilla d'un regard noir comme pour dire : « tais-toi, gamin, tu en fais trop ! ». Hong-Wei leva son verre pour cacher son sourire.

En sortant de table, il se sentait rassuré concernant non seulement sa position à Ste Anne, mais aussi son avenir avec Simon. Il décida de laisser la situation décanter et de se concentrer sur ce qu'il avait promis au DRH : gagner la confiance de Copper Point. De toute façon, travailler avec Simon l'aiderait à approfondir leur relation, aussi bien personnelle que professionnelle, n'est-ce pas ? Après quelques gardes en commun, le malaise de ce matin disparaîtrait. Une fois l'ambiance revenue au beau fixe, Hong-Wei pourrait inviter Simon à dîner – un tête-à-tête professionnel et donc tout à fait inoffensif. Il comptait bien courtiser à la fois Simon et Copper Point avec détermination et une attention constante.

C'était un bon plan et il était prêt à y consacrer son énergie.

Quand il revint dans son bureau après ses visites, Gagnon et Kumpel l'attendaient devant sa porte. Le sourire de l'anesthésiste était létal.

— Ah, te voilà, *Jack*. Nous te cherchions !

Hong-Wei comprit trop tard pourquoi le personnel soignant craignait tant Gagnon.

V

GAGNON LE poussa dans la pièce et referma la porte, puis il planta les doigts dans le ventre de Hong-Wei. Fuyant le regard furieux de son confrère, Hong-Wei se réfugia derrière son bureau.

Gagnon avança vers lui :

— J'ai remarqué ce matin une tension inhabituelle entre Simon et toi. Pour en avoir le cœur net, j'ai envoyé Jared s'entretenir avec notre jeune colocataire et figure-toi qu'il m'a rapporté des infos très intéressantes.

Le sourire de Jared, pour être moins féroce, n'en était pas moins menaçant.

— D'après Simon, tu es dans le placard, Jack. C'est ton problème et nous ne sommes pas là pour te jeter la pierre. En revanche, Simon est terrifié par le ridicule règlement d'Andreas et je te rappelle que tu es *son patron*.

Owen se pencha en avant.

— Jared et moi veillons sur Simon depuis l'école primaire, alors, nous avons décidé de te mettre les points sur les i, que ça te plaise ou pas. Si tu t'avises de jouer avec ses sentiments, je t'assomme. N'étant pas chirurgien, je n'hésite pas à utiliser mes poings.

Complètement désemparé, Hong-Wei étudia un moment les deux hommes. Comment réagir ? Il n'en avait aucune idée.

— Je présume que Simon ignore votre présence ici ?

Kumpel se mit à rire.

— Oh, ça, c'est sûr ! Il nous tuerait. Au fait, nous te déconseillons de lui parler de notre visite.

— Ouais, confirma Gagnon.

Son sourire exhibait toutes ses dents.

Hong-Wei leva les mains.

— J'essayais juste de comprendre la situation. Est-ce qu'il… ?

Il s'interrompit et changea de sujet :

— Dites, vous sentez-vous tenus de protéger Simon parce qu'il a trop… bon cœur ?

Gagnon ricana.

— Quelle formule diplomatique ! Il a le don de s'intéresser aux mauvaises personnes et de finir le cœur en miettes, alors, oui, nous surveillons ses fréquentations.

Kumpel esquissa un rictus.

— Pour gagner son cœur, il faut en être digne. Nous avons juré d'y veiller.

Bon sang !

— Si je comprends bien, vous avez réussi à éjecter tous ses précédents soupirants ? Vous avez dû mettre la barre trop haute !

Kumpel agita une main dédaigneuse.

— Oh, ne sois pas idiot. Il y a eu des gars sympas, mais… Simon est d'une timidité maladive. Nous ignorons de quoi il a peur au juste, mais nous tenons par-dessus tout à ce qu'il ne souffre pas.

D'une timidité maladive ? Hong-Wei évoqua ce qui s'était passé dans le placard à fournitures et son pouls s'accéléra. Il n'avait certainement pas trouvé Simon « timide ».

Gagnon vérifia sa montre et fronça les sourcils.

— J'ai d'autres questions à te poser, mais je suis attendu en gynéco-ob. Ne prévois rien à dîner ce soir, Jack, tu es sur mon menu.

Hong-Wei n'arrivait pas à décider si la déclaration était métaphorique ou pas. Quelque part, c'était terrifiant.

— Que voulez-vous savoir au juste, les gars ?

Kumpel croisa les bras sur sa poitrine.

— Tout. Si tu t'intéresses sérieusement à Simon, si tu es bien conscient de sa crainte panique du Foutu Édit d'Andreas, ou si tu présumes qu'étant médecin, ça ne te concerne pas. Et si tu as bien réalisé la réaction de Copper Point si Simon et toi tentez de vous voir, que ce soit ou pas en secret.

Gagnon le toisa d'un œil soupçonneux.

— J'aimerais aussi savoir pourquoi tu deviens raide comme un piquet chaque fois que nous plaisantons sur ton intérêt envers Simon. D'après lui, c'est parce que tu es dans le placard, mais j'ai un doute. À mon avis, tu es un maniaque du contrôle et un sacré connard arrogant, alors, je vais te dire un truc, mon pote : le rôle est déjà *pris*.

Soudain, Hong-Wei éprouva le désir ardent d'avoir Hong-Su à ses côtés. Il aurait voulu rentrer chez lui le soir même, déposer son sac et raconter à sa sœur cette scène étrange, les demandes insensées de ces deux hommes, les sourires terrifiants de Gagnon et cette affolante compétition pour savoir lequel des deux était le plus sale con.

88

Et il aurait même voulu parler à Hong-Su de Simon.

C'était à la fois merveilleux et sidérant, parce que sa famille – et Hong-Su en particulier – se plaignait constamment qu'il ne révèle jamais ses sentiments.

Il se racla la gorge et passa la main sur ses lèvres pour cacher son sourire.

— Oui, Simon m'intéresse et j'aimerais sortir avec lui, mais je dois y aller prudemment, et ce pour deux raisons. La première, c'est le règlement de Ste Anne, la seconde, c'est que je suis nouveau, aussi bien à l'hôpital qu'à Copper Point. Je ne veux pas mettre Simon mal à l'aise et je ne veux pas attirer l'attention sur nous. J'ai agi avec trop de précipitation aujourd'hui et je le regrette. J'avais prévu d'aller plus lentement.

Le regard de Gagnon s'aiguisa.

— *Agi avec trop de précipitation* ? C'est-à-dire ?

Ah. Ainsi, Simon n'avait rien dit.

Hong-Wei se renfonça dans son fauteuil.

— Ça ne te regarde pas. Et je ne suis pas dans le placard, j'évite seulement d'afficher mon orientation sexuelle. Pour être franc, j'ai jusqu'ici consacré tout mon temps à ma carrière médicale sans jamais penser à une relation stable. Un des avantages que je vois à vivre désormais dans un contexte plus calme, c'est que ça va me permettre de changer.

Tourné vers Gagnon, Hong-Wei leva un sourcil et enchaîna :

— Et je te rappelle que le titre de « maniaque du contrôle » ou de « sacré connard arrogant », ça se mérite, *mon pote*. Ceux qui s'en parlent un peu trop vite ne sont à mes yeux que des baudruches.

Le sourire de Gagnon devint démoniaque, mais avec une touche d'humour qui n'existait pas jusque-là.

— D'accord, Wu, tu viens dîner à la maison.

Hong-Wei ouvrit un dossier sur son bureau et fit mine de le lire distraitement.

— Entendu, mais c'est moi qui ferai la cuisine.

BIEN ENTENDU, Simon avait noté le regard fixe d'Owen braqué sur lui à la fin de l'intervention chirurgicale. Plus tard, Jared l'avait coincé dans les vestiaires pour le soumettre à la question. Aussi s'attendait-il le soir même à un interrogatoire en règle. Il passa son après-midi à ressasser ses arguments pour convaincre ses colocataires de lui ficher la paix.

À peine entré chez lui, il oublia son discours devant le spectacle qui l'attendait : Hong-Wei découpait des légumes sur l'îlot de la cuisine pendant qu'Owen et Jared le surveillaient de près, les bras croisés.

— Qu'est-ce que…

Incapable de compléter sa phrase, Simon resta figé dans l'embrasure de la porte. Jared lui adressa un sourire radieux.

— Bonsoir, Simon. Nous regardons Jack massacrer ses poivrons. Viens.

Il gesticula et l'invita à les rejoindre. Hong-Wei, sans cesser de couper ses légumes en tout petits cubes, salua Simon d'un signe de tête assorti d'un léger sourire. Simon approcha et ne constata aucun « massacre ». En fait, c'était du découpage hautement professionnel.

Sans quitter des yeux le couteau de Hong-Wei, Owen annonça :

— Le dîner sera un peu en retard. Non seulement j'ai dû conduire ce maniaque à l'épicerie et le regarder inspecter tous les légumes en rayons, mais il a ensuite insulté nos couteaux et insisté, avant de se mettre à l'ouvrage, pour aiguiser les trois qu'il prévoyait d'utiliser. Et comme il s'est plaint de notre aiguiseur, il m'a forcé à en commander un nouveau en ligne.

Hong-Wei répondit sans relever la tête.

— Je ne cuisine pas avec des couteaux émoussés et tout chef digne de ce nom possède une pierre à aiguiser, pas un appareil électrique.

Simon n'avait pas très faim. Il voulait juste savoir pourquoi Hong-Wei se trouvait là ce soir.

— C'est pas grave, souffla-t-il, je peux attendre. Euh, y a-t-il autre chose à faire ? Je peux…

— *Non*, coupèrent Jared et Owen à l'unisson.

La mine querelleuse, ils fixaient Hong-Wei comme s'ils attendaient de sa part une protestation. Simon se hérissa.

— Et je suis censé rester planté là à vous regarder menacer Hong-Wei du regard ? persifla-t-il. Suis-je au moins autorisé à aller me changer ?

Naturellement, Owen releva instantanément son lapsus :

— Hong-quoi ? Comment as-tu appelé Jack ?

Hong-Wei répondit sans détourner les yeux de son travail.

— Hong-Wei, c'est mon nom. Hong-Wei Wu. Ou plutôt Wu Hong-Wei dans l'ordre taïwanais, qui est à l'inverse de l'occidental. Depuis mon arrivée aux États-Unis, on m'appelle Jack, mais ma famille utilise toujours Hong-Wei.

Très gêné d'avoir trop parlé, Simon baissa les yeux et se mit à arracher le Formica d'un placard près de lui.

— Simon aussi, apparemment, remarqua Jared. Intéressant.

Sans répliquer, Hong-Wei continua à trancher.

— Jared et moi pouvons-nous aussi t'appeler Hong-Wei ? demanda Owen.

— Non, pour *vous*, c'est Jack.

Simon se racla la gorge et se dirigea vers l'escalier.

— Je vais me changer et peut-être m'étendre un moment. Appelez-moi quand le dîner sera prêt.

Il découvrit très vite qu'être enfermé seul dans sa chambre était une torture bien pire qu'assister aux piques que les trois médecins se lançaient. Incapable de s'endormir une fois allongé sur son lit, il ne put que trembler en imaginant les bêtises que Jared et Owen risquaient de raconter à Hong-Wei à son sujet.

Finalement, il descendit bien avant d'être appelé.

Il arriva juste à temps : Owen était sur l'ordinateur en train de télécharger ses playlists Spotify.

— Qu'est-ce que tu fais ? hoqueta Simon.

Owen déplaça la souris sur le bouton Play. Simon poussa un cri et se rua en avant. Il referma le couvercle de l'ordinateur portable si précipitamment qu'il rata de justesse le doigt d'Owen.

— Hé ! se plaignit l'anesthésiste.

Simon l'ignora et pointa sur lui un doigt rageur.

— Tu n'as pas à toucher à mes affaires !

Owen ouvrit de grands yeux innocents.

— J'ai juste pensé que ça te ferait plaisir d'entendre jouer tes airs préférés…

Je vais te tuer, mima Simon.

— Eh bien, grinça-t-il, tu t'es trompé.

Il était trop tard, bien sûr. De la cuisine, Hong-Wei penché sur une préparation délicieusement parfumée, leva les yeux et lança :

— Pourquoi pas ? Je suis curieux d'entendre ce que tu écoutes, Simon.

Après avoir levé vers Owen un poing menaçant, Simon força un sourire.

— J'ai des goûts éclectiques, répondit-il à Hong-Wei.

— Parfait, moi aussi. Mets-moi ta playlist.

Simon poussa Owen, s'assit à sa place devant le bureau et ouvrit l'ordinateur portable. Il commença à sélectionner les morceaux les moins controversés. Concentré sur sa tâche et surveillant Owen du coin de l'œil, il en oublia Jared.

Le pédiatre était assis sur un des tabourets du comptoir, les yeux fixés sur Hong-Wei au fourneau.

— J'imagine que tu as déjà entendu parler de nos spectacles destinés aux enfants, hein, Jack ? J'en organise un chaque fois qu'un de mes petits malades quitte l'hôpital, ou pour réconforter ceux qui reçoivent de mauvaises nouvelles et qui ont bien besoin de se remonter le moral. Et je réquisitionne Simon et Owen pour un numéro de danse en playback.

— Oui, je sais.

— En fait, c'est la musique de Simon qui m'en a donné l'idée. Il passe son temps aussi à danser dans toute la maison…

— Jared, je vais t'assassiner dans ton sommeil ! hurla Simon.

Jared appuya une main sur sa poitrine.

— Moi ? Pourquoi ? Qu'est-ce que j'ai fait ?

Après avoir lancé sa playlist, Simon revint dans la cuisine.

— Ça suffit, vous deux ! Je ne veux plus entendre un mot !

Hong-Wei réprima à grand-peine un fou rire. Ses épaules en tremblèrent. D'une voix qui chevrotait un peu, il lança :

— À vous entendre, tous les trois, je regrette ma sœur.

Owen ricana.

— Pourquoi, tu faisais du playback avec elle ? Et tu tortillais aussi du croupion ?

— *Owen !*

Cette fois, Hong-Wei ne put résister. Il éclata d'un rire bruyant, posa la spatule et s'essuya les yeux.

Simon en profita pour jeter un coup d'œil au plat qu'Hong-Wei avait préparé : des pâtes à la tomate qui sentaient délicieusement bon. Et une chaude odeur de pain frais émanait du four. Étonné, Simon découvrit qu'il était mort de faim et que le dîner imminent attirerait toute son attention.

Une fois attablés, les quatre convives se jetèrent sur leur assiette. Les pâtes étaient aussi réussies que leur odeur l'avait annoncée. Simon se détendit enfin, oubliant sa nervosité du matin après ce fiévreux baiser et sa fureur de voir Owen et Jared se mêler de ses affaires. Décidé à profiter de son repas sans arrière-pensée, il goûta à son pain et en gémit de plaisir.

— Divin ! Hong-Wei, tu es un remarquable cuisinier !

La mine penaude, Owen regardait ses pâtes.

— Oui, Jack, j'avoue, c'est pas mauvais. Je vais potasser mes bouquins de cuisine ! Je compte bien te surpasser la prochaine fois, même avec des couteaux émoussés.

— J'ai cru que tu nous ferais un plat asiatique, Jack, dit Jared. Je me sens idiot !

Devant le regard meurtrier que Simon lui lança, le pédiatre leva la main et chercha à se justifier :

— Hé, à l'hôpital, il t'a apporté un plat chinois, non ? J'avais de quoi me tromper !

Hong-Wei, étant d'astreinte, avait refusé le vin que partageaient les trois autres. Il sirota son eau avant de répondre :

— Je ne suis pas très doué en cuisine taïwanaise. Je me débrouille, mais ma sœur me bat à plate couture, ce que j'ai toujours trouvé très frustrant.

Simon en fut déçu : il aurait bien aimé tester d'autres plats comme celui qu'il avait déjà goûté.

— Ainsi, ta sœur est une bonne cuisinière ?

— Bonne ? Non, elle est *géniale* !

Tout en parlant, Hong-Wei planta rageusement son couteau dans son poulet. Owen gloussa en vidant son vin. Simon soupira. Pourquoi les médecins étaient-ils toujours aussi compétitifs ?

À la fin du repas, le cessez-le-feu n'avait toujours pas sonné. Quand vint le moment de décider de qui ferait la vaisselle, Jared annonça à Owen que c'était son tour. Aussitôt, Owen défia Hong-Wei pour vérifier qui d'eux deux était le meilleur plongeur, mais Simon, excédé, lui coupa l'herbe sous le pied : il se leva et empila les assiettes.

— Je me charge de la vaisselle, lança-t-il par-dessus son épaule avant de quitter la pièce.

Il ne fut pas surpris de sentir une présence derrière lui, qui apportait les verres et s'emparait d'un torchon pour sécher la vaisselle. En revanche, il ne s'attendait pas à ce qu'il s'agisse de Hong-Wei.

Simon hésita : c'était la première fois qu'il se retrouvait seul avec Hong-Wei depuis leur baiser.

— Je suis désolé, déclara le chirurgien après un long silence.

Écarlate, Simon laissa tomber le plat qu'il s'apprêtait à ranger dans le lave-vaisselle, puis se pencha, très gêné, pour le récupérer. *De quoi au juste s'excusait-il ?*

Comme s'il avait perçu sa question, Hong-Wei enchaîna :

— Je regrette la façon dont Owen, Jared et moi nous sommes comportés à ton arrivée, pendant le dîner et même maintenant.

Ne sachant que faire, Simon tripota nerveusement le plat qu'il tenait toujours. Hong-Wei se pencha et rangea les assiettes dans le lave-vaisselle. Quand il se redressa, son regard croisa le sien.

— En revanche, reprit Hong-Wei, je ne regrette pas notre baiser.

Son sourire radieux enflamma Simon d'une émotion bien différente. Sans répondre, il fit couler de l'eau dans l'évier. Il était censé dire : *ça ne se reproduira pas, c'est impossible*, mais il n'en fit rien, parce que ce serait renier ses désirs les plus secrets. De toute façon, il avait perdu la capacité de s'exprimer.

Sans paraître remarquer son mutisme, Hong-Wei continua :

— J'espère ne pas avoir abusé de mes prérogatives, mais au déjeuner, j'ai annoncé à Andreas et à Beckert que je serais heureux de travailler avec toi, même en dehors d'une salle d'opération. Je crains que ton emploi du temps soit pas mal bouleversé dans les jours à venir. Je ne peux pas dire que je regrette le départ d'Orth, mais le personnel de Ste Anne est déjà beaucoup sollicité et ça ne va pas s'arranger de sitôt.

Parler travail était nettement plus facile.

— Oh… d'accord, pas de souci. À Ste Anne, nous avons tous des emplois du temps chaotiques. Plus personne ne proteste. En plus, tu es bien plus facile à satisfaire qu'Orth. Toute l'équipe chirurgicale chante tes louanges.

— Vraiment ? J'ai cru qu'on allait me trouver sévère, sinon maniaque.

— Peut-être, mais tu es surtout efficace. Nous avons tous apprécié ta façon de t'occuper en priorité de la patiente et d'expliquer ce que tu attendais de nous sans t'énerver. À Ste Anne, le personnel bouge pas mal, mais par miracle, notre petite équipe chirurgicale a tenu le coup envers et contre tout. Et c'est une bonne équipe, nous attendions juste…

Il faillit dire « un bon médecin », mais n'osa pas.

— … hum, un chirurgien à temps complet, termina-t-il, les yeux baissés. Nous sommes très heureux de t'avoir, tu sais.

— Pareil pour moi. J'ai travaillé dans les hôpitaux les plus célèbres et j'ai été favorablement impressionné ce matin par votre niveau professionnel

Simon lui adressa un sourire rayonnant. Il s'était donné beaucoup de mal pour maintenir l'équipe de chirurgie dans l'espoir qu'un jour, leur rêve à tous se réalise. Que Hong-Wei ait apprécié leurs efforts lui faisait un plaisir fou.

— Je voulais aussi te dire que c'était super d'avoir de la musique pendant l'opération. Je n'avais encore jamais vu ça, mais c'est une bonne idée. Ça détend, ça calme et ça fait passer le temps plus vite.

— Le premier professeur sous les ordres duquel j'ai opéré travaillait en musique, répondit Hong-Wei. Les autres internes s'en plaignaient souvent, mais moi, ça m'aidait à me concentrer. Plus tard, quand Davidson nous a laissés opérer seuls, il nous coupait la musique en disant que nous ne devions pas en dépendre. Maintenant, je travaille seul et chaque fois que c'est possible, je mets de la musique. Ça masque le bruit d'une salle d'opération, les « *bip-bip* » sont tellement exaspérants à la longue !

— Tu écoutes toujours du classique ?

Son torchon à la main, Hong-Wei hésita brièvement.

— Oui.

Peut-être avait-il plus à dire, mais manifestement, il ne comptait pas le faire. Et comme Simon avait passé la soirée dans ce même état d'esprit, il lui était difficile d'insister.

Maintenant que l'heure était venue de raccompagner Hong-Wei chez lui, sa voiture n'arrivant pas avant plusieurs semaines. Simon s'attendait à une autre bataille pour savoir qui s'en chargerait, mais Hong-Wei refusa fermement qu'on se dérange pour lui, affirmant qu'une petite marche ne lui faisait pas peur.

— À peine un kilomètre et demi, c'est une simple promenade.

En partant, il les salua d'un signe de la main et ajouta un clin d'œil pour Simon.

Simon alla se coucher troublé et agité, avec la sensation d'être dépassé par les événements de la journée. Il avait envisagé de parler à Hong-Wei de leur baiser en affirmant que ça ne se reproduirait plus. Au lieu de ça, il avait dîné avec lui. Malgré la présence d'Owen et de Jared, Simon gardait l'impression d'avoir failli à ses résolutions. Il finit par se rassurer : tant que sa relation avec son patron demeurait professionnelle, sans doute ne risquait-il rien.

Cependant, il comptait rester sur ses gardes.

SES PRÉCAUTIONS s'avérèrent inutiles, car il ne se passa rien au cours des jours suivants. Hong-Wei et lui travaillaient ensemble et apaisaient l'anxiété des patients qui, pour une raison étrange, avaient apprécié le Dr Orth et se méfiaient d'un nouveau venu, étranger de surcroît.

Un vieillard atrabilaire n'hésita pas à répondre grossièrement :

— Je ne laisserai jamais un Chinois me toucher !

Hong-Wei répondit sans sourciller :

— Je ne suis pas chinois, M. Wilson, mais taïwanais. Né à Taipei, j'ai passé la majeure partie de ma vie aux États-Unis où j'ai fait mes études. Vu votre couverture sociale, je doute que vous trouviez un médecin plus qualifié que moi, mais là n'est pas la question. Il est très urgent de pratiquer cette biopsie de votre artère temporale. Si vous ne vous y soumettez pas aujourd'hui, je ne pourrai pas vous prescrire les corticostéroïdes dont vous avez besoin jusqu'à votre prochain rendez-vous... qui devra être dans un autre hôpital. Vous feriez mieux d'être raisonnable et de me laisser faire mon travail, je n'en aurai pas pour longtemps. Nous adapterons ensuite votre traitement en fonction de ce que nous découvrirons aujourd'hui et vous vous sentirez vite beaucoup mieux. C'est à vous d'en décider, bien entendu. Si vous préférez vous rendre à Eau Claire, je vais demander à mon infirmier de les appeler pour un rendez-vous. En fonction de leurs disponibilités, ça ne sera pas avant six semaines.

Simon n'eut pas à téléphoner et M. Wilson passa au bloc à l'heure prévue. Quand il retourna dans sa chambre, Hong-Wei, qui s'inquiétait d'un œdème important au niveau des jambes, lui fit passer des examens cardiaques. Comme il l'avait annoncé, il modifia le traitement de M. Wilson et le dirigea vers un cardiologue.

En quittant l'hôpital, M. Wilson chantait les louanges du Dr Wu. Très fier, il annonça à ses enfants venus le chercher avoir été soigné par le meilleur médecin du Wisconsin.

Comme prévu, Mme Mueller revint à l'hôpital. Elle n'était pas en chirurgie, mais quand Hong-Wei apprit son retour, il passa l'ausculter. Il consulta également le médecin traitant de la vieille dame et expliqua qu'après avoir lu son dossier, il était convaincu qu'une opération était non seulement possible, mais souhaitable. D'après lui, plusieurs des symptômes en seraient atténués. Certes, la démence de Mme Mueller était irréversible, mais sa qualité de vie en serait améliorée de manière significative. En trois jours, Medicaid leur envoya l'accord et l'opération fut pratiquée. Peu après, tous ceux qui connaissaient Mme Mueller – quasiment tout Copper Point – s'émerveillaient de l'amélioration de son état. La vieille dame reconnaissait d'anciens amis et n'attendait plus son misérable mari.

Le bruit que Hong-Wei accomplissait des miracles se répandit comme une traînée de poudre et le service des admissions fut envahi de patients souhaitant se faire opérer à Ste Anne plutôt qu'aller dans d'autres hôpitaux. Andreas et Beckert s'en frottaient les mains. Pour remercier Hong-Wei, ils l'invitèrent au restaurant, mais il se récusa en disant avoir des dossiers à voir avec son infirmier.

Il emmena Simon au salon des médecins, où les têtes se tournèrent. Ignorant cette attention intrusive, Hong-Wei sortit un dossier.

— J'ai commandé notre déjeuner, mais un peu tard, je le crains. Excuse-moi. La réception doit m'appeler quand il arrivera. En attendant, ça ne te gêne pas de travailler ?

Simon était conscient des regards pesant sur eux, mais puisque Hong-Wei ne s'en souciait pas, il fit de son mieux pour suivre son exemple.

— Bien sûr. De quoi s'agit-il ?

Hong-Wei lui présenta plusieurs dossiers sur lesquels il voulait de nouveaux renseignements. Apparemment, il avait revu tous les dossiers du Dr Orth et des divers chirurgiens ambulatoires. Quand il n'était pas d'accord avec le diagnostic et/ou le traitement, soit il prévoyait de nouveaux examens, soit il modifiait les prescriptions. Souvent, cela nécessitait de rappeler le patient et de convenir d'un nouveau rendez-vous.

— D'après ce que j'ai compris, le service juridique de l'hôpital risque de s'en inquiéter, ce qui est frustrant, mais compréhensible, j'ai donc dû faire un tri par urgence, d'une part, par possibilité d'agir, de l'autre.

Sous l'effet de l'excitation, Simon en lévita presque. Jamais il n'avait connu un tel dévouement envers la patientèle ! Hong-Wei était vraiment le patron idéal ! Travailler avec lui était très valorisant, même si Simon regrettait un peu que le beau chirurgien ne lui ait plus fait d'avance après ce fameux baiser échangé dans le placard.

— Je m'en occupe tout de suite, promit-il. Je téléphonerai aux patients.

Un « bip » retentit, annonçant un message. Hong-Wei sortit son téléphone.

— Notre déjeuner vient d'arriver. Que préfères-tu, Simon, m'attendre ici ou venir le chercher avec moi ?

Pour rien au monde Simon ne serait resté seul dans ce salon où tout le monde le regardait.

— Je viens avec toi.

UN VIEIL Asiatique du China Garden les attendait à la réception. La réceptionniste, une dame d'âge mûr, paraissait très frustrée qu'il ne comprenne pas ce qu'elle lui disait.

— Monsieur, j'ai déjà prévenu le Dr Wu, je vous l'ai déjà dit !

Elle avait beau s'époumoner, le vieillard répétait en boucle dans un anglais hésitant :

— *Doc-teu'Wu... sivouplaît... me'ci. Doc-teu'Wu... sivouplaît... me'ci.*

En voyant Hong-Wei, il s'illumina, tendit sa livraison et s'exprima dans un mandarin très rapide. Simon n'y comprenait rien, bien entendu, mais il eut quand même l'impression d'une plaisanterie. Et Hong-Wei paraissait surpris ; il cligna des yeux, puis se mit à rire. Il accepta le sac, remercia le vieillard d'une voix claire et musicale, et inclina gracieusement la tête. Leur échange amical perdura un bon moment – de toute évidence, le vieillard éprouvait de l'affection pour Hong-Wei. Simon apprécia de les regarder interagir presque autant que ça l'amusait de voir les gens s'arrêter net devant le spectacle, mâchoires décrochée, bouche bée.

Ah, ces Blancs !

Réalisant que lui aussi était un Blanc, il rougit violemment.

Cessant soudain de parler, Hong-Wei pointa la main du vieillard qui portait un bandage assez grossier autour de la paume et du poignet. L'Asiatique agita sa main blessée avec dédain, mais Hong-Wei avait changé de ton. À son sérieux, Simon comprit qu'il tenait à voir la blessure. Le vieil homme secoua la tête et agita un doigt vers Hong-Wei. Un refus manifeste – exprimé en mandarin. Mécontent, mais résigné, Hong-Wei lui remit plusieurs billets pour régler sa commande. Le vieil homme s'en alla.

Hong-Wei fronçait toujours les sourcils quand il revint, un sac à la main.

— Pourquoi tires-tu cette tête ? demanda Simon.

Hong-Wei grimaça.

— Un problème d'ego, sans doute. Il s'est coupé, mais il n'a pas voulu me montrer sa blessure. Rien de grave, a-t-il prétendu avant d'affirmer avoir fait ce qu'il fallait pour se soigner. Il s'est aussi fichu de moi sous prétexte que je ne connais pas la médecine chinoise.

— Je n'y connais rien non plus, mais d'après ce que j'ai entendu dire, elle a une excellente réputation.

— Oui, eh bien, les hôpitaux chinois appliquent tous la médecine moderne. En revanche, beaucoup d'Asiatiques usent encore de sinistres préparations d'ordre médiéval, j'en ai peur. Quand j'ai demandé à Zhang de regarder sa blessure, il m'a traité de « gentil garçon » et m'a promis de me refaire de la soupe lors de mon prochain passage.

Simon se pencha pour humer le sac aussi discrètement que possible.

— On mange de la soupe aujourd'hui ?

— Oui. Une soupe au poulet à la taïwanaise, avec du riz.

Hong-Wei ouvrit le sac et regarda à l'intérieur. Son visage s'éclaira.

— Oh, le coquin ! reprit-il. Il a ajouté des cornichons marinés. Il me gâte.

— Ce vieillard, c'était M. Zhang ?

— Oui, le propriétaire du China Garden. C'est sa femme qui prépare les cornichons. Il m'a vanté leur perfection la dernière fois que j'y suis passé.

Hong-Wei jeta à Simon un coup d'œil penaud et enchaîna :

— J'avoue que le soir, je prends très souvent mes repas au China Garden. La cuisine de Hong-Su me manque tellement !

— Si tu veux mon avis, c'est ta sœur qui te manque, pas seulement sa cuisine.

Simon, qui avait parlé sans réfléchir, fut surpris de la vulnérabilité qui passa brièvement sur le visage de Hong-Wei. Le chirurgien détaché avait disparu, tout comme le flirt espiègle, laissant place à un petit garçon effrayé, perdu et solitaire. Très ému, Simon faillit le serrer dans ses bras pour le rassurer et lui dire que tout allait s'arranger.

Cela ne dura qu'une seconde. Très vite, Hong-Wei retrouva ce sourire blasé capable de rivaliser avec celui d'Owen.

— Mange, c'est meilleur très chaud.

La soupe était excellente et Simon prit son pied en la dégustant. Il attisa aussi de nombreux curieux, attirés par la délicieuse odeur. Beaucoup voulurent savoir ce qu'il mangeait et où il l'avait commandé. Hong-Wei se chargea de vanter la cuisine du China Garden, avertissant son public que pour les commandes spéciales de plats taïwanais, M. Zhang préférait qu'elles soient passées bien à l'avance et formulées avec une politesse tout asiatique.

Une fois la foule dissipée, Simon s'inquiéta :

— Et si M. Zhang ne peut pas fournir une telle demande ?

Hong-Wei se mit à rire avant de retourner vers son service.

— Tu plaisantes ? Il sera ravi d'avoir de nouveaux clients et des commandes à préparer. Et si Copper Point prend goût aux plats taïwanais, peut-être M. Zhang les mettra-t-il sur sa carte et je n'aurai plus à le convaincre d'en faire spécifiquement pour moi. Dorénavant, nous mangerons à la cafétéria, ça lui fera davantage de pub.

Il flirtait, certes, mais en douceur, alors… eh bien, Simon n'y voyait aucun mal. Comment se plaindre, d'ailleurs, alors que Hong-Wei ne faisait que déjeuner avec lui – en se chargeant du menu.

Et il le touchait au coude.

Le geste était subtil, mais suffisamment régulier pour que Simon l'ait remarqué. À présent, il l'attendait, l'espérait presque. Quand les deux hommes prenaient l'ascenseur ensemble et que Simon avait les bras pleins de dossiers médicaux, Hong-Wei lui prenait le coude et se collait à lui pour presser le bouton. Du coup, pendant une brève seconde, le corps du médecin était plaqué au sien et un parfum exotique envahissait ses sinus.

À sa grande honte, Simon devait admettre qu'il avait de plus en plus souvent les bras encombrés en prenant l'ascenseur… en espérant que Hong-Wei y monte avec lui.

Ils prirent l'habitude de manger à la cafétéria, mais pas toujours en passant commande au China Garden. Parfois, ils faisaient la queue au buffet et Hong-Wei choisissait du pudding vanille surmonté de crème fouettée, son péché mignon. Et il frôlait toujours Simon en se servant.

Du coup, Simon commença lui aussi à apprécier le pudding vanille.

Il était aussi effleuré quand un lit de patient passait dans les couloirs et que Hong-Wei le saisissait pour l'écarter. Ou quand il se penchait sur un dossier et que Hong-Wei réclamait son attention en le prenant par le coude.

Aussi satisfaisants que soient ces attouchements, Simon commençait à s'inquiéter que Hong-Wei ne lui porte plus aucun intérêt.

D'un côté, tant mieux. N'était-ce pas ce qu'il voulait ? N'avait-il pas spécifié à Hong-Wei : « juste pour cette fois » ? Mieux valait en rester à un seul baiser.

C'était bien, très bien même.

Sauf que chaque fois que Hong-Wei entrait dans une pièce, le cœur de Simon ratait trois battements.

En plus, Hong-Wei passait souvent le soir dans la maison que Simon partageait avec Jared et Owen, dînant avec eux sur place ou au restaurant. Et Simon n'était jamais seul avec Hong-Wei. Quand le quatuor mangeait à la maison, un des trois médecins à tour de rôle se mettait au fourneau.

Parfois, ils passaient commande et allaient déguster leurs plats à l'hôpital. Simon n'avait jamais autant mangé : lasagnes, steaks, hamburgers, soupes, pâtes... Il commençait à s'inquiéter de prendre du poids. Et s'il ne rentrait plus dans ses pantalons ?

Un soir, Owen déclara qu'il était prêt à prendre sa revanche en cuisine. Pour éviter une nouvelle compétition, Hong-Wei réclama un sursis et proposa d'aller au China Garden.

— Ça fait un bail que je n'y suis pas allé, indiqua-t-il. Et j'ai remarqué que M. Zhang ne faisait plus mes livraisons. J'espère qu'il n'est pas souffrant.

Devant l'incompréhension d'Owen et de Jared, Simon se chargea des explications :

— C'est le propriétaire, il s'est blessé à la main et Hong-Wei veut vérifier que tout est rentré dans l'ordre.

Jared haussa les épaules.

— D'accord, j'aime beaucoup la cuisine chinoise. Ou bien allons-nous avoir droit à un plat taïwanais de Wu ?

Hong-Wei lui lança un regard consterné.

À LEUR arrivée, le China Garden était bondé, mais dès que les serveurs repérèrent Hong-Wei, ils s'approchèrent et lui parlèrent avec animation en mandarin, puis une table fut préparée, comme par magie. M. Zhang vint les saluer. Il s'inclina en disant « Bienvenue, bienvenue » à Simon et aux autres, puis s'adressa à Hong-Wei en mandarin. Il refusa une fois encore de montrer sa main et affirma que tout allait bien.

Laissant Hong-Wei discuter avec le propriétaire, Jared, Owen et Simon s'installèrent à leur table.

— Que se passe-t-il, Simon, tu le sais ? demanda Jared.

Simon leur donna plus de détails concernant la coupure du vieil homme, les remèdes « médiévaux » que favorisaient les Asiatiques et des inquiétudes de Hong-Wei. Owen secoua la tête, hypnotisé par l'échange en mandarin.

— Bon Dieu, ça me tue de ne pas savoir ce qu'ils disent !

Jared écoutait lui aussi, mais plus calmement : il tournait la tête d'un interlocuteur à l'autre, comme à un match de tennis.

101

— Pas besoin de connaître le chinois pour comprendre, ricana-t-il. Ça me paraît évident, Jack veut regarder sa main, Zhang refuse. *Non merci, je vais bien.*

Il mima la conversation :

— *Je préfère vérifier.*

— *Tu es très têtu, petit scarabée, mais j'ai dit non, alors, assieds-toi avec tes amis, d'accord ? Et sois sage.*

Simon dut serrer les lèvres pour réprimer un éclat de rire. Owen, lui, ne riait pas, toujours fasciné.

— Je savais que Jack parlait une autre langue, bien évidemment, mais l'entendre, c'est tout autre chose. Les Américains sont de parfaits idiots, moi y compris ! Pourquoi nous contenter d'une seule langue ? J'ai fait deux ans d'espagnol à l'école secondaire, j'ai déjà tout oublié. Jack pourrait exercer aussi bien en mandarin qu'en anglais. Et je ne serai jamais à son niveau ! Nom de Dieu !

Jared haussa un sourcil.

— Eh bien, non. En langues étrangères, tu es largué, mais en chirurgie aussi, tu ne seras jamais à son niveau. Désolé de te casser le moral.

Owen était perdu dans ses pensées.

— Pourquoi *Jack*, hein ? Pourquoi s'est-il choisi un nom occidental ? Pourquoi n'est-il pas resté Hong-Wei ? Sommes-nous incapables de prononcer son nom taïwanais ? Et pourquoi n'accorde-t-il qu'à Simon de droit d'utiliser son vrai nom, putain ? grogna-t-il, son regard enragé planté dans le dos de Hong-Wei.

— Owen, qu'est-ce qui te prend ? s'étonna une voix féminine.

Tous se retournèrent. C'était Kathryn qui s'approchait de leur table, Rebecca sur les talons. Soulagé de ne pas avoir à répondre à la diatribe d'Owen, Simon les accueillit d'un sourire affable.

— Salut, Kathryn, que faites-vous là ? J'avais cru comprendre que vous passeriez la nuit à Ste Anne…

Rebecca prit sa femme par le coude.

— Je l'ai enlevée avec la promesse de la raccompagner en cas d'accouchement imminent – et je parle uniquement d'un col dilaté au-delà de sept centimètres !

Kathryn lui tapota l'épaule, les yeux sévèrement fixés sur Owen.

— Tu devais avoir honte, Owen, de t'amuser alors que tu m'as abandonnée ce week-end avec un anesthésiste remplaçant !

Il ricana sans remords.

— Je compte savourer chaque minute de ces deux jours. Je te rappelle que je viens de me taper quatre week-ends de suite d'astreinte. Et ne me dis pas que tu l'as fait aussi parce que toi, tu adores jouer les martyrs – ou plutôt à Ste Kathryn de la Maternité ! Pourquoi ne pas laisser tes césariennes du week-end à notre chirurgien vedette ici présent, hein ?

Kathryn soupira.

— Je le ferai éventuellement. Pour le moment, c'est lui qui a les pires horaires. Un vrai robot !

Owen bâilla et s'étira.

— Non, c'est juste qu'il est jeune. Il perdra vite son zèle de néophyte.

Rebecca jeta un coup d'œil par-dessus son épaule.

— Chérie, ça paraît complet. J'ai peur que nous attendions trop longtemps d'avoir une table. Veux-tu que nous allions ailleurs ?

Simon se leva.

— Attendez.

Il s'approcha de Hong-Wei, toujours pris dans sa conversation avec M. Zhang. Pour exprimer son respect envers le vieil homme, Simon s'inclina avec raideur.

— Excusez-moi de vous interrompre, mais serait-il possible d'ajouter deux couverts à notre table ?

Il expliqua brièvement que Kathryn n'avait qu'un court sursis avant de devoir reprendre son service. Hong-Wei se tourna vers Zhang et répéta les explications de Simon en mandarin, ses mains gracieuses désignant Kathryn, la table et la direction de l'hôpital. Zhang perdit son air sévère d'oncle refusant un caprice à un jeune neveu inconscient et redevint le restaurateur avide de satisfaire un client préféré. Quelques secondes plus tard, deux autres chaises étaient avancées et les six convives attablés avaient un verre d'eau et une tasse de thé chaud.

Rebecca plaça sa serviette sur ses genoux et sourit à Hong-Wei.

— Mon Dieu, vous êtes un ami précieux ! Maintenant, allons-nous aussi avoir droit à ce menu secret aussi dont je ne cesse d'entendre parler ? Mon patron a voulu en passer commande l'autre jour, mais il a dû se tromper, car il n'a obtenu qu'un des plats de la carte.

Hong-Wei cligna des yeux.

— Bon sang ! Les rumeurs vont vite !

— Bien sûr ! Pourquoi pensez-vous que le restaurant est aussi bondé ce soir ? Et je vous signale que les yeux sont fixés sur notre table. J'ai la sensation d'être une célébrité, c'est très agréable !

Elle se tapota les cheveux et adressa un clin d'œil complice à sa femme. Kathryn lui donna un coup de sa serviette et se tourna à son tour vers Hong-Wei.

— Très bien, dis-nous tout, Jack : qu'allons-nous manger ?

Hong-Wei avait commandé une fondue taïwanaise. Peu après, une grande marmite de soupe parfumée trônait au centre de la table sur un brûleur à butane et chaque convive y plongeait sa viande et ses légumes. Comme accompagnement, ils avaient du riz, des cornichons chinois et – à la demande formelle de Rebecca pour son épouse – du crabe de Rangoon.

Simon, devenu sceptique depuis qu'il connaissait Hong-Wei, se demanda si ce crabe était véritablement une tradition chinoise.

Une fois rassasiée, Kathryn se renfonça dans son siège et demanda :

— Quelle est la différence entre les cuisines taïwanaise et chinoise, Jack ?

— Oh, elles se ressemblent beaucoup, convint Hong-Wei, à part des subtilités de saveurs. Pour être honnête, cette fondue ne ressemble en rien à celle que fait ma sœur, c'est juste un bon plat chinois des plus classiques.

Owen croqua dans un cornichon.

— J'aimerais beaucoup rencontrer ta sœur.

Simon aussi l'aurait voulu, mais il resta muet, se contentant de jeter un coup d'œil à Hong-Wei pour s'assurer que cette fois, la remarque ne provoquait pas de réaction douloureuse. Le chirurgien paraissait calme, même s'il serrait les dents.

Jared se pencha, accoudé à la table, en regardant ce qui restait dans le poêlon.

— Si j'ai bien compris, Jack, tu vivais avec tes grands-parents et tes parents, hmm ? Je trouve étrange que ce soit la cuisine de ta sœur qui te manque tant, pas celle de ta mère ou de ta grand-mère.

Hong-Wei sirota son thé et prit son temps pour répondre.

— Ma mère a toujours été trop occupée à travailler pour faire la cuisine. De toute façon, ça n'a jamais été son point fort. Grand-mère est une cuisinière exceptionnelle, mais elle adore aussi me faire la morale. De plus, comme je vivais avec ma sœur, c'est de ses plats dont j'avais le plus l'habitude…

Le temps d'une seconde, la même vulnérabilité traversa sa physionomie, vite remplacée par un sourire ironique.

— Pour être franc, reprit Hong-Wei, ma sœur aussi aime à me critiquer, mais avec elle, c'est différent… plus supportable. Et grand-mère est devenue trop âgée pour passer trop de temps dans la cuisine. Ne lui dites surtout pas que j'ai dit ça !

Kathryn le contempla avec compassion.

— Ça doit être difficile pour toi d'être aussi loin des tiens. Ta sœur semble te manquer tout particulièrement. J'ignorais que tu avais vécu avec elle.

Les remparts de protection remontèrent si vite que Simon en tressaillit presque. Hong-Wei n'exhibait plus la moindre vulnérabilité et arborait son sourire habituel, froid et détaché – comme un panneau « ne pas approcher ! ».

— J'ai vécu avec Sara pendant mes études supérieures et mon internat. Quant à ma famille, elle me manque bien sûr, mais ne t'inquiète pas pour moi, tout va bien. Merci de ta sollicitude. Devons-nous passer au dessert pour que tu puisses retourner à l'hôpital, Kathryn ?

Le repas se termina peu après. Jared eut beau demander à Hong-Wei de les accompagner pour finir la soirée ensemble, il refusa. D'après Simon, il était bouleversé d'avoir évoqué sa famille durant le dîner.

PLUS TARD, une fois les trois amis rentrés chez eux, Jared et Simon s'installèrent au salon pour regarder la télévision pendant qu'Owen chattait sur Internet.

— J'ai l'impression que Jack n'aime pas trop parler de sa famille, remarqua le pédiatre. Qu'en penses-tu, Simon ?

— C'est aussi mon avis.

Il serra contre lui un saladier de pop-corn, plus par réflexe que parce qu'il en avait envie. Après leur copieux dîner, il se sentait incapable d'avaler quoi que ce soit. Ainsi, la sœur de Hong-Wei s'appelait Sara ? Il doutait fort que ce soit son vrai nom. Juste un nom occidental – comme Jack. Oserait-il demander à son patron le nom taïwanais de Sara ou serait-ce impoli ?

— Il a de nombreux secrets, déclara Jared.

Il prit une poignée de pop-corn, désigna l'écran et enchaîna :

— Bon, qu'est-ce qu'on regarde ? J'ai déjà vu cette émission.

— C'est *They Kiss Again* [4].

Jared secoua la tête.

— Ouais, question idiote. Je voulais dire : ai-je déjà vu ça avec toi ?

_____

4 « *Ils s'embrassent encore* », série télévisée taïwanaise.

Simon retint un soupir.

— Oui, mais qu'est-ce que ça change ? Tu oublies chaque fois.

— Sur le principe, tu as raison, mais là, je m'en souviens : ils sont à l'hôpital, et le médecin est raide-dingue de son infirmière, c'est ça ?

Il lui envoya un coup de coude complice assorti d'un sourire. Simon le frappa sur le bras

— Arrête ! J'adore cette série, d'accord ? J'aime tous les feuilletons asiatiques, mais celui-ci est mon préféré. Avec *It Started With a Kiss* [5], où commence leur histoire. Tu auras oublié ces titres d'ici cinq minutes et tu ne comprendras jamais pourquoi j'aime autant ces séries, mais si tu pouvais te taire et éviter de te moquer de moi, j'apprécierais.

— Du calme, je ne comptais pas te charrier. Je suis surpris, c'est tout. Je pensais que tu avais peur de perdre ton job et que tu cherchais à éviter de te lier avec lui.

— Je n'ai pas changé d'avis, ça n'a rien à voir.

Mais Jared avait raison : Simon avait sauté les premiers épisodes, la rencontre du jeune couple à l'école secondaire, pour passer directement à la seconde partie quand les deux héros se retrouvaient à l'hôpital où ils travaillaient ensemble. De toute évidence, c'était un message subliminal de son subconscient.

Il soupira.

— Laisse tomber. Il ne s'intéresse plus à moi, de toute façon.

Jared ricana.

— Ça m'étonnerait !

— Mais il ne me touche jamais ! Enfin, si, il me prend par le coude, mais il a changé depuis…

Il s'interrompit en rougissant.

Alerté, Jared haussa les sourcils.

— Depuis quoi ?

Simon garda les yeux sur l'écran.

— Écoute, je ne peux rien faire… tu as raison, j'ai trop peur de perdre mon job. Alors, je… je préfère m'en tenir aux feuilletons asiatiques.

— Je te rappelle qu'Owen passe son temps à se disputer avec Andreas et ce Foutu Édit qui interdit les relations à l'hôpital reste son principal cheval de bataille. Inutile de me regarder comme ça, il le fait par principe,

5 « *Ça a commencé par un baiser* », série télévisée taïwanaise.

pas seulement pour toi. Et pour être tout à fait sincère, je pense aussi qu'il prend son pied à emmerder notre DRH.

— Je sais qu'Andreas a beaucoup apporté à Ste Anne, reconnut Simon, mais je le trouve terrifiant. Avant lui, je n'ai jamais eu la sensation que je risquais de perdre mon emploi. Maintenant, chaque fois qu'il entre dans une pièce où je me trouve, j'ai peur qu'il soit venu me signifier mon licenciement.

Jared se pencha pour prendre une autre poignée de pop-corn. En même temps, il murmura à l'oreille de Simon :

— S'il s'avise un jour de le faire, bon nombre de médecins lui sauteront à la gorge, crois-moi ! Et un chirurgien de ma connaissance sera le premier de la ligne. Jack a des projets te concernant et ça va bien au-delà de te toucher le coude.

— Eh bien, il n'en montre rien !

— Tu n'as qu'à agir le premier et lui sauter dessus.

Simon sentit sa température corporelle augmenter de plusieurs degrés et une rougeur intense l'envahit de la pointe de ses cheveux aux orteils.

— Je ne peux pas faire ça !

Jared éclata de rire.

— D'accord, alors, envoie-lui des signaux discrets pour qu'il se montre plus entreprenant. Pas à Ste Anne, si ça te gêne, va le voir chez lui. Fais-lui écouter de la K-pop ou visionner un de tes feuilletons à l'eau de rose, et bats des cils. Le reste devrait aller tout seul.

— Il n'est *pas question* que j'écoute de la K-pop ou que je regarde mes séries asiatiques avec Hong-Wei !

Jared ouvrit de grands yeux.

— Pourquoi ? C'est bien le plus apte à comprendre que...

— Oh, mon Dieu, *non* ! Qu'il soit d'origine asiatique ne veut pas dire qu'il apprécie la K-pop et les séries romantiques.

— Je sais, andouille, mais peu importe ses goûts, il regardera et écoutera ce que tu veux parce qu'il est dingue de toi, voilà ! Si Owen et moi avons subi ces émissions, crois-tu vraiment que ce soit parce que nous les apprécions ?

— Peuh ! Ni lui ni toi n'y connaissez rien. Vous ne les regardez avec moi que pour en rire.

— Non, nous les regardons pour te faire plaisir, parce que nous t'aimons tous les deux. Et Jack a peut-être les mêmes goûts que toi, qui sait ? Ça semble logique vu qu'il est asiatique, comme tes feuilletons. Peut-être fera-t-il juste semblant de les apprécier pour t'attirer dans son lit. Dans les deux cas, tu es gagnant, pas vrai ?

Simon avait tellement glissé dans le canapé que son visage était presque dans le saladier de pop-corn.

— Hong-Wei est mon ami ! geignit-il. Je ne veux pas gâcher ce que nous avons. Je ne veux pas non plus être mal à l'aise à l'hôpital alors que je travaille sous ses ordres. Tu sais, Andreas n'a peut-être pas tort d'interdire les relations : à terme, ça pose toujours des problèmes.

— Je vais dire à Owen que tu as dit ça.

Simon poussa un cri et bondit, manquant projeter le contenu du saladier qu'il tenait toujours.

VI

DANS SON bureau, Hong-Wei cherchait un prétexte valide pour inviter Simon à déjeuner avec lui. D'un autre côté, ne valait-il pas mieux admettre que la journée était mal barrée ? Il était toujours pris dans son dilemme quand Kathryn passa la tête par la porte.

— Ah, te voilà. C'est la première fois que tu as l'occasion d'assister à un des spectacles de Jared, pas vrai ? Dépêchons-nous, sinon, tu vas le manquer.

— Un spectacle ?

Tout en parlant, Hong-Wei se leva. Puis il se souvint :

— Ah, oui, reprit-il, Kumpel m'en a parlé. Si j'ai bien compris, il organise une sorte de fête quand un de ses jeunes patients quitte l'hôpital, hmm ? Et il réquisitionne ses deux amis, Lane et Gagnon ?

— Oui, mais tu peux les appeler Jared, Owen et Simon, tu sais. Nous sommes une petite famille, ici, à Ste Anne.

Elle le prit par le poignet et l'entraîna dans le couloir.

— Dépêchons-nous, répéta-t-elle. Ça ne va pas être évident de trouver une place. En fait, ce sera aussi bien que nous restions à l'arrière. D'après ce que j'ai entendu, Simon est terrifié à l'idée que tu assistes à sa prestation.

— Pourquoi serait-il gêné d'amuser les patients de Kumpel... hum, de Jared, se corrigea Hong-Wei.

Kathryn lui lança un regard entendu.

— C'est une bonne question, Jack. Je n'en sais rien, mais *tu* as peut-être une idée.

Hong-Wei sentit son sang se congeler dans ses veines. Il jeta un coup d'œil traqué autour de lui. Il pensait avoir été discret en draguant Simon, mais si Kathryn se doutait de quelque chose...

Le regard adouci, elle lui tapota la main.

— Ne t'inquiète pas. J'ai tout compris, c'est vrai, mais seulement l'autre soir, en dînant avec vous deux. Au travail, Simon et toi vous comportez de façon très différente. Oh, vous vous entendez bien, c'est évident, mais on pourrait croire que ça ne va pas plus loin. C'est en vous voyant interagir dans un contexte plus intime que j'ai réalisé qu'il y avait davantage entre vous qu'une simple amitié.

Elle se pencha plus près et baissa la voix :

— Mais quand même, soyez très prudent. Les commérages vont vite à Copper point et Andreas tient beaucoup à son ridicule règlement. La semaine dernière, il a viré une de mes infirmières sous prétexte qu'elle sortait avec notre archiviste. Et ça fait cinq ans que ces deux-là sont ensemble !

Hong-Wei s'arrêta net.

— C'est lamentable !

Kathryn acquiesça.

— Oui, je sais. Ils prévoyaient de se marier, mais comme ils ont tous les deux perdu leur emploi, ça leur est désormais impossible.

— Andreas aurait-il été plus souple envers un couple marié ?

— Je n'en sais rien. D'après Becca – elle est juriste –, ça ouvrirait des possibilités intéressantes et l'administration se trouverait dans une position intenable : faire jurisprudence ou virer tous les salariés mariés ? À mon sens, ça souligne l'ineptie de cet édit, surtout ici, alors que Ste Anne est constamment en sous-effectif. Je suis allée voir Erin pour plaider ma cause, mais sans rien obtenir.

Elle secoua la tête et enchaîna :

— Je ne comprends pas. Étant plus jeune, j'étais proche d'Erin. Il n'a pas fréquenté l'école publique, ses parents ayant préféré l'envoyer à Sault Ste Marie, dans un établissement privé, mais nous sommes du même âge et nous nous retrouvions souvent dans des activités extrascolaires : camps religieux, sports et loisirs. C'était un gentil garçon, quoiqu'un peu effacé. Une fois apprivoisé, il riait facilement. Et surtout, il avait bon cœur et s'intéressait à des tas de sujets. Aujourd'hui, on dirait un robot, il ne pense que rentabilité et boulot. En fait, je doute que lui et Nick aient leur mot à dire. C'est certainement un membre du conseil, un sale tordu, qui applique un plan de gestion des plus stricts. À mon avis, il s'agit du père d'Erin.

— Le conseil a-t-il un tel pouvoir sur l'hôpital ?

— Apparemment, tu ne connais rien au modus operandi des petites villes ! s'exclama Kathryn en riant.

Comme ils arrivaient devant la cafétéria, elle mit le doigt sur sa bouche pour intimer à Hong-Wei de garder le silence.

— Nous y sommes, plus un mot. Il ne faut pas que Simon te voie. Ça va être super ! Je suis impatiente de voir ce qu'ils nous ont concocté !

souffla-t-elle, très excitée. Owen disait que la nuit dernière, ils ont répété pendant plus d'une heure !

Hong-Wei entra derrière elle. Si la cafétéria était bondée, personne n'était là pour consommer. Les chaises avaient été regroupées devant une scène délimitée par une zone vide. Assise au premier rang, une fillette d'une dizaine d'années rebondissait avec enthousiasme dans son siège.

Les lumières de la cafétéria s'éteignirent et une musique annonça le début du spectacle. Puis Simon, Owen et Jared émergèrent des portes battantes menant à la cuisine.

Hong-Wei mit une minute à comprendre ce qui se passait. Les trois amis dansaient, bougeaient les lèvres et mimaient les paroles de la chanson. C'était sympa… quand on aimait la musique pop, ce qui n'était pas son cas. Quand il prêta l'oreille avec plus d'attention, il réalisa que la chanson n'était pas de l'anglais, mais une langue asiatique… qui n'était pas du mandarin.

Sidéré, il se rendit compte qu'il avait déjà entendu cette chanson. Hong-Su le lui avait fait écouter. C'était du coréen. C'était… de la *K-pop*.

Oh, mon Dieu ! Il se couvrit la bouche et le nez de la main.

Se méprenant sur sa réaction, Kathryn lui donna un coup de coude assorti d'un sourire.

— Je sais, c'est bizarre, mais je les trouve adorables. Surtout Simon. Il est fan de K-pop ! Il connaît tous les artistes et il apprend leurs chansons par cœur.

Oui. Hong-Wei y croyait sans peine. *Doux Jésus !* Pourvu que Hong-Su n'en entende jamais parler !

Comme une groupie en délire, Kathryn agitait les bras au-dessus de sa tête et applaudissait.

— Regarde comme ils s'amusent ! cria-t-elle à Hong-Wei. Même Owen, quoi qu'il en dise. J'aimerais me joindre à eux, mais je ne peux pas, mon genou ne me le pardonnerait pas. Ils trouvent ces danses sur internet et s'entraînent ensuite à les exécuter. Simon se charge de la chorégraphie qu'il enseigne aux deux autres. C'est génial, non ?

C'était une façon charitable de décrire un spectacle esthétiquement atroce, mais émotionnellement adorable. La chanson en elle-même était aussi banale et sirupeuse que toutes celles que sa sœur lui avait infligées à l'époque où il vivait avec elle. La danse, par contre, n'était pas du K-pop – Hong-Wei pouvait en témoigner parce que ça aussi, Hong-Su l'avait forcé à en regarder, espérant le faire changer d'avis sur la qualité du travail des artistes. Si Simon n'était pas mauvais danseur, les deux médecins étaient presque insultants.

Seigneur ! Quel cauchemar ! Pourtant, la foule acclamait la « prouesse » chorégraphique avec enthousiasme. Quand l'atrocité prit fin, Hong-Wei applaudit comme les autres.

Un de ses voisins lui jeta :

— Remarquable, n'est-ce pas ?

Hong-Wei hocha la tête et répondit :

— Oui, certainement.

Il ne mentait pas, le trio était effectivement remarquable. Il avait prévu de s'éclipser avant que Simon le voie – ce serait mieux pour eux deux –, mais Kathryn refusa de le laissa pas partir, même après avoir insisté pour qu'il reste à l'écart.

— Où t'en vas-tu, idiot ? s'exclama-t-elle. Nous devons féliciter les artistes du mal qu'ils se sont donné.

Hong-Su serait-elle intervenue, d'une façon ou d'une autre, pour le torturer ? ne put s'empêcher de se demander Hong-Wei. Elle aurait adoré le spectacle, la musique atroce, la danse ridicule, tout.

Quand Simon les vit s'approcher, Hong-Wei comprit que la torture n'avait pas été que pour lui. Le jeune infirmier tressaillit et blêmit.

Hong-Wei s'en inquiéta : c'était la première fois qu'il voyait Simon pâlir au lieu de rougir en le voyant. Il devina instantanément que c'était un très mauvais signe. Simon détourna la tête, refusant de croiser son regard pendant que Kathryn félicitait les trois amis.

Décidé à en savoir plus, Hong-Wei le prit par le bras et l'entraîna dans une alcôve près du passe-plat.

— Ça va ?

— Non, répondit Simon la tête baissée. J'aurais préféré que tu ne voies pas ça !

— Pourquoi ? Tu étais plutôt mignon.

C'était la vérité. Il avait même été adorable. Seule la chanson était atroce.

Simon lui jeta un coup d'œil septique.

— Tu... tu aimes la K-pop ?

— Non, pas vraiment, mais je la connais bien. Ma sœur en est fan.

Étrangement, Simon sembla replonger dans un gouffre de désespoir.

— Excuse-moi. Je suis désolé.

— Mais de quoi ? Honnêtement, je ne comprends pas.

— Nous sommes nuls, je le sais très bien. J'ai beau essayer de m'améliorer, je ne sais pas danser. Je me contente d'imiter – mal – ce que je vois sur internet. Quant à Jared et Owen, ils sont encore pires que moi. Je leur répète sans cesse que nous devrions changer de genre de musique, ils s'entêtent parce qu'ils trouvent ces danses amusantes et originales. Ils ont raison d'ailleurs. Je suis quasiment certain d'être le seul à écouter de la K-pop dans le nord Wisconsin. J'ai toujours redouté qu'un vrai fan nous voie et nous juge grotesques. Il pourrait même trouver outrageante la façon dont nous traitons cette culture ! Je suis désolé, répéta-t-il.

Il soupira, les épaules affaissées.

Hong-Wei ne savait que dire. Il avait vite constaté en arrivant aux États-Unis la façon dont les Blancs détournaient les us et coutumes qu'ils ne connaissaient pas, ou ne comprenaient pas, et en faisaient un véritable gâchis. Pour survivre, il avait dû cacher son mépris. Était-ce ce qui inquiétait Simon ? Ou bien pensait-il que Hong-Wei appréciait la K-pop et en voulait aux trois amis d'avoir si mal dansé ?

Comment Hong-Wei était-il censé répondre ? Il avait oublié que flirter était si compliqué.

Il décida de jouer la carte de la prudence.

— Je ne suis pas offensé, je te le certifie. Mais je suis d'accord avec toi : vous pourriez varier votre répertoire.

Simon se recroquevilla davantage.

— Tu *es offensé*, mais comme tu es gentil, tu prends des gants pour me le dire.

Hong-Wei se pencha en avant et s'exprima d'une voix très basse :

— Je vais te révéler un secret, Simon : tous les goûts sont dans la nature. Je respecte ceux des autres, mais personnellement, je déteste la K-pop.

Simon se mit à trembler. Inquiet, Hong-Wei recula et l'examina. Son jeune infirmier rougit violemment.

— Je… excuse-moi. Quand… tu mets ta main sur mon coude, ça me fait des frissons partout. En plus, tu me chuchotais à l'oreille, alors je crois que j'ai eu un court-circuit.

Stupéfait, Hong-Wei cligna des yeux.

— Moi, j'ai mis la main sur ton coude ?

Il baissa les yeux, constata que Simon avait raison et s'écarta avec hâte.

— Désolé, reprit-il, je n'avais pas remarqué. Ça m'arrive souvent ?

Simon effleura l'ourlet de sa blouse.

— Oui, mais je ne t'ai pas demandé d'arrêter.

L'avertissement de Kathryn résonna dans la tête de Hong-Wei... puis s'évapora, anéanti par la chaleur du regard de Simon.

Hong-Wei esquissa un sourire.

— M. Lane, votre comportement est bien effronté. Puis-je vous rappeler que nous sommes sur notre lieu de travail ?

— C'est juste ta main sur mon coude.

Le désir entre eux était devenu palpable, l'atmosphère en crépitait presque. De l'autre côté de la paroi, la cafétéria bourdonnait de conversations – les gens s'entretenaient du spectacle –, mais dans leur alcôve, Hong-Wei et Simon étaient seuls au monde. Et pour la première fois, Simon n'avait pas peur. Il se sentait même parfaitement sûr de lui.

Ne le laisse pas partir !

Hong-Wei leva la main et prit délibérément le bras de Simon. Il le caressa du pouce, cherchant le pouls au creux du coude. Puis il effleura le poignet et savoura le tremblement que son geste arrachait à Simon.

— Dr Wu ? intervint une voix.

Simon sursauta, affolé. Sa terreur déclencha chez Hong-Wei une réaction instinctive. Avant même d'avoir reconnu Andreas, il avait projeté Simon derrière lui, vers le faux ficus qui trônait devant la porte arrière de la cafétéria. Des hurlements indignés résonnaient dans sa tête : *tu joues avec le feu ! Comment as-tu osé caresser Simon dans la cafétéria, quasiment en public ? Tu as failli te faire surprendre en flagrant délit par le DRH de Ste Anne, un homme rigide qui ne pardonne jamais une infraction.*

Avec un calme factice, il affronta Andreas en affichant le sourire mondain qu'il utilisait à Baylor, pendant son internat, avec les médecins et les administrateurs de l'hôpital. Il travaillait alors beaucoup trop, parfois avec des gardes qui durait trois jours d'affilée. Conscient qu'il perdait peu à peu la tête, il préférait que personne ne s'en rende compte.

Intérieurement, il s'avoua la vérité : il devenait amoureux de Simon et chaque jour qui passait renforçait ses sentiments. Dans ces conditions, aller doucement ne le tentait plus. Malheureusement, il était peut-être déjà trop tard.

ANDREAS A bien failli nous surprendre.

En fuyant la cafétéria, Simon n'avait que cette idée en tête. Il erra dans les couloirs, les genoux vacillants. Si Hong-Wei n'avait pas réagi aussi vite pour le pousser à s'esquiver, Simon serait resté figé de terreur, l'air coupable, alors qu'Andreas apparaissait dans leur discret recoin.

Il prit l'ascenseur et, toujours aussi hagard, dépassa le bureau des infirmières. Il fit de son mieux pour éviter ceux qui avaient assisté au spectacle et s'enferma dans les douches destinées aux patients. Il s'assit dans un coin, les jambes relevées, les genoux serrés contre sa poitrine. Il tremblait, aussi s'efforça-t-il de contrôler sa respiration et de se calmer.

Pendant une seconde d'égarement, à la cafétéria, il avait envisagé de céder à la tentation et d'écouter son cœur plutôt que son bon sens. Cela avait failli se terminer en désastre. C'était un signe !

Sauf que… c'était *si bon*. Simon ferma les yeux et se remémora le sourire de Hong-Wei et la façon dont le chirurgien l'avait attiré dans cette alcôve. Au départ, Hong-Wei avait touché son coude inconsciemment, il ne s'agissait pas d'une tentative de séduction. C'était un geste instinctif.

Si mon travail n'était pas en jeu, je tenterais l'aventure. À présent, Simon en était certain. Il avait peur, d'accord, mais la phase d'hésitation était dépassée. Malheureusement, il adorait son travail. Et il ne pouvait pas envisager de perdre un revenu régulier. S'il était licencié, il devrait chercher un poste en maison de retraite, déménager ou perdre un temps fou en trajet s'il travaillait dans une autre ville.

Bien évidemment, son travail était plus vital qu'une aventure, mais après ce qui venait de se passer, comment oublier son désir fou pour son patron ? Et comment allait-il réussir à se trouver en présence de Hong-Wei tous les jours de sa vie sans se trahir ?

Son téléphone vibra dans sa poche. Inquiet, Simon le sortit pour vérifier l'écran : c'était peut-être l'infirmière en chef qui cherchait à savoir où il était. À sa grande surprise, l'appelant n'était pas un membre de Ste Anne.

Il s'éclaircit la gorge et chercha à oublier qu'il se terrait dans une salle de bain.

— Salut, maman. Un problème ?

— Désolé de te déranger au travail, mon chéri. Je vais faire vite. Voilà, je voulais juste te rappeler la réunion de ce soir.

Simon avait un mal fou à se concentrer sur ce que lui disait sa mère.

— Il y a une réunion ?

— Oui, chéri, et je te rappelle que tu as accepté de faire partie du comité. La première réunion a lieu ce soir à dix-neuf heures. Ta sœur ne pourra pas venir, alors je compte sur toi. Je t'avais demandé de libérer ta soirée, alors ne me dis pas que tu as d'autres projets. Il faut tout organiser bien à l'avance pour le Festival du Fondateur. Et puis, tu participes aussi à la collecte de fonds de demain.

Simon ne gardait aucun souvenir de ces évènements. *Parce que tu es obsédé par Hong-Wei.* Il bougea, déplaça ses jambes sur le côté et s'assit plus droit.

— Excuse-moi, maman… Je suis libre ce soir, bien sûr. Et j'irai aussi aider demain. Pour la réunion, j'ai un peu oublié les détails. Ça se passe où ? Suis-je censé apporter quelque chose ?

— C'est à l'église, tu n'as à apporter qu'un crayon et un bloc. Et pour l'amour du ciel, ne sois pas en retard. Sinon, j'en entendrai parler jusqu'à la St Glinglin !

— Je serai à l'heure, c'est promis.

Et je ne me laisserai plus distraire par des pensées destructives.

PEU APRÈS, Simon quittait la salle de bain et se dirigeait vers le bureau des infirmières. Tous ceux qu'il croisa lui sourirent et, comme d'habitude, le complimentèrent sur la qualité du spectacle. Amanda parla de mettre de la K-pop sur Spotify à la réception afin que Simon répète son numéro. Il refusa formellement et rappela à ses collègues et amis qu'ils étaient tous censés retourner au travail.

Il passa l'après-midi à craindre de tomber sur Hong-Wei, mais ne le vit pas. Tant mieux, décida-t-il. Ça lui facilitait la vie.

Une fois sa journée finie, Simon s'éclipsa sans répondre aux messages de Jared et d'Owen qui tous deux voulaient savoir pourquoi il avait disparu si vite après la représentation. Il fit un bref arrêt chez lui pour se changer, puis alla dîner au Main Street Cafe. Une fois rassasié, il s'attarda pour lire en attendant l'heure de la réunion.

Jared et Owen continuaient à lui envoyer des messages pour savoir où il était. *À la demande de ma mère, j'assiste à une réunion à l'église,* répondit-il.

À dix-huit heures trente, Hong-Wei chercha à son tour à le contacter par sms.

Désolé, j'ai eu une opération après ton départ. Une appendicectomie d'urgence. Rita m'a assisté. J'ai à te parler. Où puis-je te rencontrer ?

Simon ne répondit pas. C'était lâche, mais c'était plus sûr.

La réunion s'avéra incroyablement ennuyeuse.

Sa mère l'avait inscrit à la commission qui planifiait les divertissements de Copper Point, en particulier ceux prévus pour le Festival du Fondateur. Pendant deux heures, Simon resta planté à écouter les querelles des uns et des autres – personne n'étant d'accord sur ce qu'il fallait faire. Il en profita pour vérifier subrepticement son téléphone : les textos de Hong-Wei devenaient de plus en plus tendus. Le chirurgien voulait savoir où était Simon et insistait sur le fait qu'une discussion entre eux était inévitable.

Il finit par écrire : *réponds-moi, s'il te plaît. J'ai besoin de te parler, même quelques minutes.*

Les épaules de Simon s'affaissèrent. Il s'était cru capable de résister à Hong-Wei, mais ces messages sapaient sa résolution. En outre, il s'inquiétait un peu que son patron, décidé à plaider sa cause, arpente les rues de Copper Point à sa recherche. Ça manquerait de discrétion !

Désireux de faire un dernier effort, Simon sortit son téléphone sous la table et tapa un message. *Je suis en réunion. Je te verrai demain.*

Non, répondit illico Hong-Wei. *J'attendrai que tu aies fini. Où es-tu ? Je te rejoindrai où tu voudras.*

Simon était arrivé au bout de sa résistance. D'un coup d'œil alentour, il vérifia que, malgré ces textos frénétiques, personne ne lui prêtait attention. C'était le cas, ils en étaient presque venus aux mains pour décider s'il fallait établir trois ou quatre scènes, dont une sur un wagon à foin.

— C'est un scandale ! criait-on.

Simon passa les deux mains sous la table pour taper plus vite son texto.

Je suis à l'église presbytérienne. Ne me rejoins pas, nous sommes en réunion. J'ignore l'heure à laquelle nous aurons fini.

Je t'attendrai dans ta voiture. Tes portières sont ouvertes ?

Bien entendu. Qui s'amusait à fermer sa voiture à Copper Point ?

Simon ferma les yeux en étouffant un soupir.

Oui, mais inutile que tu viennes. Pour être franc, je préférerais que tu ne le fasses pas.

Je sais. Je suis désolé. Ça ira vite, je te promets.

Écœuré, Simon posa son téléphone sur la table. Au même moment, un dernier message s'afficha sur l'écran.

Il n'a rien vu.

Simon ne répondit pas, mais ces quatre mots le hantèrent jusqu'à la fin de la réunion, ranimant la peur et la culpabilité qu'il avait tenté de repousser tout l'après-midi. *Il n'a rien vu.* C'était justement ce qui alimentait sa terreur ! Pris par leur jeu sensuel, Hong-Wei et lui n'avaient prêté aucune attention à leur environnement et Andreas aurait pu les surprendre dans un moment d'intimité. Quel délit fallait-il commettre pour mériter la porte ? Simon l'ignorait. Après tout, il ne sortait pas avec Hong-Wei, pas vrai ? Et regarder son patron avec concupiscence n'était quand même pas une faute grave, si ? Mais si Andreas se doutait qu'il y avait anguille sous roche, il risquait de le surveiller comme un faucon. Cette simple perspective lui donna la nausée.

En quittant la réunion, il se dirigea vers sa voiture, déterminé à être très clair avec Hong-Wei : entre eux, une amitié était possible, mais rien de plus.

Effectivement, Hong-Wei l'attendait dans sa voiture, mais assis derrière le volant. Surpris, Simon se figea au milieu du parking, puis conscient que les autres n'allaient pas tarder à sortir, il fit le tour du véhicule et s'installa sur le siège passager.

Nerveux et en colère, il fouilla dans ses poches, sortit son trousseau et le jeta à Hong-Wei.

— À quoi joues-tu ? Démarre ! Vite, avant qu'on te voie !

— Et alors ? Un chirurgien est avec son infirmier, qui est aussi son ami. Où est le problème ? Les gens me verraient comme un de tes deux colocataires, Simon. Détends-toi.

Simon était bien au-delà de cette possibilité. Le visage écarlate, les mains moites, l'estomac à l'envers, il attacha sa ceinture et détourna la tête pour regarder par la vitre.

— Démarre, répéta-t-il.

Sans l'écouter, Hong-Wei sortit de sa poche son téléphone qu'il brancha sur le système stéréo de la voiture. Une musique classique émergea des haut-parleurs, avec cordes et chorale vibrato. C'était lugubre.

Ensuite seulement, Hong-Wei démarra.

— C'est le *Stabat Mater* de Poulenc, le *Dolorosa*, expliqua-t-il. Une œuvre conçue pour soprano solo, chœur et orchestre. Je l'ai écoutée en entier pendant mon opération. Cette version est jouée par l'orchestre national d'Estonie et le chœur philharmonique estonien.

— C'est très… triste.

— Bien sûr, c'est la plainte de Marie pendant la crucifixion du Christ !

Simon avait les yeux fixés sur l'écran du téléphone de Hong-Wei, l'application musicale était ouverte, une icône indiquant le disque qui se jouait. Il jeta ensuite un coup d'œil à son patron.

— Serais-tu croyant ?

— Oui, mais bouddhiste. Et toi ?

Simon se remit à regarder la couverture de l'album.

— Je pratique un peu la religion méthodiste. C'est bizarre que tu connaisses le *Stabat Mater* et pas moi, qui suis chrétien.

— Ce sont des croyances *catholiques*, ce qui nous met tous les deux hors-jeu. Et si je connais cette œuvre, c'est parce que j'aime la musique classique, même hors d'une salle d'opération. J'ai toujours eu ce goût, ajouta-t-il avec un sourire d'autodérision, le visage figé dans une expression mélancolique. J'ai travaillé le piano et le violon pendant des années, j'envisageais de faire carrière dans la musique. J'avais même demandé une bourse dans une université dédiée aux études musicales. Quand mon père l'a découvert, nous avons eu une terrible querelle. Il a menacé de m'enlever mon violon et de vendre le piano.

Sous le choc, Simon releva la tête.

— C'est terrible !

Hong-Wei haussa les épaules avec fatalisme.

— Non, pas vraiment. C'était le seul moyen à sa portée pour m'obliger à l'écouter. Ma sœur est intervenue, elle aussi, elle a réussi à convaincre mon père de ne pas me pousser à bout. Suivant ses conseils, j'ai utilisé ma bourse pour entrer dans une université dotée d'un bon programme scientifique afin d'avoir un premier cycle polyvalent. Bien entendu, tous les cursus permettent *en principe* d'entrer en école de médecine, mais avoir un bon niveau en sciences permet de réussir dans les premiers. J'ai donc suivi mes cours de musique tout en travaillant aussi l'anatomie, la chimie, etc. Plus tard, j'ai joué dans l'orchestre. Peu à peu, la musique est devenue un simple passe-temps, j'ai fini par suivre les vœux de mon père et devenir médecin.

Jamais Simon n'aurait imaginé ça chez Hong-Wei.

— Pourquoi as-tu abandonné la musique ?

— Parce que mon père avait raison. Réussir en ce domaine est beaucoup plus difficile que je le pensais. J'étais bon musicien, mais pas assez pour en vivre. Au mieux, j'aurais fini professeur ou premier violon dans l'orchestre symphonique d'une petite ville, ce qui était loin de mes rêves originels. Je m'étais vu sur de grandes scènes mondiales, mais d'autres talents plus brillants partageaient cette vision. Alors, j'ai renoncé, mais j'ai continué à aimer la musique.

Simon souffrait pour lui.

— Je trouve ça tellement triste.

— Il faut apprendre à affronter la réalité.

— Je sais, mais c'est quand même triste. T'arrive-t-il encore de jouer ?

Hong-Wei eut un rire amer.

— Quand en aurais-je eu le temps ? J'ai travaillé comme un malade pendant mon internat, je faisais des heures sup pour financer mes études, et quand j'avais une minute de libre, je dormais pour récupérer. J'ai consacré ma vie à devenir médecin. Pour être franc, je suis meilleur en chirurgie qu'en musique !

— Mais tu n'as pas à être le meilleur violoniste au monde pour prendre plaisir à jouer, protesta doucement Simon. De plus, tu as plus de temps maintenant. Bien sûr, tu as encore beaucoup de travail à l'hôpital, mais ce soir, tu as bien trouvé le temps de courir la ville à ma recherche. Donc, si tu le veux, tu peux te remettre au violon, juste pour le plaisir. Tu pourrais même trouver un piano…

Il cessa de parler et poussa un petit cri surpris. Hong-Wei venait de piler, au milieu de nulle part. Devant eux, la forêt descendait jusqu'au lac. Très étonné, Simon posa la main sur le tableau de bord et chercha à travers le pare-brise ce qui avait poussé Hong-Wei à un arrêt aussi brusque… un animal sauvage peut-être ? Hong-Wei coupa le moteur, empocha les clés, sortit de la voiture et la contourna jusqu'à la portière de Simon. Il l'ouvrit et dit :

— Viens avec moi.

Simon se laissa entraîner dans les bois, mais il jetait autour de lui des regards nerveux.

— Hong-Wei, cet endroit est dangereux. Il y a des ours…

Il ne put aller plus loin, car Hong-Wei le pressa contre un arbre, son corps dur plaqué au sien. Sous le coup de la surprise, Simon haleta. Il leva les bras pour le repousser, mais Hong-Wei s'empara de ses mains d'un geste plus tendre qu'agressif. Simon aurait parfaitement pu se libérer s'il l'avait encore voulu. Hong-Wei plaqua ses poignets contre l'écorce rêche et se pencha vers lui. Les genoux de Simon faiblirent devant le beau visage sérieux que la lune, qui passait à travers les arbres, éclairait faiblement.

— Je cherche à t'expliquer ce qui m'arrive, chuchota Hong-Wei, mais tu ne m'écoutes pas. Depuis que j'ai abandonné la musique, je n'ai fait que travailler. Puisque j'avais dû renoncer à mon rêve, je m'étais promis de devenir le meilleur médecin du pays, sinon du monde.

— Tu es un médecin formidable ! s'exclama Simon avec ferveur. Et tu es le meilleur patron que j'aie eu de toute ma vie. Mais je ne comprends pas l'intérêt que tu as à toujours te mesurer aux autres, la vie n'est pas une éternelle compétition. Et pourquoi devrais-tu renoncer à jouer ? Tu es comme Owen et Jared, toujours poussé à être le meilleur. Pourquoi ne pas…

Hong-Wei lâcha les poignets de Simon.

— Je ne *suis pas* comme Owen et Jared ! Et ça ne va pas du tout. Je ne trouve pas mes mots.

Simon posa les mains sur la poitrine de Hong-Wei.

— Ce n'est pas grave.

Le chirurgien se pencha vers lui.

— Si. J'étais complètement paumé à Houston, je ne savais plus ce que je voulais, mais j'avais conscience de foncer droit dans le mur. Je l'ai compris presque trop tard. Alors, j'ai fui… et je suis venu à Copper Point, aussi loin que possible de mon ancienne vie. J'espérai que dans un endroit tranquille, je pourrais enfin retrouver mon équilibre et décider ce que je voulais faire de ma vie. Ça a fonctionné. Maintenant, je sais ce que je veux.

Il était si proche de Simon que son souffle lui caressait le cou, lui donnant la chair de poule.

— Vraiment ?

Hong-Wei releva la tête, ses yeux dans ceux de Simon. Il n'était plus triste ou perdu, il paraissait concentré et très déterminé.

— Oui. Je te veux.

Simon essaya de tourner la tête pour échapper à l'intensité du regard de Hong-Wei, mais il était totalement bloqué, plaqué à l'arbre. Ses genoux vacillants le soutenaient à peine. Et pour être franc, son désir de fuite n'était pas très sincère, son cœur n'y croyait pas.

— Hong-Wei, murmura-t-il.

Hong-Wei passa les doigts dans ses cheveux.

— N'aie pas peur. Andreas ne nous a pas vus, je te le jure. Si tu y tiens, nous garderons notre relation secrète. Au travail, nous resterons comme avant, professionnels uniquement, mais une fois sortis de l'hôpital…

Simon secoua la tête, peu convaincu.

— Une fois sortis de l'hôpital, nous ferons quoi ? Nous nous rencontrerons en pleine forêt la nuit ? Nous enverrons Owen et Jared faire des courses pour avoir la maison rien qu'à nous ? Et si nous devenons amants, crois-tu vraiment que nous réussirons à garder un comportement détaché à Ste Anne quand nous serons ensemble ?

— Parce que tu t'imagines qu'en ce moment, c'est le cas ?

Les entrailles de Simon se tordirent de douleur.

— Je risque de perdre *mon* travail ! Je risque de foutre *ma* vie en l'air. Je n'ai jamais quitté Copper Point, sauf ces quelques années universitaires à Madison dont je garde un souvenir épouvantable. Je regarde des séries télévisées du monde entier, je rêve de connaître des endroits exotiques – alors que même Chicago me paraît déjà lointain –, mais en vérité, je dépasse rarement Duluth. Mes rêves ne sont que des fantasmes. Comme tu le disais, il faut affronter la réalité et la mienne, c'est que je passerai sans doute ma vie à Copper Point, sans me marier, sans jamais avoir de véritable relation. Si Owen et Jared se trouvent un jour un compagnon sérieux, il est probable que je retournerai vivre chez mes parents. Je me suis fait une raison…

Sa voix se brisa. Il prit un moment pour se ressaisir avant de continuer.

— Je me suis fait une raison, répéta-t-il, ma vie ne sera jamais excitante, alors ça ne m'aide pas du tout que tu essaies de bouleverser mon équilibre.

Hong-Wei lui prit la main et la pressa sur son cœur, qui battait très fort.

— Tu sens ça, Simon ? Mon cœur bat, je ne suis pas un fantasme. Je suis là, juste devant toi. J'ai envie de toi et je te le dis franchement. Ce n'est pas d'être à Ste Anne qui m'a apporté la paix, c'est d'être avec toi.

Simon devina qu'il allait pleurer. Ses yeux étaient noyés de larmes.

—*Arrête* !

— Non. J'ai tenté d'aller lentement, de te faire la cour, de te démontrer mon intérêt et de gagner le tien, d'être le meilleur… parce que j'ai toujours tenu à être le meilleur. Pour moi, c'était une question de survie. Et puis… aujourd'hui, tu m'as regardé, tu as souri, tu n'as pas hésité à flirter avec moi. Et là, tout le reste a disparu, pfut, évaporé ! J'ai compris que j'avais enfin trouvé ma véritable place, mon véritable désir. Je me fichais complètement d'être ou pas le meilleur, je voulais seulement être moi.

Le souffle coupé, Simon hoqueta un sanglot.

— Ne fais pas ça !

À nouveau, Hong-Wei eut un rire amer et triste.

— Pourquoi ? Je devrais être le seul à souffrir, d'après toi ?

— Je refuse de croire que j'ai eu un rôle dans ton revirement. Tu es parti, tu t'es sauvé tout seul.

— En quittant mon ancienne vie, je n'ai trouvé qu'un appartement vide. Ce silence, c'était horrible ! Chaque fois que je me retournais, ma panique devenait de plus en plus envahissante. Puis un soir, tu es venu, tu m'as pris la main et tu m'as entraîné pour acheter des meubles. Ensuite, tu m'as présenté tes amis, tu m'as prêté ta voiture, tu as rougi quand je t'ai offert à déjeuner. Tu apprécies mes plats préférés, tu es le meilleur assistant que j'ai eu dans une salle d'opération, tu...

— C'est mon travail !

Hong-Wei lui caressa le cou du pouce et continua comme si Simon n'avait rien dit :

— ... n'as pas apprécié les plaisanteries d'Owen et de Jared, tu les as envoyés balader, tu as aussi pris ma défense quand ils s'en sont pris à moi. Et quand je t'ai embrassé, tu m'as rendu mon baiser.

Simon sentit qu'il allait bientôt céder.

— Je dois rentrer à la maison, bredouilla-t-il. Il est tard et je travaille demain matin.

— Bon sang, Simon, tout ce que je te demande, c'est de *me* donner une chance.

Oui, justement, Simon ne voyait rien de plus dangereux. Il repoussa Hong-Wei, décidé à retourner jusqu'à la voiture. Hong-Wei l'empêcha de bouger en appuyant son front contre le sien.

Si Simon relevait la tête, leurs lèvres s'uniraient. S'il poussait un soupir, Hong-Wei prendrait ça pour une acceptation et l'embrasserait. S'il restait figé trop longtemps, Hong-Wei, lassé d'attendre, prendrait possession de sa bouche, de son corps, de son âme.

Pourquoi ne pas le laisser faire, alors ?

Parce que ce n'était pas si simple. Parce que Simon n'aurait nulle part où aller si cette relation tournait mal et qu'il perdait son emploi. Parce qu'il ne voulait pas subir l'humiliation d'être licencié.

Parce qu'il avait peur que son fantasme se réalise. Mieux valait laisser les rêves sur un écran de télé. Y croire dans la vie réelle garantissait une rapide déception.

Simon se raidit et inspira un grand coup, cherchant à paraître aussi déterminé que possible.

— Je dois y aller.

Cette fois, Hong-Wei le libéra et s'écarta sans un mot de plus.

Et Simon chercha à se persuader que tout était pour le mieux.

HONG-WEI ENTRA dans son appartement et fixa l'espace en essayant de contrôler les émotions qui se déchaînaient en lui. Il ne s'était pas senti aussi mal depuis le jour où il avait abandonné la musique pour la médecine, mais il résista à son envie de s'apitoyer sur son sort. Il n'était plus étudiant, mais adulte. Il était censé être capable de gérer une déception.

Non, il ne pouvait pas.

Il tenait son téléphone à la main, mais sans savoir qui appeler. Owen et Jared ? Impossible, définitivement impossible. Les reverrait-il seulement ? Ou allait-il perdre en même temps que Simon les seuls amis qu'il s'était fait depuis son arrivée à Copper Point ? En vérité, avaient-ils été de vrais amis ou de simples extensions de Simon ?

Devait-il téléphoner à sa sœur ? Non, il n'était pas prêt. Soit elle serait sarcastique et pénible, soit en ferait trop pour lui remonter le moral et il finirait par se disputer avec elle. En plus, elle lui manquait terriblement, s'il entendait sa voix, sans doute finirait-il par craquer.

Qui lui restait-il ?

En désespoir de cause, il choisit d'ouvrir son courrier électronique à la recherche des messages de son père, signe flagrant qu'il était au bout du rouleau. Il trouva sept mails et, les tripes nouées, ouvrit le dernier en date que son père lui avait adressé.

> *Bonjour, mon fils.*
>
> *J'espère que tu vas bien. Ta mère et moi pensons souvent à toi et nous espérons que tu es enfin heureux. Si tu regrettes ton choix, nous t'aiderons à trouver un autre endroit où exercer, ne l'oublie pas. Voici la liste des hôpitaux qui ont récemment cherché à te contacter. Et il y en aura bien d'autres.*
>
> *Nous espérons que tout va bien et nous aimerions recevoir de tes nouvelles. Tu nous manques beaucoup.*
>
> *Je t'embrasse,*
> *Papa*

C'était presque une supplication pour qu'il contacte sa famille. Hong-Wei l'ignora et envisagea de ne pas consulter la liste jointe au mail. La tentation étant trop forte, il finit par y jeter un coup d'œil.

Tu pourrais quitter Copper Point, fuir encore...

Sa main tremblant trop, il laissa tomber son téléphone.

Peu après, il quittait son appartement sans emporter son téléphone portable ou son manteau. Il revint sur ses pas, les membres raides et lourds, et récupéra les deux. Le manteau, parce qu'il faisait très froid dans le Wisconsin, température à laquelle il n'était pas encore habitué. Quant au téléphone, il n'en voulait pas et l'aurait volontiers jeté dans les toilettes, mais il était d'astreinte et on pouvait chercher à le joindre.

Un patient pouvait avoir besoin de lui... ou plutôt de ses mains de chirurgien et de son diplôme de spécialiste.

IL TERMINA, sans trop de surprise, au China Garden. Le restaurant s'apprêtait à fermer, mais quand le personnel l'aperçut, les portes se rouvrirent et Hong-Wei fut accueilli avec chaleur, comme d'habitude. On l'installa dans un box du fond, près de la cuisine. Cinq minutes plus tard, Mme Zhang posait sur la table devant lui une théière et un bol de nouilles bien chaudes.

— Vous paraissez triste ce soir. Que s'est-il passé ?

— Bonsoir, madame. Je préfère ne pas vous raconter mes ennuis.

Hong-Wei secoua la tête et but une gorgée de thé. Elle fit claquer sa langue et lui asséna une petite tape sur le bras.

— Ne dites pas ça ! Grâce à vous, nos affaires sont devenues florissantes. Et vous mangez ici si souvent que vous pourriez aussi bien vous installer à demeure.

Malgré le poids qui lui écrasait le cœur, Hong-Wei laissa échapper un gloussement.

— C'est une histoire à la fois triste et banale. Je suis malheureux en amour et insatisfait de ma vie actuelle. J'ai conscience d'être trop exigeant, sinon égoïste. Ma famille ne cesse de me le répéter et je suis certain que vous le pensez aussi.

— Non, vous n'êtes pas égoïste. Vous travaillez dur à l'hôpital, vous nous passez des commandes spéciales pour faire plaisir à vos amis. Vous acceptez que mon personnel stupide vous pose des tas de questions médicales alors qu'ils ne sont pas malades et que votre temps est précieux. Et surtout, vous ne cessez de vous inquiéter de mon mari.

Saisi d'un mauvais pressentiment, Hong-Wei tressaillit et regarda autour de lui. Il venait de prendre conscience de ce qui l'avait vaguement surpris à son entrée au restaurant.

— Je ne vois pas M. Zhang. Où est-il ?

— Il est fatigué ce soir. Une petite fièvre. Je crois qu'il travaille trop.

En le voyant esquisser le geste de se lever, elle secoua la tête.

— Non, restez assis et mangez. Ce n'est rien. Je lui ai donné des herbes.

Hong-Wei résista et se redressa, étreint de terreur et de culpabilité. Il aurait dû mieux surveiller le propriétaire du restaurant !

— C'est sa blessure, n'est-ce pas ? Elle n'est toujours pas guérie ?

— Non, mais il faut laisser du temps au temps. Ce matin, j'ai prié pour lui.

Elle en était aux prières ? De plus en plus angoissé, Hong-Wei s'inclina profondément et demanda d'une voix soigneusement contrôlée :

— Je vous en prie, madame, laissez-moi examiner sa main.

Il dut longuement insister, mais elle finit par céder, peut-être parce que son attitude commençait à attirer l'attention des autres convives attablés. Peu importait, pensa Hong-Wei. Lui aussi se mit à prier : *faites que je me trompe, faites que j'ai juste imaginé le pire.* Il suivit Mme Zhang dans l'escalier menant à l'étage où dormait le personnel. Son cœur battait à tout rompre dans sa gorge.

Il passa devant des caisses empilées et des rangées de lits pliants, puis écarta le rideau qui délimitait les quartiers privés des Zhang.

M. Zhang était étendu sur un matelas. Hong-Wei sut instantanément qu'il ne s'était pas trompé sur la gravité de son état.

Même Mme Zhang parut abasourdie en voyant son mari inconscient, le visage ruisselant. Elle s'accroupit à ses côtés, toucha son front et étouffa un cri.

— Il est brûlant ! Sa fièvre n'était pas aussi forte quand je suis descendue, il y a une heure.

En plus d'être fiévreux, M. Zhang était blême. Hong-Wei alluma la lampe à côté du lit et s'agenouilla près du patient, l'évaluant du regard tout en prenant son pouls – élevé, mais stable. La respiration était irrégulière. Une fièvre aussi forte devait être très pénible.

— M. Zhang ?

Mme Zhang se mit à pleurer.

— Yi Fu, Yi Fu ! hoqueta-t-elle.

M. Zhang ne répondit pas davantage à sa femme. Hong-Wei souleva une des paupières, puis il poussa un juron et sortit son téléphone pour composer le 911.

— Ici les urgences, que puis-je pour vous ?

— Je suis le Dr Jack Wu du Ste Anne Medical Center. Je me trouve actuellement au China Garden au chevet d'un adulte d'environ soixante-cinq ans qui nécessite des soins immédiats. Il me faut une ambulance. Le patient ne réagit pas, il a une forte fièvre et une blessure purulente à la main gauche ayant sans doute provoqué une bactériémie associée à un sepsis. Le patient est en état de choc septique et ses organes commencent à lâcher.

Tout en parlant, il dessinait des cercles apaisants dans le dos de Mme Zhang qui pleurait maintenant ouvertement.

VII

ALLONGÉ DANS son lit, Simon regardait par la fenêtre et, malgré le gouffre de la culpabilité qui lui creusait l'estomac, il essayait de s'endormir. Tout à coup, la porte de sa chambre s'ouvrit et Owen passa la tête à l'intérieur. Au premier regard, Simon comprit que ça n'allait pas. Il rejeta ses couvertures et s'assit dans le lit.

— Que se passe-t-il ? Un code orange ?

Owen avait déjà enfilé son manteau. Il lança à Simon son uniforme tout en répondant :

— Pas de catastrophe à grande échelle, mais Jack a une opération d'urgence et il réclame son équipe en salle d'op. Toi, en particulier.

Simon, les jambes molles, se jeta sur son pantalon d'infirmier qu'il commença à l'enfiler

— Quoi ?

— Il m'a demandé de te transmettre un message : *c'est une urgence, rappelle-toi le protocole d'exception dont je t'ai parlé.*

Simon avait le pantalon au niveau des genoux.

— Oh, mon Dieu ! Un code violet !

— J'ignore de quoi tu parles, mais comme nous sommes pressés, tu me raconteras tout ça dans la voiture. Jared vient aussi. Je ne vois pas à quoi nous servira un pédiatre, mais j'ai dans l'idée que Jack aura besoin ce soir d'un maximum de soutien.

Simon quitta la maison sans même avoir lacé ses chaussures ou attaché son manteau. Une fois installé dans la voiture, il tenta d'expliquer à Owen ce qu'était « un code violet », mais avec sa voix qui chevrotait, il trébuchait sur les mots.

— Hong-Wei a établi un protocole très précis pour ses assistants, son matériel et même ses patients. Je… je ne lui ai pas demandé pourquoi, ce n'est pas mon rôle. En fait, ce que je n'ai pas trop compris, c'est qu'il paraissait s'attendre à voir un patient arriver au bloc en urgence sans que le personnel soit sur place. Il ne me l'a pas dit expressément, c'est juste une impression que j'ai eue. Il a dû remarquer mon air étonné, parce qu'il m'a dit : « *imagine un soldat qui revient de la guerre. Mieux vaut tout prévoir !* » C'est ça, pour lui, le code violet, puisque cette couleur n'est pas au protocole classique. Je n'aurais jamais cru que nous en aurions besoin un jour ! ajouta Simon, le ventre noué. Et pourtant, c'est le cas ce soir. Que se passe-t-il donc ?

Les yeux fixés sur la route, Owen montra les dents.

— Je pense que ce soir, ton petit ami va devoir partager ses secrets.

Jared, qui avait pris place sur la banquette arrière, se pencha en avant et passa la tête entre leurs deux sièges.

— C'est quand même bizarre ! Pourquoi ce branle-bas de combat ? Il aurait pu envoyer le patient dans un autre hôpital, non ? D'accord, il est d'astreinte et s'il s'agit de chirurgie, c'est dans ses cordes, mais pourquoi réquisitionner Simon et tout le monde ?

Owen secoua la tête.

— D'après ce que j'ai compris, Jack est arrivé avec le patient et il a fichu une sacrée panique. Je n'ai pas d'autres infos. Tout le monde était plutôt secoué. Je vais l'assommer !

Une fois à l'hôpital, Owen se gara dans l'allée d'urgence réservée aux pompiers, il sortit précipitamment et jeta à Jared son trousseau de clés. Sans se soucier de ses deux amis, Simon se précipita à l'intérieur, Owen sur ses talons.

Le chaos le plus total régnait dans le service de chirurgie. Au centre du séisme, Hong-Wei était avec M. Zhang.

Simon n'eut pas l'occasion de dire un mot avant d'être absorbé dans la folie ambiante.

— Dr Wu ! cria une voix. Simon Lane est arrivé !

— Qu'il se prépare immédiatement, ordonna Hong-Wei.

Sa voix résonnait encore que Simon était déjà entraîné vers un lavabo. Susan, l'une des aides-soignantes, lui sourit nerveusement. Elle lui tendit des gants et haussa la voix pour se faire entendre au milieu du vacarme.

— Patient de soixante-cinq ans, forte fièvre et blessure infectée à la main. C'est probablement un choc septique. La respiration est laborieuse, la tension élevée et la fréquence cardiaque erratique, bien qu'il reçoive de la noradrénaline en intraveineuse. Il faut agir vite pour éviter des séquelles irrémédiables au foie et aux reins. Le Dr Wu surveille ses signes vitaux et la réaction des organes. Il voulait intervenir chirurgicalement une fois le patient stabilisé pour brider l'infection, mais il rencontre quelques difficultés.

Le souffle bloqué, Simon vacilla et s'accrocha au lavabo pendant que Susan l'aidait à enfiler ses gants en latex.

— Nous ne sommes pas équipés pour ce genre d'opération, souffla-t-il.

— Je te déconseille de le dire au Dr Wu, rétorqua Susan. Les salles d'opération sont prêtes et Rita a veillé à ce que tout soit organisé comme il le réclame, mais puisque tu es là, tu pourrais peut-être vérifier une seconde fois. Je dois d'avouer que nous sommes tous un peu nerveux. Le Dr Wu est furieux contre les autres médecins et quand il est en colère, il est terrifiant. Il a même crié sur Rita ! Elle a pleuré, mais seulement après avoir quitté de la pièce. Nous espérons que tu réussiras à le calmer, tu sembles bien le connaître… et tu es habitué à ses humeurs, hein ?

Simon faillit éclater d'un rire hystérique. Oh, oui, il connaissait Hong-Wei. Et après avoir reçu ses confidences, il n'avait rien trouvé de mieux à faire que de l'envoyer balader ! Après leur séparation houleuse, Hong-Wei avait dû aller au China Garden, où il avait trouvé M. Zhang, un homme auquel il portait une grande affection, en piteux état. En plus, M. Zhang ne parlait pas un mot d'anglais et sa femme pleurait dans le hall. Une infirmière à ses côtés tentait de la réconforter. Quelqu'un avait-il tenté d'expliquer au couple ce qui se passait ?

Non, conclut Simon, c'était trop tôt. Beaucoup trop tôt. Émotionnellement parlant, il comprenait la réaction de Hong-Wei, bien sûr, mais Ste Anne avait-il les moyens de soigner M. Zhang ?

Tu n'es qu'un infirmier, ce n'est pas à toi d'en juger. Contente-toi d'obéir aux instructions de ton patron. Le docteur, c'est lui !

Il regarda Susan bien en face :

— Je ferai de mon mieux.

Il tourna les talons et s'apprêta à affronter la bête.

Le service des urgences avait trois stalles d'examen. M. Zhang se trouvait dans celle du milieu. Deux infirmières, trois aides-soignants et quatre médecins très mécontents encadraient Hong-Wei. En voyant Simon approcher, les infirmières reculèrent et les médecins le toisèrent d'un regard noir. Quant à Hong-Wei, il continua à fixer son moniteur.

Simon vint se placer à ses côtés.

— Désolé d'être en retard, Dr Wu. Quelles sont vos instructions ?

Hong-Wei lui accorda à peine un coup d'œil, toute son attention restant focalisée sur l'appareil qui enregistrait les signes vitaux de Zhang.

— Avez-vous été informé de l'état du patient ?

— Oui, docteur.

— J'ai envoyé un homme à Ironwood pour des fournitures et réclamé à Duluth et Eau Claire des ambulances censées me rapporter les traitements spécifiques qui nous manquent. Si vous pouviez désigner quelqu'un pour suivre ces transports, je vous en serais reconnaissant. Tout le monde semble avoir perdu la tête, jeta-t-il avec mépris, les lèvres pincées.

— Si je peux faire une suggestion, Dr Wu, Jared est prêt à vous aider. Et Owen est arrivé en même temps que moi.

Hong-Wei perdit une partie de sa tension, ses épaules se détendirent.

— Parfait. Amenez-les-moi sans perdre une minute.

— Bon sang, Jack, je savais bien que tu ne pouvais te passer de moi !

Owen plaisantait, bien sûr, mais Simon le connaissait assez pour savoir qu'il se concentrait déjà sur le cas du patient. Dans sa tenue de salle d'opération, il s'approcha, l'expression était aussi sombre que celle du chirurgien.

— Seigneur ! Que s'est-il passé ? Le savons-nous ?

— C'est la faute de ces foutus remèdes « maison » ! Il a tenté de traiter une infection avec des herbes et même s'il parlait de « médecine orientale », ça n'en est certainement pas. J'ai plusieurs fois insisté pour vérifier l'état de sa blessure, il a refusé. Je m'en veux de ne pas m'être montré plus persuasif.

— Ce n'est pas de ta faute, mec. Un patient a toujours son libre arbitre.

— Oui, et regarde où ça l'a mené ! Un choc septique et des organes qui ont ramassé.

Les alarmes des moniteurs se mirent en branle toutes en même temps, déclenchant une vague de panique. Sans perdre son sang-froid, Hong-Wei réclama un défibrillateur, Simon se hâta de préparer la machine et les autres médecins, qui restaient plantés à regarder, recommencèrent à marmonner. Après avoir écarté tout le monde, Hong-Wei posa les électrodes, cria « Clair » et envoya une première décharge dans la poitrine de Zhang.

Une fois le cœur du patient stabilisé, le groupe de médecins avança, sourcils froncés et torse gonflé. Le Dr Stallman, un généraliste que Simon connaissait depuis son enfance, se fit leur porte-parole :

— Ça suffit, jeune homme. Vous en avez assez fait. Si vous voulez que votre patient ait une chance de s'en sortir, il faut l'envoyer à...

Hong-Wei affronta ses confrères, les dents découvertes, les yeux brûlants d'une fureur que même Simon trouva menaçante. Quand il parla, cependant, sa voix était glaciale :

— Il n'est pas question de faire faire des heures de route à un patient dans cet état. Je compte le traiter jusqu'au bout. Je suis intensiviste, j'ai les qualifications nécessaires pour agir et les plus prestigieux hôpitaux des États-Unis m'ont proposé un emploi, alors ne me dites pas ce que je suis censé faire ! Foutez le camp, bon sang, vous ne servez à rien !

Même Owen recula, les yeux écarquillés. Un moment durant, il parut tout aussi abasourdi que les autres, puis il parut comprendre ce qui se passait. Et il était bien le seul d'après la tête que tout le monde tirait.

Il jura entre ses dents et agita la main :

— Vous êtes sourds ou quoi ? Dégagez ! Sauf si vous êtes prêts à nous aider, dans ce cas, mettez vos blouses. Je sens que la nuit va être coton. Jared, occupe-toi de ces foutus traitements, essaie de voir où ça en est et tente d'accélérer les choses.

— Compris.

Jared parlait avec calme, mais Simon sentit que lui aussi était secoué. Aurait-il compris le sens caché des paroles de Hong-Wei ? Pas Simon, qui était toujours dans le brouillard, comme le reste du personnel. Quant aux autres médecins, ils étaient toujours là, regroupés dans un coin à grommeler et à s'interpeller, manifestement troublés.

Simon rangea le défibrillateur en se creusant la cervelle. Que se passait-il donc ? En toute franchise, il n'avait jamais entendu le sens terme « intensiviste ».

Hong-Wei réclama une perfusion de phényléphrine et Simon se chargea de changer le sac sur le trépied d'intraveineuse. Ensuite, Owen hocha le menton dans une question muette adressée à Hong-Wei. Quand le chirurgien acquiesça, Owen s'éclaircit la gorge et s'adressa à l'ensemble du service :

— Je constate que dans notre minuscule hôpital, personne ne lit plus de journaux médicaux, alors laissez-moi vous informer de ce qui se passe dans le vaste monde. Comme vous le savez, un interne en chirurgie est censé choisir une spécialisation. La plus connue est la chirurgie générale, mais il en existe d'autres, bien plus pointues, que préconisent les grands hôpitaux progressistes. Une de ces nouvelles spécialités est la chirurgie des soins intensifs, ceux qui l'appliquent sont des intensivistes.

Il jeta un coup d'œil à Hong-Wei, toujours penché sur l'écran.

— Le Dr Wu, reprit Owen, n'a pas été formé à opérer des vésicules biliaires ou des appendices, ni à pratiquer les chirurgies mineures dont Ste Anne à l'habitude. En revanche, il a dirigé les unités de soins intensifs des plus grands hôpitaux, il est habilité à prendre des décisions rapides dans des situations à risques avec un minimum d'informations. Il n'a pas son pareil dans notre État, sauf peut-être à la clinique Mayo, où je ne doute pas qu'il serait accueilli à bras ouverts.

Hong-Wei répondit sans lever les yeux :

— J'ai reçu une offre de leur part, je n'y ai pas donné suite.

— Oui, tu as préféré Ste Anne et son charmant personnel, ben voyons ! Tu as des trucs à me raconter, mon vieux. Je vais te trouver un remplaçant, ensuite, je te saoulerai un bon coup et je t'arracherai une confession. J'ai un bon million de questions à te poser !

Hong-Wei pinça les lèvres.

— Plus tard. Pour le moment, ma priorité, c'est le patient. Il me faut ces foutus médicaments ! Je ne peux pas drainer l'infection avant qu'il soit stabilisé, mais sans traitement, il va continuer à chuter…

Une fois encore, les alarmes sonnèrent. Cette fois-ci, personne ne paniqua, tous les yeux se tournèrent vers Hong-Wei.

— L'infection est en train d'atteindre le cœur, en plus des reins et du foie, et je sais pertinemment que Ste Anne n'a pas l'équipement nécessaire.

Hong-Wei se tourna vers Simon et enchaîna :

— Appelez Eau Claire pour savoir ce qui les retarde. Et faites-moi venir le pharmacien de l'hôpital. Il va me falloir une solution palliative, il peut m'aider.

Owen demanda :

— Qui est d'astreinte ce soir ?

Susan leva les yeux de l'ordinateur où elle tapait des notes.

— Tony Hansen, je crois.

Owen se retroussa les lèvres.

— Non, pas lui. Appelez Dan Newcomb et dites-lui bien que c'est moi qui réclame sa présence. Il me doit bien ça.

Pendant que Susan passait l'appel, Owen se tourna vers Hong-Wei.

— Crois-moi, pour un avis, mieux vaut avoir affaire à Dan qu'à Tony. Dan a travaillé à l'U-W [6] de Madison, il a donc plus d'expérience. Et comme il habite tout près, il ne va pas tarder.

Simon était à peu près certain qu'Owen alimentait la conversation pour aider Hong-Wei à garder son équilibre dans une situation de stress.

— Merci, répondit Hong-Wei.

6 Université du Wisconsin.

— Dis, reprit l'anesthésiste, si j'ai bien compris, le traitement que tu attends arrive d'Eau Claire par ambulance. Pourquoi avoir envoyé d'autres voitures ?

Hong-Wei s'essuya le front avec sa manche.

— Par prudence. Comment va Mme Zhang ? Envoyez quelqu'un s'occuper d'elle ! Je vous rappelle qu'elle ne parle pas anglais.

Rita se précipita vers la porte.

— Je vais vérifier.

Elle revint peu après en disant que Mme Zhang était seule dans la salle d'attente, les yeux fermés, à se balancer d'avant en arrière en pleurant silencieusement. Ne voulant pas quitter M. Zhang, Hong-Wei demanda à Rita d'enregistrer un message sur son smartphone. Il parla en mandarin, d'une voix qui sonnait différemment que d'habitude, plus formelle, plus rythmée.

Rita voulut ensuite retourner dans la salle d'attente faire écouter le message à Mme Zhang. Hong-Wei la retint :

— Apportez-lui aussi quelque chose de chaud à boire. Du thé herbal… ou du thé vert, chaud et très sucré. Ne lui demandez pas si elle en veut, apportez-le-lui. Et trouvez quelqu'un pour s'assoir avec elle. Ne serait-ce que pour lui tenir la main. Le réconfort ne passe pas seulement par la parole. Il suffit d'être humain. Et si elle veut écouter ce message plusieurs fois, soyez patiente envers elle.

Simon ne put résister à sa curiosité. Owen étant occupé ailleurs, il profita du moment pour se pencher vers Hong-Wei et demander à mi-voix :

— Ce message, il disait quoi ?

Hong-Wei restait concentré sur le moniteur de Zhang, un tic faisant tressaillir un muscle sur sa joue.

— Je ne sais plus… je voulais juste qu'elle se sente moins seule. Elle m'attend… C'est un quitte ou double. Je lui annoncerai que son mari va survivre ou que je n'ai rien pu faire. C'est ce qu'elle redoute. Tout le reste, pour elle, ça ne compte pas, ça n'est que du bruit… Pour l'instant, elle n'a pas besoin d'interprète. Elle a renvoyé au China Garden la serveuse qui l'a accompagnée ce soir afin de donner aux autres l'instruction de fermer le restaurant, mais aussi parce qu'elle ne voulait pas que cette fille la voie aussi inquiète.

— Zhang est malade et ils n'ont pas fermé le restaurant ?

—Non, bien sûr que non. Même s'il y avait un incendie, ils essaieraient de faire la cuisine au milieu des flammes. Tu ne peux pas comprendre la valeur que ces gens-là accordent à leur emploi, Simon.

En son for intérieur, Simon en convint. Et c'était d'une ironie amère vu le thème de leur querelle un peu plus tôt dans la soirée.

Tu as eu peur, d'accord, mais était-ce vraiment ton emploi que tu défendais ? N'était-ce pas plutôt ton cœur ?

S'était-il montré égoïste en ne pensant qu'à lui ?

Jared passa la tête à l'embrasure de la porte.

— L'ambulance d'Ironwood sera là dans cinq minutes.

Hong-Wei hocha la tête.

— D'accord. Et les autres ? Et le pharmacien ?

— Dan vient d'arriver, il gare sa voiture sur le parking. L'ambulance de Duluth sera là dans une heure. Ils n'ont pas pu faire mieux : la route n'a qu'une voie et elle est dans un état merdique.

— Aucune importance, puisque j'aurai ce qu'il me faut d'Ironwood. La voiture d'Eau Claire aurait dû arriver la première. Pourquoi n'avons-nous rien reçu ?

— Mieux vaut que tu ne saches rien. J'ai appelé Andreas et Beckert en leur demandant de faire agir leurs contacts. Un hélicoptère ferait avancer les choses.

Owen secoua la tête.

— C'est trop cher, ils tiqueront sur la dépense.

Hong-Wei grimaça, son regard fixe ne quittant pas les écrans, comme pour défier les lignes magnétiques de replonger.

— Sans traitement, Zhang va mourir. Mais même avec, il est peut-être déjà trop tard.

— Que comptes-tu lui donner ? demanda Jared.

Hong-Wei s'accouda au rail métallique du lit, le visage figé.

— Un nouvel antibiotique très puissant. Une chance qu'il soit déjà arrivé au Wisconsin ! Merde, je l'opérerais si j'avais le matériel cardiaque nécessaire. En revanche, je ne pouvais l'envoyer dans un autre hôpital, jamais il n'aurait survécu à un trajet de deux heures. À Duluth, en plus, ils n'ont pas le traitement auquel je pense et ils n'auraient pas envisagé de le réclamer à Eau Claire. Il est rare que les petits établissements se tiennent au courant des nouveaux traitements. De toute façon, tout ça ne servira à rien si ses organes ne tiennent pas le coup. Il me faut une solution palliative. Je n'ai pas trouvé le listing des stocks de Ste Anne et…

La porte des urgences s'ouvrit brusquement et Dan Newcomb entra, le visage rougi par le froid, les lunettes de travers, ses cheveux poivre et sel légèrement ébouriffés. Il avait la tête d'un homme arraché à son lit. Il portait un pantalon beige et une chemise à carreaux, son uniforme de travail habituel, et enfilait sa blouse blanche.

— Désolé, j'ai fait aussi vite que possible. En quoi puis-je vous aider ?

Hong-Wei lui donna un aperçu de la situation, s'arrêtant au milieu de son discours pour ajuster le débit de noradrénaline.

— Je ne parviens pas le stabiliser et l'état de son cœur commence sérieusement à m'inquiéter. Je voudrais étudier d'autres options en attendant d'obtenir l'antibiotique que j'ai réclamé. Savez-vous ce qu'il y a en stock à la pharmacie de l'hôpital ?

— Bien sûr, bien sûr.

Dan releva ses lunettes sur son nez et s'installa sur un tabouret devant un écran d'ordinateur.

Éberlué et admiratif, Simon assista à l'échange entre les deux hommes. Chaque fois que Hong-Wei entendait le nom d'un médicament, il théorisait sur des doses et des combinaisons. Par de secs mouvements de tête, Dan approuvait ou pas, avec des commentaires du genre : « éventuellement, mais à si faible dose, ça n'aura pas effet, et si vous augmentez, il y aura conflit avec… » Intérieurement, Simon décida que le chirurgien était un maître-stratège et le pharmacien une encyclopédie ambulante. Ensemble, ils formaient un duo détonant.

Ils tombèrent d'accord pour utiliser les médicaments apportés par Ironwood plus un autre issu de la pharmacie de Ste Anne, en haussant le flux de solution saline et les vasoconstricteurs.

Tout le monde retint son souffle quand Zhang reçut le nouveau traitement. La pression artérielle et le rythme cardiaque en furent légèrement stabilisés. Pas assez pour qu'il soit en état de passer au bloc, mai au moins gagnait-il du temps.

Ce fut alors que Beckert et Andreas entrèrent aux urgences, accompagnés de John Jean Andreas et de deux autres membres du conseil d'administration de l'hôpital. Les cinq nouveaux arrivants se joignirent au groupe des médecins qui s'attardaient pour surveiller la suite des évènements au fond de la salle. Le service des urgences commençait à être bondé.

Peu après, Beckert avança vers Hong-Wei, l'air mal à l'aise. De toute évidence, il aurait préféré être ailleurs. Erin Andreas, inhabituellement silencieux, resta en arrière auprès de son père. Le directeur esquissa un sourire crispé.

— Hum, d'après ce que j'ai compris, la situation est un peu tendue ce soir.

Owen réagit avant Hong-Wei :

— C'est une urgence, un point c'est tout. Que fais-tu là, Beckert ? Ne me dis pas que la vieille garde a cafardé et que tu es venu vérifier ?

John Jean Andreas lui lança un regard menaçant.

— Vous pourriez user d'un autre ton envers votre employeur !

— Vu les conneries que j'ai entendues ce soir, je ne suis pas d'humeur à prendre des gants. Ah, vous avez l'air fin tous alignés comme un peloton d'exécution devant un malheureux patient inconscient !

— Je doute fort que votre patient ait les moyens de payer les soins qu'il reçoit, grommela un des membres du conseil d'administration.

Ce commentaire provoqua plusieurs hoquets de surprise indignée. Même Erin Andreas ferma les yeux avec une grimace douloureuse. Hong-Wei crispa les doigts autour du rail. Profitant que son corps faisait écran et que les autres ne pouvaient surprendre son geste, Simon referma la main sur celle de Hong-Wei.

À nouveau, Owen intervint d'une voix ruisselante de venin :

— Mark Larsen, bien entendu ! Vous venez de révéler votre âme mercenaire devant une foule de témoins ! Ignoreriez-vous que la loi interdit de refuser de traiter un patient, qu'il soit ou non solvable ? Ou êtes-vous juste incapable de le comprendre ? Je me demande vraiment sur quels critères ce conseil choisit ses membres !

La mâchoire serrée, Hong-Wei se retourna pour faire face au groupe. Dans son dos, son pouce restait accroché à celui de Simon.

— Ne vous donnez pas la peine de contacter le service d'immigration, messieurs. Zhang et sa femme ont des cartes vertes, comme tous leurs employés. Et pour être bien clair, je suis né à Taïwan, mais j'ai également acquis la citoyenneté américaine, ajouta-t-il d'un ton incroyablement amer.

Larsen commença à bafouiller.

— Je ne voulais pas dire…

— Tais-toi, Mark, trancha John Jean, glacial. Ta réflexion déplacée pourrait nous valoir un procès. En tout cas, elle ne restera pas impunie : je veux demain matin ta démission sur mon bureau. Maintenant, va-t'en.

Maté, Larsen quitta la pièce d'un pas lourd, suivi par de nombreux chuchotements. Erin Andreas, quant à lui, restait étrangement muet. Une fois le silence retombé, John Jean reprit la parole :

— Dr Wu, je vous présente les excuses du conseil d'administration. Je vous certifie que nous ne comptions pas remettre en question votre citoyenneté ou votre droit de traiter un patient. Cependant, la situation est un peu irrégulière, vous l'admettrez, et nous avons appris que vous avez envoyé plusieurs voitures chercher un traitement nouveau et très onéreux. Voudriez-vous, je vous prie, nous en expliquer la nécessité ? Vous poser directement la question me paraît la solution la plus simple.

Hong-Wei lâcha la main de Simon et se frotta la tempe. Puis il regarda autour de lui, aperçut Jared et l'appela d'un geste.

— Veux-tu surveiller les moniteurs pour moi, s'il te plaît ? Si le tracé dépasse ce niveau, ajouta-t-il, le doigt posé sur l'écran, préviens-moi tout de suite. J'interviendrai avec le défibrillateur. Garde-le à portée de main.

Jared esquissa un salut militaire.

— OK, boss, je m'en charge.

Rassuré, Hong-Wei affronta l'administration de l'hôpital.

— Messieurs, vous avez eu mon CV lorsque j'ai postulé, aussi savez-vous tous que mon expérience dépasse largement celle d'un simple chirurgien généraliste. Vu que vous n'êtes pas médecins, peut-être n'avez-vous pas compris que vous recrutiez un chirurgien intensiviste. Pour faire court, j'ai été formé à traiter en extrême urgence les cas les plus graves. Si Ste Anne possédait un service de chirurgie cardiaque et plus d'équipement, je traiterais tous les patients qui se présentent sans avoir à les envoyer dans d'autres hôpitaux à des heures de route aux mains de médecins sous-qualifiés.

» J'ai quitté mon ancien service pour des raisons personnelles et jusqu'à ce soir, je n'ai pas regretté d'être venu à Copper Point. J'ai trouvé à Ste Anne un personnel compétent, un assistant exceptionnel, Simon Lane, d'excellents confrères comme les docteurs Gagnon et Kumpel et un pharmacien d'exception comme le Dr Newcomb. Pour sauver la vie d'un patient, ça fait toute la différence. Sans matériel spécifique, il m'est plus difficile de travailler, mais je peux me débrouiller. Je vous certifie que si j'avais renvoyé ce patient, il serait déjà décédé dans l'ambulance. En revanche, il a de bonnes chances de vivre si je reçois à temps l'antibiotique que j'attends. Dès que son état sera stabilisé, je pourrai opérer. Plus vite je recevrai ce traitement, meilleures sont ses chances. Son cœur faiblit déjà, j'ignore combien de fois encore il supportera le défibrillateur.

John Jean Andreas étudiait Hong-Wei, l'air pensif.

— Êtes-vous en train de dire que vous pourriez traiter à Ste Anne tous les patients en état d'urgence ?

— La plupart du temps, oui. Pour les opérations cardiaques, je serai bien entendu limité si je manque du matériel nécessaire. Et ce serait mieux aussi que vous engagiez un deuxième chirurgien.

— Jack ! cria Jared. Le tracé est presque à la limite que tu m'as indiquée !

Déjà, Hong-Wei se précipitait vers son patient. Il parla par-dessus son épaule :

— Je n'ai pas le temps de m'expliquer davantage ce soir. Je veux cet antibiotique. Comptez-vous m'accorder cette dépense ou pas ?

Une fois Zhang stabilisé, Dan proposa une autre solution palliative. La nouvelle solution était injectée au patient quand Erin Andreas arriva au pied du lit.

— Je viens de réquisitionner un hélicoptère, annonça-t-il. Vous aurez votre antibiotique dans un quart d'heure.

Un soupir de soulagement unanime monta dans la salle.

Simon sentit la main de Hong-Wei sur son coude. Il baissa les yeux pour vérifier. Quand il releva la tête, son regard croisa celui de Hong-Wei. Le chirurgien paraissait fatigué, effrayé… et reconnaissant.

Aussi discrètement que possible, Simon chercha à lui faire passer un message : *excuse-moi*. Hong-Wei resserra les doigts sur son coude, puis se retourna vers son patient.

Une fois l'antibiotique arrivé, tout alla très vite. Simon se chargea d'administrer le traitement via la perfusion et Hong-Wei surveilla le tracé des moniteurs. Jamais Simon ne l'aurait cru possible, mais Hong-Wei avait eu raison : vingt minutes plus tard, les signes vitaux de Zhang étaient à nouveau stables et son opération pouvait être envisagée… dans l'heure.

Ils durent obtenir de Mme Zhang la permission d'opérer son mari inconscient. Hong-Wei se chargea de traduire le formulaire. Elle hocha la tête, les larmes aux yeux, et signa. Elle posa un baiser sur le front de son mari, puis serra les mains devant elle et s'inclina respectueusement.

Hong-Wei lui dit quelques mots en mandarin, puis il suivit la civière. Juste avant de tourner dans le couloir, Simon se retourna. À nouveau seule dans la salle d'attente, Mme Zhang pleurait silencieusement.

Hong-Wei avait réclamé la présence de Rita comme deuxième assistante, en cas de complication, et avec Owen, il discuta divers scénarios possibles. L'anesthésiste souligna qu'ils pouvaient toujours transporter le patient par hélicoptère, si besoin était, mais le chirurgien secoua la tête en disant que c'était maintenant ou jamais.

La procédure fut classique. Simon avait déjà aidé à traiter une infection, mais jamais dans un cas aussi grave. Il n'y eut pas de complications, l'opération se déroula bien. Quand Zhang passa en salle de réveil, sa fièvre restait élevée, ce qui impliquait des nausées et des délires.

En temps normal, un chirurgien ne s'attardait pas au chevet d'un patient en salle de réveil, mais Hong-Wei le fit pendant que Simon et Rita se chargeaient de nettoyer la salle d'opération. Penché sur Zhang, Hong-Wei lui parlait dans sa langue natale.

Quand Simon les rejoignit, avec une couverture chauffante pour le patient, le visage du chirurgien indiquait son épuisement. Simon s'arrêta net, les doigts crispé sur sa couverture, saisi par une vague de désir et d'amour.

Hong-Wei avait sauvé une vie. Certes, il avait agi avec toute une équipe, mais c'était grâce à son courage et à son insistance que Zhang respirait encore. Et Hong-Wei avait dû révéler la nature de sa spécialité. Ce soir, aux urgences, seul contre tous, il avait revendiqué le droit de soigner son patient et trouvé le moyen de le faire – tout en expliquant leurs rôles respectifs à ceux qui tentaient de l'aider.

D'après l'expérience de Simon, les médecins se montraient facilement arrogants. La carrière de Hong-Wei, avant son arrivée à Ste Anne, avait-elle toujours été aussi stressante que ce soir ? D'après les explications d'Owen, un « intensiviste » était un spécialiste d'un genre nouveau. Hong-Wei, jeune interne, avait-il constamment dû justifier ses positions vis-à-vis de ses pairs, plus âgés et étroits d'esprit ? Pas étonnant qu'il ait choisi de fuir.

Simon se souvint des confidences de Hong-Wei plus tôt dans la soirée : il avait trouvé la paix à Copper Point... mais pas grâce à Ste Anne.

Tu sens ça, Simon. J'ai un cœur qui bat, je ne suis pas un fantasme. Je suis là, juste devant toi. J'ai envie de toi et je te le dis franchement.

Simon pressa la main sur sa bouche.

Qu'est-ce qui m'a pris ? Pourquoi diable l'ai-je envoyé sur les roses ?

Parce que j'ai eu peur. Je suis terrifié à l'idée de courir un risque, quel qu'il soit. Parce que je me suis toujours efforcé de faire ce que j'étais censé faire, même en sachant ça ne me rendrait jamais heureux.

Il fixa l'homme qui se trouvait devant lui, comprenant enfin que le bonheur – le vrai bonheur – lui avait été offert et qu'il l'avait refusé.

Je t'en prie, Hong-Wei, dis-moi qu'il n'est pas trop tard.

Il posa la couverture sur Zhang avec des mains tremblantes. Toujours penché sur le patient somnolent, Hong-Wei continuait à parler en mandarin, tentant sans doute de le rassurer. Puis Zhang fut conduit dans sa chambre, aux soins intensifs, et Hong-Wei suivit le cortège.

Il envoya un aide-soignant chercher Mme Zhang, qui les rejoignit alors que Zhang était installé dans sa chambre. Elle se précipita vers son mari avec un sanglot étranglé. Hong-Wei lui parla un moment. M. Zhang, les yeux ouverts, paraissait écouter.

Hong-Wei convoqua ensuite les infirmiers du service.

— J'ai expliqué la situation aux Zhang, déclara-t-il, je leur ai aussi demandé de se fier à vous et de suivre vos instructions. Ils comprennent peu l'anglais, aussi en cas de difficulté, n'hésitez pas à utiliser Google Translate, ça sera mieux que rien.

Une des infirmières leva la main, les yeux écarquillés, l'air paniqué.

— Oui, Bethany ?

— Mais quelle langue parlent-ils ?

Voyant que Hong-Wei semblait pris au dépourvu, elle ajouta :

— Vous venez de Taïwan et vous pouvez communiquer avec eux. Comment savoir quelle langue réclamer sur Google Translate ?

— Je leur parle mandarin. Mais sur internet, il sera plutôt indiqué « chinois », un terme générique, je présume. Tout ira bien, Bethany, ajouta-t-il, une main sur l'épaule de la jeune femme. Respirez. Vous n'aurez que des mots simples à utiliser comme « toilettes », « eau », « pression artérielle » et « petit déjeuner ». Si vous ne savez pas comment le dire, mimez-le, Mme Zhang comprendra certainement. Avec un peu de bonne volonté, on finit toujours par s'entendre.

Une fois ses ordres distribués, Hong-Wei fit ses adieux aux Zhang, qui le remercièrent avec profusion – surtout Mme Zhang, en larmes, car son mari était toujours était un peu hébété.

Le chirurgien décida ensuite qu'il était temps de partir.

Il était presque quatre heures. D'ici deux heures, l'équipe de nuit s'en irait pour laisser place à ceux qui travaillaient le matin. Simon aurait pu rentrer chez lui juste après l'opération, car Hong-Wei n'avait pas vraiment besoin de lui aux soins intensifs, mais comme au fond il n'était pas censé être à l'hôpital, il se considérait comme détaché des règles habituelles. Il ne savait pas trop quoi faire. Il aurait voulu parler à Hong-Wei, mais par où commencer ?

Le moyen plus simple serait de le raccompagner, ou plutôt de demander à Owen de les déposer tous les deux. Ceci décidé, Simon devait d'abord approcher Hong-Wei pour lui faire cette proposition.

Sauf qu'en quittant la chambre de Zhang, Hong-Wei fut assailli dans le couloir, par une foule où se mêlaient les infirmiers, quelques médecins, dont Owen et Jared, les membres du conseil d'administration, Erin Andreas et Nick Beckert. Tous avaient des questions à lui poser concernant l'opération ou sa spécialité de chirurgien intensiviste. Hong-Wei fut arraché à Simon et entraîné dans le couloir.

Juste avant que le groupe disparaisse, Beckert s'exclama :

— Si j'ai bien compris, Jack, vous n'avez pas encore votre voiture, voulez-vous que je vous raccompagne chez vous ?

Trop tard, Simon.

Il récupéra son manteau et erra dans les couloirs à la recherche d'Owen et de Jared. Il ne les trouva pas. Il ne vit personne. Médecins et administrateurs avaient sans doute dû emmener Hong-Wei dans une salle de conférence. Simon soupira. Il ne pouvait pas les y rejoindre : le monde des médecins et de l'administration était hors de sa portée.

Fatigué, le cœur lourd de regret, il envoya un message à Owen. *Je suis au vestiaire, préviens-moi quand tu seras prêt à partir.*

Il poussa la porte des vestiaires et s'installa sur un des bancs placés entre les casiers, son manteau à côté de lui, la tête dans les mains. Il était vraiment tard ! Il serait volontiers rentré à pied, mais la maison était loin. Il avait pourtant très envie de se réfugier dans son lit pour pleurer. Après cette journée longue et difficile, être coincé ici à ressasser la façon dont il avait si mal agi envers Hong-Wei était épouvantable. En se montrant aussi odieux, sans doute avait-il gâché sa chance de vivre la relation dont il avait toujours rêvé. Sans doute le regretterait-il toute sa vie. D'un certain point de vue, la pénitence était méritée.

Pourquoi Hong-Wei serait-il le seul à souffrir alors que Simon était bien plus coupable ?

Quand la porte du vestiaire s'ouvrit, il se redressa d'un bond et chercha à contrôler son expression. Était-ce Owen qui venait le chercher ou un autre membre du personnel ? C'était sans importance, dans les deux cas, il ne voulait pas être vu dans cet état de faiblesse. Il releva donc la tête et afficha un sourire.

Le choc effaça vite son sourire factice. Car c'était Hong-Wei qui avançait entre les casiers. Toujours en blouse blanche, il semblait épuisé, mais une flamme obstinée brillait dans le regard qu'il concentrait sur Simon.

Une fois devant lui, Hong-Wei appuya son épaule contre le casier. Il avait le souffle plus rapide que d'ordinaire, comme s'il avait couru pour arriver. Il fixa Simon avec une intensité fébrile.

— Tu m'as demandé de te ficher la paix. Je comprends… et mon but n'est pas de te compliquer la vie, je te le certifie. Le problème, c'est qu'après le cirque de cette nuit, je suis dans un sale état. On me dévisage comme une bête de foire, je ne le supporte plus ! C'est parce que tu m'as envoyé balader que je suis tombé sur Zhang à temps pour le sauver, je t'en suis très reconnaissant, Simon, mais en devant travailler ce soir avec toi à mes côtés, j'ai compris une ou deux vérités. Pour commencer, tu es le seul à n'avoir posé aucune question, tu m'as aidé quand j'en ai eu besoin, tu m'as compris sans paroles, d'un geste, d'un simple coup d'œil, tu as toujours été là, fiable et fidèle. Je ne compte pas mentir, je te désire… je te désire si fort que j'en brûle de l'intérieur, mais tu m'as dit non.

Le visage crispé d'angoisse, il serra les poings avant d'enchaîner :

— Je suis prêt à tout accepter pour être avec toi. Alors, voilà ce que je te propose : soyons des amis, des amis très proches. Ils ne peuvent quand même pas nous virer pour ça, hein ? Avec le temps, peut-être trouverons-nous une solution pour faire évoluer notre relation si…

Il ne put continuer : Simon s'était levé, rapproché, et lui avait coupé la parole d'un baiser. Il s'accrocha aux cheveux de Hong-Wei pour mieux se coller à lui.

Une seconde chance ! J'ai une deuxième chance. Je ne peux pas la gâcher.

Laisse-toi aller, savoure ce qui t'arrive. Avoir peur de tout, ça t'empêche de vivre !

Il ouvrit la bouche et sa langue força les lèvres de Hong-Wei. Il tremblait pourtant, sans pouvoir s'en empêcher. L'odeur et le goût de Hong-Wei l'enveloppèrent, enflammant ses sens, mais Simon restait prisonnier de sa terreur.

Hong-Wei rompit le baiser et prit le visage de Simon en coupe.

— Tu n'es pas obligé, souffla-t-il. Je te l'ai dit : je ferai tout ce que tu voudras.

Simon s'accrocha aux épaules de Hong-Wei et posa son front contre le sien.

— Je le veux. Je *te* veux, mais j'ai tellement peur ! Il ne s'agit pas seulement du règlement de l'hôpital. J'ai peur de tout. C'est ridicule, je sais. Je suis désolé, excuse-moi, je ne peux pas…

— Chut !

Hong-Wei lui caressa doucement le visage, puis effleura ses lèvres.

— Tu n'as pas à être fort, Simon, reprit-il en se redressant. Laisse-moi l'être pour toi. Laisse-moi te protéger, prendre soin de toi, te chérir.

Simon se sentit ses genoux vaciller. Il manqua basculer.

— Hong-Wei !

Hong-Wei l'embrassa sur le sourcil, son souffle chatouillant la peau de Simon.

— Reste avec moi. Je m'occuperai du reste. Sans toi, je suis tellement seul ! Dis-moi oui, s'il te plaît… Je peux te protéger, je te le promets.

Simon savait cette promesse irréalisable, même s'il aurait voulu y croire. D'ailleurs, jamais il n'aurait accepté de se décharger sur autrui. Mais le plaidoyer de Hong-Wei l'émut fortement. Du bout des doigts, il caressa la joue de son amant, comme pour l'aider à échapper à sa solitude. Il évoqua la vision qu'avait été Hong-Wei ce soir, aux urgences, le chirurgien en charge de la vie d'un patient, le commandant du bateau, seul maître à bord, mais totalement isolé des autres. Il ressentait un besoin très fort de protéger celui qu'il tenait dans les bras.

Il rapprocha son visage du sien et murmura :

— Non, tu ne peux pas me protéger. Ce n'est pas ce que j'attends de toi. Mais si tu veux, je t'empêcherai de te sentir seul. Chaque fois que tu auras besoin de moi, je serai là.

Hong-Wei acquiesça, puis il prit Simon par la main et lui fit traverser le vestiaire. Après les cabines des toilettes et les rangées de lavabos, ils passèrent dans la zone réservée aux douches. Hong-Wei ferma et verrouilla la porte sur eux.

— Comme ça, chuchota-t-il, personne ne nous trouvera.

Il caressa les cheveux de Simon, puis demanda :

— À moins que tu préfères que nous partions ?

Simon ne *préférait* pas, non, mais ce serait plus sage. Après avoir tant attendu, quelques heures ou quelques jours de plus ne changeraient pas grand-chose, non ? Simon hésita à donner cette réponse sensée. En vérité, il en avait assez d'être raisonnable !

J'en ai assez d'avoir peur.

Il leva les bras, les passa autour du cou de Hong-Wei et serra les doigts pour cacher le tremblement de ses mains.

— Non, souffla-t-il. Je ne veux pas partir, je ne veux plus attendre.

Un relent d'humidité s'attardait dans la pièce sombre, on entendait aussi un léger bruit de goutte à goutte… de l'eau qui coulait des robinets.

Hong-Wei attrapa le poignet tremblant de Simon.

— Tu es sûr ?

Du pouce, Simon effleura la racine des cheveux noirs. Puis il inspira un grand coup et acquiesça.

— Oui. La porte est verrouillée. C'est bon.

N'aie pas peur.

Il enfouit ses doigts dans les cheveux de son amant. Hong-Wei poussa son corps en avant, collant Simon contre le mur carrelé. Il lui leva les bras au-dessus de la tête, les maintint d'une seule main, puis se jeta sur la bouche de Simon et la dévora. Sous l'assaut, Simon gémit et entrouvrit les lèvres. Hong-Wei y enfonça sa langue, réclamant sa reddition. Frissonnant, Simon se cambra tandis que Hong-Wei lui caressait les flancs, cherchant ses côtes sous les vêtements. Puis la main contourna la taille et se nicha au creux des reins, qu'elle flatta et pétrit.

— Je te veux, déclama Hong-Wei.

Il plaça les mains de Simon sur ses épaules, frotta son nez contre le sien et parsema son visage d'une pluie de baisers qui tomba sur les joues, le menton, les lèvres… Puis il s'attaqua à la mâchoire, un peu râpeuse à cette heure avancée de la nuit. Du genou, Hong-Wei écarta les jambes de Simon et l'incita à s'assoir sur sa cuisse. Et Simon se laissait faire, les membres transformés en gelée.

— Lâche-toi, Simon, insista Hong-Wei. Je veux tout de toi.

Lâche-toi. Simon aurait bien voulu. Pourquoi n'était-ce pas aussi facile que devant la télévision, quand il n'avait pas à réfléchir ? Quand il se laissait emporter par l'intrigue, son imagination lui faisait atteindre sans difficulté un bonheur sans danger. La réalité, en revanche, lui faisait peur.

Pouvait-il se fier à Hong-Wei ?

Il haleta lorsque ce dernier mordit sa jugulaire, suçant la peau sous laquelle battait le pouls.

— Je… je… bredouilla Simon.

Il ferma les yeux et cambra le dos sous les caresses audacieuses. À travers sa blouse, Hong-Wei découvrait son corps et lui pinçait un mamelon, le portant à une érection presque douloureuse. Simon vibra à l'idée que les mains qui avaient si bien œuvré à sauver M. Zhang lui offraient maintenant du plaisir avec la même assurance et le même savoir-faire.

Oui, il pouvait se fier à ces mains-là.

Pourtant, il avait du mal à se détendre. Ils étaient à l'hôpital, on risquait de les entendre. Son manteau était resté posé sur le banc des vestiaires. On avait dû voir Hong-Wei entrer. Et si…

Hong-Wei lui mordilla la clavicule.

— Arrête ! Je devine ta panique, ton pouls bat trop vite.

Coucher avec son patron, c'est risqué.

— Excuse-moi. J'essaie de me calmer, je t'assure, mais je n'y arrive pas.

De l'index, Hong-Wei pressa son plexus solaire.

— Oublie le monde extérieur. Ne pense qu'à moi. Aie confiance en moi, je suis capable de veiller sur toi.

— Non ! C'est une promesse impossible à tenir. On est toujours seul dans la vie. La totale sécurité, c'est une illusion.

Tout en lui caressant le visage, Hong-Wei releva la tête et le regarda droit dans les yeux.

— Je suis prêt à te protéger de tout : des rumeurs, de l'administration et même de tes propres peurs. Tu n'imagines pas à quel point je peux me montrer obstiné quand j'ai un but à atteindre ! C'est vrai, le résultat n'est jamais garanti, mais j'ai l'habitude des challenges difficiles et j'ai déjà prouvé que j'étais capable d'efforts surhumains pour atteindre mon objectif.

Il posa les lèvres sur le menton de Simon avant d'ajouter :

— Simon, ne t'inquiète pas. Concentre-toi sur moi, sur nous, lâche-toi.

Simon tressaillit : la porte du vestiaire venait de s'ouvrir. Il ne bougea pas, cependant, prisonnier du regard de Hong-Wei. Tétanisé, il osait à peine respirer, les yeux fixés sur Hong-Wei.

Dans la pièce voisine, une voix s'exclama :

— On m'a dit que Wu était aux vestiaires, mais je ne le vois pas.

Du pouce, Hong-Wei effleura la lèvre inférieure de Simon, encore enflée par son baiser.

— À qui est ce manteau ? demanda une autre voix.

— Je l'ignore, mais ce n'est pas celui de Wu.

D'après Simon, c'était la voix d'un des membres du conseil. Il s'attendait d'une minute à l'autre à se faire prendre en flagrant délit. Son histoire avec Hong-Wei allait-elle se terminer avant d'avoir commencé ?

Simon ne savait plus que penser. Il était las d'envisager constamment le pire, las d'avoir peur. Et il commençait à s'énerver d'être interrompu chaque fois qu'il avait un moment d'intimité avec Hong-Wei. Pour être à ce point omnisciente, l'administration recevait-elle une sorte de signal d'alarme ?

Ne pense qu'à moi.

— Il prend peut-être une douche…

Sous l'effet de la terreur, Simon eut la sensation de recevoir un coup au ventre. Hong-Wei le serra dans ses bras. *Aie confiance en moi, je suis capable de veiller sur toi.* Simon frissonna, il avait tellement envie d'y croire – tout en sachant qu'il ne devrait pas. Pourtant, comme il était bien dans le cocon des bras de Hong-Wei ! Ça le faisait douter, perdre son bon sens. Il devrait… il fallait…

La seule chose qui compte, c'est d'être avec lui.

Des pas approchaient de la porte. Simon les entendit à peine, assourdi qu'ils étaient par le battement affolé de son cœur, rapide et erratique.

Et il ne s'agissait pas d'une maladie cardiaque qu'un médecin serait capable de soigner. Le seul remède, c'était Hong-Wei.

Lâche-toi.

Simon ferma les yeux. Quand la bouche de Hong-Wei revendiqua la sienne, il s'abandonna et fut emporté par une vague brûlante et sensuelle qui lui fit oublier tout le reste. Avec un soupir de plaisir, il s'affaissa en toute confiance dans l'étreinte rassurante de son amant.

VIII

Hong-Wei ne laissa pas à Simon le temps de changer d'avis.

Il rompit un moment le baiser, tenant son jeune amant collé à lui d'un bras autour de la taille et passant la main derrière lui pour tourner le robinet de la douche voisine. L'eau jaillit à fond. Déjà, Hong-Wei s'était remis à embrasser Simon. En même temps, il promenait ses mains partout sur lui, caressant son visage, son corps. Il força aussi le genou entre ses jambes pour sentir à la fois l'abandon des muscles et le poids délicieux de son désir.

La poignée s'agita, en vain puisque la porte était verrouillée.

— Oh, reprit la voix anonyme. Il est bien sous la douche. Bien, ce que je voulais lui dire peut attendre lundi.

Hong-Wei prit le visage de Simon en coupe, le pressa contre le sien et dévora sa bouche avec une faim ravivée. Peu après, la porte des vestiaires se refermait et le silence retombait dans la pièce voisine.

Peut-être n'était-ce pas une bonne idée de rester ici après tout, pensa Hong-Wei. Simon s'était détendu, il ne se débattait plus, mais pas question d'aller plus loin. Jamais il ne ferait l'amour à Simon dans une salle de douche.

Il s'écarta d'un pas et embrassa Simon sur le nez, puis se pencha une fois encore et coupa l'eau. Peu après, il déverrouilla la porte, jeta un coup d'œil pour s'assurer qu'il n'y avait plus personne aux vestiaires et jeta :

— Simon, accompagne-moi chez moi, d'accord ?

Il adorait la façon dont Simon s'accrochait à lui en toute confiance.

— Comment allons-nous quitter l'hôpital ? En fait, comment allons-nous sortir des vestiaires ?

— Passe le premier. Traverse le parking et attends-moi de l'autre côté, derrière la haie. Je te rejoins d'ici quelques minutes.

Simon acquiesça, toujours collé à lui.

— Il faut que je prévienne Owen et Jared. J'étais censé les attendre et rentrer avec eux.

Avec un sourire, Hong-Wei déposa un baiser sur son oreille.

— Je sais, ils me l'ont dit. Ils m'ont aussi dit où te trouver.

Il craignit une nouvelle attaque de panique, mais il se trompait. Apparemment, avec Simon, c'était tout ou rien. Maintenant qu'il avait cessé de s'inquiéter, il se donnait à fond. Les deux hommes se séparèrent après un dernier baiser à la porte.

Simon sortit du vestiaire sans se retourner et prit le couloir en direction du parking. Hong-Wei attendit, les yeux sur sa montre.

Il avait la sensation d'être redevenu un adolescent. Pourtant, étant écolier, jamais il n'avait passé un moment avec un amoureux dans les vestiaires, il s'y cachait plutôt pour échapper à ses camarades. À son arrivée aux États-Unis, le choc culturel avait été terrible et l'adaptation difficile. À l'école, il s'était fait charrier de façon subtile, mais terrifiante, alors qu'il ne connaissait personne et parlait à peine l'anglais. Les autres élèves se moquaient de son accent, de sa prononciation. Ils lui apprenaient aussi des mots grossiers, sans l'en prévenir, pour lui causer des ennuis avec les adultes. Ils le traitaient aussi de lèche-cul parce qu'il s'adressait à ses enseignants en disant « professeur » comme à Taïwan au lieu d'un simple M. ou Mme Untel.

Très vite, Hong-Wei avait appris à se méfier, à deviner les pièges vers lesquels on le poussait. Dès qu'il entendait « Jack, Jack, où es-tu, Jack ? Viens, on a un truc à te dire … », il se cachait dans les toilettes, les vestiaires ou la loge du concierge. À une époque, il en était même venu à sauter les cours, il se faufilait dans les salles de classe le soir pour copier les devoirs au tableau et travaillait chez lui pour rattraper. Il rendait son travail avant l'arrivée des professeurs, sans se faire voir, et passait l'essentiel de son temps seul, dans ses diverses cachettes – son royaume secret. Il pensait avoir trouvé la solution idéale. Malheureusement, un professeur finit par remarquer qu'il rendait des devoirs malgré ses constantes absences en classe et convoqua ses parents. Ils durent prendre une journée de congé de leur travail, puisque les grands-parents de Hong-Wei, qui veillaient au quotidien sur sa sœur et lui, ne parlaient pas suffisamment l'anglais pour se rendre à ce rendez-vous.

Oh, Hong-Wei avait été sévèrement puni de ses incartades. Pire encore, il avait dû retourner en classe. Ses notes chutèrent, car se concentrer était difficile au milieu des railleries et des brimades qu'il subissait quotidiennement. De plus, le rythme des enseignants n'était pas le sien. Ses piètres résultats mirent ses parents encore plus en colère.

En y réfléchissant *a posteriori*, ce fut sans doute à partir de ce moment-là qu'il commença à se renfermer sur lui-même.

Il ressassait toujours ses souvenirs en quittant le vestiaire et en arpentant les couloirs de Ste Anne. Alors qu'il montait à l'étage, aux soins intensifs, pour s'assurer de l'état de M. Zhang, il préféra repousser les images de son passé. En toute objectivité, son adaptation douloureuse l'avait profondément marqué, mais tout cela paraissait si loin, perdu dans une sorte de brume. C'était comme si son subconscient avait délibérément occulté ces années difficiles jusqu'à les réduire à néant. Bien sûr, quand il creusait sa mémoire, il retrouvait sans peine les visages de ces gosses d'une dizaine d'années qui le regardaient comme un animal exotique, sa terreur de les affronter, son regret poignant d'avoir quitté Taïwan… pourtant, il avait aussi l'impression qu'il s'agissait d'une autre vie que la sienne, ou d'un film qu'il aurait regardé étant enfant. Bref, que rien de tout cela n'avait réellement existé.

Il avait enfoui ses sentiments et la musique était devenue son exutoire, son ancre, sa seule joie. Quand son père avait tenté de l'en priver, Hong-Wei avait craint de sombrer dans un gouffre insondable. Sa sœur était intervenue, elle lui avait aussi promis qu'il aimerait la médecine avec la même passion qu'il aimait la musique. Elle s'était trompée, d'une certaine façon. Il avait appris à tolérer ses études, à maîtriser une technique difficile, mais jamais il n'avait retrouvé la même passion.

Pas jusqu'à ce soir en tout cas. Il évoqua sa soirée… Il avait été pris dans le feu de l'action, anxieux de ne pas obtenir à temps les antibiotiques dont il avait un besoin vital pour sauver une vie. Il s'était senti seul, isolé et soudain… Simon, Owen et les autres l'avaient entouré, prêts à tout pour l'aider.

Et maintenant, Simon était *avec lui* dans tous les sens du terme. Sauf si la peur le faisait encore changer d'avis… À cette idée, Hong-Wei sentit son cœur se serrer. Il n'en pouvait plus, la journée avait été éprouvante, tant au niveau physique qu'émotionnel.

Je t'en prie, Simon, ne me rejette pas. Je ne le supporterai pas.

SIMON L'ATTENDAIT près de la haie. Il avait à nouveau peur, c'était flagrant, et il gardait des doutes sur la viabilité de leur histoire, mais il était là, comme promis. En le voyant arriver, il se détendit, ce qui boosta agréablement l'ego de Hong-Wei.

En le rejoignant, Hong-Wei lui caressa le dos et se rapprocha pour l'embrasser. Simon se laissa faire avec des yeux brillants, sans s'inquiéter qu'on les surprenne. C'était un peu étrange, surtout après la panique dont il avait fait montre peu de temps auparavant.

— Tu ne t'inquiètes plus du regard des autres ? chuchota Hong-Wei en l'entraînant.

Simon haussa les épaules. Il marchait en fixant l'espace droit devant lui.

— Si, mais j'en ai assez d'avoir peur. J'ai décidé de te faire confiance, tu sais certainement garder un secret.

Flatté, Hong-Wei gonfla la poitrine.

— C'est vrai, j'ai une longue expérience.

— Oh ? Aurais-tu fait ton coming-out ? Owen affirme que tu es encore dans le placard.

Hong-Wei hésita, pesant sa réponse.

— Je n'ai jamais fait d'annonce officielle, c'est exact, reconnut-il enfin. À l'école, j'étais trop terrifié, à l'université, trop en colère, et plus tard, en médecine, trop occupé. Au fil des années, ma famille a cessé de m'interroger sur mes éventuelles conquêtes et de me présenter les jolies filles de leur entourage. Je soupçonne ma sœur de le leur avoir expressément demandé, mais peut-être ont-ils compris d'eux-mêmes la vérité.

— Tu es quand même sorti avec une fille, hein ?

— Pas vraiment « sorti ». En revanche, j'ai un peu couché étant étudiant. À l'époque, j'essayais encore de nier ma véritable orientation. C'est arrivé rarement. Pour être franc, j'avais peu de temps à consacrer à ce genre de distractions. Et j'étais en colère, répéta-t-il avec une grimace. Je n'avais rien pour attirer – ou retenir – l'intérêt des filles. Ma sœur prétendait le contraire, affirmant que ma mine sombre attirait aussi bien les filles que les garçons. Si c'est vrai, ce n'était pas mon intention et je n'ai rien remarqué. En fait, j'étais dans un sale état, je voyais à peine ce qui se passait autour de moi.

Simon eut un sourire triste.

— Je croirais entendre Jared avant qu'Owen le prenne en main. C'était à l'université, Owen était notre idole. Extérieurement, Jared paraissait calme, mais il cachait sa colère et ses émotions. D'après lui, il était surtout terrifié : conscient d'être gay, il ne savait pas comment faire son coming-out. Moi, j'ai toujours été de ces gosses qui se font constamment charrier. Les autres me traitaient de pédé bien avant que je prenne conscience d'être attiré par les garçons. Même étudiant, j'étais petit, maigre et boutonneux. Je t'assure que je pensais plus à me faire oublier qu'à exprimer ma sexualité !

151

Un jour, je me suis fait coincer par une bande de brutes et ça a déraillé. J'ai franchement paniqué. Et tout d'un coup, Owen s'est pointé.

Hong-Wei imaginait la scène sans difficulté.

— Grognait-il autant qu'il le fait aujourd'hui ? Et avait-il la langue aussi féroce ?

— Oh, non, il était pire, il s'est calmé en prenant de l'âge. Il venait d'une famille à problème, tout le monde le prenait pour un voyou et avait peur de lui. J'ai cru qu'il allait me massacrer, alors, imagine ma surprise quand il m'a défendu. Ensuite, il a fait son coming-out devant toute l'école en annonçant que si quelqu'un avait un problème avec les pédés, qu'on vienne le lui expliquer en face.

Ce n'était pas comme ça que Hong-Wei avait imaginé la rencontre des trois amis.

— Et Jared, comment vous a-t-il rejoint ?

— Pendant quelques jours, Owen est resté avec moi. Il m'accompagnait partout, défiant du regard tous ceux que nous croisions. Un jour, en passant devant Jared, Owen s'est arrêté net et l'a longuement dévisagé. Par la suite, Jared est resté avec nous. Nous nous connaissions depuis la maternelle, mais c'est de ce moment-là que date notre véritable amitié.

— Dis-moi, Simon, es-tu déjà sorti avec un garçon ?

— Quelques fois, mais nous n'avions pas vraiment les mêmes goûts, alors, ça n'a pas duré.

Hong-Wei leva les sourcils.

— Vas-tu me rejeter parce que je n'aime pas la K-pop ?

— Non, ce n'est pas ça. C'est plutôt... je ne sais pas comment t'expliquer. Je me sens comme Belle dans *La Belle et la Bête*. Je ne compte pas me mettre à chanter ou te raconter ce qui se passe dans mes livres préférés, mais à Copper Point, j'ai l'impression d'être à part. Pourtant, je ne veux pas m'en aller et c'est bien mon problème. Si je suis le vilain petit canard, peut-être faut-il seulement que je trouve...

Il s'interrompit, le front plissé, puis secoua la tête et ajouta :

— Ma métaphore est nulle, je ne sais pas ce que je cherche.

— Un autre vilain petit canard pour nager avec toi dans l'étang du village ?

— Oui, sans doute. Tu comprends ce que je veux dire, c'est rare.

Pas tellement.

— Simon, depuis que je suis arrivé aux États-Unis, à dix ans, j'ai comme toi la sensation d'être un vilain petit canard. Parfois, c'est comme si mes efforts d'adaptation ne faisaient que me singulariser davantage.

— Pareil pour moi ! s'exclama Simon. J'ai essayé, vraiment essayé, tu sais, j'ai quitté Copper Point pendant mes études universitaires, j'ai travaillé ailleurs, mais sans jamais trouver ma place. J'ai essayé d'être l'homme que mes parents espéraient, le Simon que Copper Point voyait en moi. Et je me suis détesté. Alors, j'ai tenté de devenir un bon infirmier. J'ai vérifié tous les célibataires de Copper Point, histoire de voir s'il y avait parmi eux des hommes que je n'avais pas encore rencontrés… En désespoir de cause, j'ai tenté de me persuader que mieux valait être seul que mal accompagné. Mais j'ai quand même continué à espérer envers et contre tout…

— Espéré quoi ?

— Je ne sais pas, quelque chose. Je n'ai jamais pu voyager. Et c'est pourtant un de mes rêves, comme je te l'ai déjà dit.

Un de ses bras était niché contre Hong-Wei, mais il cachait son autre main dans la poche de son manteau.

— Peut-être étais-tu destiné à voyager en bonne compagnie.

Simon lui donna un coup d'épaule.

— Offrirais-tu sans subtilité de partir avec moi ?

— Effectivement, mais ton accusation de manquer de subtilité me blesse beaucoup, plaisanta Hong-Wei.

Simon ne releva pas la pointe.

— D'accord, où aurais-tu envie d'aller ?

Avec Simon, Hong-Wei serait prêt à aller n'importe où, mais sans doute n'était-ce pas la réponse qu'attendait son amant.

— J'aimerais écouter les orchestres philharmoniques de Vienne, de Berlin et de Londres. Et aussi celui de Budapest. Crois-tu que ce serait exagéré ?

Il jeta un coup d'œil à Simon, s'attendant à le voir plisser le nez ou se moquer de lui. Au contraire, il paraissait pensif.

— Une tournée des orchestres ? Oui, c'est logique, vu que tu adores la musique classique.

— Mais tu détesterais, c'est ça ?

— Je n'ai pas dit ça. Ils jouent dans des salles magnifiques, pas vrai ? Et tout le monde doit être bien habillé… J'aimerais te voir sur ton trente et un, peut-être même en smoking. Rien que pour ça, j'irai volontiers avec toi !

Hong-Wei éclata de rire.

Un peu gêné, Simon baissa les yeux et ajouta :

— La vraie question est plutôt : si je vais écouter une symphonie avec toi, m'accompagnerais-tu ensuite à un concert de K-pop ?

Hong-Wei s'imagina au milieu d'une foule d'Asiatiques, Simon serait accroché à son bras, inquiet de s'égarer alors qu'il ne parlait pas un mot de coréen. Hong-Wei ne le parlait pas davantage, mais là n'était pas la question. Éventuellement, il apprendrait.

— Bien sûr !

Ils poursuivirent leur chemin dans un silence complice, ce qui permit à Hong-Wei d'oublier momentanément la folle soirée qu'il venait de vivre. L'air vif annonçait le printemps, les arbres murmuraient dans la brise nocturne et les quelques maisons devant lesquelles ils passaient étaient obscures, les volets clos, les occupants endormis. Le chemin serpentait entre les arbres, car Hong-Wei avait choisi de rentrer chez lui en coupant à travers le golf et le terrain vague de l'autre côté de la route. Depuis son arrivée à Copper Point, il avait découvert que les terrains non bâtis du nord Wisconsin étaient essentiellement couverts de marais et de bois.

Sans ralentir le pas, Simon s'appuya contre son épaule, une main posée sur son biceps.

— Tu as été merveilleux ce soir. Ainsi, ta formation t'a appris à agir au mieux dans les cas d'urgence ? C'est vraiment étonnant, surtout dans un hôpital aussi petit et mal équipé que Ste Anne !

Hong-Wei soupira.

— J'étais terrifié à l'idée que M. Zhang risque de mourir, mais sinon, traiter un patient avec les moyens du bord est un challenge intéressant. En revanche, l'ambiance est toujours la même, quelle que soit la taille de l'hôpital ! Je finis toujours entouré de gens qui n'y connaissent rien, mais qui remettent en cause mes décisions et me compliquent la tâche. Franchement, c'est fatigant !

— C'est afin de leur échapper que tu as quitté Houston pour t'enterrer ici ?

— En partie, oui, mais ce n'est qu'une raison parmi d'autres. Je m'étais dit que ma vie serait plus facile si j'exerçais en tant que chirurgien généraliste dans un endroit tranquille.

Simon ricana.

— Parce que tu trouves que Ste Anne est un *endroit tranquille* ? Laisse-moi rire !

— Médicalement parlant, oui, c'est le cas. Les patients sont peu nombreux, le personnel réduit. Je connais déjà les noms et prénoms de tous ceux qui travaillent à l'hôpital. Les cliniques spécialisées passent tous les quinze jours. Nous leur envoyons plus de patients que nous n'en traitons.

— C'est vrai, et ça fait grincer des dents les administrateurs.

— Si Ste Anne avait un service de cardiologie et un peu plus d'équipement spécialisé, ça changerait tout. Nous traiterions plus de patients, l'hôpital deviendrait plus rentable et pourrait engager d'autres médecins, ce qui améliorerait grandement l'ambiance de travail. À mon sens, ce serait un investissement utile, vu la densité de la population et l'éloignement des autres services hospitaliers.

— C'est une grosse dépense ! Je doute que le comté puisse se la permettre, l'État est mal géré, et à l'hôpital, c'est encore pire. Et tout ça dure depuis trop longtemps !

Hong-Wei secoua la tête.

— C'est dommage. D'après toi, Beckert a-t-il l'envergure de changer l'état des choses ?

— Avec l'aide d'Andreas, oui, il le pourrait. Jusqu'à ce soir, je ne leur faisais pas trop confiance, mais j'ai changé d'opinion devant leur rapidité à réagir en situation de crise. À mon avis, le véritable problème, c'est le conseil.

— Ils l'ont peut-être compris cette nuit. John Jean Andreas a viré Mark Larsen, le conseil va devoir le remplacer. Avec un peu de chance, le nouvel administrateur sera plus ouvert d'esprit.

Simon restait sceptique.

— Tu rêves en couleurs ! Et tu connais mal Copper point !

— Pourquoi dis-tu ça ? Pour nommer un nouveau membre au conseil, il faut bien des élections, non ?

— Peut-être, je n'en sais rien, mais qui se soucie du conseil d'administration de l'hôpital ?

— Les gens se sentiraient peut-être plus concernés si on leur demandait leur avis.

Simon s'appuya à nouveau sur l'épaule de Hong-Wei.

— Peut-être, concéda-t-il. Tu sais, j'ai failli dire « *qui se donnerait la peine de changer l'opinion publique* »… puis j'ai repensé à toi ce soir, aux urgences, tu n'as pas hésité à affronter tous ces gens. Ça ne doit pas toujours être facile d'être toi. Personnellement, je ne serai jamais aussi agressif qu'Owen et toi, même pour défendre une opinion. C'est sans doute ça qui fait de vous de bons médecins. Tu crois que c'est une qualité innée ?

— Pas forcément. Une personnalité se forge parfois dans l'adversité. Quand on se fait marcher dessus, il arrive un moment où il faut prendre une décision : devenir un paillasson ou affronter ses adversaires. J'ai appris à me battre.

— Justement. Moi pas. Comme je suis certain de perdre en cas de confrontation, je préfère filer. J'ai même le don de me faire oublier.

— Cela te rend-il heureux ?

— Et toi, avec toute ton agressivité, l'es-tu ?

Hong-Wei changea de position pour prendre Simon par la main, ses doigts s'emmêlant avec les siens.

— Ce soir, oui, répondit-il.

Ils étaient presque arrivés à destination : l'arrière de l'immeuble de Hong-Wei apparaissait à travers les arbres. Main dans la main, les deux hommes firent le tour des garages jusqu'à l'entrée principale. Hong-Wei sortit sa clé.

Simon leva les yeux sur la façade obscure et baissa la voix pour dire :

— C'est la plus belle résidence de Copper Point ! Jamais je n'aurais imaginé y pénétrer un jour. Connais-tu tes voisins, sont-ils sympas ?

— Aucune idée. Je ne les ai pas tous rencontrés, mais je sais qu'il y a un avocat, un professeur et un ingénieur de la mine. Tous sont très discrets.

Peu après, Hong-Wei ouvrait sa porte. Simon entra dans l'appartement, les yeux écarquillés.

— Waouh ! Sacré changement depuis la dernière fois ! Tu as des meubles, bien sûr, mais ta déco est vraiment super !

— Je me suis contenté de suivre les conseils de ton oncle en engageant l'architecte d'intérieur qu'il m'avait conseillé. Et je n'ai pas encore toutes mes affaires. J'attends avec impatience ma nouvelle chaîne stéréo et mes étagères. Enlève tes chaussures, s'il te plaît, laisse-les sur ce tapis. Je vais te prêter des chaussons.

Simon suivit ces instructions, puis suivit Hong-Wei à travers l'appartement. Il était de plus en plus émerveillé.

— Tes meubles vont vraiment très bien, remarqua-t-il. En revanche, c'est tellement bien rangé qu'on croirait l'appartement inhabité, comme dans un magazine d'architecture et décoration !

En son for intérieur, Hong-Wei reconnut qu'il passait le moins de temps possible chez lui. Il ne supportait pas d'y être seul. En général, il arpentait nerveusement les pièces, puis trouvait un prétexte pour retourner à l'hôpital. Travailler lui permettait de se vider l'esprit.

— Tu exagères ! Il y a de la vaisselle sale dans l'évier et mon ordinateur portable posé sur la table basse.

Simon ricana et lui planta un doigt au niveau du plexus solaire.

— Oui, à côté d'une pile de livres bien alignés, d'un plaid parfaitement plié et de quelques coussins artistiquement arrangés. T'arrive-t-il de faire les choses à moitié ?

— Non.

Attrapant le doigt de Simon, Hong-Wei l'utilisa pour rapprocher de lui son jeune amant. Il apprécia que Simon se laisse faire avec un sourire tendre.

Simon se nicha contre lui avant de demander :

— Et maintenant, qu'est-ce qu'on fait ? Je veux dire, après ce qui s'est passé ce soir... Vais-je plomber l'ambiance en évoquant l'avenir ?

— J'aimerais sortir avec toi et apprendre à mieux te connaître.

— Oui, mais comment le faire de façon discrète ? Si on me voit sortir de chez toi, ça va déjà déchaîner les commérages, alors si on nous surprend ensemble...

— Nous ferons attention.

— Tu ne connais pas Copper Point ! Si quelqu'un nous voit et se fait des idées, s'il en parle à Andreas...

Tenant toujours Simon par la main, Hong-Wei l'entraîna jusqu'au canapé. Il brancha un haut-parleur, puis tripota son téléphone.

Simon caressa le cuir du canapé, momentanément distrait de ses tourments.

— Ce canapé est vraiment superbe !

— C'est aussi mon avis.

Hong-Wei lança une application musicale, connecta son téléphone à son enceinte et une ballade au piano retentit dans le salon.

Simon lui jeta un coup d'œil étonné.

— Qu'est-ce que c'est ? Ça ressemble à de la pop. Je croyais que tu n'aimais pas.

— En général, non, mais il y a des exceptions, J.J. Lin par exemple.

Déjà, la voix du chanteur en question émanait du haut-parleur. Simon en resta bouche bée.

— Oh, c'est en chinois ? J'adore !

Il écouta un moment, les yeux fermés, un sourire aux lèvres.

Hong-Wei le contemplait, un sourire aux lèvres.

— Oui, moi aussi. Il y a d'excellents artistes chinois, c'est vraiment dommage qu'ils soient éclipsés par la K-pop et la J-pop. Ma sœur adore ces musiques, soupira-t-il.

— J'aimerais comprendre les paroles, déclara Simon. Ça paraît si triste !

Avant de traduire, Hong-Wei baissa la tête pour cacher un sourire victorieux.

— Cette chanson parle de regrets. En anglais, le titre a été traduit par *Si seulement*, mais à l'origine, c'est un peu plus compliqué. Littéralement, c'est : *désolé, il n'y a pas de si, sauf quand ce sont des si seulement.* Il regrette de ne pas avoir parlé plus tôt, quand c'était nécessaire, de ne pas avoir été plus brave, plus compréhensif. Il y a eu de trop nombreux « si » et maintenant, il en paie le prix.

Simon se blottit contre son épaule.

— Je vois, je comprends aussi pourquoi tu as choisi cet air. J'ai toujours peur, mais tu as raison. Joue-moi autre chose.

Hong-Wei vérifia sa playlist.

— Tu veux du Mandopop ?

— Je te laisse choisir.

Devinant un terrain miné, Hong-Wei mit un autre air de J. J. Lin.

— *Crépuscule* est une chanson dédiée aux héros méconnus et aux personnes qui vous ont tendu la main à un moment ou à un autre, vous aidant à devenir celui que vous êtes aujourd'hui.

Simon se pelotonna davantage.

— C'est magnifique ! Ça accompagnerait très bien un moment intense d'un de mes feuilletons asiatiques.

Hong-Wei lui jeta un coup d'œil, mais il ne voyait que le sommet de sa tête.

— Ah, oui, tu m'as dit aimer les séries asiatiques.

Simon releva la tête pour croiser son regard.

— C'est vrai. Je passe beaucoup devant ces séries. Quand je t'ai rencontré, j'ai trouvé que tu ressemblais à Aaron Yan.

— Connais pas.

Hong-Wei était certain que sa sœur, elle, reconnaîtrait ce nom-là.

Simon esquissa un sourire timide.

— C'est un acteur taïwanais. Il est très beau, je l'admire beaucoup.

Hong-Wei lui pinça le nez.

— Dis-moi, Simon Lane, ne serais-tu pas addict aux Asiatiques ?

Il s'amusa de voir Simon s'étrangler d'indignation.

— N'importe quoi ! Ce n'est pas une addiction, c'est juste que j'apprécie la culture pop asiatique. C'est valable aussi bien pour la musique que pour les feuilletons télévisés.

— Je présume que tu regardes aussi les mangas et les yaois ?

Simon grimaça.

— Non, pas vraiment.

Rassuré, Hong-Wei en remercia mentalement ses ancêtres. Il passa quelques titres de Jay Chou, *Rêve* et *Confession Amoureuse*, heureux de voir Simon frétiller d'enthousiasme en découvrant de nouveaux titres. Sans que son jeune amant le réalise, il était pour Hong-Wei un véritable baume cicatrisant. Quel plaisir d'être en compagnie d'un agréable jeune homme qui s'intéressait à une langue étrangère sans faire de lourdes vannes ! Simon regrettait seulement de ne pas pouvoir accompagner la chanson, craignant que sa prononciation le rende ridicule.

Hong-Wei se revit à l'école secondaire, blême de rage devant des élèves qui lui avaient arraché son walkman. Ils se le passaient en se moquant ouvertement de la nouvelle chanson de Jay Chou que sa sœur venait de lui enregistrer : « *Ching chaw, ching chaw ! Peuh ! C'est censé être de la musique ?* »

Ensuite, il fit écouter à Simon *Amour d'une vie antérieure*, une chanson rap que les garnements d'autrefois auraient raillée. Simon l'apprécia ouvertement.

— Que c'est beau ! Sais-tu s'il en a fait un clip vidéo ?

Oh, Hong-Wei aurait voulu l'embrasser ! Il se contenta de lui caresser le dos.

— Oui, mais c'est essentiellement une vidéo lyrique. Ma préférée, c'est celle dont l'album porte le titre : *Contes à lire le soir.* C'est superbe !

— J'aimerais le regarder.

Hong-Wei trouva la vidéo et l'afficha sur son téléphone. Simon se pencha pour fixer l'écran. Hong-Wei, lui, admirait son jeune amant.

Puis Simon tourna vers Hong-Wei un visage ébloui.

— C'est lui, Jay Chou ? Ils en parlent dans ma série préférée. C'est vraiment génial ! Maintenant, je comprends mieux pourquoi ils tenaient tant à obtenir des billets pour assister à son spectacle !

Simon continua à écouter et à regarder, un sourire ravi aux lèvres. Quand ce fut terminé, il leva des yeux brillants sur Hong-Wei.

Je le veux.

J'en ai besoin.

Hong-Wei décida de profiter de l'occasion. Pourquoi s'en serait-il privé ?

Il changea de playlist. Des notes de piano s'égrenèrent, vite accompagnées par une magnifique voix de soprano qui tomba dans la pièce comme une couverture douce. La chanson était en anglais, elle parlait de désir insatiable et d'agitation…

Simon ouvrit un œil curieux et intéressé.

— C'est qui ?

— Dawn Upshaw, une célèbre soprano américaine. Elle peut chanter des airs d'opéra, mais aussi de la musique folk, baroque, ou contemporaine.

— Quelle voix superbe !

Apaisé, comme toujours, par la soprano, Hong-Wei lui caressa le poignet.

— J'aime l'écouter. C'est une artiste accomplie qui se donne tout entière à ce qu'elle fait. Ça s'entend dans ses chansons.

Simon se tourna vers lui.

— Ah, je comprends mieux ce que tu reproches à la musique pop. Serait-elle trop facile d'après toi ?

— C'est plus compliqué que ça. Ou plus simple, je ne sais pas. Je n'aime pas, voilà tout. En fait, j'écoute rarement JJ Lin et Jay Chou, même s'ils restent mes artistes asiatiques préférés. En tant qu'adulte, je préfère les œuvres classiques, je les trouve plus… complètes.

Une idée lui vint. Il faillit la garder pour lui, puis changea d'avis parce que Simon lui tendait son poignet avec une telle confiance et un tel abandon.

— Tu vois… reprit-il, à notre époque, rares sont les gens qui apprécient la musique classique, ouvertement du moins. D'une certaine façon, ça me permet de… *revendiquer* ces œuvres, à défaut d'un meilleur terme.

De sa main libre, Simon lui caressa les doigts, il traversa la paume et remonta jusqu'au poignet.

— S'il te plaît, chuchota-t-il, mets-moi tes airs favoris, Partage-les avec moi, d'accord ?

Hong-Wei frissonna. Il aurait trouvé moins stressant que Simon lui demande de se déshabiller.

— La plupart ne sont pas du genre à créer une ambiance romantique.

Simon releva la tête.

— Si tu dis *la plupart*, c'est que certains d'entre eux le sont. Mais si tu trouves que c'est trop personnel, je comprendrai.

Hong-Wei se savait capable d'être plus agressif qu'Owen, plus autoritaire que Jared, plus buté que tout le conseil de Ste Anne cherchant à le museler, mais les tendres défis de Simon le mettaient à genoux. Et sans doute serait-ce toujours le cas. Il reprit donc téléphone et chercha une chanson.

Un air doux et mélancolique émana bientôt du haut-parleur, des cordes qui gémissaient de façon lugubre vite rejointes par les violons et les altos, puis s'atténuant pour être remplacés par les violoncelles et la basse. Dans une envolée, les violons reprirent avec une harpe pour une triste valse pizzicato qui s'éleva comme un cri de deuil.

Le souffle coupé, bouche bée, Simon posa une main sur sa poitrine.

— Qu'est-ce que c'est ?

Il avait murmuré comme pour éviter de troubler la chanson.

— *La chanson de Solveig,* un extrait d'une musique de scène composée par Edvard Grieg en 1867 pour *Peer Gynt*, une pièce de théâtre norvégienne. Si la pièce, qui n'a guère d'intérêt, a vite sombré dans l'oubli, la musique de Grieg a tout de suite été reconnue comme exceptionnelle. Tu connais certainement le dernier morceau *Dans l'Antre du Roi de la Montagne*, c'est à la fin de la pièce, quand la jeune Solveig chante pour Peer Gynt. Après avoir parcouru le monde, il revient désenchanté, certain que ses péchés sont impardonnables, mais elle le rassure sur sa valeur. Alors qu'il agonise, elle reste à ses côtés et lui chante une berceuse.

Simon posa les doigts sur ses lèvres.

— Oh, comme c'est triste !

— Bien que né noble, Gynt a toujours eu un comportement odieux. Et même s'il se montre plus chevaleresque envers Solveig, elle n'aurait pas dû passer sa vie à l'attendre.

Simon le frappa au bras.

— Ne gâche pas un si beau moment !

Hong-Wei ne put s'empêcher de sourire.

— Ton cas est désespéré : tu es irrémédiablement romantique.

— Oui. Et toi ?

Hong-Wei caressa presque timidement le visage de Simon. Son cœur gonfla, prêt à bondir.

— Si tu restes avec moi, tu découvriras peut-être la réponse à ta question…

Changeant de position sur le canapé, Simon se pencha davantage et posa un doux baiser sur ses lèvres.

Après avoir changé de playlist, Hong-Wei déposa son téléphone, prit Simon dans ses bras et lui rendit son baiser. Autour des deux amants flottaient les notes légères et envoûtantes de la *Berceuse, Op. 57* de Chopin.

Le beau visage de Simon en coupe entre ses paumes, Hong-Wei but avidement à ses lèvres tendres. Si le baiser échangé dans le vestiaire avait été passionné, celui-ci au contraire était tout en délicatesse, comme une lente et savante séduction. Hong-Wei laissa la musique du maître répandre sa magie et ce fut efficace. Peu à peu, Simon s'abandonnait à son étreinte. Quand il fut complètement détendu et offert, Hong-Wei le fit se lever et l'invita à danser. Il taquina la bouche renflée et frotta son nez contre celui de Simon dans un mouvement lent et sensuel. Après quelques morsures à la mâchoire râpeuse, il s'attaqua à nouveau à la bouche, força les lèvres à s'ouvrir et caressa la langue de la sienne.

Simon gémit et s'affaissa dans ses bras.

— Oh, Hong-Wei !

Hong-Wei fut saisi d'un long frisson et reconnut qu'il adorait entendre son nom dans la bouche de son jeune amant. C'était addictif. Jusqu'ici, seules sa sœur et sa famille avaient utilisé ce nom taïwanais. Pour ses autres connaissances américaines, ses professeurs et les rares amis qu'il s'était faits à Houston, même ceux d'origine asiatique, il était Jack. Il ne s'entendait donc appeler Hong-Wei que chez lui ou à Taïwan, quand il y retournait en vacances. En vérité, les Occidentaux étaient incapables d'une prononciation correcte. À l'américaine, son nom devenait « Hung-Wei », alors que le son correct était entre o et u. Hong-Wei appréciait que seule sa famille use de son nom, c'était comme un secret réservé aux initiés.

Cependant, il en avait accordé le droit à Simon.

Son jeune amant allongeait le o de Hong, son nom dans sa bouche devenait un *Hooong Way* à l'accent américain : ça évoquait une corne de brume ou le cri d'une oie. Et Hong-Wei ne l'avait pas corrigé. S'il le faisait, Simon tenterait d'améliorer sa prononciation, bien évidemment, mais Hong-Wei n'y tenait pas. Simon était un secret dont il comptait bien garder l'exclusivité.

Il fit glisser ses lèvres sur le menton et le cou de Simon, déposant une pluie de baisers sur la gorge délicate.

Quel plaisir de constater un tel abandon ! Simon se laissa déshabiller et allonger sur le canapé, ne portant plus que son caleçon, les bras levés au-dessus de la tête, les jambes écartées pour laisser Hong-Wei se coucher entre elles. Penché sur son jeune amant, Hong-Wei admira le spectacle qu'il avait sous les yeux. Il caressa la poitrine ferme, joua avec les mamelons puis descendit flatter le ventre ferme. Il palpa ensuite les cuisses ouvertes en appréciant le gonflement des muscles.

— Tu es en grande forme physique ! s'exclama-t-il. Je me doutais que tu cachais un corps superbe sous ton uniforme, mais je ne m'attendais pas à te trouver aussi musclé.

Alors que Hong-Wei continuait à le caresser, Simon ferma les yeux. Après quelques minutes, il frissonna et demanda :

— Je veux te voir aussi !

Sans hésitation, Hong-Wei ôta sa chemise, très fier du regard enflammé qu'il arracha à Simon. Il se releva brièvement le temps d'enlever son pantalon, ses chaussettes et son boxer. Une fois entièrement nu, il fixa Simon et attendit son verdict. La musique de Chopin envahissait le salon en cascade.

Simon réagit comme un affamé devant un banquet. Il examina Hong-Wei des pieds à la tête, les narines palpitantes. Puis il tendit des mains avides.

— Oh, mon Dieu ! Depuis le temps que j'en rêve !

D'une main tremblante, il effleura le sexe érigé. Hong-Wei recula en secouant la tête.

— Non, si tu me touches, je vais exploser. Et toi aussi…

Simon s'accrocha à sa main et serra très fort les doigts.

— Mais je veux exploser avec toi !

Hong-Wei récupéra son téléphone et éteignit la musique, puis il attrapa l'autre main de Simon et l'incita à quitter le canapé. Une fois son amant debout devant lui, il se contenta de dire :

— D'accord.

IX

SIMON SENTIT son cœur battre très fort dans ses oreilles quand Hong-Wei lui prit la main pour l'entraîner dans l'escalier. Il remarqua de vagues détails : un palier à l'étage et quatre portes. La première étant étroite, ce devait être un placard, ensuite, celle de droite entrouverte donnait sur la salle de bain... mais déjà il entrait dans une grande chambre, celle de Hong-Wei. À peine la porte refermée. Hong-Wei le pressa contre le panneau.

Pour Simon, le monde extérieur s'effaça. Hong-Wei le débarrassa de son caleçon, le prit dans ses bras et se colla à lui, peau nue contre peau nue.

Avec un halètement, Simon renversa la tête, offrant son cou. Sa peau se hérissa de chair de poule quand Hong-Wei y déposa de multiples baisers. Son pouls s'emballa et se mit à tambouriner comme un tam-tam, si fort que Simon avait l'impression d'être dans une boîte de nuit au tempo déchaîné, un club privé où il se trouvait seul avec Hong-Wei... ou peut-être une île déserte. Deux corps animés par le même désir, scandé par le battement du cœur du Simon.

Avait-il le droit d'échapper ainsi à la réalité, d'être avec son amant sans penser à ses actes et à leurs conséquences ? Sa conscience s'affola, l'arrachant à sa transe.

Hong-Wei fit glisser ses mains le long de son dos nu et lui agrippa les reins. Puis il insinua les doigts dans la raie des fesses. Sous le choc, Simon frissonna de plaisir et oublia ce bref sursaut de bon sens. Il s'abandonna.

— Mmm.

Le petit rire de Hong-Wei résonna contre sa poitrine. Simon releva la tête. Avec un sourire, Hong-Wei frotta le nez contre son menton.

— J'adore les bruits que tu fais !

— Hein ? Quels bruits ?

Hong-Wei continuait à le caresser, à découvrir son corps, à le redessiner. Ses mains passaient des hanches de Simon à ses fesses, ses flancs, son dos. En même temps, il mordillait et embrassait son cou.

— Tes petits cris, tes soupirs, tes halètements.

Simon s'étonna de ne pas ressentir d'embarras. En vérité, Hong-Wei était tellement... *Hong-We*i !

— J'aime ton sourire, avoua-t-il, les yeux embrumés. Il me monte à la tête.

Hong-Wei lui caressa la joue.

— Ma sœur me reproche souvent de ne pas sourire assez.

Simon avait chaud partout, son corps tout entier s'était embrasé d'un détonnant mélange de timidité et de désir sexuel.

— Avec moi, tu souris tout le temps.

Hong-Wei le prit par le menton pour lui renverser la tête.

— Je sais.

Cette fois-ci, son baiser fut charnel : lent, intense et profond. Une promesse que Simon allait être baisé comme jamais encore il ne l'avait été. Il essaya de répondre avec la même assurance, mais n'y parvint pas. La forte personnalité de son amant le submergeait… comme toujours.

Au final, ses lèvres entrouvertes envoyaient néanmoins un message sans équivoque : *je suis à toi, complètement à toi, fais de moi ce que tu veux.*

Un message que Hong-Wei sembla recevoir cinq sur cinq. Sans cesser de l'embrasser, il attira Simon jusqu'à son lit. D'une main, il arracha la couette, de l'autre, il releva une des jambes de Simon sur sa cuisse et le fit s'étendre sur le dos.

Après avoir positionné l'autre jambe de la même façon, Hong-Wei lui caressa le ventre.

— Dis-moi ce que tu veux faire et ce que tu refuses. Dis-moi ce que tu aimes. Je veux te satisfaire.

Simon avait du mal à garder les yeux ouverts et même respirer commençait à lui poser un problème. Alors, former des mots… Il poussa quelques cris suraigus. Hong-Wei se figea et déposa un doux baiser au niveau que son cœur.

— Qu'est-ce que tu aimes ? répéta-t-il. La douceur, la brutalité ?

— Oui, haleta Simon.

Éperdu, il jeta les mains en avant, s'accrocha aux cheveux noirs de son amant et enfonça les doigts dans les mèches soyeuses.

Hong-Wei émit un petit rire.

— Ce n'est pas une réponse très claire…

— Les deux.

Riant toujours, Hong-Wei se releva sur les coudes et le dévisagea. Du bout des doigts, il lui caressa le front, le nez, les joues et les lèvres.

— J'ai fait un check-up complet en janvier dernier. Je suis clean à cent pour cent. Mon dernier partenaire date du mois de mars. Il m'a affirmé être clean, mais de nos jours, il est difficile de croire les gens sur parole.

Simon se contenta de le fixer, sans mot dire.

Hong-Wei lui pinça le nez et enchaîna :

— Tu es infirmier, Simon, tu sais bien qu'il est vital de prendre des précautions pour se préserver !

Simon se secoua, il était temps de retrouver sa voix pour ne pas laisser Hong-Wei plus longtemps dans l'erreur. Il se racla la gorge et se lança :

— Bien sûr, bien sûr. C'est juste… j'ai été surpris parce que d'habitude, c'est moi qui pose ce genre de questions et on me rit au nez. J'ai été testé en février. Je suis clean. Et mon dernier partenaire date de… novembre, conclut-il, écarlate.

Hong-Wei lui caressa la gorge.

— Très bien, tu es prudent et difficile, et ça me plaît beaucoup. Demain, je me ferai tester pour les MST, le seul examen qui me reste à passer, mais ça devrait être bon, j'utilise toujours un préservatif.

Il suivit la clavicule de Simon et mordilla le lobe de son oreille avant d'enchaîner :

— Je veux te garder, Simon, te garder longtemps. Dans six mois, nous referons ensemble le test du sida. Ensuite, nous pourrons nous passer de préservatif. Pour moi, ce sera une première.

D'une main, Simon lui tira les cheveux, de l'autre, il s'accrocha à son dos.

— C'est très surprenant, mais je trouve que parler de nos antécédents sexuels est plutôt excitant en guise de préliminaires.

Hong-Wei lui sourit et s'attaqua à ses mamelons tout en lui flattant les hanches.

— Ah, Simon, tu ne cesses de m'étonner ! J'aimerais passer une éternité à te découvrir, à te caresser, à te faire jouir. Pour notre première fois, je serai doux… avec une petite pointe de brutalité. Pour te mettre à genoux, j'attendrai que tu ne sois plus qu'un corps gémissant et suppliant, tout agité de tremblements. Tu t'accrocheras à la tête de lit pendant que je te pilonnerai jusqu'au plus bel orgasme de ta vie. Qu'en dis-tu ?

Simon n'était plus en état de parler.

— Mmm.

Une pensée flottait dans son esprit embrumé : sans nul doute, Hong-Wei était un dieu du sexe réincarné dans le corps d'un homme. Y avait-il une spécialisation en médecine du style *Satisfaire Son Partenaire au Lit* ? Si c'était le cas, le Dr Wu devait avoir obtenu la meilleure note qui soit !

En plus, Hong-Wei semblait avoir le don d'ubiquité, car il parvenait à embrasser Simon partout – jambes, cuisses, ventre, mains, bras, doigts – tout en sortant un flacon de lubrifiant de Dieu seul savait où. Il en versa au creux de sa paume, le réchauffa quelques secondes, puis en enduisit le sexe de Simon. Il déroula ensuite un préservatif avec la même aisance savante. Simon gémit et soupira – comme il savait désormais que Hong-Wei l'appréciait – quand son amant cracha dans sa paume et le masturba jusqu'à ce que son érection devienne douloureuse. Puis Hong-Wei le prit dans sa bouche. Malheureusement, la sensation exquise ne dura pas.

Hong-Wei se redressa en crachant :

— Quel horrible goût ont ces préservatifs ! Je les ai pris à l'hôpital. J'en achèterai d'autres demain à la pharmacie.

Cette réflexion tira une sonnette l'alerte dans l'esprit de Simon et il poussa un cri :

— *Non !* N'achète rien en ville. Commande sur internet, sur Amazon ou ailleurs. Fais juste attention qu'il n'y ait pas une étiquette du genre Condoms R Us sur ton carton. Sinon, je peux aussi en demander à Kathryn.

— Ah, le leurre du préservatif lesbien ! gloussa Hong-Wei.

Du pouce, il taquina le périnée de Simon, puis baissant la tête, il reprit sa fellation. Simon se cambra et décolla du lit, les poings crispés sur les draps. Sans perdre son rythme, Hong-Wei profita de sa position pour glisser un oreiller sous ses reins, puis il fit passer les jambes de Simon sur ses épaules et insinua en lui ses doigts lubrifiés. De son autre main, il lui pétrit la cuisse.

Soumis à ces multiples sensations, Simon commençait à perdre pied. Mais alors, Hong-Wei lui jeta un regard embrasé et ordonna :

— Joue avec tes mamelons.

Il attendit que Simon obtempère pour reprendre ses caresses. Ses doigts écartelaient son anus et pénétraient profondément en lui, cherchant sa prostate. Simon le fixait, les pupilles dilatées, tout en pinçant ses mamelons érigés.

— Magnifique ! chuchota Hong-Wei. Tu es adorable. Continue. J'aime te voir pendant que je te suce et que je masturbe.

Simon haleta, bouche bée, et devint écarlate, ce qui arracha à Hong-Wei un sourire satisfait.

— Ça va ?

— Mmm.

Simon acquiesça et se laissa emporter par ses sensations. Il n'avait jamais rien connu de tel ! Il avait baisé, bien sûr. De nature soumise, il avait également obéi aux ordres de ses partenaires occasionnels, mais jamais il ne s'était senti aussi comblé, aussi en confiance. Son corps prenait vie, toutes ses terminaisons nerveuses s'enflammaient, comme électrifiées, chaque fois que Hong-Wei lui souriait et lui faisait un compliment.

Il était au bord de l'orgasme et Hong-Wei sembla le deviner, car il s'arrêta en disant : « Non, pas encore ». Quand Simon fut un peu calmé, Hong-Wei reprit ses caresses. Le manège recommença, encore et encore. Et Simon commençait à devenir fou.

Jamais il ne pourrait avoir un autre amant après être passé dans ses bras. Car Hong-Wei ne le baisait pas, il lui faisait l'amour. Ses gestes étaient pleins de révérence, presque de vénération. Et cela faisait toute la différence.

Finalement, Hong-Wei se redressa et le retourna. Simon hésita. Devait-il rester à genoux ou s'accrocher à la tête de lit ? Il tremblait de tout son corps – comme Hong-Wei le lui avait promis.

Un corps dur se plaqua à lui par-derrière et un sexe lourd et érigé se colla à ses fesses. Un baiser lui brûla la nuque et envoya des étincelles électriques dans son dos, des doigts firent rouler ses mamelons.

— Maintenant, c'est mon tour. Je vais te pilonner. Tu es prêt ?

— Mmm.

Simon acquiesça, le cœur dans la gorge. Hong-Wei le saisit à la hanche et commença à le pénétrer.

— Waouh ! Tu es trempé, c'est jouissif !

Simon gémit longuement.

— Mmm !

— Bon sang ! reprit son amant. J'adore ! Tes cris font ressortir mon côté sauvage. J'ai vraiment envie de…

— Oui, Hong-Wei, oui.

Puis il hurla sans retenue : Hong-Wei venait de lui mordre l'épaule. Personne ne l'avait jamais traité ainsi au moment de l'acte sexuel. Il en aurait volontiers réclamé davantage, mais il n'avait plus de voix.

— Dis-le encore ! Dis mon nom.

— *Hong-Wei.*

Hong-Wei le mordit encore tout en le pénétrant plus profondément. Simon poussa un gémissement guttural. Puis son amant le poussa en avant, le mettant à quatre pattes sur le lit pour mieux l'empaler. Une fois enfoui en lui jusqu'à la garde, Hong-Wei se figea.

— Quelle vue superbe !

Il suivit la colonne vertébrale et descendit jusqu'à l'endroit où la racine de sa hampe dilatait l'orifice de Simon.

Impatient que Hong-Wei reprenne son rythme, Simon se tordit.

— S'il te plaît, Hong-Wei.

— J'aime t'entendre supplier. Encore !

Simon frissonna et baissa la tête.

— *S'il te plaît, Hong-Wei.*

Hong-Wei reprit ses coups de reins, lentement au début, mais en profondeur. Et Simon ne pouvait pas bouger, un bras de fer le maintenant au niveau de la taille. Alors, il s'accrocha au bois de la tête de lit et ne retint plus ses cris :

— Encore, s'il te plaît, Hong-Wei. Encore ! Plus fort !

Hong-Wei s'accrocha lui aussi au bois du lit, sa main juste à côté de celle de Simon. Avec cet appui, il pouvait aller plus vite et faire claquer leurs deux corps à chaque coup de boutoir. Simon finit par lâcher prise et s'affaisser, Hong-Wei le prit aux hanches et le maintint en position afin de continuer à le baiser. Simon hurlait son plaisir sans rien retenir. Quand il jouit avec le nom de Hong-Wei sur les lèvres, il remplit le préservatif qu'il portait toujours, puis retomba inerte, pendant que Hong-Wei trouvait à son tour l'orgasme.

Les deux hommes s'effondrèrent sur le lit dans un enchevêtrement de membres. Leur peau luisait de sueur, leurs souffles rauques troublaient le silence de la chambre. Simon sourit, heureux et comblé.

Il protesta quand Hong-Wei s'écarta, se pencha sur lui et le débarrassa de son préservatif. Son sexe étant encore hypersensible, Simon poussa un cri plaintif.

Hong-Wei se recoucha derrière lui et le serra dans ses bras.

— Si c'est chaque fois aussi intense, grommela-t-il, je vais devoir me faire suivre par un cardiologue.

Il parlait d'une voix enrouée, apparemment aussi somnolent que Simon.

Avec un sourire fatigué, Simon porta la main de son amant à ses lèvres et y déposa un baiser.

169

SE RÉVEILLER à côté de Simon était presque aussi délicieux que faire l'amour avec lui, décida Hong-Wei, la tête sur l'oreiller. Il fit le vœu de se réveiller toujours le premier quand il dormirait avec son jeune amant, ne serait-ce que pour admirer à loisir le doux visage détendu par le sommeil. Il profita du spectacle une demi-heure durant, puis Simon ouvrit les yeux et cligna plusieurs fois des paupières. Il était absolument adorable !

Encore à moitié endormi, il sourit à Hong-Wei.

— Bonjour.

Hong-Wei caressa les cheveux ébouriffés, conscient d'arborer un sourire niais – et s'en fichant éperdument.

— Bonjour. Bien dormi ? Malheureusement, ta nuit a été courte, quatre heures à peine de sommeil.

— J'ai superbement bien dormi. Ton lit est un vrai nuage ! Et ces quatre heures ont été formidables, c'est tout ce qui compte.

Hong-Wei ne put s'empêcher de lui caresser le visage, les cheveux et le cou.

— Tu as faim ? Je vais préparer le petit déjeuner.

Simon acquiesça, mais quand Hong-Wei voulut se lever, il le retint par la main et l'embrassa.

— Quand comptes-tu retourner à l'hôpital ? demanda-t-il.

— Vers treize heures, pour vérifier comment va Zhang. Il est onze heures, je vais juste passer un coup de fil pour savoir comment il a passé la nuit. Je le ferai de la cuisine pendant que je prépare notre brunch. C'est mon seul patient hospitalisé. Et toi, tu travailles ce week-end.

Il entremêla ses doigts à ceux de Simon.

Ce dernier secoua la tête.

— Non, mais je crois que ma mère m'a prévu un truc à l'église cet après-midi. Elle me porte volontiers volontaire sans me demander mon avis !

— Veux-tu que je vienne avec toi ?

Voyant Simon écarquiller les yeux, Hong-Wei arqua les sourcils.

— Hé ! reprit-il. Je ne compte pas te tripoter devant ta congrégation, mais je pourrais très bien jouer le rôle d'un nouveau venu qui tient à verser une offrande caritative.

— Tu ignores dans quoi tu mets le pied. Il n'y aura probablement que des petites vieilles.

— Et alors ? En général, je leur plais beaucoup.

Il insista jusqu'à ce que Simon cède en riant. Après un dernier baiser, Hong-Wei abandonna son jeune amant au lit et descendit dans la cuisine. Mentalement, il cherchait à composer le meilleur brunch de son existence pour son premier matin avec un amant d'exception. En y réfléchissant, il constata que ça ne lui était encore jamais arrivé. Ce serait donc une première pour lui. Quels étaient les goûts de Simon au fait ? Bien sûr, Hong-Wei n'avait pas beaucoup de temps devant lui, ce qui risquait de limiter ses efforts. Sans compter que ses placards étaient loin d'être abondamment garnis. Depuis quand n'était-il pas passé chez l'épicier ?

Avait-il seulement de la farine ? Il adressa une prière au ciel pour que ce soit le cas.

Il s'avéra qu'il n'en avait pas, mais dans les paniers-bienvenue qu'il n'avait jamais ouverts, il trouva tout ce qu'il lui fallait : farine, levure, vanille, mais aussi un lot de saladiers en inox et un fouet à pâtisserie. Après avoir béni le cercle féminin de l'Église presbytérienne, il noua une serviette autour de sa taille – aucune des aimables donatrices n'avait pensé à un tablier, quel dommage ! – et se mit au travail. Il dut aller frapper chez son voisin de palier pour quémander du jus d'orange et des œufs, mais quand Simon descendit, le café était prêt et des pancakes encore fumants attendaient sur la table, accompagnés d'œufs brouillés et de bacon frit.

Le cri de joie de Simon devant ces offrandes fut presque aussi strident que ceux qu'il émettait pendant l'amour.

— Oh, mon Dieu. ! Mais comment as-tu fait ? Tu es un vrai magicien, j'ai l'impression de rêver... ou d'être le héros d'un feuilleton asiatique !

Hong-Wei l'embrassa sur la tête et lui versa un verre de jus d'orange. Il aurait préféré un produit bio, mais *à cheval donné...*

— J'en doute fort, répondit-il. Je ne connais rien à ce genre de feuilletons.

— Les asiatiques sont les meilleurs en la matière, affirma Simon, très enthousiaste. Ils sont tellement romantiques ! Hallmark pourrait en prendre de la graine.

— Je te crois sur parole.

Simon versa du beurre fondu et du sirop d'érable sur son pancake, puis il le coupa et y goûta.

— Délicieux.

Hong-Wei secoua la tête :

— J'aurais préféré les faire moi-même, mais comme je n'ai pas fait de courses récemment, j'ai dû me contenter d'ajouter des œufs et de l'eau dans un truc tout fait. La prochaine fois, je serai mieux préparé.

— Waouh ! Tu sais faire de vrais pancakes ? Même ma mère utilise des préparations en boîte. Tu es l'homme idéal, je veux t'épouser !

Horrifié, il lâcha sa fourchette et se cacha le visage à deux mains.

— Oh, mon Dieu ! Je ne voulais pas dire ça.

Hong-Wei éclata de rire. Il se servit des œufs et tendit le plat à Simon.

— Mange ! C'est meilleur quand c'est chaud.

— Oui, murmura Simon, mieux vaut manger que proférer des âneries.

— Ne dis pas ça, j'aime t'entendre.

Le petit déjeuner fut un délicieux moment d'intimité et de chaleureuse complicité.

Quand Hong-Wei jeta un coup d'œil à sa montre, il constata qu'il était midi passé. Simon insista pour qu'il prenne sa douche le premier.

— Pendant ce temps, je rangerai la cuisine, ajouta-t-il. J'appellerai aussi Jared et je lui demanderai de venir te chercher.

À midi et demi, Hong-Wei redescendit, lavé et habillé. Il trouva Jared dans sa cuisine, occupé à dévorer ce qui restait du bacon et à faire rougir Simon.

À sa vue, le pédiatre se leva et dit :

— Tu es prêt ? Ma voiture est juste devant.

Peu après, les deux médecins attachaient leurs ceintures et la voiture de Jared quittait la résidence.

— Comment va le patient ce matin ? demanda Jared à Hong-Wei.

— La fièvre a un peu baissé. Mme Zhang est avec lui. La barrière de la langue présente un gros problème. Lorsque j'ai appelé le service ce matin, Bethany m'a expliqué qu'une des serveuses du restaurant servait d'interprète à ses moments libres, mais vu que ses patrons sont absents, elle a beaucoup à faire au restaurant. Bethany et les autres se débrouillent avec des mimes et Google Translate.

Jared se frotta la mâchoire.

— Bien, bien. Dis-moi, je sais que la nuit dernière était une urgence absolue, mais n'as-tu pas peur que les Zhang se ruinent pour payer la facture de l'hôpital ?

— Ils ont un peu d'argent de côté, mais ça ne suffira pas. En fait, qui pourrait payer un truc pareil sans mutuelle ? Même moi, je n'ai pas les fonds nécessaires.

— L'hôpital leur proposera sans doute un étalement.

— Je me vois mal le leur expliquer. Un Asiatique risque de prendre ce geste pour de la charité, et donc une insulte. La couverture sociale n'est vraiment pas au point aux États-Unis !

— Comment ? ricana Jared. Je croyais que nous étions les meilleurs en tout !

Hong-Wei sourit.

— Mes parents en sont persuadés.

Sous le choc de cette révélation, Jared faillit quitter la route.

— C'est une blague ? Tu te fiches de moi ?

— Oh, non. Si ma mère était là, elle te frotterait les oreilles pour cette réflexion sarcastique. Elle t'expliquerait aussi la grande chance qu'a eue notre famille d'avoir pu émigrer aux États-Unis.

Jared secoua la tête.

— Waouh ! Tu sais, j'ai toujours considéré comme un privilège de pouvoir critiquer les inepties du gouvernement. À mon grand regret, notre système a des lacunes. J'aimerais tellement que notre pays apprenne de ses erreurs et s'améliore.

— En tant que citoyen naturalisé, je te comprends. D'une certaine façon, je suis d'accord avec toi, mais je ne peux pas dire non plus que mes parents ont complètement tort.

Pour échapper au regard de Jared, il tourna la tête et sa voix devint plus rauque :

— Ma famille a beaucoup sacrifié pour venir aux États-Unis et pour payer l'éducation que ma sœur et moi avons reçue. C'est une dette que je ne pourrai jamais rembourser !

— Eh bien, dis-toi au moins que tu utilises remarquablement bien cette éducation que tes parents t'ont donnée. Ça doit compter, non ?

Hong-Wei frissonna quand son amertume menaça de l'étouffer.

— Comment peux-tu dire ça alors que j'ai tourné le dos à la prestigieuse position pour laquelle j'avais été formé ?

Jared gardant le silence, Hong-Wei finit par lui jeter un coup d'œil. Il fut surpris par la rigidité qui figeait le visage du pédiatre. Les yeux devant lui, Jared répondit enfin d'une voix très calme, mais avec une passion qui vibra dans l'habitacle confiné :

— La nuit dernière, Jack, tu as sauvé une vie. Si tu n'avais pas été là, Zhang serait mort. Je peux te donner sept de tes opérations récentes – et au moins autant de tes consultations – qui ont changé les vies de tes patients. Et tu es à Ste Anne depuis très peu de temps. D'accord, enchaîna-t-il en pinçant les lèvres, opérer à Baylor, Mayo ou un autre hôpital renommé doit être plus excitant, mais à mes yeux, une vie humaine a partout le même prix. Owen, Kathryn et moi sommes revenus à Copper Point parce que nous savons combien il est difficile pour une aussi petite ville de trouver de bons médecins. Quant à Simon, lui aussi a choisi d'être infirmier ici alors que dans les États voisins, il serait mieux payé et bénéficierait d'une meilleure couverture sociale. La communauté ne réalise pas toujours la chance qu'elle a de nous avoir, je te l'accorde, mais nous, nous savons. Et je croyais que c'était aussi ton cas.

Bouleversé, Hong-Wei détourna le regard.

— Bien sûr.

Il ne prononça pas le « mais… » qu'il avait sur les lèvres. Jared allait-il le sentir et continuer son sermon ? Non.

Le pédiatre se détendit et changea de sujet :

— Si j'ai bien compris, ça baigne entre Simon et toi ?

D'instinct, Hong-Wei faillit répondre que sa vie privée ne regardait personne, mais après la claque qu'il venait de prendre, mieux valait s'abstenir d'une telle franchise.

— Oui. Merci, c'est grâce à toi et à Owen.

— Nous t'avons juste indiqué où le trouver. Pour le reste, c'était à vous deux de jouer. Comment comptez-vous vous y prendre, au fait ? demanda Jared.

Hong-Wei resta interloqué.

— Que veux-tu dire par là ? Nous n'avons qu'une solution : nous cacher.

— Je suis heureux que tu envisages de protéger Simon.

Hong-Wei commença à s'énerver.

— Pour qui me prends-tu ? Je sais qu'il n'est pas du genre à coucher à droite à gauche.

— Nous comptons te garder, Jack. Owen et moi avons déjà prévu une réunion avec toi, mais dans tous les cas, nous te gardons, un point c'est tout.

— Une réunion ? À quel sujet ? s'étonna Hong-Wei

En arrivant à l'hôpital, Jared se gara dans le parking, carra les épaules avec un soupir et enchaîna :

— Très bien. Je présume que tu sais déjà que les gens d'ici sont cancaniers et étroits d'esprit, hein ? C'est un début, mais il te faut quand même passer nous voir. Avant que tu t'approches trop de notre gentil Simon, tu dois connaître le vrai sens du mot *secret* !

Hong-Wei leva les yeux au ciel.

— Allez ! Ne me dis pas que Copper Point n'a jamais connu de liaisons homosexuelles clandestines !

— Oh, tu cherches la bataille ?

— Non, je ne fais qu'énoncer une évidence. Et ne prends pas cet air suffisant ! Vous trois avez fait votre coming-out ensemble, d'accord, mais ça ne veut pas dire que tous les gays le font aussi. Donc, tu ne les connais pas tous.

— Si !

— Non, Jared. Tu prétends que dans une petite ville, tout le monde connaît la vie de ses voisins, mais c'est faux, je te le garantis. Un secret bien gardé est, par définition, celui dont personne n'est au courant.

Jared coupa le contact et se tourna vers lui, un sourcil levé.

— Serais-tu en train d'avouer avoir d'autres secrets qu'être intensiviste ?

Hong-Wei se pinça l'arête du nez.

— Ton amitié est stressante ! Je comprends que Simon ait toujours refusé de sortir avec toi !

Jared ricana et lui donna un coup de poing sur le bras avant de quitter la voiture.

— J'ai trois patients à voir et j'aurai quand même fini deux fois plus vite que toi avec M. Zhang. Envoie-moi un sms quand tu seras prêt à rentrer, d'accord ?

QUAND HONG-WEI pénétra au service des soins intensifs, son patient était réveillé et, bien qu'un peu amorphe, capable de répondre à ses questions. Il remercia Hong-Wei de lui avoir sauvé la vie avec un enthousiasme presque délirant. Était-ce la fièvre qui lui déliait ainsi la langue ou la peur d'avoir vu la mort de près ? C'était difficile à dire. En tout cas, ses signes vitaux étaient bons.

Satisfait, Hong-Wei parla longuement à Zhang pour le rassurer. Mme Zhang l'écouta attentivement et affirma qu'elle suivrait ses instructions et veillerait à ce que son époux se repose le plus possible dans les jours à venir.

Elle ne posa pas de questions, pas plus qu'elle ne protesta pas en apprenant que M. Zhang devait rester encore quelques jours à l'hôpital. Hong-Wei espéra qu'elle n'opinait pas par simple politesse avec dans l'idée d'aider son mari à s'éclipser à peine aurait-il le dos tourné. D'un autre côté, dans son état actuel, Zhang aurait du mal à tenter de fuir.

Hong-Wei découvrit vite que le personnel hospitalier était plus à l'aise que la veille à l'idée de gérer un patient et sa femme qui s'exprimaient dans une langue étrangère. Kevin, l'infirmier de service, sourit quand Hong-Wei l'interrogea sur la communication.

— Mme Zhang connaît quelques mots, vous savez, et plus qu'elle veut l'admettre à mon avis. Elle préfère se taire parce qu'elle a honte de sa prononciation, mais chaque fois qu'elle nous entend massacrer le mandarin, elle reprend confiance. Moi, je suis vraiment nul. J'ai beau écouter un mot vingt fois sur Google Translate, je ne suis toujours pas fichu de les répéter.

Il secoua la tête, les mains levées, l'air accablé. Hong-Wei répondit :

— Chaque humain nait avec la capacité innée d'apprendre n'importe quelle langue, mais au fur et à mesure que nous prenons de l'âge, le cerveau se débarrasse de ce que nous n'utilisons pas. Si nous tentons d'y revenir plus tard, ça paraît impossible. Aujourd'hui encore, ma grand-mère n'arrive pas à prononcer correctement le « th » anglais.

— Peut-être, mais vous, docteur, vous êtes de Houston et vous n'avez aucun accent sudiste. Vous parlez comme un présentateur télévisé. C'est quand même idiot d'attendre l'école secondaire pour aborder une seconde langue !

Hong-Wei haussa les épaules.

— J'avais dix ans quand ma famille est arrivée aux États-Unis. J'ai dû travailler dur pour m'intégrer et ressembler aux garçons de mon âge.

Kevin s'accouda au comptoir.

— En tout cas, je m'amuse beaucoup à essayer de comprendre et Mme Zhang est très patiente. Et sa serveuse parle l'anglais. C'est une très jolie fille, je cherche toujours à savoir si elle est libre ou pas.

Hong-Wei préféra faire comme s'il n'avait rien entendu.

— Tenez-moi au courant si l'état de M. Zhang évolue, d'une façon ou d'une autre.

Peu après Jared le raccompagna et lui proposa – avec insistance – de passer la soirée avec eux. Hong-Wei refusa, il tenait à rentrer chez lui.

— Je suis crevé. J'ai besoin de quelques heures de sommeil avant de retrouver Simon. Il passera me chercher à dix-sept heures.

Bien évidemment, Jared dressa l'oreille.

— Pardon ? Pour aller où ?

Quand il apprit qu'il s'agissait d'une activité caritative organisée par l'église, il reprit son sermon sur la vitesse à laquelle les ragots se répandaient dans une petite ville. Par chance, ils arrivaient à sa résidence, aussi Hong-Wei lui échappa-t-il en quittant la voiture. Il bâillait quand il monta ses marches et entra chez lui. Il régla l'alarme de son téléphone, se jeta sur son canapé et s'endormit avec un air de Benjamin Britten en sourdine.

Quand Simon sonna à sa porte, Hong-Wei se sentait reposé. Il s'était réveillé à temps pour se préparer et avoir opté pour une tenue décontractée, mais pas trop, un juste milieu difficile à évaluer. S'il avait assisté avec sa famille à divers évènements organisés jadis par leur église de quartier, il en avait quasiment tout oublié. C'était durant ce que sa sœur appelait « leur phase Bible ». Hong-Wei avait suivi les siens à son corps défendant et fait son possible pour rester à l'écart. Il se souvenait vaguement du code vestimentaire : pantalon de ville et chemise classique.

L'air étant vif ce soir, il portait aussi un blazer, et pour séduire l'homme qu'il accompagnait, il s'était discrètement aspergé d'eau de toilette. Il espérait que tout irait bien.

En tout cas, il avait bien choisi sa tenue, décida-t-il en voyant le regard de Simon s'éclairer à sa vue. Le jeune infirmier l'examina de la tête aux pieds avec un sourire approbateur. Il se laissa même aller à caresser tendrement son bras.

— J'aimerais vraiment nous éviter cette corvée, chuchota Simon, mais c'est impossible. Ma mère me le reprocherait pendant les lustres et me culpabiliserait au téléphone.

— Bien sûr, aucun problème. En fait, j'espère rencontrer de nouvelles têtes ce soir. Jusqu'ici, je ne connais que le personnel ou les patients de Ste Anne.

— Oh, ça va vite changer ! Il n'y a pas grand-chose à faire à Copper Point, tu sais, sauf quand l'université organise un divertissement. Comme ce n'est pas le cas ce week-end, les gens pour se distraire auront le choix entre les deux films de notre petit cinéma local et la collecte de fonds. Tu vas rencontrer une bonne partie de la communauté.

Hong-Wei déposa un baiser sur la joue de Simon.

— D'accord, parfait. On y va ?

Simon le prit par les épaules et se pencha pour humer son cou. Il frémit et s'exclama :

— Que tu sens bon !

LE PARKING de l'église était bondé, tout comme la salle paroissiale – qu'on appelait la « salle de la convivialité ». C'était une grande pièce de réunion publique non loin de l'église. À l'intérieur, une foule dense se pressait devant un buffet garni d'un gros bol de punch et de plateaux de cookies. La mise aux enchères des lots proposés n'avait pas encore commencé. Les fonds aideraient la reconstruction d'un village indonésien dévasté par de récentes inondations.

Hong-Wei jeta un rapide coup d'œil alentour et constata qu'il était vêtu comme il convenait.

Il était plus affecté que prévu d'être à nouveau englué dans une communauté chrétienne, même après si longtemps, même pour un simple évènement caritatif. Il avait cru le passé enfoui assez profondément pour ne jamais refaire surface et il s'était trompé. À trente-deux ans, comme à douze ans, il transpirait à l'idée d'être publiquement dénoncé comme étant homosexuel.

Il fit de son mieux pour écarter ces craintes irrationnelles. Après tout, malgré la grande croix affichée sur le mur, il ne s'agissait pas d'une réunion religieuse, mais d'une levée de fonds … Et vu la foule, Hong-Wei pouvait oublier les symboles religieux, par chance, assez peu nombreux, et se concentrer sur les visages.

À sa grande surprise, plusieurs femmes portaient le hijab. La population de Copper Point serait-elle plus diversifiée qu'il le pensait ?

En approchant du groupe, il apprit que ces musulmanes ne séjournaient que deux semaines dans la région. Musiciennes faisant partie d'un orchestre itinérant, elles avaient été invitées par le responsable musical de Bayview Université, un Indien d'une trentaine d'années naturalisé américain.

Présent lui aussi, il s'adressa à Hong-Wei :

— Vous êtes sans doute ce fameux Dr Wu dont on parle tant ! Enchanté de vous rencontrer. Je suis Ram Rao.

Il affichait un sourire poli en serrant la main de Hong-Wei.

— Enchanté. Je vous en prie, appelez-moi Jack.

Les autres s'étaient éloignés. Hong-Wei les désigna de la tête et enchaîna :

— Vos invités comptent-ils donner un concert ? J'adorerais y assister.

Ram s'éclaircit la voix.

— Oui, demain après-midi. Je vous obtiendrai un billet.

Hong-Wei faillit en demander un second pour Simon, puis il se ravisa en se souvenant de l'avertissement Jared.

— J'aimerais inviter des amis médecins, me serait-il possible d'avoir trois autres billets ? Je les paierai, bien entendu.

Avec un peu de chance, Owen et Jared auraient d'autres projets et refuseraient de les accompagner, Simon et lui.

Les joues de Ram s'enflammèrent d'excitation.

— Il n'en est pas question ! Considérez ces billets comme un cadeau pour vous souhaiter la bienvenue. En outre, j'espère en tirer une certaine publicité. Je dirige l'orchestre de l'université, voyez-vous, et j'aimerais monter un quatuor communautaire. J'ai du mal à recruter, admit-il, tristement. Owen et Jared sont vos amis, n'est-ce pas ? Ils jouaient à l'école secondaire, Jared était violoncelliste, mais j'en ai déjà un, ainsi qu'un altiste et un premier violon. Il me manque un violoniste. Owen avait du talent, mais il refuse de s'y remettre. Je n'ai pas renoncé à le convaincre.

Ah ! Hong-Wei, qui savourait déjà sa victoire sur l'anesthésiste, cacha son sourire dans son gobelet jetable de mauvais café.

— J'ai une autre option à vous proposer, déclara-t-il. Moi. Je vous parie tout ce que vous voulez que je joue mieux que lui.

Des étoiles brillèrent dans les yeux de Ram.

— C'est une bague ? Je vous en prie, dites-moi que vous êtes sérieux.

— Je suis sérieux. Plus jeune, j'ai envisagé de faire carrière dans la musique, mes parents n'étant pas d'accord, j'ai opté pour la médecine... Ce sont des immigrés de première génération, vous savez ce que c'est.

Ram grimaça en levant les mains au ciel.

— Oh, oui ! Aujourd'hui encore, quand je dois assister à une réunion de famille, je mets vingt bonnes minutes avant de trouver le courage de sortir de ma voiture. Je sais ce qui m'attend ! Tous les miens me reprochent d'avoir renoncé à devenir avocat pour exercer dans une petite école au milieu de nulle part. Ils me veulent du bien, je le sais, mais quand même. Je me souviens qu'étant plus jeune, j'enviais amèrement la liberté d'un garçon de ma classe, un *quarterback* aux cheveux blonds que ses parents autorisaient à sortir et à boire.

Hong-Wei aurait volontiers passé plus de temps avec Ram pour apprendre à mieux le connaître. Il se contenta de lui donner son numéro de téléphone portable et l'encouragea à le contacter sous peu.

— Nous parlerons de votre quartet et de nos divers points communs.

Il quittait le musicien quand Simon l'aborda. Le jeune infirmier souriait, mais ses yeux étaient assombris. Il esquissa un geste – comme pour prendre Hong-Wei par le bras – et se reprit au dernier moment. D'un mouvement du menton, il désigna un couloir désert.

Hong-Wei le suivit. Sidéré, il constata que Simon l'entraînait dans l'église. Son cœur s'emballa douloureusement.

— Pourquoi ici ? croassa-t-il, d'une voix angoissée.

— Parce que c'est le seul endroit où il n'y a personne. Je veux te parler en privé.

— Mais nous sommes dans *l'église*.

Pour lui, « église » était synonyme d'« enfer », mais il espéra que Simon ne s'en rendrait pas compte. Il eut de la chance : son amant était trop distrait pour lui prêter attention. Après un coup d'œil alentour, il prit Hong-Wei par la main et l'entraîna vers le cœur du sanctuaire, laissant les portes se refermer derrière eux.

— Il n'y a personne, répéta Simon. Et aucun service n'est prévu avant demain. Nous ne serons pas dérangés. J'ai à te parler.

Hong-Wei avait du mal à respirer. Tout était sombre autour de lui, sauf l'autel illuminé de manière obsédante. Il détourna les yeux, mais alors il vit la grande croix devant laquelle Simon le faisait passer. Il baissa précipitamment la tête, effrayé d'attirer une malédiction s'il *osait* fixer ce fichu symbole. C'était un vrai cauchemar !

— Je ne suis pas à l'aise, avoua-t-il. Je préférais sortir d'ici.

Simon s'arrêta net et lui jeta un regard contrarié, puis il afficha un air surpris et cligna des yeux.

— Qu'est-ce que tu as ? Pourquoi transpires-tu autant ?

Effectivement, Hong-Wei était en nage ! Il s'essuya le front.

— Je ne supporte pas les églises.

Adouci, Simon acquiesça, sans lui lâcher la main.

— D'accord, sortons. Veux-tu ton manteau ?

— Non, merci.

Dans son état actuel, Hong-Wei avait bien besoin d'air frais.

Traversant le sanctuaire, Simon emprunta une allée qui menait à une porte latérale. Les deux hommes quittèrent l'église et se retrouvent sur un parvis en ciment cerné de buissons. Hong-Wei laissa échapper un soupir de soulagement.

Simon se tourna vers lui.

— Tu es tellement nerveux ! Je ne comprends pas… Au début, j'ai cru que c'était par respect, mais en fait, tu avais… peur.

Hong-Wei aurait préféré éviter cette conversation, mais désormais, c'était impossible. Le regard détourné vers le jardin paroissial envahi d'ombres, il chercha par où commencer son récit.

— Quand nous sommes arrivés à Houston, mes parents tenaient absolument à devenir de parfaits Américains. Pour mieux s'intégrer, ils se sont inscrits dans une église évangélique de notre quartier fréquentée par d'autres Asiatiques. Le choc culturel a été violent et cette expérience reste pour moi… une véritable horreur. Je venais de découvrir mon homosexualité. Je ne sais plus ce qui était pire à mes yeux, la doctrine d'une religion qui n'était pas la mienne ou les sermons homophobes. Je me souviens que les prêtres promettaient l'enfer éternel aux sodomites et aux incroyants. Comment des gens intelligents subissaient-ils volontairement un tel lavage de cerveau ? Pourquoi mes parents nous obligeaient-ils à y aller ? Je ne parvenais pas à comprendre. Par chance, mes grands-parents ont fini par se rebeller en affirmant que nous devions rester bouddhistes. Ça n'a pas duré longtemps, mais j'en ai gardé des cicatrices. Depuis lors, je redoute les églises chrétiennes. En général, je les évite. Ce soir, j'ai cru ne rien risquer avec une réunion caritative, mais quand tu m'as entraîné dans l'église, j'ai eu une crise d'angoisse.

— Oh.

Simon semblait sans voix. Consterné, Hong-Wei en regretta plus encore sa violente réaction.

— Je suis désolé, enchaîna Simon. J'ai du mal à imaginer ce que tu as subi.

Oui, Hong-Wei le croyait sans peine… et d'une certaine façon, c'était aussi bien. Il ne tenait pas à ce Simon soit au courant. Lui-même aurait préféré ignorer ce sinistre passé, l'oublier, ne plus jamais en parler.

Il préféra changer de sujet :

— Tu voulais me parler. De quoi s'agit-il ?

Malheureusement, Simon ne se laissa pas distraire.

— Tu n'as pas à t'inquiéter, notre église n'est pas aussi sectaire.

Hong-Wei faillit ne pas relever, puis il se ravisa. Jared avait raison : Copper Point était une toute petite ville et ce genre d'évènements ne pouvait lui causer que des problèmes. S'il voulait être avec Simon, mieux valait les choses au point dès le début.

— Je sais que les églises ne sont pas toutes les mêmes. Mais peu m'importe, je ne compte pas approfondir ces différences. J'ai vécu des années épouvantables qui m'ont laissé des cauchemars. Alors, je préfère me préserver. Pardonne-moi si je te déçois.

Simon eut une réaction surprenante : il se contenta d'acquiescer, l'air pensif.

— Je suis désolé, répéta-t-il. Étant enfant, je me suis fait sacrément emmerder, mais apparemment, tu as connu nettement pire. J'en ai de la peine pour toi… et je suis en colère, parce que je n'aime pas ce sentiment d'impuissance. Je… Excuse-moi, je suis ridicule.

— Tout ça est bien loin.

— Je sais…

Avec un soupir, Simon enfonça les mains dans les poches de son pantalon et détourna les yeux.

— Si j'ai voulu te parler en tête à tête, reprit-il, c'est parce que j'étais jaloux de Ram. C'est idiot, hein ?

Sidéré, Hong-Wei n'en croyait pas ses oreilles.

— De Ram ? Mais pourquoi ? Nous discutions musique, c'est tout, il a invité un orchestre itinérant et il veut monter un quatuor communautaire.

Si Simon avait les joues écarlates, ce n'était pas seulement dû au froid.

— Oui, mais il est gay et plutôt mignon. En plus, c'est mon ex. alors, quand je t'ai vu lui donner ta carte et ton numéro de téléphone, je…

Hong-Wei éclata de rire, la chaleur rayonnant en lui malgré l'air vif.

— Non, sans blague ! C'est notre première sortie ensemble et tu me soupçonnes déjà d'infidélité ?

— Non, j'ai confiance *en toi*, mais Ram…

— … ne m'intéresse nullement *sur ce plan-là*.

Simon le fixa longuement avant de parler.

— J'ai promis à ma mère de rester au moins une heure, tu ne peux pas savoir à quel point je le regrette ! Je voudrais tellement être seul avec toi.

Hong-Wei fut tenté de lui embrasser les doigts.

— Dis-moi, tu étais censé servir le punch, non ? Alors, que fais-tu dehors au lieu d'être à ton poste ?

— J'ai soudoyé ma sœur pour qu'elle me remplace un moment. Il va quand même falloir que j'y retourne, parce qu'elle a laissé ses enfants pour s'occuper des rafraîchissements. Si je lanterne trop, elle va m'arracher les yeux.

— Ce serait dommage ! plaisanta Hong-Wei. Rentre vite !

Simon le retint par la main.

— Tu es sûr que ça va ? Si tu préfères t'en aller, je ne t'en voudrai pas.

— Non, ça va, promis.

Il jeta un coup d'œil à la porte et enchaîna :

— Tu ne crois pas que nous devrions rentrer séparément ? Je ne veux pas subir un autre sermon de Jared ou d'Owen.

— Non, ce n'est pas nécessaire. Si on nous voit, nous prétendrons avoir discuté de l'état de M. Zhang.

Surpris de cette assurance inattendue, Hong-Wei ne protesta pas davantage, heureux que Simon accepte enfin leur relation. Ainsi, lui aussi ne voyait pas d'obstacle insurmontable ? C'était bon à savoir. Et très encourageant.

Alors qu'ils reprenaient le couloir, ils tombèrent sur une jolie blonde d'une cinquantaine d'années qui, les bras croisés, semblait les attendre. En voyant Simon, elle pinça les lèvres et arqua un sourcil.

Simon pâlit et se tourna vers Hong-Wei.

— Dr Wu, j'aimerais vous présenter à ma mère, Madeline Lane.

X

SIMON CHERCHA à se convaincre qu'il n'avait aucune raison de paniquer. Si sa mère était en colère contre lui, c'était juste parce qu'il avait quitté son poste en laissant sa sœur le remplacer.

Malheureusement, il en doutait. D'après son expression, sa mère avait réussi l'impossible et deviné la vérité rien qu'en les voyant ensemble.

Hong-Wei avait-il lui aussi senti le danger ? se demanda Simon. En tout cas, il avait réagi au quart de tour et affichait son sourire le plus commercial. Il se pencha sur la main de Mme Lane en disant :

— Excusez-moi d'avoir arraché votre fils à son stand, madame. Comme vous le savez, il est mon assistant à Ste Anne et j'avais à faire le point avec lui concernant un patient.

Les joues enflammées, Maddy lui arracha sa main.

— Simon s'est absenté un moment, ce n'est pas grave, mais maintenant, il faut qu'il reprenne son poste. Ma fille doit ramener ses enfants à la maison. L'un d'eux est un peu fiévreux.

Simon en éprouva une terrible culpabilité.

— Oh, non ! Naomi veut-elle un coup de main ?

L'air préoccupé, Hong-Wei intervint à son tour :

— Je suis médecin, puis-je vous aider ?

Maddy secoua la tête.

— Non, merci, ça va aller. Naomi va ramener les enfants et appeler le Dr Kumpel pour Ollie. En principe, il s'agit juste d'un rhume et le meilleur remède, c'est de rester au chaud.

D'instinct, Simon posa une main sur le bras de Hong-Wei, puis il réalisa la portée de son geste et recula.

— À plus tard ! lança-t-il avant de tourner les talons.

Abandonnant sa mère et Hong-Wei dans le couloir, il retourna au pas de course dans la Salle de la Convivialité, prêt à s'excuser platement devant Naomi. Il espérait que sa mère, en son absence, n'allait pas soumettre Hong-Wei à l'inquisition.

Il s'avéra que Naomi était déjà rentrée et qu'un ami à elle tenait le stand des boissons en attendant le retour de Simon. Après s'être excusé d'une absence qui s'était indûment prolongée, Simon reprit son poste et servit du punch à ceux qui se présentaient. L'esprit ailleurs, il restait obsédé par les confidences de Hong-Wei concernant son ancienne église. Il s'inquiétait aussi de ce que sa mère avait surpris.

Elle ne pouvait quand même pas *tout* savoir, pas vrai ? Pas après les avoir vus ensemble à peine deux secondes, dans un couloir mal éclairé. Après tout, ils *travaillaient* ensemble depuis des mois. Et Hong-Wei, en bon médecin, savait mentir un gardant un visage impassible.

Ensuite, Simon revint à cette incroyable histoire d'église texane. Hong-Wei n'avait exhibé que le sommet de l'iceberg et ça suffisait pour que Simon en ait des bleus au cœur. Devait-il creuser le sujet ou au contraire l'oublier ? Il ne parvenait pas à se décider. Imaginer un homme d'Église promettre la damnation à un enfant lui paraissait abominable. Pourtant, Hong-Wei en parlait avec calme, comme si c'était normal.

Avait-il connu d'autres atrocités qui diminuaient l'impact de celle-ci ?

Il a de nombreux secrets, avait dit Jared.

— Simon ?

Arraché à ses pensées, il sursauta et vit que Rebecca et Kathryn réclamaient du punch. Il les servit avec une grimace penaude.

— Oh, désolé. J'étais distrait. Vous avez pris votre soirée, Kathryn ?

— Je suis libre jusqu'à ce qu'on m'appelle, répondit-elle.

Elle sirota son punch, puis nota le regard fulgurant de Rebecca et fit la moue.

— Ne me regarde pas comme ça !

Le regard étonné de Simon passait de l'une à l'autre.

— Pourquoi ? Que se passe-t-il ?

Rebecca secoua la tête avec un sourire pincé.

— J'aimerais qu'elle demande à Jack de la remplacer un week-end. Juste un !

D'un geste agacé, Kathryn posa son verre vide sur le comptoir.

— Et comme je n'arrête pas de te le dire, ce n'est pas si simple. Il est *chirurgien*. Pour qu'il me remplace en gynéco-ob, il faudrait revoir tout notre service d'astreinte. À moins qu'il fasse les deux à la fois…

Tout en servant quelqu'un d'autre, Simon précisa :

— Hong… euh, le Dr Wu accepterait certainement. Il a l'habitude de gérer les urgences.

— Ah, tu vois ! s'exclama Rebecca, le doigt pointé sur son épouse.

Kathryn soupira.

— Je sais, mais je préfère ne pas le lui demander tout de suite. Après cette histoire avec M. Zhang, le conseil…

Elle jeta un coup d'œil autour d'elle et baissa la voix :

— Je ne veux pas qu'on m'entende !

Simon se pencha en avant.

— Le conseil quoi ?

Kathryn continua d'une voix à peine audible :

— D'après ce que j'ai entendu dire, le conseil est tout excité de savoir que Jack est intensiviste. Bien entendu, ces vieux grigous prévoient d'en tirer profit. Combien d'heures Jack va-t-il devoir faire ? Dois-je vraiment lui en coller davantage ?

Rebecca vida son verre en grommelant. Quant à Simon, il fronça les sourcils. Il n'était pas au courant des intentions du conseil, Hong-Wei non plus, sans doute. Il n'allait pas apprécier !

Tout le reste de la soirée, il réfléchit au meilleur moyen de présenter la situation à Hong-Wei. Il y pensait toujours quand sa mère s'approcha du buffet.

— Simon, chéri, c'est presque fini. Viens m'aider à charger ma voiture, s'il te plaît.

— Oui, maman.

Du regard, il chercha Hong-Wei et le trouva de l'autre côté de la salle. Il gesticula pour mimer « j'en ai pour deux minutes » avant de suivre sa mère dans la cuisine. Elle lui empila des cartons dans les bras.

— Alors ? demanda Simon. Tu es contente de ce que vous avez récolté ?

— Oui, ça s'est bien passé.

D'accord, elle semblait un peu sèche.

— Tant mieux.

Simon fit contre mauvaise fortune bon cœur, se força à sourire et suivit sa mère jusqu'à sa voiture.

— Il y a eu beaucoup de monde, continua-t-il. Je suis certain que le comité…

— Simon, coupa-t-elle, j'ai à te parler. Monte avec moi.

Simon s'arrêta net et regarda sa mère s'installer derrière le volant. Après avoir déposé ses cartons dans le coffre, il s'assit à côté d'elle sur le siège passager. Après avoir claqué sa portière, il pivota pour faire face à sa mère, mais elle ne lui laissa pas le temps d'ouvrir la bouche :

— Si tu comptes continuer à filer le parfait amour avec ton chirurgien, il va te falloir faire beaucoup plus attention.

Simon se tut, tétanisé. Il ne pouvait plus respirer.

Quant à sa mère, elle continua, les yeux sur le tableau de bord :

— Tu penses peut-être avoir déjà pris toutes les précautions nécessaires, chéri, mais ton visage est un livre ouvert. Tu ne sais pas mentir, tu n'as jamais su. Le Dr Wu passe beaucoup de temps avec Owen, Jared et toi et comme vous êtes tous les trois officiellement gays, lui aussi en a déjà l'étiquette. Tu sais comme moi la vitesse à laquelle une rumeur se propage à Copper Point. C'est ridicule, je sais, mais là n'est pas la question ! Au départ, j'ai cru à une simple amourette de ta part, mais ce soir, j'ai vu ton visage pendant qu'il s'entretenait avec Ram et j'ai compris que vous étiez bien plus engagés que je le pensais. J'ignore qui d'autre a surpris ta réaction ce soir, mais si tu tiens à ton travail à Ste Anne, tu devrais faire plus attention.

Simon s'affaissa dans son siège.

— Mais j'ai fait attention ! Du moins, je le croyais.

— Eh bien, ça ne suffit pas.

— Pourquoi interdire aux employés de se fréquenter, hein ? Cette règle est tellement idiote !

Avec un soupir, sa mère renversa la tête en arrière et se frotta les joues.

— Ta grand-mère au paradis doit rire à s'en tenir les côtes !

— Ah, bon, pourquoi ?

— Ce règlement est un peu strict, je te l'accorde, mais sortir avec un supérieur n'est jamais conseillé et c'est valable partout, dans un hôpital, un cabinet, une entreprise ou ailleurs. D'ailleurs, mélanger le sexe et le boulot conduit souvent au désastre.

— Nous n'avons aucun problème, affirma Simon.

Était-ce vrai ? Hong-Wei et lui étaient amants depuis moins de vingt-quatre heures et leur première sortie ensemble n'avait pas été sans nuages. Simon repoussa cette idée dérangeante et enchaîna :

— Tu ne m'as pas expliqué ta réflexion concernant grand-mère.

Sa mère se retourna pour lui faire face, son visage grave annonçant une conversation délicate.

— Parce que ce que je te dis ce soir, elle me l'a dit aussi presque mot pour mot en parlant de ma liaison avec ton père... Il était marié à l'époque, à une autre.

Simon crut que ses yeux allaient quitter leur orbite.

— Tu... elle... il... quoi ?

— Quand j'ai connu ton père, il était en instance de divorce, mais techniquement, il était encore marié. Le divorce était litigieux en partie à cause des enfants en partie à cause du cabinet comptable familial. À l'époque, j'étais la secrétaire de ton père. Le vieux M. Lane était furieux de voir que son fils ne faisait aucun effort pour sauver l'intégrité de sa famille. Maman m'a conseillé de démissionner et de venir travailler à la fabrique de meubles Petersen, parce que tôt ou tard, notre liaison serait découverte. Ton père et moi avons fini par quitter tous deux le cabinet et nous avons attendu que le divorce soit prononcé pour nous afficher ensemble. Il y a eu des soupçons, mais les rumeurs sont restées discrètes parce que nous avions joué le jeu des convenances.

Simon resta estomaqué.

— Je n'étais pas au courant. Et Naomi, le sait-elle ? Et Rob ? Lia ?

Il se creusa la cervelle pour vérifier si ses frères et sœurs avaient un jour fait une allusion qu'il aurait pu manquer, par distraction ou naïveté, mais sans rien trouver.

Sa mère lui tapota la cuisse.

— Non, c'était un secret que seuls ton père et ta grand-mère partageaient, et comme maman nous a quittés, il n'y a plus que ton père, toi et moi qui connaissons cette histoire. Et aussi ceux qui nous ont soupçonnés. J'avais appris à cacher mes sentiments en public, tu sais. Maintenant, je vais t'apprendre à faire pareil.

QUAND SIMON quitta la voiture de sa mère et revint sur ses pas, tout le monde était parti. Il trouva Hong-Wei qui l'attendait avec Jared et Owen près de la voiture du pédiatre, plongés tous les trois dans une conversation animée concernant la livraison prochaine de la nouvelle voiture du chirurgien. En voyant Simon approcher, ils lui firent de grands signes. Simon y répondit, encore hébété. Inquiet que son visage risque de révéler la vérité, il n'osait plus lever les yeux sur Hong-Wei.

Jared désigna Hong-Wei du doigt.

— Nous allons tous à la maison. Cette fois, Jack, tu n'échapperas pas à la conversation que je t'ai promise.

— Tu ne me fais pas peur, Jared.

Hong-Wei s'approcha de Simon, sans le toucher, mais assez près pour que sa chaleur corporelle soit sensible.

— Partez les premiers ! reprit-il. Simon et moi vous rattraperons.

Owen se tourna vers Simon et fronça les sourcils.

— Tu tires une drôle de tête. Ça va ?

Ton visage est un livre ouvert. Sa mère avait raison, pensa Simon. Il fit de son mieux pour afficher un sourire.

— Oui, ça va, juste un peu de fatigue. La soirée a été longue.

Owen lui adressa un clin d'œil, puis ouvrit la portière de la voiture de Jared.

— T'inquiète, Jared et moi veillerons à ce que tu te couches tôt ce soir.

Quand ses deux amis s'en allèrent, Simon faillit paniquer. Tout le monde était parti, il était seul avec Hong-Wei. Il ne restait que sa voiture sur le parking, un peu à l'écart.

Quand une main douce lui effleura le coude, Simon sursauta et se mit en marche en faisant crisser le gravier du parking, comme un robot. Hong-Wei marchait à ses côtés.

— Simon ? demanda Hong-Wei d'une voix calme, mais grave et impérieuse. Que s'est-il passé ? Parle-moi.

— S'il te plaît, montons d'abord dans la voiture.

Tout en parlant, il tendait déjà la main vers la portière conducteur. Hong-Wei lui bloqua l'avant-bras.

— Donne-moi tes clés. Je vais conduire. Tu trembles comme une feuille.

Simon les lui remit sans un mot. Il continua à garder le silence une fois assis sur son siège, sa portière claquée sur lui. Hong-Wei ne le pressa pas. Il démarra.

Au lieu d'aller chez Simon, il s'éloigna dans l'autre direction, vers Arastra Park. Il se gara sous un arbre et attendit. Le téléphone de Simon, posé dans le porte-gobelet, se mit à sonner. Le nom d'Owen apparut sur l'écran.

Machinalement, Simon esquissa le geste de répondre.

— Non, coupa Hong-Wei, laisse. Owen et Jared sont de bons amis, ils tiennent beaucoup à toi, mais en ce moment, ils sont plus gênants qu'autre chose. Ils savent que nous sommes ensemble et comme moi, ils ont vu à ta tête quand tu nous as rejoints. Quelque chose ne va pas, nous en sommes tous conscients. C'est à toi de décider, Simon. Si tu as envie de parler à Owen, vas-y. Mais si tu préfères que je le tienne à distance, ainsi que Jared, dis-le-moi. Je le ferai. Je te protégerai envers et contre tout.

Ce fut son calme qui brisa enfin les défenses de Simon.

Jusqu'à ce jour, il avait été fasciné par le charisme du chirurgien, attiré par la beauté de l'homme, émerveillé par ce qui se passait entre eux, tenté par cette aventure à laquelle il avait à peine osé rêver. Il admirait autant le médecin pour son talent à sauver des vies que l'expatrié qui avait surmonté tant d'obstacles pour devenir celui qu'il était aujourd'hui. Et voilà qu'il recevait de cet être exceptionnel la promesse de le protéger quoiqu'il arrive, tout en le laissant libre de ses choix.

D'ailleurs, le simple fait que Hong-Wei ait tenu à conduire parce qu'il avait remarqué l'agitation de Simon en disant long sur lui.

Tout d'un coup, Simon reconnut qu'il était amoureux, follement et désespérément amoureux.

Secoué par cette découverte – qui n'en était pas vraiment une –, il s'exprima d'une voix tremblante :

— Je viens d'avoir un entretien avec ma mère. En nous voyant ensemble ce soir, elle a instantanément deviné que nous étions amants. Elle m'a donc conseillé de faire plus attention et m'a donné d'éminents conseils pour garder le secret sans éveiller les soupçons. Et elle m'a aussi révélé avoir de l'expérience dans ce domaine, parce qu'elle a eu une liaison avec papa alors qu'il était encore marié à une autre ! Au fait, personne n'est au courant, alors garde ça pour toi, s'il te plaît.

Simon tenta de rire, mais n'émit qu'un aboiement rauque et amer. Il avait le ventre noué.

Hong-Wei lui prit la main et entrelaça leurs doigts. Reconnaissant de cette chaleur bienvenue, Simon s'accrocha fort à lui.

— Pourquoi es-tu aussi bouleversé ? demanda Hong-Wei. Est-ce à cause de cette ancienne liaison ?

— Non. Ça a été un choc, je le reconnais, mais c'est le passé. Je ne saurais pas définir ce que j'éprouve… de la peur, de la colère ? Les deux sans doute. En plus, j'ai honte.

— De quoi ?

— D'avoir failli révéler notre secret dès notre première sortie ensemble… et tout ça parce que j'ai été bêtement jaloux que tu parles à Ram !

— Tu es *possessif*, mais je ne t'en veux pas du tout, Simon. Au contraire, ça me fait plaisir. C'est la première fois qu'on réagit comme ça à mon égard. C'était… intense. J'aime que tu me revendiques. Je croyais être de nous deux le seul à éprouver de la jalousie.

Sa remarque interrompit la spirale dans laquelle Simon se sentait entraîné.

— Quoi ? Il t'est arrivé d'être jaloux ? Mais de qui ? Je ne vois personne !

Avec un grognement, Hong-Wei déposa un baiser sur sa main et, pour éviter de répondre, lança une autre question :

— Tu parlais de colère ? Contre qui ou quoi ? En voudrais-tu à tes parents ?

— Non, bien sûr que non, mais je ne supporte plus ce Foutu Édit de Ste Anne ! Malheureusement, c'est comme ça, je ne peux rien y faire et ça me terrorise.

Il détourna la tête vers sa vitre et continua :

— Pendant que ma mère parlait, j'ai soudain réalisé que cacher une liaison à Copper Point ne sera pas si simple, ce sera un effort de tous les jours, de toutes les minutes. Il faudra mentir constamment et je suis nul dans ce domaine. Je vais devoir prétendre ne rien ressentir pour toi, alors que c'est faux. Si des hommes ou des femmes se jettent à ton cou, je vais faire semblant de m'en ficher.

— Crois-tu vraiment que je laisserais quelqu'un d'autre que toi se jeter à mon cou ?

— Là n'est pas la question.

— Je sais.

Du pouce, Hong-Wei lui caressa la main.

Simon soupira de plaisir.

— Tu vois, reprit-il, être là avec toi, libre de te tenir la main, ça me fait mesurer la chance que nous avons de vivre à notre époque. Il n'y a pas si longtemps, les gays devaient se cacher pour se rencontrer et à mon avis, beaucoup le font encore. Voilà pourquoi j'ai honte, parce que ce règlement est contre nature, alors…

Il s'interrompit et ferma les yeux.

Hong-Wei le secoua gentiment par le poignet.

— Continue. Je veux connaître le fond de ta pensée.

Simon hésita. *Hong-Wei n'allait-il pas le trouver trop exigeant ?* Il se sentait si fatigué, si perdu. En voyant Hong-Wei attendre sa réponse avec patience, il céda et se lança, acceptant son destin. Mais sa terreur persistante le fit bégayer :

— Avec ce secret contraignant, je crains que notre relation ne puisse pas se développer. Bien sûr, pour toi, c'est différent, je sais, alors…

Hong-Wei l'interrompit d'un tendre baiser sur les lèvres. Et ce fut contre sa bouche qu'il chuchota :

— Notre relation commence à peine. Je regrette moi aussi ce secret qui pourrait affecter l'évolution de notre histoire. Est-ce ce que tu pensais ?

Une larme coulant sur sa joue, Simon se dépêcha de l'essuyer.

— Arrête ! Plus tu es parfait, plus je t'apprécie et plus j'ai envie d'être avec toi. Réfléchir aux précautions à prendre n'est déjà pas évident pour moi, alors évite de me compliquer les choses !

Hong-Wei lui repoussa les cheveux derrière ses oreilles.

— Eh oui ! La vie n'est jamais simple ! Et vu que ta présence me trouble les idées, c'est la moindre des choses que je te fasse le même effet !

Avec un soupir, Simon appuya son front contre celui de Hong-Wei. Cette fois-ci, il ne chercha plus à contrôler ses larmes.

— Je ne veux pas perdre mon travail !

— Tu ne le perdras pas, je ne le permettrai pas.

— Mais tu n'es pas DRH ! Ça ne dépendra pas de toi !

Hong-Wei prit son visage en coupe et chercha ses yeux. De ses pouces, il essuya les larmes qui maculaient ses joues.

— Je veillerai sur toi, Simon. Je te le jure. Je suis prêt à tout pour te protéger. Fais-moi confiance. Tout à l'heure, tu m'as demandé pourquoi j'étais jaloux. Eh bien, chaque fois que tu souris à Owen et à Jared, j'ai envie de les étriper, même si je sais parfaitement que tu les vois seulement comme de très bons amis.

Simon pleurait toujours, sans trop savoir si c'était de chagrin, de peur, de bonheur ou de soulagement. En tout cas, il continua à embrasser éperdument son amant sans se soucier que son téléphone ne cesse de bourdonner.

Quand Hong-Wei et Simon arrivèrent enfin dans la maison que partageaient les trois amis, ils y trouvèrent Owen et Jared qui arpentaient le salon, enragés et prêts à sauter sur le chirurgien. Au premier regard des deux médecins à Simon, qui avait encore les yeux rouges, mais pleins d'étoiles, ils se détendirent et reprirent leur rôle de mères poules attentionnées.

Les quatre hommes passèrent une heure à discuter stratégie.

Hong-Wei, qui avait initialement prévu de faire l'amour à Simon, comprit vite que son jeune amant était trop épuisé ce soir, émotionnellement parlant, aussi se contenta-t-il de le border dans son lit avec quelques baisers.

Une fois Simon endormi, Hong-Wei sut qu'il ne parviendrait pas à trouver le sommeil. Il espéra qu'un verre d'eau fraîche l'aiderait à se calmer et redescendit dans la cuisine.

Owen s'y trouvait, une bouteille d'excellente vodka à la main. Hong-Wei s'arrêta net dans l'entrebâillement de la porte.

Owen leva les yeux et esquissa un sourire ironique.

— Ne t'inquiète pas, je ne fais que la regarder. Je sais comme toi que je suis d'astreinte. J'aimerais vraiment qu'il y ait un autre anesthésiste disponible, ce qui me permettrait de temps à autre de me saouler ! Il m'est même arrivé d'envisager de contacter Ironwood pour demander un remplaçant. En désespoir de cause, je me contente d'admirer cette belle étiquette. Ça te dit de le faire avec moi ? proposa Owen en levant la bouteille.

Hong-Wei n'était pas certain d'en avoir envie, mais quelle autre option avait-il ce soir que s'asseoir dans la cuisine et écouter ce qu'Owen avait à lui dire ?

Owen posa sa vodka et sortit du frigo une bouteille d'eau minérale.

— C'est ce que tu voulais, je présume ? Simon préfère le thé.

— Oui, merci. De l'eau, c'est parfait.

Owen leur servit chacun un verre et reprit place à côté de Hong-Wei.

— Il y a quelques années, remarqua-t-il, le syndicat aurait attaqué ce Foutu Édit auquel Erin tient tant, mais les syndicats n'ont plus aucun pouvoir depuis les scandales politiques qui ont récemment secoué notre État.

Ne sachant que répondre, Hong-Wei sirota son eau. Puis il se figea, car Owen venait de repousser son verre et vibrait d'une colère si intense et contrôlée qu'elle en était potentiellement dangereuse.

— J'ai l'impression d'avoir à nouveau quatorze ans ! rugit l'anesthésiste. Sauf que cette fois, je ne sais pas contre qui me battre. Ce ne sont plus des sales gosses que j'ai en face de moi, mais ce connard d'Erin et ses putains d'idées toutes faites récoltées dans ces prétendues grandes écoles ! Chaque fois que je vois sa gueule enfarinée, j'ai envie de le boxer !

Pour la première fois, Hong-Wei comprit qu'Owen ne parlait pas par métaphore : il était bel et bien tenté d'utiliser ses poings pour régler ses différends. Sans doute l'avait-il souvent fait. Dans ce cas, son rôle à lui, Hong-Wei, était de le calmer, même si le problème venait de lui et de sa relation avec Simon, pas d'Owen.

— Si Erin Andreas applique le règlement, je doute fort qu'il en soit l'auteur. Un DRH n'a pas un tel pouvoir. Il est possible qu'il en ait eu l'idée, mais pour qu'une nouvelle règle soit applicable, il faut qu'elle soit validée par le directeur et le conseil d'administration. Et connaissant Beckert, c'est surtout le conseil qui régit l'hôpital.

La fureur d'Owen se calma un peu. Pensif, l'anesthésiste convint :

— Tu as raison. Depuis que Nick et Erin ont pris leurs fonctions, ils cherchent à prétendre qu'ils gèrent tout, mais ils ne sont que des marionnettes dont le conseil tire les ficelles. Jamais ces vieux schnoques n'auraient renoncé à leurs prérogatives en faveur de deux petits nouveaux ! D'autant que l'un d'entre eux est Afro-américain et l'autre le fils du président. Certes, ils agissent comme si la gestion de l'hôpital reposait sur leurs épaules, mais c'est juste pour épater la galerie.

Sur ce, Owen renversa la tête en arrière et regarda le plafond. Hong-Wei tapotait son verre. Après un long silence de réflexion, il reprit :

— Et si nous creusions un peu, histoire de voir ce qu'il en sort ?

— C'est exactement ce que je pensais. J'interrogerai Erin dès lundi.

Bon Dieu !

— Euh, non, c'est moi qui lui parlerai. Toi, tu ne ferais que l'exaspérer. De toute façon, lui et Beckert vont vouloir revenir sur ce qui s'est passé l'autre nuit.

Owen se leva et alla chercher dans un placard un sachet de chips. Quand il se rassit, son tee-shirt serré se tendit sur ses muscles puissants.

— Ils adoreraient avoir un intensiviste à Ste Anne, tu en es conscient, j'espère ?

Oh, oui, Hong-Wei y pensait depuis qu'il avait dû révéler son secret. D'un autre côté, peut-être pourrait-il tirer avantage de l'intérêt du conseil ?

Il se servit machinalement de chips quand Owen lui tendit le sachet.

— Je doute fort qu'un si petit hôpital ait besoin d'un intensiviste. Et même si c'était le cas, je ne veux plus exercer à plein temps. C'est bien pourquoi j'ai quitté Baylor, la pression devenait… insupportable !

— D'après tes dires, tu étais si doué que Dieu lui-même voulait t'engager.

— C'est vrai, mais c'était justement le problème. Tout ce qui m'intéressait, c'était de traiter mes patients, mais tu as vu la réaction des autres médecins la nuit dernière ? Ils ne supportent pas que je remette en question leurs diagnostics. J'en ai assez de perdre mon temps à convaincre des dinosaures, j'en ai assez de cette compétition débile, je…

Avec un ricanement, Owen l'aspergea d'une poignée de chips.

— Pure connerie ! Tu es encore plus compétitif que moi !

— Peut-être, mais seulement entre nous. Quand je suis avec un patient, je me concentre sur lui, sur sa vie à sauver… Il ne s'agit plus de compétition et je refuse de ménager les susceptibles et les jaloux. À cause de ces cons, j'ai failli perdre une fillette de onze ! Ma sœur m'a mis sous Xanax et, sans que Baylor soit au courant, elle m'a pris un rendez-vous avec un psychiatre. Mais je restais obsédé par la terreur que ça se reproduise.

— C'est lamentable, je te l'accorde. Ça n'aurait pas dû arriver.

À ces mots, Hong-Wei se sentit un peu mieux. Il se détendit et continua :

— Dans ce contexte, je ne me sentais plus capable d'être le médecin dont mes patients avaient besoin. L'admettre m'a été très difficile, j'ai détesté devoir laisser tomber ma famille, repousser ceux qui me conseillaient de me battre et de gagner, tourner le dos à mes patients, mais c'était plus fort que moi.

Surpris, Owen fronça les sourcils.

— Attends. Tu dis que tu as laissé tomber ta famille ? Comment ça ?

— Mes parents ont beaucoup sacrifié pour mes études, l'université, la faculté de médecine, mais même avant, ma sœur et moi avons fréquenté des écoles privées et eu des tuteurs à la maison pour rattraper notre niveau, en anglais surtout. Mes parents tenaient à ce que mes scores SAT [7] soient les meilleurs qui soient. Avant de venir à Copper Point, je vivais avec ma sœur et même si je lui versais une partie du loyer, elle payait l'essentiel de nos dépenses et cuisinait pour moi tous les jours. Pour ma famille, mon départ représente un échec, souffla-t-il, honteux, en fermant les yeux. Et le pire, c'est qu'aucun d'eux n'a jamais exprimé ce qu'il pensait de moi.

— Hein ? Je ne comprends pas. Pourquoi serait-ce le *pire* ?

Tout en sachant qu'Owen ne pouvait comprendre les méandres de l'âme asiatique, Hong-Wei ne put s'empêcher de répondre :

— Parce que j'ai *aussi* la sensation d'avoir démérité après tous leurs sacrifices. Et j'aimerais que mes parents et ma sœur me hurlent tous dessus au lieu de me dire de suivre mon propre chemin. Ce silence me tue ! Plus personne ne me demande plus quand je compte me marier !

Interloqué, Owen secoua la tête.

— Et alors ? Qu'est-ce que ça à voir ?

7 Initialement « *Scholastic Aptitude Test* », examen standardisé national pour l'admission aux universités des États-Unis.

— Les familles asiatiques sont assez particulières. Un Américain pure souche est à des années-lumière.

Owen acquiesça et pianota pensivement sur la table basse.

— Je vois. Peu importe, continue à parler, j'ai l'impression que tu en as besoin. Et si tu veux mon avis, tu devrais quand même essayer de discuter avec tes parents.

Owen avait raison, pensa Hong-Wei. Il était temps qu'il se délivre de son fardeau. Il renversa la tête en arrière et regarda le plafond.

— Par où commencer ? J'aime ma famille, en particulier Sara, ma sœur. Elle m'appelle régulièrement. C'est elle qui m'a conseillé de suivre mon propre chemin et de chercher ce qui me rendait heureux. Après réflexion, j'ai décidé que ce qui comptait le plus pour moi, c'était de traiter mes patients, j'ai donc postulé dans un petit hôpital aussi loin de Houston que possible. Je voulais un travail complètement différent, un endroit où je n'aurais plus à être intensiviste. Et je suis arrivé à Copper Point.

Il serra la main sur son verre, saisi d'une vague de froid.

— Je n'avais pas l'intention de parler autant, reconnut-il. Désolé de t'imposer tout ça.

— Idiot, ne dis pas ça ! C'est moi qui t'ai demandé de vider ton sac. Je peux être très persuasif, tu sais. En plus, je t'ai fait boire !

En riant, Owen remplit le verre de Hong-Wei d'eau minérale. Puis il reprit :

— Bon, personne à Ste Anne n'est de taille à se mesurer à toi. J'ai beau aboyer, je sais reconnaître la vérité. La nuit dernière, en te regardant, je me sentais comme un jeune interne devant un professeur renommé. Or, étant plus jeune que moi, tu as moins d'expérience ! Personnellement, je n'aurais pas su quoi faire. Toi, tu avais une trouille bleue de perdre ton patient – ça, je l'ai quand même deviné ! –, mais tu étais comme un chef d'orchestre et ta symphonie n'a pas eu une seule fausse note. Tu as mouché la vieille garde et les membres du conseil tout en sauvant la vie d'un patient en arrêt cardiaque.

— Et Simon venait de m'envoyer balader.

Sidéré d'entendre ces mots émaner de sa bouche, Hong-Wei regarda la bouteille d'eau minérale d'un œil soupçonneux.

— Ce n'est pas de la vodka, quand même ? demanda-t-il.

Le sac de chips serré sur sa poitrine, Owen se renversa dans son fauteuil.

— Non, juste une eau gazeuse que je commande en gros sur Amazon. Écoute, ton problème avec ta famille, c'est important, je ne vais pas dire le contraire, mais maintenant que tu es à Ste Anne, tu peux grandement améliorer la vie des gens du coin. C'est à toi de voir si ça te suffit ou pas.

C'était plus ou moins ce que Jared avait dit.

— Je doute que ce soit aussi simple.

— Bien sûr que non ! Tu dois découvrir quel genre de toubib tu veux être, mais si tu veux mon avis, tu es bien parti pour y parvenir. Et tu n'auras aucun problème avec l'hôpital. Oh, d'accord, l'ancienne garde protestera de temps à autre contre le changement – comme la nuit passée –, mais ces vieux croutons ne feront pas le poids, tout le monde tient trop à te garder. L'autre soir, nous avons tous compris que tu n'avais pas le matériel auquel tu es habitué. Tu as pas mal de monde dans ton camp et l'administration dans ta poche. Erin, Nick, le conseil… ils sont prêts à t'accorder tout ce que tu leur demanderas, si c'est dans leurs moyens, bien entendu. Tout Copper Point parlait de toi et ce soir tu assistes à un évènement caritatif ? Tout le *comté* va parler de toi ! Le bruit se répand qu'en cas d'urgence, on peut se faire soigner à Ste Anne et c'est bien la première fois que les gens du coin se sentent aussi rassurés, je te le garantis. Le conseil espère d'importantes rentrées d'argent, alors réfléchis à ce que tu peux leur réclamer en contrepartie.

La réponse était facile.

— Simon.

Owen le regarda en mâchonnant ses chips.

— Et si ça ne marche pas, vous deux ? Et si tu découvres qu'au fond, tu ne tiens pas tant que ça à lui ?

— Je ne ferai jamais ça !

— Et si c'est lui qui part ?

Hong-Wei n'aima pas cette idée, mais c'était une possibilité.

— Peu importe. Au moins, je saurai que nous avons tenté le coup.

— Je vois. Tu vas avoir du mal à les faire renoncer à leur Foutu Édit ! Ça me ferait un plaisir fou de les voir plier le genou, mais j'ai comme un doute. Ils y tiennent tellement !

Hong-Wei posa les pieds sur la chaise devant lui et sirota son eau, l'air pensif.

— Ils n'étaient pas très chauds non plus d'envoyer un hélico chercher mon antibiotique, pourtant, ils ont cédé. Je me demande pourquoi ils ont résisté au départ. Je ne comprends pas trop ce qui les anime.

— Non, mais tu les as vus ? Ces vieux schnoques se prennent pour les rois du monde !

Hong-Wei tapota ses orteils contre la chaise.

— Je pense inviter Erin Andreas à déjeuner lundi.

— Invite aussi Beckert, tu feras d'une pierre deux coups.

— Non, je préfère les interroger séparément. Oh, en parlant d'invitation... j'ai quatre billets pour un concert à l'université demain après-midi. C'est Ram qui l'a organisé.

Owen grimaça.

— Je préfère éviter Ram. Il va encore me tanner pour entrer dans son foutu quatuor ! Je ne veux pas jouer du violon !

Il paraissait très tendu à cette idée. À moins que Hong-Wei se fasse des idées ?

— Non, ne t'inquiète pas, je lui ai déjà promis d'être son second violon.

— En plus de jouer du scalpel, tu manies aussi l'archet ? Ça ne m'étonne pas du tout !

Hong-Wei cacha son sourire dans son verre.

— Il ne s'agit pas d'une vraie victoire, puisque tu as refusé de participer, hmm ?

Owen jeta le sac de chips.

— Bon, cette fois, c'est décidé, je te casse la gueule ! Sors avec moi dans le jardin !

Hong-Wei éclata de rire.

— Il n'en est pas question ! La prime d'assurance de mes mains dépasse largement tes moyens.

XI

APRÈS LA brève visite de Hong-Wei à M. Zhang, Owen et Jared passèrent la matinée à soumettre Simon à des tests : il était censé ne pas réagir quand son amant entrait dans une pièce. Chaque fois qu'ils surprenaient un regard enamouré, ils le fustigeaient en lui rappelant de contrôler son expression. Le soir, ils allèrent ensemble au concert et surveillèrent Simon qui apparaissait à nouveau en public avec Hong-Wei. En rentrant, ils critiquèrent la prestation – du couple, pas des musiciens.

Hong-Wei suggéra des gestes affectueux déguisés. À titre d'exemple, il cita celui qu'il utilisait avec Simon, presque à son insu : le toucher du coude. Emballé, Simon s'autorisa aussitôt à poser la main sur son avant-bras. Ces contacts pouvaient aisément passer pour amicaux, tout en ayant pour les deux amants une autre signification.

Mieux encore, Owen, Jared, Hong-Wei et Simon décidèrent de former un groupe solidaire : à quatre, ils évitaient l'individualisation et donc, les soupçons.

Ils sortaient parfois à quatre, parfois à trois. En vérité, Owen s'afficha si souvent avec Hong-Wei, parfois même accroché à son bras, qu'une rumeur le concernant commença à se répandre.

À l'hôpital, ils déjeunaient toujours ensemble. Soit Simon rejoignait ses amis dans le salon réservé aux médecins, soit ils allaient tous à la cafétéria s'afficher en groupe serré. Du point de vue de Copper Point, Hong-Wei avait été adopté. Quand il passait chez Simon, personne ne pensait à mal. Et c'était pareil quand un des trois amis débarquait dans son duplex.

Le seul hic, c'était que Simon et Hong-Wei avaient parfois envie d'intimité. Quand il arrivait – c'était rare ! – qu'Owen travaille alors que le couple était au repos, Jared trouvait une excuse pour s'absenter de la maison. Les deux amants auraient préféré ne gêner personne et s'isoler chez Hong-Wei, mais ça demandait une préparation stratégique importante. Ils trouvèrent une solution : Hong-Wei empruntait la voiture d'Owen – alimentant ainsi la rumeur qu'il y avait quelque chose entre eux. Simon restait allongé sur la banquette arrière jusqu'à ce que la porte du garage de Hong-Wei se referme sur eux. Ensuite, ils avaient un accès direct à l'appartement.

— Qu'aurions-nous fait si ton garage n'avait pas communiqué avec ton appartement ? demanda un soir Simon alors que Hong-Wei lui ouvrait la portière et l'aidait à sortir de la voiture

— J'aurais déménagé, répondit Hong-Wei du tac au tac.

Pris de court, Simon ne sut déterminer s'il s'agissait d'une boutade. Même si garder le secret sur leur relation n'était pas toujours facile, Simon se sentait bien plus calme qu'au départ. Certes, il gardait à l'esprit qu'un énorme obstacle barrait la route d'un éventuel avenir commun, mais il s'efforçait de vivre dans le présent et, comme promis, il se fiait totalement à Hong-Wei. *Tout finira par s'arranger*, ne cessait-il de se répéter. *Un jour…*

— Je n'ai pas encore eu l'opportunité de discuter avec Erin Andreas, déclara un matin Hong-Wei, à la table du petit déjeuner. Mais pour être franc, j'apprécie ce délai. L'enthousiasme du conseil me donne du travail par-dessus la tête. Ils ont pour Ste Anne des idées intéressantes et d'autres à mon sujet complètement farfelues.

Simon cessa de savourer son omelette.

— Que veux-tu dire ?

— Pour commencer, ils pensent pouvoir me manipuler via la prime d'engagement que j'ai acceptée à la signature mon contrat. Vois-tu, un employeur peut réclamer le remboursement de ce genre de prime sous divers prétextes. Le conseil croit donc avoir main mise sur moi et ma liberté d'exercer pendant les cinq années à venir. Ils rêvent ! Je n'ai délibérément pas touché à cet argent. Et même si je l'avais dépensé, je pourrais rembourser Ste Anne en empruntant à ma sœur ou en obtenant d'un autre hôpital une prime équivalente, sinon supérieure.

Simon sentit son cœur lui remonter dans la gorge.

— Ne me dis pas que tu envisages de partir !

— Non, bien sûr que non ! Je voulais juste dire que si le conseil s'imagine avoir un moyen de pression sur ses médecins, c'est loin d'être le cas. Il faudrait que je discute avec Rebecca de la légalité de ce règlement restrictif. Peut-être laisse-t-il une certaine place à l'interprétation… En même temps, j'ai l'impression d'attaquer la première couche d'un mur putride. J'ignore si nous réussirons à résoudre notre problème sans exposer la gangrène de toute la structure, ce qui aurait des conséquences intéressantes.

En entendant ces mots, Simon sentit une nausée lui contracter l'estomac. Il repoussa son assiette avec une grimace.

Hong-Wei lui saisit sa main et y déposa un baiser.

— Ne t'inquiète pas.

Simon avait fait de gros efforts ces dernières semaines, il avait masqué ses sentiments en public, utilisé les signaux convenus afin de démontrer son amour et prétendu se satisfaire de ces rencontres secrètes, mais sa patience commençait à s'émousser. Le temps passait et la situation n'évoluait pas. De plus en plus souvent, il s'attardait avec nostalgie sur les amoureux qui se promenaient main dans la main et riaient, heureux et insouciants. Lui aussi aurait voulu faire ses courses avec son amant, dîner dans un restaurant romantique, aller au cinéma.

Il désirait une vie normale et il était obligé de cacher un amour qui se renforçait tous les jours.

Un matin en arrivant à Ste Anne, Simon trépignait presque. Il avait vraiment du mal à contenir son excitation. Le soir même, Jared et lui devaient accompagner Hong-Wei à Duluth pour y récupérer sa nouvelle voiture. Au départ, Hong-Wei avait envisagé de la faire livrer à Copper Point, mais il avait changé à la perspective d'une petite virée avec Simon, loin des regards indiscrets. Jared les emmènerait chez le concessionnaire juste avant la fermeture, puis il rentrerait seul tandis que Simon et Hong-Wei passeraient la soirée ensemble. Hong-Wei n'était pas d'astreinte ce jour-là, l'hôpital lui ayant enfin trouvé un remplaçant occasionnel.

Simon savait ce qu'éprouvait un presque libéré de prison.

Il s'apprêtait à passer aux vestiaires afin d'enlever sa blouse quand Susan Cardwell, la responsable du service le convoqua dans son bureau. Il s'efforça de cacher son mécontentement et son inquiétude.

J'espère qu'elle ne va pas me mettre en retard !

Susan l'accueillit d'un sourire un peu crispé.

— Bonsoir, Simon. Fermez la porte, je vous prie. Et asseyez-vous.

Simon décida que tout ça n'augurait rien de bon.

— Un problème, Susan ?

— Non, pas vraiment. Je voulais juste… vous parler.

Malgré le ton affable, son attitude révélait que la conversation n'aurait rien d'agréable.

— De quoi ?

— J'ai remarqué que vous étiez très proche du Dr Wu.

201

Le sang figé dans ses veines, Simon faillit grimacer. Puis il se souvint des conseils de sa mère et des tests auxquels Jared et Owen l'avaient soumis. Il réussit à garder un visage impassible, se contentant de hocher la tête.

— C'est vrai, nous sommes bons amis.

Elle croisa les mains sur son bureau.

— Je tiens à vous rappeler que l'hôpital proscrit formellement les relations intimes entre ses salariés. Vous êtes bien conscient des sanctions qui seraient prises contre vous si vous enfreignez ce règlement, n'est-ce pas ?

Malgré la sueur froide qui perlait à son cou, Simon répéta comme un perroquet les réponses que ses amis lui avaient conseillé de donner.

— Pardon ? En quoi est-ce que mon comportement justifie cet avertissement, Susan ? Je ne sors avec personne en ce moment, je n'en ai pas le temps !

— Je n'ai pas dit le contraire. Je voulais seulement vous rappeler le règlement.

Bien que terrifié, Simon sentait sa colère monter. L'avait-elle convoqué juste pour lui faire peur ?

— Ah, ça ! aboya-t-il amèrement. Je ne risque pas de l'oublier ! Plusieurs de mes amis ont été virés à cause de cette règle ridicule. Et je parle du *petit personnel*, bien entendu, parce qu'il y a des passe-droits pour les médecins !

Susan avait l'air fatigué.

— Je n'ai pas écrit ce règlement, Simon, et je ne l'approuve pas plus que vous. Je voulais juste attirer votre attention.

Simon fut encore plus outré d'apprendre qu'il subissait la question sur de vagues présomptions.

— Comment ? Vous voulez dire qu'on me *surveille* ?

Elle soupira.

— Voyons, Simon, c'est valable pour nous *tous*.

SIMON ÉTAIT toujours d'une humeur de chien quand il rejoignit Jared et Hong-Wei dans les vestiaires, mais il ne leur raconta son entrevue qu'une fois dans la voiture. Il libéra enfin sa frustration.

— Je n'y crois pas ! Elle a cherché à me rendre parano !

Jared, qui conduisait, était seul à l'avant, laissant Hong-Wei et Simon côte à côte sur la banquette arrière. Il leur jeta un coup d'œil dans son rétroviseur.

— À mon avis, nous sommes tous les quatre dans le collimateur du conseil. Erin est passé me voir aujourd'hui, il m'a seriné d'autres articles du règlement. Tu vois, Simon, même les médecins se font remonter les bretelles !

Simon s'appuya sur l'épaule de son amant.

— Je ne le supporte plus.

Hong-Wei parvint à le rasséréner en lui racontant les progrès de M. Zhang : la veille, le vieil homme était rentré chez lui après avoir promis de se faire suivre par son médecin traitant.

— Il est naturalisé américain depuis cinq ans, mais comme lui et sa femme ont eu une carte verte pendant des lustres, ils ont été exemptés des tests rendus obligatoires depuis peu et qui réclament un anglais courant aux naturalisés. Il cherche à se perfectionner avec une des serveuses de son restaurant.

Interloqué, Simon fronça les sourcils.

— Attends, tu parais le découvrir. N'as-tu pas affirmé au conseil que Zhang avait des papiers en règle ?

Hong-Wei fronça le nez.

— Je n'en étais pas certain. En revanche, j'étais certain que le conseil envisageait de passer un coup de fil aux agents de l'immigration, alors, j'ai préféré prendre les devants. Au final, tout s'arrange et j'en suis ravi. J'ai demandé à Ram de leur trouver un professeur capable de les aider à acquérir un anglais courant.

— Tu as revu Ram ?

Simon s'était raidi. Hong-Wei éclata de rire :

— Une fois encore, je te répète qu'il n'est pas mon type, mais continue à être jaloux, j'adore ! Ça m'excite.

— Hé ! protesta Jared. Je vous rappelle que je suis là ! Ras le bol de jouer la troisième roue du carrosse, j'ai hâte d'arriver à Duluth !

LA VOITURE les attendait chez le concessionnaire. Très impressionné, Simon admira la luxueuse berline gris foncé – « ardoise », d'après le vendeur –, aux sièges en cuir gris pâle souligné de bandes noires. S'y asseoir était un plaisir presque décadent. Tandis que Hong-Wei signait la paperasserie et échangeait une ultime poignée de main avec son vendeur, Simon caressa le tableau de bord et les panneaux latéraux des portières.

Peu après, ils traversaient Duluth en suivant les instructions du GPS intégré en direction du restaurant : Hong-Wei tenait à retourner à celui où ils avaient dîné le jour de leur rencontre.

— C'est sentimental, déclara-t-il. Notre premier rendez-vous. En plus, on y mange très bien !

Simon ne put retenir un rire.

— Un rendez-vous ? Tu exagères ! J'étais venu te chercher à l'aéroport.

— Et dès que je t'ai vu, j'ai été séduit.

— Quel baratineur tu fais ! J'ai bien remarqué ta contrariété en me voyant. Ne dis pas le contraire. Tu as été si froid que j'ai regretté de ne pas avoir mis un manteau plus épais.

Alors qu'il s'engageait sur la rocade, Hong-Wei afficha un air penaud.

— Pour te dire la vérité, j'étais secoué, sinon terrifié de trouver un comité d'accueil aussi réduit. Je m'attendais au conseil d'administration au grand complet ainsi que plusieurs médecins de Ste Anne, et je ne voyais qu'un jeune infirmier. J'ai cru à un dédain délibéré, je me trompais. Et je ne t'ai pas menti, Simon, dès que tu as ouvert la bouche, j'ai été séduit. Que tu sois venu seul a été une vraie bénédiction. Pendant que nous mangions, ce soir-là, j'ai décidé de te faire la cour.

Une main sur la bouche, Simon se tourna pour regarder Hong-Wei.

— Tu plaisantes ?

— Pas du tout.

L'idée que le nouveau chirurgien ait envisagé dès le premier jour de sortir avec lui bouleversait l'univers de Simon.

Il y pensait toujours un quart d'heure plus tard, au restaurant, au moment de passer commande.

— Alors, la dernière fois que nous étions là tous les deux, tu t'intéressais déjà à moi ? insista-t-il.

Hong-Wei eut un sourire énigmatique.

— Oui. Oh, je n'avais pas vraiment réfléchi à comment ça se passerait entre nous, mais je tenais à mieux te connaître. Et vu que tu étais mon infirmier, je pensais que ce serait facile. Bien entendu, j'ignorais tout alors du règlement de Ste Anne. Même en l'apprenant, ça m'a paru plus un challenge de plus qu'une raison de t'éviter. J'étais prêt à tout pour te gagner.

Simon rougit.

— À t'entendre, on croirait que tu parles d'un gros lot.

— Mais c'est le cas, Simon. Tu es le seul lot dont je rêvais.

Hong-Wei flirta tout au long du repas, faisant tour à tour rire et rougir Simon. Les deux amants avaient choisi de s'asseoir côte à côte et non en face l'un de l'autre, ce qui leur permettait de se tenir la main. Et sous la table, leurs genoux se touchaient, leurs chevilles se caressaient.

Leur serveuse remarqua leur manège. Avec un sourire complice, elle voulut savoir depuis combien de temps ils étaient ensemble. Très gêné, Simon se mit à bredouiller, mais Hong-Wei ne perdit pas son sang-froid et expliqua que leur première rencontre avait eu lieu dans ce même restaurant, quelques mois plus tôt, et que ce soir était donc particulièrement important pour eux. Charmée, la jeune femme leur proposa un digestif aux frais de la maison. Hong-Wei refusa en expliquant qu'il prenait le volant et que la route serait longue. Elle leur offrit alors un dessert qu'ils partagèrent en utilisant la même cuillère.

Simon devina aussi que la serveuse les prenait en photo.

En sortant du restaurant, Hong-Wei proposa une ballade au bord du lac au lieu de reprendre tout de suite la route. La soirée était magnifique et ils n'étaient ni l'un ni l'autre pressés de rentrer à Copper Point.

Hong-Wei s'arrêta sur la rive, accoudé à la balustrade, et dévisagea Simon.

— Tu parais de meilleure humeur.

Simon s'appuya contre lui.

— Oui. C'est bien agréable de s'évader un moment.

— As-tu déjà envisagé de quitter Copper Point pour de bon ?

— Non, je te l'ai dit. Pendant que je faisais mes études d'infirmier, je ne rêvais que d'une chose : rentrer à la maison. Je me sens nul de t'avouer ça, mais c'est la vérité. Je ne peux pas changer qui je suis.

— Ce n'est pas pareil. D'abord, tu étais à l'école, ensuite, tu travaillais en attendant que Jared et Owen finissent médecine. Tu ne cherchais pas vraiment à planter des racines. Pour s'adapter quelque part, il faut passer par cette étape. C'est terrifiant, c'est vrai, mais une fois la peur dépassée, on découvre des choses nouvelles sur soi-même.

Il parlait d'expérience, Simon le savait.

— T'es-tu jamais demandé quelle vie tu aurais menée si ta famille était restée à Taïwan ?

— Si, mais la réponse dépasse mon imagination. Les souvenirs que je garde de mon enfance là-bas ressemblent à un conte de fée ou à un rêve.

J'y suis retourné rendre visite à des cousins, mais ce n'est pas pareil. Ces réunions sont tendues, tout le monde sait combien gagne le voisin, sa réussite professionnelle, ou les études des enfants. Je n'ai aucun point commun avec la famille qui nous reste là-bas. Je ne me sens pas chez moi à Taïwan. Au Texas non plus, reconnut-il avec une grimace.

Simon resserra ses bras autour de lui.

— Tu dois souvent te sentir seul à Copper Point. Parles-tu à ta famille, au moins ?

— Ma sœur m'appelle régulièrement – ou l'inverse. Et je corresponds par mail avec mon père.

Il n'aimait pas parler de sa famille, son malaise le prouvait. Simon hésita. Ce fut la douleur qui crispait le visage de son amant qui finit par le décider : il *devait* comprendre la cause d'une telle détresse.

— Pourquoi seulement par mail ? Pourquoi ne pas lui téléphoner? Tes parents t'en veulent-ils d'avoir quitté Houston ?

Hong-Wei se pencha sur la balustrade et contempla l'eau sombre du lac en contrebas.

— Il m'est… difficile de parler à mon père. Après tout ce que mes parents ont sacrifié pour m'offrir les meilleures études qui soient, j'avais le devoir de leur faire honneur et d'accepter un poste d'intensiviste dans un hôpital prestigieux. J'ai failli. Du coup, j'ai honte… trop honte pour leur parler. Owen et Jared prétendent tous les deux que je me trompe et que je peux faire du bon travail à Copper Point. Mais être bon médecin ne me suffit pas, je veux aussi que ma famille soit fière de moi. Mes parents, mes grands-parents, ils espéraient que je me…

Il s'interrompit. Pourtant, Simon devina le mot que son amant n'avait pas prononcé : « que je me *marie* » !

Après avoir inspiré une grande bouffée d'air nocturne, Hong-Wei reprit :

— Je veux leur prouver que je suis capable d'aimer une personne digne d'entrer dans notre famille. Je voudrais devenir l'homme qu'ils attendaient de moi, mais… je ne peux pas oublier mon échec.

Simon prit les mains de Hong-Wei et le força à se tourner pour lui faire face.

— Changer de voie n'est pas un échec ! Tu as réalisé que ton ancienne position ne te convenait pas, c'est tout. Et même si tu tiens absolument à considérer avoir trébuché sur un obstacle, eh bien, c'est ce qui t'a conduit ici, alors je ne peux pas le regretter. Et je suis d'accord avec Owen et Jared :

tu fais un travail magnifique à Ste Anne ! Je suis fier de toi. Pourquoi ta famille ne le serait-elle pas ?

Hong-Wei lui caressa les cheveux, puis fit glisser le pouce sur sa joue.

— Tu sais, je serais fier de te présenter à ma famille. C'est peut-être trop tôt pour te le dire, mais tu me rends heureux. J'espère aussi te rendre heureux.

Le cœur de Simon en rata un battement.

— Non, ce n'est pas trop tôt. Et bien sûr, tu me rends heureux.

Ils s'embrassèrent sous un réverbère, un baiser long et doux comme dans un film. Quand Simon s'écarta, il haletait, l'esprit brumeux. Et il regrettait terriblement que Copper Point soit aussi loin ! Puis il se consola en se disant que le trajet en voiture lui donnerait le temps de se calmer.

Il se trompait. À peine sur le siège passager, il fut tenté d'enjamber le levier de vitesse et de sauter sur les genoux de Hong-Wei. Il étudia une carte des environs, cherchant une route de campagne sur laquelle s'isoler pour un intermède érotique, mais le terrain était bien trop plat et exposé. Il se demandait s'il oserait proposer un arrêt dans le premier hôtel venu lorsque Hong-Wei quitta la route principale pour se garer dans un parking.

En levant les yeux, Simon vit l'enseigne d'un petit motel familial faisant partie d'une chaîne connue.

— Allons-y, déclara Hong-Wei.

Il se retourna et récupéra sur le siège arrière un sac de voyage manifestement préparé à l'avance, avec sans doute des affaires de toilette et une tenue de rechange. Il quitta ensuite la voiture.

Assommé de stupeur, Simon n'avait pas bougé. Il sursauta quand sa portière s'ouvrit. Hong-Wei, qui avait fait le tour du véhicule, lui tendait la main.

— Viens ! Et ne me regarde pas comme ça, c'est de ta faute ! Comment voulais-tu que je résiste plus longtemps à tes regards enflammés ?

Terriblement embarrassé, Simon avait les joues brûlantes et les jambes tremblantes. Hong-Wei, quant à lui, semblait très à l'aise. Il entraîna Simon jusqu'à la réception et réclama une chambre isolée, à l'arrière du bâtiment. Après avoir empoché sa clé magnétique, il tira Simon vers l'ascenseur.

S'y trouvaient déjà un père et ses deux filles qui revenaient de la piscine, mais tous sortirent au second et le couple se retrouva seul. Hong-Wei garda le silence, se contentant de serrer très fort la main de Simon.

Une fois la porte de leur chambre refermée sur eux, Hong-Wei se jeta sur Simon et dévora sa bouche. Il rompit le baiser le temps de les déshabiller tous les deux à la hâte, il ôta à Simon sa chemise et se débarrassa de la sienne.

Simon gémit quand leurs poitrines nues se plaquèrent l'une à l'autre, quand des mains avides glissèrent le long de ses flancs jusqu'à ses hanches et ses jambes pour baisser son jean, son caleçon et ses chaussettes.

Personne ne l'avait jamais désiré aussi fort ! Oh, il savait son corps susceptible d'inspirer le désir, mais avec Hong-Wei, il se sentait apprécié, courtisé, chéri. Pour être avec lui, Hong-Wei se cachait de Copper Point et demandait à Simon de s'allonger sur la banquette arrière… Ce soir, il lui avait offert un dîner romantique en commémoration de leur première rencontre. Et il l'avait si fièrement annoncé que la serveuse leur avait offert un dessert ! Ensuite, il avait conduit Simon au bord du lac pour l'embrasser sous les étoiles. Et la nuit se terminait en apothéose puisque le désir de Hong-Wei ne lui permettait pas d'attendre leur retour en ville, le forçant au contraire à s'arrêter dans un motel.

Simon revint au présent quand une bouche avide glissa sur sa poitrine, son ventre et arriva… Affolé, Simon saisit le visage de son amant et le ramena contre le sien. Il tremblait de tout son corps.

— Je t'aime, Hong-Wei !

Hong-Wei ferma les yeux et tourna la tête pour embrasser sa paume. Après un très court moment, il souleva les paupières et répondit :

— Je t'aime aussi.

À partir de là, leurs caresses, cessant d'être frénétiques, devinrent plus lentes, plus tendres. Très vite, Simon atteignit l'extrême limite de sa patience. Il avait besoin de s'unir à Hong-Wei, de lui démonter physiquement qu'il pensait *vraiment* ce qu'il venait de dire. À ses yeux, son amant comptait pour lui plus que tout au monde. Malgré le ridicule règlement de Ste Anne, Simon prenait très au sérieux sa relation et voulait l'afficher au grand jour. Les mots lui manquant, il chercha à exprimer sa passion avec des baisers, des caresses, un don total et inconditionnel de lui-même.

Les genoux vacillants, la peau moite de transpiration, il s'accrocha aux épaules de son amant et ondula des hanches pour se frotter à lui.

— *Hong-Wei !*

Agenouillé devant lui, Hong-Wei embrassa son ventre, puis déclara :

— Je suis là, Simon. Je vais m'occuper de toi.

Simon prit une main de Hong-Wei et la porta à sa bouche.

— Moi aussi.

DEUX HEURES plus tard, Simon quittait l'hôtel par une porte latérale, ses jambes tremblaient. Une fois dans la voiture, il dormit la majeure partie du trajet, blotti contre l'épaule de Hong-Wei et bercé par la musique classique.

À l'arrivée, il ne protesta pas quand son amant déplaça la voiture de Jared pour cacher la sienne dans le garage afin de passer la nuit avec lui. Il avait bien trop envie de dormir dans les bras de Hong-Wei et demain, de prendre son petit déjeuner avec lui.

Ce fut seulement à l'hôpital qu'il connut un moment de gêne. Il préparait la salle d'opération quand Hong-Wei entra avec un uniforme chirurgical à la main.

— Change-toi, Simon.

— Pourquoi ? Je porte un uniforme propre. Quel est le problème ?

— Ces uniformes de modèle récent ont un col très ouvert, répondit le chirurgien à mi-voix. Ce matin, je n'ai pas vu que j'avais laissé de telles traces sur ta peau, excuse-moi. Cet autre uniforme a le col plus haut, il cachera tes marques.

Simon devint écarlate des pieds à la tête, comme s'il brulait de fièvre. Sans mot dire, il sortit en courant, l'uniforme serré contre lui pour dissimuler sa gorge. Avant de refermer la porte, il jeta un coup d'œil par-dessus son épaule. Hong-Wei souriait, l'air très satisfait, possessif même !

Il paraissait éperdument amoureux.

XII

PENDANT LE mois de juin, Hong-Wei joua à cache-cache avec l'administration de l'hôpital. En pratique, les membres du conseil l'interrogeaient plus ou moins habilement sur les spécificités d'un intensiviste, insistant sur les aménagements nécessaires pour qu'un tel service soit opérationnel à Ste Anne. Bien entendu, Hong-Wei avait compris la vraie nature de leur intérêt : le conseil, et John Jean en particulier, cherchait le moyen de le manipuler, l'utiliser, le contrôler.

Ils avaient beau apprécier la perspective de l'argent que ses talents étaient susceptibles de faire entrer dans les caisses de l'hôpital, ils craignaient plus encore que leur chirurgien vedette, sur un coup de tête, aille travailler ailleurs. Aussi ne cessaient-ils d'évoquer l'importante prime d'engagement versée à Hong-Wei, allant même jusqu'à considérer comme incompressible la période contractuelle de cinq ans. Hong-Wei se demandait si ces gens-là étaient complètement idiots ou s'ils le croyaient à ce point naïf.

Hong-Wei ignorait sans difficulté leurs manigances. En revanche, il était agacé de ne pas pouvoir coincer Erin Andreas. Le DRH l'évitait-il délibérément ou obéissait-il aux ordres du conseil qui préférait éviter entre les deux hommes un accord qui échappe à son autorité ? Hong-Wei trouvait cette dernière hypothèse un peu parano, mais quand il en parla à Simon, ce dernier éclata de rire.

— C'est aussi mon avis ! Si tu commences à évoquer des conspirations, tu t'adaptes vraiment à Copper Point.

Hong-Wei ne sut déterminer si Simon plaisantait. Inquiet, il préféra ne pas lui poser la question.

Début juillet, il obtint enfin une petite victoire quand Nick Beckert, directeur de Ste Anne, accepta son invitation à déjeuner au China Garden.

En quittant avec Hong-Wei le parking de l'hôpital, Beckert se frottait les mains.

— Depuis le temps que je meurs d'envie d'essayer le menu secret ! Et quel plaisir, cher ami, d'essayer votre voiture ! Elle est vraiment superbe !

— Merci. C'est un modèle fiable et pas trop tape-à-l'œil, exactement ce que je voulais.

Beckert s'enfonça dans son siège dont il caressa le cuir.

— Je devrais aussi changer de voiture. D'après ce que j'ai entendu, vous avez commandé celle-ci sur internet ? C'est une bonne idée, car jamais je n'aurai le temps de faire le tour des concessionnaires de Duluth.

— Jared et Owen m'ont aidé pour choisir une voiture qui correspond à mes besoins. Ils le feraient aussi pour vous, j'en suis certain.

À sa grande surprise, Beckert se renfrogna.

— Non, merci, je n'ai pas besoin d'eux.

Intéressant. Lequel de ses deux amis inspirait une telle réaction à Beckert ? se demanda-t-il.

Il y avait foule au China Garden, aussi bien dans le restaurant que devant la porte. Beckert fronça les sourcils en consultant sa montre.

— Peut-être devrions-nous aller ailleurs. Je dois être rentré à treize heures, j'ai un rendez-vous.

— Vous ne serez pas en retard, ne vous inquiétez pas.

Hong-Wei coupa la file et entra, un sourire aux lèvres. Il fut étonné de reconnaître tant de visages dans la file – et de voir que les gens étaient encore plus nombreux à savoir qui il était. Beckert étant encore plus connu, les deux hommes furent vite entourés et salués.

En revanche, ils n'avançaient plus, un détail auquel Hong-Wei n'avait pas pensé.

Par chance, Mme Zhang intervint très vite. Elle étreignit Hong-Wei avec une joyeuse effusion. Il en était venu à la considérer comme une tante d'adoption, aussi l'embrassa-t-il sur la joue en demandant des nouvelles de son mari. Elle le remercia et lui tapota l'épaule. Un grand silence était tombé dans la salle, tout le monde les regardait et écoutait leur conversation en mandarin, sans rien y comprendre.

Hong-Wei présenta Beckert à Mme Zhang :

— Voici Nicolas Beckert, le directeur de l'hôpital. Il est avec moi aujourd'hui.

Mme Zhang couvrit sa bouche, puis avança et prit respectueusement la main de Beckert.

— Merci beaucoup, dit-elle dans un anglais, un peu lent, mais compréhensible. Venez, venez vous asseoir.

Elle traversa la salle et les conduisit dans une petite pièce semi-privée où les serveurs s'activaient déjà pour installer une table qu'ils sortaient de la réserve. Une fois les deux hommes assis, une hôtesse s'approcha d'eux et leur tendit les menus. Elle parlait un anglais parfait.

Beckert paraissait éberlué.

— C'est toujours comme ça ?

Hong-Wei acquiesça.

— Oui. Au départ, je voulais faire la queue, comme tout le monde, mais ça la mettait en colère. En fait, j'ai du mal à payer mes repas, j'y réussis parfois, mais je doute fort que ce soit le cas aujourd'hui puisque vous êtes là. Commandez ce que vous voulez, de toute façon, nous aurons aussi des spécialités à essayer.

— Mais… pourquoi Mme Zhang agit-elle ainsi ? Vous avez sauvé la vie de Zhang, certes, mais c'est votre rôle en tant que médecin.

— C'est vrai, mais elle aime beaucoup son mari et lui ne croyait guère à la médecine occidentale. En plus, ils sont persuadés que je suis intervenu pour faire alléger leur facture.

— Non, c'est une procédure standard vis-à-vis des patients qui, en principe, ne sont pas solvables. Vous savez, qu'ils effectuent si vite des paiements réguliers m'a beaucoup impressionné. Mme Zhang a tellement insisté que nous avons établi un échelonnement de sa dette plus rapide que prévu.

— Vous connaissez bien mal les Asiatiques, mon cher. Les Zhang vous paieront tout ce qu'ils vous doivent, c'est une question d'honneur pour eux.

Beckert se frotta la mâchoire et grimaça.

— Parfois, je me mettrais des claques ! J'ai grandi ici et ça m'a toujours choqué de constater à quel point le racisme primaire de Copper Point ne gênait personne. Et maintenant, je réalise que je ne vaux pas mieux. J'étais déjà venu au China Garden, mais pour moi, les Zhang et leurs employés n'étaient pas vraiment des membres de la communauté, juste des étrangers utiles. En fait, je ne pensais pas à eux, un point c'est tout. Et les voyant rester à l'écart, j'ai vaguement cru à un choix personnel. Quel imbécile j'ai été ! Quel aveugle !

Hong-Wei le frappa sur l'épaule.

— Mieux vaut tard que jamais, mon vieux. Tenez, nos plats arrivent.

Hong-Wei n'avait pas prévu de plan particulier pour inciter Nick Beckert à s'ouvrir, mais il découvrit vite que parler des Zhang avait réussi à briser la glace. Beckert se montrant exubérant à leur sujet, Hong-Wei sut qu'il pourrait bientôt aborder le sujet qui l'intéressait.

— J'aurais volontiers réduit davantage leur facture, reconnut Beckert, mais le conseil…

Il ne termina pas sa phrase.

Hong-Wei garda délibérément les yeux sur une boulette qu'il trempait dans la sauce avec ses baguettes en demandant, d'un ton faussement décontracté :

— Si j'ai bien compris, vous avez été nommé directeur à Ste Anne peu avant mon arrivée, non ? Est-ce votre premier poste administratif ou bien avez-vous travaillé ailleurs ?

Beckert se figea et recommença à se claquemurer derrière ses remparts, lentement, mais consciencieusement.

— J'ai géré deux maisons de retraite de la région, répondit-il au bout d'un temps de silence. La dernière était médicalisée. Sinon, c'est effectivement mon premier poste de directeur d'hôpital.

Hong-Wei continua à manger.

— Je suis impressionné que vous soyez si nombreux à revenir exercer dans votre ville natale ! Après tout, Copper Point n'est qu'une toute petite ville.

— Plus jeune, je la critiquai beaucoup, reconnut Beckert, mais après l'université, j'ai changé d'avis. Et à peine cinquante pour cent de nos jeunes reviennent une fois diplômés, vous savez, les autres s'établissent ailleurs. En fait, j'ignore ce qui nous pousse à revenir dans ce trou, mais il y a... quelque chose, c'est vrai. La baie, peut-être, même si l'urbanisation du centre-ville nous empêche désormais de la voir. Il faut prendre sa voiture et aller sur la plage pour en profiter. Honnêtement, je ne sais pas pourquoi je suis revenu. Peu importe d'ailleurs, je suis là... pour le meilleur ou pour le pire.

Hong-Wei décida d'aller plus loin :

— Et concernant Ste Anne, quels sont vos projets, vos rêves ? Je sais bien qu'un directeur n'est pas un magicien, mais qu'aimeriez-vous changer ?

Une fois encore, Beckert se referma sur lui-même, mais avant ça, Hong-Wei lut dans ses yeux une telle douleur qu'il en tressaillit. Déjà, le directeur avait remis son masque en place et affichait un sourire affable.

— Oh, j'ai des rêves, comme tout le monde, mais je veux par-dessus tout la prospérité de notre l'hôpital.

Conscient qu'il n'en tirerait plus rien, Hong-Wei se contenta de savourer un agréable déjeuner. Il ne regrettait pas son initiative, car ses soupçons avaient été confirmés : Beckert suivait le conseil par obligation plus que par conviction.

Malheureusement, Hong-Wei doutait fort que le directeur ait le courage ou l'envie de prendre parti pour leur cause.

LE SOIR même, il avait prévu un jogging avec Jared. Tout en courant, il lui parla de son déjeuner. À sa grande surprise, Jared s'énerva :

— Si tu m'en avais parlé plus tôt, je t'aurais évité de perdre ton temps. Je *savais* que tu ne tirerais rien de Nick !

Devant une telle conviction, Hong-Wei lui jeta un coup d'œil attentif. La vie à Copper Point était vraiment digne d'un feuilleton télévisé ! Qui l'aurait cru ?

— Si je comprends bien, notre directeur n'a pas de secrets pour toi ?

— Nous étions amis, autrefois, grogna Jared, sans cacher sa frustration.

— Il me paraît apte à gérer son poste, calme, sérieux, consciencieux.

— Tu parles ! Nick choisira toujours la sécurité et la prudence, même si ça lui coûte son intégrité.

Après une grimace, Jared ajouta :

— Bon, d'accord, je suis injuste. Je voulais juste dire : ne compte pas sur lui.

— Je doute qu'il soit à cent pour cent d'accord avec le conseil.

— Oh, ça, je sais, comme je sais qu'il n'a rien à voir avec ce ridicule règlement. Quand il a accepté ce poste, sans doute a-t-il cru que la vieille garde allait disparaître et qu'il aurait enfin la place dont il rêvait depuis toujours. Il passe du temps avec Erin, dans l'espoir d'une alliance, mais notre DRH est tenu en main par son père et il a plus de casseroles au cul que Graniteware [8].

Tout revenait constamment à Erin Andreas.

— Je cherche à avoir un entretien avec lui, mais je n'y arrive pas.

Étonné, Jared haussa les sourcils.

— Crois-tu abolir leur règle anti-relation d'une simple conversation ?

— Non, mais ça m'aiderait peut-être à comprendre la vraie nature du problème. D'après moi, ça vient du conseil. J'ai besoin d'arguments pour contrer aussi bien cette règle absurde que les tentatives du conseil d'utiliser ma position d'intensiviste pour m'intégrer à leur vision. Je préférerais faire l'inverse et les intégrer à mes plans.

8 Marque américaine de casseroles et de cocottes

214

Jared secoua la tête en souriant.

— Owen a raison. Nous nous prenons pour des maniaques du contrôle, mais tu nous dépasses dans ce domaine – comme en bien d'autres !

Hong-Wei regarda devant lui et accorda ses foulées à celles de Jared.

— Eh bien, avant d'arriver ici, je n'ai jamais eu d'amis, alors, là au moins, vous avez été meilleurs que moi.

Jared éclata de rire et lui envoya une bourrade amicale.

DORÉNAVANT, HONG-WEI avait parfois des week-ends libres. C'était rare, mais possible grâce à l'hôpital d'Eau Claire qui, deux fois par mois, envoyait un de ses chirurgiens – mais pas Orth, ce dont Hong-Wei se félicitait. Son remplaçant restait du vendredi au lundi et gérait ses urgences ou celles de Kathryn. Pas les deux en même temps, cependant, car Kathryn ne supportait pas l'idée qu'une césarienne d'urgence soit repoussée si le chirurgien était occupé ailleurs. Et Hong-Wei approuvait cette mesure de prudence. Certes, les chances d'un tel problème pendant une garde étaient minimes, mais mieux valait ne pas prendre de risque quand des vies étaient en jeu.

Parfois, le soir ou pendant ses week-ends libres, Hong-Wei prenait des astreintes en gynéco-ob, ce qui permettait à Kathryn d'aller jusqu'à Duluth. Avant de quitter Copper Point, elle faisait promettre à Hong-Wei de répondre lui-même à ses urgences sans les détourner au chirurgien remplaçant. Du coup, Hong-Wei avait fait naître deux bébés. Quand il se promenait en ville, il recevait de ses patients saluts et accolades, mais on lui montrait aussi des photos de « ses » nouveau-nés. Il n'en revenait pas d'être devenu aussi populaire !

Il n'avait jamais connu ça à Houston.

La semaine qui suivit son repas avec Beckert, Kathryn invita Hong-Wei à déjeuner – pas au restaurant, mais dans son bureau. Elle commanda une pizza chez l'Italien qui, d'après les dires de Simon, était le restaurant préféré des étudiants.

Dès que Hong-Wei referma sur lui la porte du bureau, Kathryn lui tendit une tranche de pizza et une serviette en papier.

— N'en dis surtout rien à Becca ! Elle supporte mal de me voir boulotter de la *junk food*. D'après elle, un médecin devrait être plus attentif à son régime. On sait pourtant bien que les cordonniers sont les plus mal chaussés, pas vrai ?

Hong-Wei leva sa main libre.

— D'accord, je ne dirai rien à condition que tu sois tout aussi discrète avec Simon.

Elle lui sourit et lui offrit un fauteuil, puis elle en prit un autre et entama sa pizza avec appétit.

— Alors ? reprit-elle. Comment ça va vous deux ? Vous gardez vraiment bien votre petit secret, tu sais. J'aime beaucoup le fait que tout le monde te croie avec Owen.

— Ça va très bien. Simon commence à trouver pesant de devoir se cacher, mais quelle autre option avons-nous ? Je n'ai toujours pas trouvé le moyen de convaincre l'administration d'abolir cette règle archaïque.

Kathryn écarquilla les yeux puis éclata de rire.

— Tu es sérieux ? Tu crois vraiment que le conseil est susceptible de changer d'avis ?

Hong-Wei se concentra sur sa pizza.

— Eh bien, je ne cherche pas l'affrontement, bien entendu, je veux juste qu'on me laisse exercer mon métier comme je l'entends et sortir avec qui je veux – donc, avec Simon. Pour le reste, que les membres du conseil continuent de mener leur vie à leur guise !

Elle attrapa une seconde tranche de pizza et la plia en deux avant d'y mordre.

— Laisse-moi t'assurer qu'ils le feront, quoi que tu dises et fasses. Tu sais, Simon trouve très injuste qu'à Ste Anne, les médecins aient un traitement de faveur par rapport au reste du personnel. Il a raison d'ailleurs, mais même nous, le conseil nous traite comme des pions, parce qu'il a tous les droits dans cette ville. Ça a toujours été comme ça.

— C'est une phrase que je déteste !

— Laquelle ? *Ça a toujours été comme ça* ? Oui, moi aussi, mais tout changer n'est pas si simple. À Copper Point, c'est une excuse que tout le monde utilise afin que rien ne bouge, ne change ou n'évolue. Je m'en suis rendu compte à sept ans, quand ma famille s'est installée ici. Les gens d'ici sont si rétrogrades !

— Mais le changement est essentiel. En l'état actuel des choses, Ste Anne subsiste à peine. Je ne connais pas les derniers bilans, mais je doute que les résultats soient glorieux.

— Oh, ça, c'est le moins qu'on puisse dire ! Les rentrées sont maigres.

Hong-Wei posa ce qui restait de sa pizza sur la table basse et se tourna pour regarder par la fenêtre.

— Dans ce cas, le conseil ferait mieux de réfléchir à de nouvelles stratégies pour attirer de nouveaux médecins au lieu de perdre son temps à appliquer des règlements ineptes. C'est tellement illogique ! Pourquoi agir contre les intérêts de Ste Anne ? J'attendais une vision plus moderne de la part de Beckert et Andreas !

Kathryn soupira.

— Nick a sans doute envie de faire mieux, mais il doute de lui-même et ça le bloque complètement. Quant à Erin… je ne sais pas ce qu'il a. À mon avis, c'est lié à son père. Ça a toujours été le cas.

— Le conseil a-t-il toujours autant contrôlé le personnel?

Elle secoua la tête.

— Non, pas du tout. En fait, c'était même le contraire. C'est passé d'un extrême à l'autre, peut-être pour compenser le laxisme d'antan.

Elle garda un moment le silence, puis enchaîna :

— Quand je suis en colère contre quelqu'un, je me souviens de ce que disait ma grand-mère. En recevant des paroles haineuses, il faut parfois faire un effort pour percevoir ce qui les anime. D'après elle, ceux qui font mal aux autres souffrent eux aussi, intérieurement. Ou alors ils ne font que se défendre. Ce conseil m'a toujours paru particulièrement utile quand la rage me donne envie de cogner. Et ça explique en grande partie ce qui se passe à Ste Anne. Les membres du conseil sont des tordus, je te l'accorde, mais en cherchant bien, on remarque qu'ils cherchent surtout à rester à flots.

Elle prit une troisième tranche, mais au lieu de la manger, elle la tendit à Hong-Wei. Ensuite seulement, elle se servit et continua à parler :

— Le conseil est composé de vieux croulants réacs et pleins aux as, persuadés que leur naissance leur donne tous les droits. Ils adorent leur petit pouvoir et n'ont pas l'intention de le partager ! Alors, dans leur cas, les conseils de grand-mère Mae ne servent pas à grand-chose.

Du bout du doigt, Hong-Wei caressa le rebord de la table.

— Ma grand-mère me disait la même chose quand je me faisais houspiller à l'école, étant enfant.

— Pourquoi les gens sont-ils toujours si méchants les uns envers les autres ? Chaque fois que j'ausculte un nouveau-né, je lui chuchote à l'oreille : *essaie d'être gentil avec ton prochain, d'accord ?* Mais je sais déjà qu'en grandissant, il fera des bêtises et ça me brise le cœur. Becca me trouve bien trop sensible !

Sur ce, elle se lança dans le panégyrique de sa femme.

Quand Hong-Wei la quitta après le déjeuner, il mourrait d'envie de voir Simon. Par chance, il trouva l'élu de son cœur qui discutait, accoudé au comptoir des infirmières.

En le voyant approcher, Simon lui sourit.

— Bonjour, Dr Wu. Comment s'est passé votre déjeuner avec le Dr Lambert-Diaz ?

— Très bien, merci.

Après avoir salué d'un signe de tête l'autre infirmière, Hong-Wei effleura discrètement le coude de Simon.

— Quand vous aurez un moment, passez dans mon cabinet, voulez-vous ? J'ai légèrement modifié notre planning de cet après-midi.

À peine cinq minutes plus tard, Simon frappait à sa porte. Une fois la clé tournée, il était dans ses bras, s'accrocha à son cou et murmura :

— Nous ne devrions pas faire ça ici…

Puis il se laissa embrasser. Hong-Wei lui malaxa les fesses et l'attira plus près de lui.

— Tu me manques. Viens dormir chez moi ce soir.

Simon rit, sa bouche contre celle de Hong-Wei.

— Nous avons passé la nuit ensemble chez moi !

— Je sais, tu me manques quand même dès que tu n'es pas dans les parages.

Simon s'affaissa contre lui, le front niché dans son cou.

— Hong-Wei.

Hong-Wei le serra contre lui et se remit à l'embrasser. Il était de plus en plus déterminé à trouver une solution pour vivre son amour au grand jour.

À n'importe quel prix.

Souvent, Simon se demandait quel effet cela lui ferait de s'afficher en ville au bras de Hong-Wei.

Sur de nombreux points, leur relation actuelle était des plus satisfaisantes. Grâce à leurs rencontres secrètes – leur « jeu de cache-cache », comme disait Owen –, ils se voyaient très souvent sans attirer l'attention, aussi bien en tête-à-tête la nuit qu'à l'hôpital, pendant la journée. En public, Simon se surveillait : par exemple, quand il déjeunait avec Hong-Wei, il n'était pas autorisé à le caresser ou à le fixer trop amoureusement. Jared et Owen jouaient souvent un rôle de tampons, surtout Owen, puisque la rumeur lui prêtait une aventure avec le chirurgien. Mais peu importait, le système fonctionnait et leur permettait d'être ensemble tout en conservant leurs emplois.

En privé, les deux amants étaient aussi libres l'un envers l'autre qu'ils le voulaient. Une fois à l'abri dans la chambre de Simon ou chez Hong-Wei, ils passaient autant de temps que possible à se toucher, se parler, se raconter leurs secrets, partageant des anecdotes sur le passé ou des rêves d'avenir. Et ils commandaient au China Garden des dîners pour deux.

Une nuit, allongé sur le canapé de Hong-Wei, tout en savourant la musique douce qui émanait de la luxueuse chaîne stéréo, Simon lança :

— Quand j'étais jeune, je rêvais d'être biologiste marin.

D'une main, Hong-Wei jouait avec ses cheveux, de l'autre, il manipulait des baguettes pour les nourrir tous les deux en piochant dans les nouilles posées sur la poitrine de son amant.

— Hmm. Pourquoi as-tu changé d'avis ?

Simon mâcha et avala avant de répondre.

— Parce que j'ai réalisé que pour exercer ce métier, je devrais déménager et vivre au bord de l'océan. Owen a proposé de m'accompagner, mais à l'idée de partir aussi loin, j'ai été terrifié. Ensuite, Owen et Jared ont envisagé de faire médecine. J'ai réfléchi un moment pour savoir si ça me plairait aussi. Finalement, ces études m'ont paru trop longues et onéreuses, et j'ai opté pour l'école d'infirmier. C'est moins noble, mais je me sens utile, à ma façon.

— Tu as raison ! Tout médecin a besoin d'un bon infirmier. Ton travail est moins reconnu, c'est vrai, mais au bloc, tu m'es indispensable.

Hong-Wei se pencha à travers la table et attrapa une boulette.

— Oh, donne-m'en aussi une, s'il te plaît ! gémit Simon.

Au lieu d'obtempérer, Hong-Wei lui pinça le nez avec ses baguettes.

— Il faut que tu apprennes à te servir de ça. Je vais te donner une autre leçon.

— Non ! Je sais déjà, je me suis entraîné ! Je te le jure. Comment veux-tu que je t'en fasse la démonstration dans cette position ? Veux-tu que je m'assoie ?

L'œil pétillant d'espièglerie, il fit mine de quitter les bras de Hong-Wei et éclata de rire quand son amant l'en empêcha et lui tendit la boulette réclamée.

Après l'avoir avalée, Simon s'essuya les lèvres et enchaîna :

— Dis, j'ai une question à te poser… je me demande juste si c'est impoli ou pas.

Étonné par ce préambule, Hong-Wei leva un sourcil.

— Demande toujours, j'en jugerai.

Simon rougit et détourna le regard.

— J'aurais voulu connaître le nom taïwanais de ta sœur.

— C'est tout ? Ça n'a rien d'impoli. Elle s'appelle Hong-Su.

— Hong-Su.

Simon le répéta plusieurs fois en essayant d'imiter la prononciation de Hong-Wei.

— C'est étrange, remarqua-t-il ensuite, ce nom ressemble au tien. Est-ce délibéré ?

— Oui, il était d'usage d'utiliser le même premier caractère pour des frères et sœurs. Comme cette coutume désuète tombe peu à peu dans l'oubli, ma mère aurait préféré que nous ayons le second caractère commun, j'aurais été Hong-Wei et ma sœur Su-Wei. Mes grands-parents s'y sont opposés, préférant rester traditionnels. Dans ma langue natale, « Hong » signifie grand, fort, « Wei », robuste, extraordinaire et « Su », simple, pure.

— D'après ce que tu m'as raconté, ta sœur et toi avez tous les deux des noms qui vous vont bien. Et Wu, qu'est-ce que ça veut dire ?

— Militaire et martial.

— Les querelles ne sont pas trop fréquentes dans ta famille, j'espère ?

Hong-Wei déposa un baiser sur ses cheveux avant d'y poser le menton.

— Non, mais il y a des généraux parmi mes ancêtres.

— Parle-moi encore de Taïwan. Je n'y connais pas grand-chose, même après avoir regardé d'innombrables feuilletons asiatiques qui se passent là-bas. Y pleut-il souvent ?

— Oui, constamment. Parfois, ça dure des semaines. Et les moussons sont incroyablement violentes. Juste avant notre déménagement, une tornade a dévasté notre quartier. Je me souviens que nous sommes restés coincés à la maison pendant des jours à écouter le vent hurler et la pluie tomber si fort que les murs tremblaient.

Pour Simon, c'était inimaginable.

— Comment les gens le supportent-ils ?

Hong-Wei eut un soupir nostalgique.

— Comme partout ailleurs : comme ils peuvent. Et l'île a aussi connu plusieurs tremblements de terre. En revanche, les paysages sont d'une beauté incroyable. Les marins portugais qui ont découvert Taïwan lui avaient donné comme nom « Formose », qui signifie « Belle île ». Là-bas, il ne fait jamais froid comme ici, au Texas non plus, d'ailleurs. Tout le monde me parle des hivers durs de Copper Point, de la neige abondante. Pour être franc, ça me terrifie.

Simon lui tapota le bras.

— Ne t'inquiète pas. Je te tiendrai chaud.

Quand Hong-Wei changea de position pour l'embrasser sur la joue, Simon sentit tout son corps crépiter d'anticipation. Il fut tenté d'accepter l'étreinte – et même d'aller plus loin –, mais il tenait aussi à profiter pleinement de ce moment parfait. Le contact et la proximité de Hong-Wei lui plaisaient presque autant que l'amour physique avec lui.

D'humeur taquine, il lança :

— Dis-moi, nous n'allons quand même pas n'écouter que *ta* musique, hmm ?

Alors qu'il s'attendait à un gémissement ou une protestation, même de pure forme, Hong-Wei se contenta de répondre :

— Branche ton téléphone et mets ce que tu veux.

Devant cette réaction, Simon eut honte d'avoir voulu taquiner son amant.

— Non, ça va, merci. Je plaisantais. Je sais que tu n'aimes pas ma musique.

— Je peux apprendre à l'apprécier. Ce serait la moindre des choses vu que tu acceptes mes goûts en la matière. Vas-y, mets-moi un de tes airs préférés.

Les remords de Simon ne firent qu'augmenter. Il sortit son téléphone et tâtonna pour trouver son application musicale, sa gêne le rendant maladroit.

— Tu fais exprès de me mettre mal à l'aise, hein ? Cette vengeance mesquine, c'est digne d'Owen, tu sais.

Hong-Wei le calma d'une main le long de la colonne vertébrale.

— Je ne cherchais pas la vengeance, Simon. Ça fait un bout de temps déjà que j'envisageais d'aborder le sujet. Je suis content que tu m'en aies donné l'opportunité. Élargir ses horizons ne peut pas faire de mal, tu pourrais écouter du Mandopop.

— Eh bien, j'ai écouté Aaron Yan, il chante aussi.

— Qui ? Oh, l'acteur qui me ressemble, c'est ça ? Je te passerai du Mandopop, mais avant, nous allons écouter ensemble tes trois chansons K-pop préférées.

— Seulement trois ?

Devant le regard offusqué de Simon, Hong-Wei eut un petit rire.

— D'accord. Cinq alors ? Ou dix ?

— Je vais te donner un échantillon sans les classer par ordre de préférence.

Blotti contre Hong-Wei, il parcourut ses fichiers et réfléchit à la chanson qu'il passerait en premier. Il tenait à attirer Hong-Wei dans son monde. Il se décida pour *View* de SHINee. Puis il se raidit, attentif à la musique et aux réactions de l'homme collé à lui.

— Ça n'a rien d'extraordinaire, je sais, marmonna-t-il.

Hong-Wei lui caressa les bras.

— Ne t'inquiète pas, c'est une jolie chanson pop agréable. Connais-tu le sens des paroles ?

Troublé, Simon eut du mal à s'en souvenir. Il avait bien cherché la traduction sur internet, mais ça datait d'un bail.

— Ça parle de goûter la lumière et de voir la couleur de la musique. Ça évoque le sixième sens, ça dit que ceux qui les écoutent n'ont plus à se cacher, pas en pleine nuit. Et peu importe la sauvagerie de la nature quand la vue est aussi belle… quelque chose comme ça. Ça parle des océans, du ciel et de découvertes.

— Très bien. Ils se donnent à fond sans rien retenir, hmm ?

— Hé, c'est normal pour une *boys band* ! C'est leur rôle à ces jeunes de devenir les rois du monde sur scène. Pourtant, SHINee a une histoire plutôt triste. Le chanteur s'est suicidé, il n'a pas supporté la pression qu'exerçaient sur lui les producteurs et la maison de disque pour maintenir l'image du groupe. Ça a fini par le détruire. En plus, il soutenait activement les droits des LGBT, alors il se faisait aussi insulter en ligne. Ça donne mal au cœur ! Les gens sont vraiment des trolls !

Hong-Wei accentua ses caresses dans son dos.

— Tu as raison, c'est une histoire triste.

Désolé d'avoir plombé l'ambiance, Simon opta pour un second air tout à fait différent : *Peek-A-Boo* (cache-cache).

À la troisième note, Hong-Wei gloussa.

— Je connais. Ma sœur adorait ce groupe ! J'ai oublié leur nom… ça me faisait penser à un gâteau.

— Red Velvet [9]. Ces filles ont des chansons géniales. Je les adore !

_____

9 « *Velours Rouge* », (1) girls group sud-coréen ; (2) gâteau américain au chocolat garni de crème fouettée et recouvert de paillettes rouges.

— Oui. Au fait, je crois que ma sœur regarderait volontiers tes feuilletons.

Simon renversa la tête en arrière et jeta à Hong-Wei un regard de Chat Potté.

— Et *toi*, le ferais-tu ?

Vu son air horrifié, Hong-Wei aurait *vraiment* voulu trouver le moyen d'échapper à cette question.

— Ne me dis pas que tu comptes m'imposer aussi cette initiation ? Je considérais avoir fait un bel effort avec la K-pop.

Simon changea de position. Assis entre les jambes de Hong-Wei, il se mordit la lèvre pour s'empêcher de sourire. Pris d'audace, il protesta :

— La K-pop, c'est génial, ce n'est pas un véritable effort ! Et je te signale que Jared et Owen regardent mes émissions avec moi. Eux !

Devant un tel défi, Hong-Wei oublia aussitôt ses objections.

— D'accord, mets-moi ce que tu veux. Nous allons le regarder ensemble.

Ravi, Simon se leva et alla préparer un plateau avec du pop-corn, une bouteille de vin et deux verres. Il le posa sur la table basse et alluma la télévision sur *It Started With a Kiss*.

Hong-Wei prit une gorgée de vin avant de demander :

— Si j'ai bien compris, c'est la version taïwanaise, celle de 2005 ? Ils ont récemment tourné un remake, mais à l'origine, il s'agissait d'un manga et d'une série japonaise. En plus, des deux versions taïwanaises, il y a eu une deuxième adaptation japonaise, une coréenne et une thaïlandaise, avec chaque fois deux saisons, c'est bien ça ?

Simon lui adressa un sourire ébloui.

— Exactement ! Je ne sais pas comment tu as fait pour tout retenir du premier coup. Owen et Jared ont regardé je ne sais combien d'épisodes, et je leur ai répété, expliqué, détaillé… et ils n'ont toujours rien compris. D'après eux, ça n'a aucun sens.

Hong-Wei se servit du popcorn.

— Mais si. Maintenant, je parle la langue, alors ça m'aide aussi à comprendre.

— Justement ! C'est pourquoi j'ai choisi cette version. En plus, c'est la meilleure, la plus fidèle au manga d'origine, sauf qu'en japonais, Xiang Qin s'appelle Kotoko. En fait, il y a de subtils changements en fonction des pays. Netflix a beaucoup de séries taïwanaises dans son catalogue, le site DramaFever encore plus. Si tu veux, je peux connecter ta télé à mon compte abonné, même si je me doute bien que tu ne regarderas jamais… sauf avec moi.

Il était devenu écarlate.

— Regarder la télé avec toi dans mes bras me tente beaucoup.

Simon lui jeta un regard sceptique.

— Peuh ! Tu n'as accepté ce soir que pour ne pas perdre vis-à-vis d'Owen et Jared. J'avoue avoir misé sur ton esprit compétitif, mais maintenant, j'ai des remords. Tu détestes, je suis désolé.

— Ne dis pas ça. D'accord, je réagis à un défi, mais j'aime vraiment t'avoir niché contre moi, les joues toutes rouges parce que tu es excité et heureux de m'expliquer une série dans ma langue maternelle…

Quand il s'interrompit, Simon leva les yeux. À sa grande surprise, Hong-Wei paraissait… intimidé, un peu perdu. Sans lui laisser le temps de parler, son amant reprit très vite :

— Simon, si tu étais comme Xiang Qin, un ado ayant perdu sa maison dans un tremblement de terre et que tu t'installais chez moi, je tomberais amoureux de toi.

Le pouls de Simon devint erratique. Son cœur, en revanche, s'envola.

Il dévisageait Hong-Wei, les yeux écarquillés, sans plus se soucier de ce qui se passait à l'écran.

— Qu'est-ce que… tu as dit ?

Hong-Wei lui rendit son regard, des étoiles dans les yeux.

— Tu m'as très bien entendu.

Le cœur dans la gorge, Simon avait du mal à respirer.

— Tu m'aimes, c'est vrai ? Et tu me le dis pendant *It Started With a Kiss* ?

Hong-Wei s'empourpra et détourna la tête.

— Oui, je t'aime. Pourquoi cet air étonné ? Je t'ai déjà dit, il me semble.

Effectivement, Hong-Wei lui avait déjà parlé d'amour, mais pour Simon, c'était différent ce soir, devant un de ses feuilletons asiatiques préférés. Il aurait presque souhaité que ce soit le premier aveu. D'un autre côté, il avait reçu deux belles déclarations, alors, n'était-ce pas le plus important ?

Se penchant vers Hong-Wei, il déposa un doux baiser sur ses lèvres.

— Je t'aime aussi. Et si nous nous étions connus à l'école, j'aurais été ta Yuan Xiang Qin.

ILS PASSÈRENT la nuit devant la télé – et la série taïwanaise. De temps à autre, Simon cédait à l'épuisement et somnolait. Hong-Wei, en revanche, suivait avidement les péripéties des héros. Il était accro.

— C'est charmant ! annonça-t-il après le générique d'un épisode. Ridicule, mais charmant.

Simon soupira de bonheur.

— Je sais. Quand je rentre après une mauvaise journée à l'hôpital, je regarde un ou deux épisodes, ça m'aide à me sentir mieux. Il est tellement amoureux d'elle ! Ça se voit à toutes ces petites choses qu'il fait pour elle, c'est plus subtil que dans d'autres versions. En plus, les acteurs ont le champ libre pour interpréter leurs personnages, du coup, leur jeu est plus naturel et plus original que s'ils suivaient aveuglément un script. J'ai l'impression de les connaître, je les considère comme des membres de ma famille, en mieux. Je ne veux pas critiquer ma famille, mais…

Il se tut, ne sachant trop comment expliquer ce qu'il ressentait.

— Je sais exactement ce que tu veux dire ! s'exclama Hong-Wei. Dans une série, une famille peut être parfaite, avec des conflits dosés, des réactions logiques, etc. Et comme c'est « romantique », tu sais d'avance que tout finira bien. Du coup, c'est sécuritaire, émotionnellement parlant. Je comprends pourquoi tu aimes ça. Et ça m'a bien plu, je le reconnais.

Il prouva qu'il disait vrai en allumant la télé le lendemain soir à peine rentré chez lui. Les deux amants mangèrent devant l'écran, blottis l'un contre l'autre sur le canapé, partageant le même plaid.

Simon palpitait d'amour et de bonheur. *C'est ce que j'ai attendu toute ma vie ! J'ai enfin rencontré l'homme idéal.* Il avait cru demander l'impossible en espérant un tel niveau de compréhension et de partage, et sa joie était si grande qu'il avait du mal à y croire. Pourtant, Hong-Wei était bien là, juste à côté de lui. Simon aurait voulu le serrer dans ses bras, s'étendre avec lui sur le canapé et l'embrasser passionnément.

Mais c'était presque le moment du baiser sous la pluie, aussi Simon ne bougea-t-il pas.

À quatre heures du matin, à la fin de la première saison, le couple épuisé monta ensemble l'escalier.

— Je ne peux pas croire que nous ayons passé tout ce temps devant la télé ! marmonna Hong-Wei, l'œil torve. Mais ça en valait la peine. Quelle belle fin !

— Attends de voir la suite ! La seconde saison est encore meilleure que la première. Il y a des bonus à la fin de chaque épisode pendant le générique, les acteurs apparaissent en version plus âgée, donnant ainsi un aperçu de ce que l'avenir leur réserve. Leurs relations sont aussi plus développées. Et la fin est si émouvante que je pleure chaque fois. Je regrette tellement que la troisième saison ait dû être annulée à cause d'Ariel Lin, l'actrice qui joue Xiang Qin ! Elle a eu de gros soucis de santé.

— Oh, c'est triste !

— Tu verras, après la deuxième saison, tu regretteras aussi qu'il n'y en ait pas davantage, surtout quand je te raconterai ce qui était censé se passer. Mais bon, ils ont quand même bien bouclé leur affaire. La fin ouverte laisse place aux interprétations… Au fait, on verra davantage Aaron Yan dans la saison deux.

Hong-Wei lui jeta un coup d'œil.

— Ne me dis pas qu'il est docteur !

— Non, il joue Ah Bu, le riche amoureux de Chun Mei. Ça a été son premier rôle, pas son meilleur, mais celui qui a lancé sa carrière.

Hong-Wei se détendit.

— Parfait, je ne tiens pas à le considérer comme un rival.

Simon se blottit contre son épaule.

— C'est toi que j'aime, pas Aaron Yan.

Hong-Wei déposa un baiser sur ses cheveux

— Tant mieux. Nous commencerons la deuxième saison demain soir, mais à un rythme plus raisonnable, d'accord ? Je comprends ta passion, cette série réchauffe le cœur. Je suis très fier que les Taïwanais soient capables de produire de telles émissions.

— En général, toutes les séries romantiques asiatiques ont le même esprit. Je les apprécie toutes, mais je préfère les taïwanaises, elles ont plus de cœur. Ça me réconforte dans mes moments de doute. Je me sens mieux après les avoir regardées. Toi… tu es le condensé de ce que j'aime le plus dans ces émissions !

Très ému, il caressa le visage de Hong-Wei, son front, ses joues.

Les deux amants s'écroulèrent sur le lit et entremêlèrent leurs bras et leurs jambes. Dans leur état de fatigue, leurs ébats amoureux furent brefs et peu dignes d'un film ou d'un feuilleton. Pourtant Simon s'endormit le cœur débordant de bonheur.

Ces heures qu'il venait de passer devant sa série préférée avec son amant resteraient un des plus beaux souvenirs de sa vie.

XIII

HONG-WEI ÉTAIT amoureux de Simon, certes, mais il s'attachait de plus en plus à la population de Copper Point, tout particulièrement à la famille de son amant.

Maddy Lane était une femme charmante. Fin juillet, quand elle les invita à dîner, Hong-Wei accepta avec enthousiasme. Les Lane étant particulièrement friands de la cuisine du China Garden, il proposa d'en apporter certains plats et tous insistèrent pour son « menu spécial », comme les gens continuaient à l'appeler, bien que Zhang le propose dorénavant sur sa carte sous l'intitulé *Little Taipei*.

C'était chez les Lane que Hong-Wei avait enfin vu Simon utiliser des baguettes. Ce jour-là, Maddy et Lia, sa sœur cadette, étudiante momentanément en congé, s'étaient moquées de Simon et de sa maladresse. Du coup, le jeune homme, vexé, leur avait prouvé que s'il le voulait, il pouvait lui aussi se servir de ces étranges instruments.

Les deux sœurs se donnaient aussi la peine de préparer à Hong-Wei des plats taïwanais. Maddy l'interrogea sur ses préférences – ou ce qui lui manquait le plus. Et elle insista jusqu'à ce qu'il réponde.

— Mon plat préféré est la soupe aux nouilles et au bœuf, mais je n'aime que la recette de ma grand-mère – que ma sœur connaît aussi.

Elles ne lui firent pas de soupe, mais une très bonne omelette aux huîtres qu'il dégusta sans cacher son plaisir.

Il appréciait aussi la discrétion du père de Simon, Stephen, un homme qui aimait lire son journal dans un fauteuil, à l'écart, et n'entrait dans la conversation que quand on lui demandait son avis. Il semblait considérer les mots comme des diamants qu'il distribuait avec parcimonie. Il rappelait à Hong-Wei son grand-père, ce qui le rendait nostalgique.

Plusieurs fois, en rentrant chez lui après une soirée chez les Lane, Hong-Wei se retrouva dans le salon, le téléphone à la main, le numéro de son père affiché sur son écran. Il levait le pouce, mais sans avoir le courage de presser le bouton d'appel. Alors, il rangeait son smartphone et arpentait la pièce, les yeux fixés sur ses baies vitrées. Quand serait-il prêt à renouer le contact ? se demandait-il.

Avant ça, que devait-il faire pour retrouver son estime de soi ?

Hong-Wei ne passait pas tout son temps libre avec les Lane. Il voyait aussi Ram Rao qui ne cessait d'insister pour l'emmener prendre un café. Hong-Wei veillait ensuite à rassurer Simon, craignant un accès de jalousie. Oh, il était presque certain que Ram ne le draguait pas, tout ce qui intéressait le professeur de musique, c'était son quatuor. Au début, leurs discussions portaient essentiellement sur des questions théoriques, mais quand Hong-Wei reçut de Houston son violon, Ram s'emballa pour de bon et débusqua Hong-Wei à la cafétéria de l'hôpital pendant ses pauses.

Un jour, les yeux fiévreux, il tapota son gobelet en carton sur la table en formica.

— À ton avis, Jack, quand devrions-nous commencer les répétitions ? Et à quel rythme ? Trois fois par semaine, ça te paraît excessif ?

— Tu es fou ? Si je parviens à me libérer pour une répétition hebdomadaire, ce sera déjà de la chance. Et je risque toujours de me décommander au dernier moment si j'ai une urgence et je ne serai pas libre le week-end. En revanche, je m'entraînerai seul aussi souvent que possible. De préférence chez Simon… Jared et Owen, ajouta-t-il très vite. Leur maison est à l'écart, aussi ne dérangerai-je pas les voisins.

Ram soupira.

— D'accord, je ferai avec. Tes impératifs de chirurgien sont prioritaires, je le comprends bien. Quel dommage que tu n'aies pas plus de temps libre ! Ste Anne devrait vraiment engager un second titulaire.

Hong-Wei sourit.

— L'administration y pense. Et j'avoue avoir bien plus de travail actuellement qu'à mes débuts. En tout cas, je suis impatient de voir ton quatuor se mettre en place. Je suis un peu rouillé, mais je ferai de mon mieux.

— C'est une blague ? J'étais là quand tu as joué sur le violon d'un étudiant cette œuvre de Mozart, c'était digne d'un pro ! Tu m'as donné la chair de poule.

Gêné, Hong-Wei s'empourpra.

— Tu exagères, je m'échauffais.

Ram lui tapota le bras.

— Justement ! Tu aurais pu faire carrière dans la musique, mon vieux, mais je suis heureux que tu aies opté pour la médecine, puisque ça t'a amené ici. J'ignore si tu auras un jour l'occasion d'utiliser tes talents exceptionnels, mais en attendant, tu pourras jouer dans mon quatuor, c'est toujours ça.

Leur conversation fut interrompue par une agitation ayant lieu dans le couloir devant la cafétéria, puis une foule se déversa dans la salle. Ram, étonné, regarda autour de lui sans comprendre. Hong-Wei, quant à lui, reconnut le processus.

D'un geste, il désigna Simon, Owen et Jared qui installaient un système de stéréo portable.

— Un des enfants s'apprête sans doute à quitter l'hôpital. Alors, le trio va donner un spectacle.

Les yeux de Ram s'illuminèrent.

— Oh, oui, j'en ai entendu parler ! J'ai toujours eu envie d'y assister.

Déjà, la musique commençait et les trois amis se lançaient dans leur danse en mimant les paroles.

Après un bref moment de stupéfaction, Ram plissa le nez et éclata de rire.

— Mon Dieu ! Je n'aurais jamais cru que c'était mauvais à ce point ! J'adore ! Cette musique, c'est de la K-pop, non ? Ça vient certainement de Simon. Pourquoi ne prennent-ils pas plutôt des airs de Bollywood ? En tout cas, ils font un tabac. Écoute un peu ces applaudissements !

CETTE NUIT-LÀ, Simon travaillait. Owen et Jared tentèrent de convaincre Hong-Wei de les accompagner à l'hôpital, mais il refusa, préférant rester tranquillement chez lui.

Il réfléchissait à ce que Ram lui avait dit. Ainsi, il pouvait jouer du violon et pratiquer la médecine. Et Ram avait fait montre d'un tel enthousiasme en parlant de son quatuor ou en écoutant ce spectacle ridicule !

Il fut presque soulagé qu'un appel de sa sœur l'arrache à ses pensées.

— Finalement, tu as bien fait de déménager, constata-t-elle. Tu parais épuisé comme toujours, mais heureux. Ça, c'est nouveau !

Il répondit en toute franchise, sans chercher à cacher la vulnérabilité qu'il devait d'entendre dans sa voix.

— J'aime la vie que j'ai ici. Bien sûr, personne ne s'attendait à me voir atterrir dans un endroit pareil, mais j'ai trouvé ma place à Copper Point. Mon exercice est assez peu conventionnel, mais… ça me convient très bien. Et tu as raison : je suis heureux.

Elle lui répondit d'une voix douce, sans sarcasme ni ironie, contrairement à son habitude.

— N'ai pas peur, Hong-Wei. Je suis avec toi. Je suis tellement heureuse de te savoir enfin apaisé.

Oh, il avait peur, mais sans doute était-il temps de faire le premier pas.

— Hong-Su, j'ai laissé tomber tout le monde, j'en suis conscient, mais je m'efforce de devenir celui dont la communauté d'ici a besoin. Mon travail est moins glorieux qu'à Baylor, mais plus gratifiant. J'apprécie mes patients et c'est réciproque. Je me sens *utile* ici, insista-t-il, la main crispée sur son téléphone. C'est très important pour moi.

Le long silence qui suivit fut une torture, mais quand Hong-Su s'exprima enfin, sa réponse ne fut pas celle à laquelle Hong-Wei s'attendait.

— C'est avec les parents que tu devrais avoir cette conversation. Si tu veux mon avis, tu te trompes complètement sur la façon dont ils ont pris ta décision. Tu as renoncé à une carrière prestigieuse et tu en gardes une certaine amertume, ce que je peux comprendre, mais tu as mal interprété ma réaction et celle de la famille. Je sais le poids que ton éducation fait porter sur tes épaules Hong-Wei, j'ai subi la même chose, à un moindre degré. Je te comprends. Comme toi, j'ai dû m'adapter à un pays étranger, à de nouvelles coutumes, et apprendre une langue barbare... Et ça, ni nos parents ni nos grands-parents ne l'ont vécu. Nous avons dû devenir très vite de parfaits petits Américains à l'école tout en restant asiatiques à la maison. Et toi, en plus, tu avais ton homosexualité à assumer. Je voudrais...

Sa voix se brisant, Hong-Su mit un moment à retrouver son calme. Elle reprit ensuite :

— Je voudrais juste te savoir *heureux*. Et le bonheur, contrairement à ce que tu croyais, n'a rien à voir avec la réussite professionnelle ou le fait de rendre fiers ses parents. Je te souhaite de vivre ta vie comme tu l'entends, Hong-Wei, sans contrainte ni restriction. Tout ce qui compte à mes yeux, c'est ton bonheur et je te le répéterai jusqu'à ce que tu me croies. Poursuis ta quête, mon frère. Tu rencontreras des obstacles en chemin, tu tomberas parfois, mais c'est la vie, la *vraie* vie.

Hong-Wei ferma les yeux, mais il ne put retenir les larmes que déclenchait le discours de sa sœur. Ses joues se mouillèrent.

— Merci.

Elle renifla, puis poussa un long soupir.

231

— Très bien. Maintenant, assez de sentimentalité, d'accord ? J'ai une histoire amusante à te raconter : ça m'est arrivé cet après-midi.

Il l'écouta… apaisé, comme toujours, par le son de sa voix.

CE FUT pendant la Collecte des Pompiers, évènement caritatif annuel organisé le deuxième week-end d'août autour d'une vente de pancakes, que Simon perdit patience.

Il était venu avec Hong-Wei, Jared et Owen, et la ferme intention de passer un moment en tête-à-tête avec son amant, et voilà que se pointait le conseil d'administration de Ste Anne, John Jean Andreas en tête.

Les deux amants décidèrent de se séparer afin de ne pas attirer l'attention sur eux. Simon s'assit à une table avec sa mère, condamné à regarder toute la ville faire sa cour à Hong-Wei. Et Ram était aux premiers rangs des thuriféraires !

— Dire que j'ai passé la semaine à attendre cette sortie ! se lamenta-t-il. Je ne supporte plus de voir cette parade !

Il planta son couteau dans une saucisse carbonisée et y mordit avec rage en fusillant son ex des yeux. Maddy le rappela à la prudence d'une tape sur le bras.

— Tais-toi. On nous écoute certainement.

Simon en avait assez de se surveiller.

— Maman, je n'en peux plus, je vais finir par craquer !

Elle leva sa tasse de café à sa bouche et fixa son fils par-dessus le bord en carton. D'une voix à peine audible, elle demanda :

— Vraiment ? Et que comptes-tu faire au juste ? Rompre ou démissionner ?

Simon se voûta.

— Je ne sais pas. Ni l'un ni l'autre. J'ai réfléchi, tu sais, je pourrais toujours trouver du travail à Ironwood.

Sa mère fronça les sourcils.

— Je ne serais pas rassurée de te savoir sur les routes en hiver. Veux-tu que nous rentrions ? Nous pourrions parler à la maison sans crainte d'être écoutés.

— Non, ça va aller, rétorqua Simon sans conviction.

Il se leva, abandonnant son assiette à peine entamée, et se mêla à la foule. Peu après, il rejoignit Rebecca, Kathryn et un groupe d'employés de la Chambre de Commerce qui discutaient avec animation du poste à pourvoir au conseil et se demandaient qui remplacerait Mark Larsen.

Jacob Moore, qui possédait la librairie de la Grand Rue, secoua la tête.

— Ils éliront un autre membre de leur petit cercle fermé, bien entendu, mais qui ? Ils ne sont plus tellement nombreux !

Simon sentit la présence de Hong-Wei derrière lui : l'odeur familière son après-rasage l'enveloppait. Avant même de parler, son amant lui effleura le coude.

— Vous savez, annonça-t-il, n'importe qui peut se présenter aux élections.

Sidéré, le groupe se mit à bafouiller et à protester. Ignorant cette réaction, Hong-Wei se pencha vers Simon :

— Tout va bien ?

Dans ce contexte, Simon n'avait qu'une seule repose possible :

— Oui, très bien, merci.

Hong-Wei lui caressa encore le coude, puis s'écarta comme si de rien était.

Simon était désespéré. Il aurait voulu s'appuyer à Hong-Wei comme Kathryn le faisait avec Rebecca. Il rêvait aussi d'annoncer à tout Copper Point que Hong-Wei était à lui.

Les murmures s'étant calmés, les questions commençaient à fuser.

— Oui, insista Hong-Wei, vous pouvez tous postuler, sauf Kathryn, qui comme moi est salariée de l'hôpital. Pourquoi ne pas tenter le coup ? Un peu de sang neuf ferait du bien au conseil.

August Taylor, gérant du *coffee shop*, envoya un coup de coude à Rebecca.

— C'est toi qui devais te présenter, Becca.

Elle s'étrangla de rire.

— Moi ? Oh, mon Dieu ! Quelle idée !

Kathryn la regarda, le front plissé.

— Bébé, Gus a raison. Tu serais géniale dans ce rôle.

Alors que la discussion reprenait de plus belle, Hong-Wei s'éclipsa en faisant signe à Simon de le suivre. Quittant la salle des fêtes, ils allèrent marcher au grand air sur la falaise surplombant la baie.

Une fois loin des yeux et oreilles indiscrètes, Hong-Wei annonça :

— J'ai rendez-vous lundi avec John Jean Andreas.

Simon ouvrit de grands yeux.

— Vraiment ? Pourquoi ?

— Officiellement, c'est pour m'annoncer que Ste Anne est prêt à financer du nouveau matériel et me convaincre d'exercer en tant qu'intensiviste. Personnellement, j'aimerais forcer le conseil à révoquer son règlement ridicule.

Cessant de marcher, Simon se retourna et lui fit face.

— Tu n'as pas renoncé ? Même après tout ce temps ?

Surpris, Hong-Wei fronça les sourcils.

— Renoncer ? Moi ? Jamais ! Je suis obstiné quand j'ai une idée en tête. Mais ça ne sera pas facile ! Ça fait des mois que je cherche à coincer Erin Andreas, il est aussi fuyant qu'une anguille.

— Je ne vois pas ce que tu espères obtenir. Crois-tu vraiment faire changer d'avis le conseil ?

— Je suis certain qu'un jour, je vivrai notre amour au grand jour sans risque pour nos emplois.

Simon détourna la tête vers la baie. Le vent se levait et les vagues heurtaient les rochers.

— Toi, ils ne te vireront pas.

— Je n'accepterai jamais que tu sois le seul à payer, Simon. Si on te met à la porte, je partirai aussi.

Simon vacilla, comme si le sol bougeait sous les pieds. Il écarta les jambes pour rétablir son équilibre.

— Non ! C'est impossible ! Tu as signé un contrat de…

— Un contrat, ça se rompt, coupa Hong-Wei. Je peux partir quand je veux, ma seule pénalité serait de rembourser ma prime d'engagement. Si tu y tiens, je démissionne dès demain et nous irons nous installer ailleurs, tous les deux.

Voyant Simon prêt à tomber, Hong-Wei le soutint en lui tenant le bras.

— N'aie pas peur, reprit-il. Je sais très bien que tu tiens à rester à Copper point. Je ne disais pas que nous allions le faire, je te rappelais simplement que j'étais prêt à tout pour rester avec toi. Je trouverai un autre moyen. Je ne sais toujours pas comment faire pression sur le conseil. Sois patient. J'ai dans l'idée que je n'aurai qu'une seule chance de les faire plier, alors je ne veux pas la gâcher en agissant avant d'avoir toutes les cartes en main.

Simon le regarda, si beau, si confiant et attentionné. Quelle magnifique vision il était ainsi silhouetté contre l'océan, les cheveux agités par le vent !

Simon posa la main sur son bras.

— C'est à des moments comme celui-là que le secret me pèse, souffla-t-il. J'ai terriblement envie de t'embrasser éperdument, mais je ne peux pas, on pourrait nous voir...

Hong-Wei eut un sourire un peu triste.

— Crois-moi, j'en ai tout aussi envie. Patiente encore, je t'en prie.

Furtivement, Simon lui effleura la poitrine, savourant les muscles durs à travers la chemise. Son geste fit longuement frissonner son amant.

Rasséréné, Simon hocha la tête.

— D'accord, j'attendrai... aussi longtemps qu'il le faudra.

DEPUIS SON arrivée à Copper Point, Hong-Wei avait souvent rencontré John Jean Andreas, mais ils étaient en tête-à-tête pour la première fois.

Ils s'étaient donné rendez-vous dans le *steakhouse* où Hong-Wei avait déjeuné avec le conseil, peu après son installation. En tant que nouvel arrivant, il avait attiré les regards, mais il fut accueilli cette fois comme une célébrité locale. Pendant qu'il tentait de traverser la salle, il dut serrer plusieurs mains, admirer des photos de bébés et écouter ses patients lui raconter en détail leur convalescence.

John Jean attendait patiemment qu'il échappe à ses admirateurs. Quand certains des convives s'en excusèrent auprès de lui, il sourit benoîtement et répondit « aucun souci ». De toute évidence, il appréciait la popularité du chirurgien de Ste Anne.

Une fois les deux hommes attablés, un serveur leur apporta un grand verre d'eau et s'éclipsa pour aller chercher leur commande de boissons.

Hong-Wei se pencha :

— Excusez-moi de vous avoir fait attendre, M. Andreas. Et merci de votre patience.

Comme il l'avait espéré, John Jean apprécia cette marque de déférence. Il se rengorgea et leva son verre de vin.

— C'est bien normal, Dr Wu. Vous avez la côte et Ste Anne ne peut que s'en féliciter. Notre communauté vous apprécie aussi bien pour vos compétences professionnelles que pour l'attention que vous portez à vos patients. Le conseil vous en est très reconnaissant, l'administration aussi, bien entendu.

Hong-Wei se félicita que John Jean lui donne ainsi l'ouverture qu'il cherchait.

— Oh, à part le cas de M. Zhang, mes opérations sont restées assez classiques, vous savez.

— C'est absurde ! Vous avez trouvé la meilleure solution qui soit pour Mme Mueller au lieu de l'envoyer dans un hôpital psychiatrique lointain, comme le conseillaient vos prédécesseurs. Je sais aussi qu'à Ste Anne, vous vous entretenez régulièrement avec vos confrères sur les dossiers en cours et qu'ils apprécient grandement la sûreté de vos diagnostics et la validité de vos avis. Grâce à vous, ils savent à quels spécialistes adresser leurs patients. Si nous avions à Copper Point plus de spécialistes, eux aussi vous demanderaient conseil, ce qui nous économiserait bien des dépenses.

Hong-Wei sirota son verre.

— Manifestement, vous prêtez attention à ce qui se passe à l'hôpital.

À ce moment-là, le serveur les interrompit en passant prendre la commande. Hong-Wei resta impassible, mais intérieurement, il était consterné : avait-il perdu l'opportunité d'aborder le sujet qui lui tenait à cœur ?

À peine se retrouvèrent-ils seuls que John Jean s'adossait à son dossier, le bras le long de sa banquette.

— Dr Wu, connaissez-vous l'histoire de Copper Point ?

— Non, pas vraiment.

Andreas senior hocha la tête et se lança dans son récit :

— C'est l'une des premières villes du Wisconsin bâties par des colons, des explorateurs de nationalité espagnole, française et anglaise. Comme dans beaucoup de cas, c'était au départ un avant-poste pour le commerce des fourrures. Par la suite, on a découvert les mines de cuivre, la ville a changé de nom et Copper Point a connu une belle prospérité jusqu'à la guerre civile. Quand l'exploitation minière a diminué, Copper Point a failli disparaître. Elle a été sauvée par l'industrie du bois à la fin des années 1870. Malheureusement, les arbres sont plus vite coupés qu'ils ne poussent et la déforestation a vite tourné au désastre. Dans les années 1960, le paysage était un vrai gâchis. Par chance, le tourisme a pris le relais et l'exploitation minière a redémarré, comble de l'ironie, mais cette fois-ci avec le grès. Dommage que cette industrie s'accorde mal au tourisme, ce qui fragilise encore notre économie pour les prochaines décennies.

Andreas tapota la table avant de continuer :

— Ma famille est à Copper Point depuis sa fondation. Mes ancêtres, qui étaient dans le commerce des fourrures, ont aidé à créer le premier hôpital peu après la construction des premières maisons particulières. En 1880, nous avons participé à l'édification du bâtiment qui, bien des années plus tard, deviendrait Ste Anne. Nous sommes intervenus chaque fois que la santé des habitants de Copper Point a été menacée, pendant les épidémies, les incendies ou les catastrophes naturelles, tempêtes de neige et autres. Alors, oui, pour répondre à votre question, je prête attention à ce qui se passe à l'hôpital. C'est mon devoir en tant que président du conseil d'administration, mais plus encore, c'est ma responsabilité en tant que chef de la famille Andreas.

Hong-Wei laissa le silence retomber et réfléchit quelques instants à ce qu'il venait d'entendre. Il aurait aimé que Copper Point ait un musée avec des photos et des reliques du passé. Il fit tourner son vin dans son verre.

— Mes grands-parents vous apprécieraient beaucoup.

Sa réflexion parut surprendre Andreas.

— Si je me souviens bien, ils vous ont accompagnés aux États-Unis quand votre famille a quitté Taïwan, c'est ça ?

— Oui.

Après une brève hésitation, Hong-Wei décida de se confier à son tour. L'heure n'était plus aux manipulations stratégiques.

— Vous m'avez raconté l'histoire de Copper Point, M. Andreas, que savez-vous de celle de Taïwan ?

Sans cacher sa curiosité, John Jean croisa les mains sur la table et se pencha en avant.

— Pas grand-chose, reconnut-il. Je sais seulement que l'île est en conflit avec la Chine pour une question de territorialité, c'est ça ?

— Oui, on se bat à Taïwan depuis le XIIIe siècle. À un moment ou à un autre de notre histoire, nous avons été envahis par les Chinois, les Japonais et les Européens. Ceux qui résidaient dans l'île avant l'arrivée des partisans de Sun Yat-Sen, Chiang Kai-Shek et autres nationalistes ont un contexte culturel et économique très différent des continentaux, ce qui aujourd'hui encore affecte la nation.

John Jean écoutait attentivement. Il acquiesça.

— Je me souviens de l'avoir entendu en cours d'histoire. Pour vous et votre famille, c'est très personnel, n'est-ce pas ?

— Oui, en particulier pour mes grands-parents. Ils ont assisté à des changements radicaux, aussi bien dans leur pays que dans leur famille. N'étant pas continentaux, ils ont grandi sous la domination japonaise. Par la suite, le gouvernement nationaliste leur a reproché d'être restés dans l'île au lieu d'immigrer en Chine. Leur manière de s'adapter, c'est de ne rien changer à leur mode de vie. D'après eux, ce qui compte, c'est de garder traditions et souvenirs. Et de rester unis, en famille. À son arrivée au Texas, ma grand-mère était d'un calme olympien alors qu'elle ne parlait pas un mot d'anglais. Elle nous emmenait ma sœur et moi à l'épicerie, certaine qu'à nous trois, nous réussirions à nous débrouiller. D'après elle, tout était possible tant que nous restions unis et respectueux des autres.

John Jean sourit.

— Quelle belle histoire ! Et que votre famille doit être fière de votre réussite !

Il ne pouvait le savoir, mais sa réflexion atteignit Hong-Wei au plus profond. Pour amortir le choc, il évoqua les encouragements de Jared, Owen et Simon, et l'émouvant discours de Hong-Su.

— Je suis très heureux d'être venu à Copper Point, se contenta-t-il de dire. J'espère que ma famille comprend mon choix.

John Jean, qui avait pensé lui faire un compliment, parut interloqué.

— Je ne vois pas ce qu'on pourrait vous reprocher, Dr Wu ! Vous êtes un excellent médecin, la communauté est rassurée de savoir qu'un chirurgien est prêt à intervenir en cas d'urgence et si j'en crois mes renseignements, vous avez été bien accueilli. Et ça ne suffirait pas à votre famille ?

— Je suis loin de Houston…

Comment expliquer sa position à un homme dont les ancêtres avaient conquis des siècles plus tôt le territoire sur lequel il régnait encore aujourd'hui ?

Après une hésitation, Hong-Wei reprit :

— Vous ne savez pas ce que c'est qu'être immigrant, M. Andreas. Vos ancêtres l'ont été, mais il y a bien longtemps. Moi, je l'ai vécu. Je peux vous dire que si la première génération se tue au travail, elle espère voir ses enfants atteindre les sommets.

— Mais vous y êtes, Dr Wu ! Nous comptons doter Ste Anne de matériel et de personnel supplémentaire afin que vous puissiez exercer dans les meilleures conditions possibles. Et bien entendu, conclut-il avec un clin d'œil, Simon Lane restera dans votre équipe.

Sidéré, Hong-Wei se figea. Était-ce un effet de son imagination ou le président du conseil venait-il d'annoncer être au courant de sa liaison avec Simon ?

Son verre étant vide, John Jean s'empara de la bouteille de vin et s'en versa une nouvelle rasade. Il servit aussi Hong-Wei, releva les yeux et reprit :

— Je l'avoue, j'ai d'abord cru que vous vous intéressiez au Dr Gagnon. Mais peu importe, ne vous inquiétez pas. Même si nous tenons à appliquer de façon très stricte le règlement qui interdit les relations entre les employés, il peut y avoir des exceptions… en particulier pour notre intensiviste. Nous vous demanderons juste de rester discret.

Le cœur de Hong-Wei battait fort à ses oreilles. Comment était-ce possible ? Comment Simon et lui s'étaient-ils trahis ? Ils avaient fait si attention.

Il tenta de rester calme, malgré la panique qui montait en lui, mais John Jean semblait avoir tous les atouts en main.

Finalement, Hong-Wei se racla la gorge.

— Je suis désolé. Je ne vous suis pas très bien. De quelle exception parlez-vous ? Et qu'est-ce qu'Owen a à voir là-dedans ?

John Jean agita la main.

— Ne vous inquiétez pas, répéta-t-il. Ni pour vous ni pour M. Lane. Nous tenons à vous, Dr Wu. Nous comptons sur vous pour continuer sur votre lancée et permettre à Ste Anne de prospérer. Oh, voici nos plats ! Parfait, je meurs de faim ! Maintenant, j'aimerais votre avis : comme je vous le disais, nous allons bientôt recruter de nouveaux médecins. Pourriez-vous me donner une liste des spécialités prioritaires ? À moins que vous ayez des noms à me proposer ?

Hong-Wei avait l'impression d'avancer dans le brouillard. Il aurait dû interroger John Jean et chercher, comme cela avait été son intention initiale, le moyen de faire abolir ce règlement grotesque, mais sa gorge était trop serrée, il ne pouvait plus articuler un mot.

Il avait été joué, il le comprenait à présent.

Par ses confidences patelines, Andreas senior avait su créer une ambiance d'intimité. Ensuite, il avait arraché à Hong-Wei l'histoire de ses grands-parents. Pour finir, il avait porté l'estocade avec un sourire de requin.

Simon ne risquait pas d'être renvoyé… à condition que Hong-Wei accepte d'être intensiviste à Ste Anne.

C'était dans ce but que le président du conseil était venu déjeuner avec lui.

Parfaitement au courant de la liaison entre son médecin vedette et Simon, il avait décidé d'utiliser cet atout pour arriver à ses fins.

Contre un adversaire pareil, Hong-Wei ne faisait pas le poids.

XIV

QUAND LA voiture de Hong-Wei se gara dans l'allée, Simon était déjà rentré. Lové dans le canapé, il regardait *Miss in Kiss* [10]. Jared était dans la cuisine, occupé à faire la vaisselle. Il jeta un coup d'œil par la fenêtre et lança :

— Oh, c'est Hong-Wei. Pourquoi conduit-il aussi vite ? J'ai cru qu'il s'agissait d'un livreur fou.

Simon leva les yeux.

— Tu crois qu'il a un problème ?

Jared se sécha les mains avec une grimace.

— J'en ai bien peur, oui. Il arrive au pas de course.

Inquiet, Simon éteignit la télé, se leva et alla ouvrir la porte. À peine avait-il jeté un regard à Hong-Wei que son cœur se serra. Il n'eut pas le temps de parler, Hong-Wei lui lançait déjà :

— Ils savent, Simon !

Owen grogna, referma son ordinateur et se leva pour les rejoindre. Il paraissait prêt à se battre.

— Entre, Jack, et ferme cette porte.

Simon s'était figé, tétanisé, les yeux fixés sur Hong-Wei. Son amant semblait perdu, troublé… et aussi épuisé que s'il venait d'opérer vingt-quatre heures de suite dans des conditions difficiles.

— Ils savent… *quoi ?* Tu veux dire… *nous ?* Le… le conseil ? Ils sont au courant ?

Hong-Wei acquiesça.

— Oui. Je ne sais toujours pas comment ils ont fait. J'essaie de comprendre, je me creuse la cervelle, mais je ne vois pas comment nous avons pu nous trahir.

Owen l'examinait, les yeux plissés. Attentif et très dangereux.

— C'est le père Andreas qui t'a dit ça ? Ce n'étaient peut-être que des soupçons. Les as-tu confirmés ?

Hong-Wei grimaça.

10 Feuilleton asiatique faisant suite à *It Started With a Kiss*.

241

— Non, je n'ai rien dit, mais ça ne change rien. Il ne jouait pas. En fait, le marché a été très clair : le conseil ne nous virera pas, Simon et moi, à deux conditions : un, nous restons discrets, deux, je deviens leur intensiviste. Et ils comptent bien me tenir en laisse !

Horrifié, Simon recula d'un pas, la main sur la bouche. Jared, qui s'était joint au trio, posa une main sur son épaule et l'autre sur celle de Hong-Wei. Il conduisit ses deux amis jusqu'au canapé, les fit asseoir et prit place en face d'eux, sur un repose-pied.

— Bon, respirez un grand coup tous les deux, et calmez-vous, d'accord ? Maintenant, Jack, raconte-nous ce qui s'est passé.

Hong-Wei passa la main dans ses cheveux.

— John Jean Andreas m'a donné rendez-vous au *steakhouse*. J'ai mis du temps à traverser la salle jusqu'à la table où il m'attendait parce que des gens… des patients ne cessaient de m'intercepter pour me saluer et… bref, je l'ai fait attendre. Quand je l'ai enfin rejoint, je me suis excusé, mais il était très souriant. D'après lui, ma popularité ne pouvait qu'être favorable à Ste Anne. Il m'a même félicité d'être aussi bien accepté par la communauté. Ensuite, il… il m'a raconté l'histoire de Copper Point et je ne sais trop comment, il est passé à celle de sa famille, me précisant bien que les Andreas faisaient partie des premiers colons au temps du commerce de la fourrure.

Il soupira, l'air penaud, et enchaîna :

— Dans cette ambiance de franche camaraderie, je lui ai raconté comment ma famille avait quitté Taïwan. J'ai baissé ma garde, je l'avoue, je l'ai cru sincère et j'ai pensé pouvoir lui parler ouvertement. Ensuite, sans préavis, il m'a annoncé qu'il était au courant de ma relation avec Simon. J'en suis resté comme deux ronds de flan, je ne savais pas quoi répondre. C'est là qu'il m'a dit de ne pas m'inquiéter parce que le chirurgien intensiviste de Ste Anne, bien entendu, aurait un passe-droit. Ah, il a été parfait ! De tout le repas, il n'a jamais élevé la voix ni proféré une menace. Il n'en avait pas besoin, d'ailleurs, vu qu'il avait déjà toutes les cartes en main. Il m'a manipulé et je n'ai rien vu venir !

Dire que Hong-Wei avait quitté le Texas pour fuir les magouilles des grands hôpitaux et qu'à peine arrivé dans une petite ville du Nord Wisconsin, il tombait entre les griffes d'un conseil machiavélique ! À cette idée, Simon eut le cœur au bord des lèvres. *C'est à cause de moi que John Jean pense pouvoir abuser de lui.*

Owen, assis sur la table basse, avait les poings serrés comme s'il cherchait sur qui cogner.

— Et légalement, c'est recevable une connerie pareille ? rugit-il. Nous devons consulter Rebecca. Elle pourrait nous dire si nous avons des chances d'attaquer le conseil en justice. Ils n'ont aucune preuve contre Simon et Hong-Wei, pas vrai ?

Jared secoua la tête.

— Le problème, c'est que ni Simon ni Hong-Wei n'ont été licenciés. Et même s'ils recevaient une lettre recommandée à cet effet, ils devraient nier leur liaison pour contester leur « faute grave »... ce qui serait un mensonge.

Owen leva les mains au ciel.

— Alors, on fait quoi ? Ce chantage est inacceptable, bordel ! Je regrette franchement notre syndicat !

Jared tapa son genou du poing.

— Nous allons consulter Rebecca et Kathryn, c'est une bonne idée, décida-t-il. Même si nous n'avons pas encore besoin d'un avocat, deux femmes intelligentes et capables de garder leur sang-froid en période de crise sont des atouts précieux à avoir dans notre camp. À l'heure actuelle, il nous faut regrouper autour de nous autant d'amis que possible.

Ravalant la nausée qui lui remontait dans la gorge, Simon se tourna vers Hong-Wei, mais sans oser affronter son regard.

— Je suis désolé.

Hong-Wei posa la main sur sa jambe.

— De quoi ? s'étonna-t-il. C'est moi qui devrais l'être. Oh, oui, Simon, j'ai des excuses à te présenter, je cherchais justement comment les formuler. J'avais promis de te protéger et j'ai failli, Simon. Je suis tellement désolé !

— Non, ne dis pas ça, c'est à cause de moi que le conseil cherche à te manipuler.

— J'ai été trop confiant avec John Jean Andreas et je me suis fait avoir comme un imbécile. C'est pathétique !

Simon ferma les yeux, prit la main de Hong-Wei et se pencha vers lui.

— Je déteste ce qui nous arrive, toute cette situation !

Hong-Wei lui caressa les cheveux.

— Moi aussi.

PEU APRÈS, Rebecca et Kathryn, dûment convoquées, sonnaient à la porte. Une fois mises au courant de la situation, elles en furent aussi choquées et consternées que les quatre amis, mais alors que Kathryn s'inquiétait de la réaction émotionnelle de Simon et Hong-Wei, Rebecca affichait une résolution presque létale. Elle confirma l'avis de Jared : il n'y avait pas encore de recours légal.

Elle en voulait furieusement au conseil de ses manigances.

— Ils déraillent complètement ! s'emporta-t-elle. C'est insupportable. Vous savez quoi ? Je vais me présenter aux élections pour le siège à pourvoir. Et je vais gagner ! Imaginez un peu la tête de ces vieux réacs quand ils verront une lesbienne en furie, dominicaine qui plus est, prendre d'assaut leur forteresse ! Je compte les attaquer à la hache !

Kathryn, les yeux brillants d'admiration, approuva cette humeur guerrière.

— Bravo, chérie ! Il faudrait plus de gens comme toi au conseil, c'est la seule façon de faire bouger les choses à Copper Point.

Owen frappa la table du poing.

— Exactement ! Ras-le-bol que ces vieux cons se prennent pour des dieux tout-puissants ! Ce sont des élus, pas nos patrons ! Si Nick et Erin avaient des couilles, nous n'en serions pas là !

Ils restèrent à discuter jusque tard dans la nuit, se plaignant du conseil et élaborant des stratégies pour assurer l'élection de Rebecca. Quand ils se séparèrent enfin, épuisés, Hong-Wei resta chez Simon.

Il ne prit même pas la peine de cacher sa voiture.

LE LENDEMAIN à l'hôpital, Simon eut la sensation que tous les yeux étaient fixés sur lui. En plus, il cherchait à comprendre comment la vérité avait pu sortir du puits, il analysait son comportement, celui de Hong-Wei et repensait aux conseils de prudence de sa mère.

Hong-Wei vint le rejoindre au bureau des infirmiers et lui passa la main dans le dos. Simon sursauta et jeta un coup d'œil nerveux autour de lui. D'autres personnes se trouvaient là, sans doute allaient-elles remarquer l'attention que Hong-Wei lui portait.

Sans retirer sa main, Hong-Wei déclara :

— Cesse de t'inquiéter. Nous trouverons une solution.

Quand le chirurgien s'en alla pour faire sa tournée de patients, Simon avait le cœur qui battait la chamade. Il affronta ses collègues... À sa grande surprise, tous lui souriaient amicalement.

Christie s'approcha et lui tapota l'épaule avec un soupir.

— Mon chou, tout le monde est au courant.

Une vague de panique envahit Simon, son sang se figea dans ses veines.

— Hein ? Comment ça ?

Dante lui sourit.

— M'enfin, ça t'étonne ? Vous n'avez même pas cherché à vous cacher à la Collecte des Pompiers ! La rumeur commençait à peine à se répandre qu'on vous voyait ensemble sur la falaise, enlacés. Même une partie de votre conversation a été surprise et répétée !

Ses jambes cédant sous lui, Simon s'assit un peu brutalement.

— Pourquoi ne rien m'avoir dit lundi ?

Christie parut étonnée.

— Et ça aurait changé quoi ? Nous avions tous très peur que tu sois viré. En fait, c'est que tu sois encore là qui me surprend.

Dante ricana.

— Pas moi. Le conseil sait très bien que si Simon prend la porte, leur poule aux œufs d'or démissionnerait illico.

Ronnie leva les yeux du chariot qu'il remplissait.

— Mais ce n'est pas possible ! Le Dr Wu ne peut pas démissionner, il a signé un contrat de cinq ans.

Dante secoua la tête.

— Et alors ? Un contrat, ça se rompt, surtout quand on a de l'argent. Si le conseil touche à Simon, je suis sûr et certain que le Dr Wu claquera la porte.

Simon avait envie de vomir. Il sentit qu'écouter plus longtemps cette conversation lui ferait plus de mal que de bien.

— Je vais… y aller, bredouilla-t-il. J'ai du travail.

Il se releva péniblement et erra dans les couloirs. Chaque visage qu'il croisait ajoutait à son cauchemar éveillé. *Tout le monde est au courant.*

Tous ses collègues connaissaient sa relation avec Hong-Wei, mais surtout, ils savaient que l'hôpital le gardait pour ne pas perdre un excellent chirurgien. Donc, Simon bénéficiait d'un traitement de faveur. C'était une injustice flagrante. Les autres finiraient immanquablement par lui en vouloir. Simon en eut les larmes aux yeux. La journée allait être longue, terriblement longue, et les suivantes aussi.

Son avenir à Ste Anne s'annonçait bien sombre.

Non ! Il n'accepterait pas une telle pression.

Pendant sa pause, il sortit de l'hôpital et s'assit dans la cour, la tête dans les mains. Sentant une présence, il sursauta et se retourna. C'était Owen.

Submergé par ses émotions, Simon hoqueta, les yeux noyés de larmes.

Owen s'assit à ses côtés sur le banc et posa le bras sur ses épaules.

— Hé ! Ça va s'arranger, je te le promets. Nous trouverons une solution.

Simon se blottit contre son ami, reconnaissant de ce soutien inconditionnel. Pourtant, sa poitrine était toujours prise dans un étau. Quel imbécile il était d'avoir cru que le pire qu'il risquait était un licenciement ! … Il s'était trompé ! Il avait passé son temps à s'angoisser pour de mauvaises raisons

Il serra les doigts sur la manche de la blouse d'Owen.

— Je me sens pris au piège, je déteste ça ! Je déteste encore plus ne rien pouvoir faire. J'étais si heureux, Owen, et maintenant, tout est gâché. Et lui… Il a tant fait pour Copper Point… Est-ce qu'on n'aurait pas pu lui ficher la paix ? C'est tellement injuste !

— Simon, toi aussi tu te dévoues tous les jours pour les malades, toi aussi, tu mérites leur reconnaissance. Tu viens d'une des familles fondatrices, tu étais sur un char le jour de la parade. Copper Point n'est pas seulement ta ville natale, c'est aussi celle où sont tes racines. Tu as trouvé le bonheur et le conseil cherche à t'utiliser pour manipuler celui que tu aimes. Tu es en droit d'être en colère devant leur réaction. Ces gens t'ont failli, pas le contraire. Tu n'as rien fait de mal, la situation est odieuse, mais c'est toi et Jack qui subissez une terrible injustice.

Jusqu'à ce moment, Simon n'y avait pas pensé, mais Owen disait vrai : la communauté de Copper Point l'avait lamentablement laissé tomber.

LE SOIR même, il alla se coucher la tête pleine d'idées qui tourbillonnaient. Il resta longtemps éveillé, les yeux au plafond, à réfléchir aux paroles de son ami.

Effectivement, il était né à Copper Point et les Lane et les Petersen faisaient partie des premiers colons. Pourtant, jamais Simon ne s'était mis sur le même plan qu'Erin Andreas.

Pourquoi ?

Après réflexion, il en vint à la conclusion que les Andreas en cessaient de se vanter de leur pédigrée tandis que les siens, des deux côtés, restaient bien plus discrets. Était-ce la seule raison ? Non, l'argent entrait également en ligne de compte. Si aucune des trois familles n'en manquait, seuls les Andreas affichaient le leur avec ostentation : ils résidaient sur la colline dans un beau manoir qu'ils faisaient visiter à la belle saison. Grand-père Petersen, s'il n'était pas membre du conseil de l'hôpital, avait été élu au conseil municipal et un Lane avait été maire de Copper Point. Quant à son père, il était très engagé à la Chambre de Commerce.

Dans ce cas, quelle était la *vraie* différence entre Erin et lui ? Une simple question de perception ? Son homosexualité, parce qu'il n'avait jamais caché son orientation ? Non, d'après lui, le problème venait d'ailleurs. Sa famille ne fréquentait pas les mêmes cercles que les Andreas, leurs amis n'étaient pas du même bord. Il sentait très vivement l'impact de ces nuances même s'il avait du mal à les décrire.

Pour faire bref, Copper Point encensait Erin et tournait le dos à Simon. En vérité, c'était tout ce qui comptait.

Allongé dans le noir, Simon sentit son cœur se briser. Ayant toujours vécu à Copper Point, il avait voulu y revenir après ses études et y faire sa vie, mais au fond, il n'y avait jamais eu sa place. Craintif de nature, il avait renoncé à son rêve – explorer le monde – sans pour autant trouver la sécurité qu'il espérait en échange. S'il avait quitté Copper Point pour rencontrer d'autres personnes, découvrir d'autres endroits, peut-être aurait-il également été trahi d'une façon ou d'une autre, mais aurait-ce été aussi douloureux que le reniement de sa ville natale ?

Arrête ! se tança-t-il. *Ça suffit le mélo. Tu as de fidèles amis.*

C'était vrai, mais quand même, Simon venait d'ouvrir les yeux : Copper Point n'était pas ce qu'il avait prétendu jusque-là. Peut-être était-ce sa faute plus que celle de la communauté. Ou alors les torts étaient partagés.

Peu importait, il était libre désormais. Les chaînes qui le retenaient à Copper Point ayant été brisées, de nouveaux horizons se déployaient devant lui. La porte était ouverte, allait-il la franchir ? Il n'en était pas encore certain et la simple perspective de prendre son envol lui donnait le vertige.

La veille encore, il n'aurait pas envisagé de se poser la question.

Si Copper Point comptait s'en prendre à eux, quelles raisons Hong-Wei et Simon avaient-ils de rester ?

Sentant le désespoir de Simon, Hong-Wei se désolait de ne pas parvenir à lui rendre le sourire. Et que Simon se croie la cause de leurs ennuis le minait. « C'est mon attitude à la Collecte des Pompiers qui tout révélé », affirmait son jeune amant. Hong-Wei, qui en doutait, culpabilisait de son côté : ne pensant qu'à savourer sa liaison, il avait trop tardé à faire pression sur le conseil.

Et désormais, il vivait le même enfer qu'à Houston, à la fin de son internat ! Oh, les manigances étaient différentes, car les partis impliqués cherchaient à le manipuler de façon plus personnelle, mais l'effet restait identique et dévastateur. Quelle ironie !

Et cette fois, il ne pouvait pas couper les ponts et fuir, car Simon s'y refuserait. Pour être franc, Hong-Wei n'était pas certain non plus que ce soit la meilleure solution. Il n'appréciait pas que le conseil essaie de le manipuler ni que John Jean croie avoir en lui une marionnette, mais il aimait sa vie à Copper Point. Et ce n'était pas seulement dû à Simon. Depuis son arrivée, Hong-Wei s'était fait des amis : Jared et Owen, Kathryn et Rebecca, mais aussi les Zhang et le personnel du China Garden, Ram et le reste du quatuor – il avait attendu avec impatience sa première répétition avec eux ! Et aussi odieux que soit le conseil, Hong-Wei aurait aimé développer le potentiel médical de Ste Anne, conscient que cela pourrait grandement améliorer la vie quotidienne d'une communauté qu'il en était venu à adopter.

Oui, il se sentait chez lui à Copper Point.

Il le réalisa un soir au China Garden. Désormais, il ne cherchait plus à cacher ses rendez-vous avec Simon. Le hic était que leurs fidèles amis, les croyant tous deux au fond du trou, veillaient à ne pas les laisser seuls. *Ils en devenaient envahissants*, pensait Hong-Wei, à la fois touché et consterné.

Ce soir, la table était bondée : en plus de Jared, Owen, Kathryn et Rebecca, Ram et le reste du quatuor s'étaient également invités.

Mme Zhang posa les commandes sur la table et pressa une main frêle sur son épaule. Arraché par ce geste à ses pensées, Hong-Wei regarda autour de lui. La chaleureuse affection de ceux qui l'entouraient le réconforta grandement.

Il avait toujours cru qu'en cas de problème insoluble, il avait l'option de s'en aller, mais c'était faux. Il se sentait impliqué à Copper Point, « trop » impliqué pour être tenté de fuir. Et ça, il venait seulement de le comprendre. Il ne *pouvait pas* abandonner ses amis, il ne le *voulait pas*.

Simon le suivit chez lui en quittant le restaurant. Une fois la porte refermée, les deux amants s'installèrent sur le canapé du salon et passèrent un long moment à se dévisager en écoutant *La chanson de Solveig,*

Tout en caressant ses cheveux et son visage, Simon remarqua :

— Tu sembles troublé. Je veux dire… plus que d'habitude.

Hong-Wei fit glisser ses doigts le long du bras de son jeune amant.

— J'aurais voulu tellement mieux pour toi, pour nous ! Les commérages se déchaînent contre nous parce que je suis médecin et que tu travailles sous mes ordres. C'est intolérable ! Et je ne sais pas quoi faire. Je me sens impuissant, j'ai le sentiment d'avoir tout gâché.

Cet aveu lui coûta beaucoup. D'abord, l'échec n'était pas dans sa nature, ensuite, il n'était pas encore totalement remis de son premier, celui qu'il considérait avoir infligé à sa famille.

Il était pris au piège : ne pouvant ni fuir ni abandonner Simon, il était condamné à voir souffrir celui qu'il aimait sans pouvoir le consoler.

Simon secoua la tête et pressa ses doigts sur ses lèvres.

— Tu dis n'importe quoi, tu n'as rien gâché, je t'aime. Et ce qui nous arrive n'est pas de ta faute.

— Il ne s'agit pas de *faute*, mais de *responsabilité*. Je suis responsable de toi, en tout cas, j'y tiens éperdument. J'aurais tant voulu te rendre heureux, te garder à l'abri de tout. Et j'ai échoué dans les deux cas.

Simon l'embrassa, puis s'installa sur ses genoux, les bras autour du cou de son amant et l'embrassa éperdument. Quand il releva la tête pour respirer, il frotta son nez sur celui de Hong-Wei.

— Mais si, voyons, tu me rends heureux. Et je suis à l'abri dans tes bras. Malgré tout, nous devons tenir compte de Ste Anne et du conseil. Je ne supporte pas que John Jean croie pouvoir te manipuler en m'utilisant. La plus sûre façon de lui échapper, c'est de partir ensemble. Quittons Copper Point, Hong-Wei, c'est la seule solution.

Il soupirait, mais son visage sérieux prouvait la sincérité de sa détermination.

Hong-Wei n'en croyait pas ses oreilles.

— Quoi ? Mais tu m'as dit et répété que pour rien au monde tu ne quitterais l'endroit où tu es né ! Tu as déjà tenté de travailler ailleurs, tu as détesté ça.

Simon prit le visage de Hong-Wei en coupe.

— Oui, c'est vrai, je l'ai dit, mais c'était avant que nous soyons ensemble. Je t'aime, Hong-Wei. Je t'aime plus que tout, plus mon travail, plus que Copper Point. Si je dois choisir entre eux et toi, il n'y a pas photo. Je n'ai même pas besoin d'y réfléchir. Je te choisis toi !

Hong-Wei le regarda, trop abasourdi pour parler. Il effleura avec dévotion le visage de son amant, ses cheveux, son cou.

Soudain hésitant, Simon se mordit la lèvre. Il s'accrocha à la main de Hong-Wei et demanda :

— Tu ressens la même chose, j'espère ?

Hong-Wei poussa un son étranglé et serra Simon très fort dans ses bras, le visage enfoui dans ses cheveux.

— Bien sûr, tu es tout pour moi. Je t'aime tellement que ça me coupe le souffle. Si j'ai mis du temps à te répondre, c'est que j'ai reçu un choc : je ne savais pas que tu étais prêt à tout abandonner pour moi.

Rassuré, Simon lui noua ses bras autour de la taille.

— J'ai beaucoup réfléchi ces derniers temps. Avec toi, je suis prêt à tout quitter. Oh, Copper Point me manquera, ma famille aussi, et même Ste Anne malgré les misères qu'on m'y fait, mais je ne peux pas vivre sans toi et je n'ai pas envie de rester si c'est pour nous cacher et que tu sois exploité par ces horribles grippe-sous. Ensemble, nous trouverons un endroit où être heureux et aider les autres.

Toujours blotti contre Simon, Hong-Wei éclata d'un rire rauque qui ressemblait à un sanglot. Ému au-delà des mots, le cœur tambourinant, une grande chaleur l'irradiait de l'intérieur. Il aurait voulu se fondre dans Simon et ne faire plus qu'un avec lui. Il se contenta de le serrer très fort et de l'embrasser avec passion.

Au fil des mois, ils avaient fait l'amour d'innombrables fois dans toutes les pièces du duplex, mais quelques minutes plus tard, quand Hong-Wei entraîna Simon dans l'escalier, il eut l'impression que c'était leur première fois. Ou une première fois d'un genre différent. Simon avait dit qu'il l'aimait, qu'il l'aimait *plus que tout*, qu'il était prêt à renoncer à tout ce qu'il connaissait pour vivre avec lui.

Si Hong-Wei devait partir, cette fois, il ne serait pas seul.

Peut-être n'était-ce pas à Copper Point qu'il avait trouvé sa vraie place en ce monde, mais aux côtés de Simon Lane.

Une fois dans la chambre, Simon se tint devant lui, nu et tremblant de désir. Hong-Wei hésita.

Le remarquant, l'expression du jeune infirmier devint incertaine.

— Hong-Wei ? Ça va ?

Hong-Wei se déshabilla hâtivement et attira Simon dans ses bras pour tomber à la renverse sur le lit. Il berça son amant contre son cœur et déclara d'une voix vibrante de sincérité :

— Je n'ai jamais été aussi bien !

XV

LE LENDEMAIN matin, Hong-Wei approcha du bâtiment de musique de Bayview Université, son violon à la main. Il avait le cœur lourd. Au cours du petit déjeuner, Simon et lui avaient discuté : la question n'était plus de savoir s'ils devaient ou pas s'en aller, mais seulement de déterminer leur destination. Ils comptaient en parler à Jared et Owen le soir même. Hong-Wei s'angoissait à l'idée de faire ses adieux à ceux qu'il considérait comme des amis. Ram était sur la liste.

Le professeur de musique allait être déçu de perdre le second violon qu'il venait à peine de le trouver ! Et Hong-Wei avait été si heureux d'avoir l'opportunité de jouer. Un humble quatuor communautaire était loin de correspondre à ses rêves d'antan, mais il aimait la convivialité des répétitions et la perspective de ne plus jouer avec ses nouveaux amis – *lui, il avait des amis !* – lui était douloureuse.

En le voyant, les membres du quatuor devinèrent que quelque chose n'allait pas. Hong-Wei n'avait pas prévu de leur parler dès ce matin de ses projets, considérant qu'il devait en prévenir en priorité Jared et Owen, mais au cours des derniers mois, il avait perdu sa capacité de dissimuler ses émotions, en tout cas vis-à-vis de ceux qui lui étaient chers.

Amanda Rodriguez, altiste et professeur de chimie à l'université, l'approcha la première :

— Jack, qu'est-ce qui ne va pas ? Tu parais si triste !

Pour tenter de donner le change, Hong-Wei esquissa un sourire forcé.

— J'ai pas mal de choses sur le cœur ces derniers temps, mais ça va aller.

Peu après, Ram parla du quatuor et des concerts qu'il prévoyait, en particulier pour le Festival du Fondateur. Il s'exprimait avec fierté et Hong-Wei en fut écrasé de remords. Puis Ram lui sourit en disant que ses compétences au violon ouvraient au quatuor de nouveaux morceaux jusque-là inaccessibles.

Incapable d'en supporter davantage, Hong-Wei cacha son visage dans ses mains. Son voisin, Tim Lee, professeur de littérature mondiale, posa son violoncelle et se tourna vers lui.

— Ça suffit les cachotteries, Jack ! Que se passe-t-il ? Parle, sinon tu vas exploser.

Hong-Wei avoua tout : son désir éperdu dès sa première rencontre avec Simon, la cour qu'il lui avait faite, le règlement restrictif de Ste Anne et la résistance initiale de Simon qui craignait de perdre son emploi, puis leurs rencontres secrètes, les machinations de John Jean Andreas les mettant au pied du mur. Enfin, d'une voix brisée, il annonça la décision que Simon et lui avaient fini par prendre de quitter Copper Point.

Les coudes sur les genoux, son violon posé à côté de lui, il baissa la tête, malheureux et vaincu.

— C'est la seule solution qui nous reste de vivre notre amour au grand jour, conclut-il. Si je ne vous en ai pas parlé dès mon arrivée, c'est que personne n'est au courant, pas même Owen et Jared. Simon et moi comptions le leur annoncer ce soir. Simon a aussi l'intention d'en parler à sa famille, mais j'ignore quand. Et nous n'avons pas encore décidé où nous installer. Je préférerais que ce ne soit pas trop loin afin qu'il puisse rendre de fréquentes visites aux siens, mais il prétend que notre priorité, c'est de trouver un grand hôpital où je puisse exercer. Comment peut-il penser à ma carrière à un moment pareil ? Nous pourrions retourner au Texas, bien entendu, car mon père nous aiderait à nous installer, mais… je ne sais pas. Je préférerais rester ici, mais dans ces conditions, ce n'est pas possible.

Ram déplaça les pupitres pour faire glisser sa chaise et se rapprocher de lui.

— Nous serons désolés de te perdre, tu sais. Je parle de notre quatuor, bien sûr, mais aussi de toute la communauté. Tu es très apprécié à Copper Point !

Les autres acquiescèrent et marmonnèrent leur approbation. Après un bref silence de réflexion, Ram enchaîna :

— Je comprends ta décision, je ferais la même chose à ta place. Ce qui me sidère, en revanche, c'est que Simon accepte de quitter Copper Point. Il a toujours affirmé qu'il ne le ferait jamais. Il y a quelques années de ça, il sortait avec un professeur d'écriture créative embauché grâce à une subvention. Ils semblaient bien s'entendre, mais quand Marc a dû partir à la fin de son contrat de douze mois, Simon a refusé de le suivre.

Le cœur serré, Hong-Wei évoqua la voix passionnée de son jeune amant disant que son amour pour lui comptait plus que tout, plus que Copper Point.

— J'aimerais trouver une solution pour rester, avoua-t-il.

Tim lui tapota le dos.

— Tu ne contrôles pas cette situation pourrie, Jack. Ta seule option, c'est de jouer tes cartes.

Intellectuellement, Hong-Wei en était conscient, mais émotionnellement, il détestait ça. Il redressa la tête.

— Je sais, oui. Je vais m'efforcer de rester positif. Duluth n'est pas si loin, après tout, et c'est une ville assez sympa d'après ce que j'en sais. De plus, les syndicats sont mieux représentés au Minnesota qu'au Wisconsin, aussi Simon sera-t-il mieux protégé.

Il hésita. Devait-il parler de ses projets personnels ? Il finit par décider que maintenant qu'il avait commencé à vider son sac, il pouvait aussi bien aller jusqu'au bout.

— Je compte lui demander de m'épouser, déclara-t-il. Si nous devons vivre notre amour au grand jour, je veux que ce soit en couple marié.

Son annonce déclencha un tollé de cris et d'acclamations, tous quittèrent leurs sièges pour le féliciter, l'étreindre et lui taper dans le dos. Quant à Ram, il lui ébouriffa affectueusement les cheveux. Abandonnant la répétition prévue, ils cherchèrent la meilleure façon pour lui de faire sa demande.

— Quelque chose de romantique, suggéra Amanda.

Ram ricana.

— Avec Simon, ça ne suffira pas, il faut que ce soit *incroyablement* romantique. Et même un tantinet mélo. Pensons plutôt Bollywood ou ces séries asiatiques qu'il adore.

Tim eut un rictus.

— À mon avis, Jack, tu devras te déclarer dans un endroit public. Les gens en seraient surpris et enchantés, ensuite ils apprendraient votre départ et se retourneraient contre le conseil.

Tout à coup, Ram se leva, les yeux écarquillés, un grand sourire aux lèvres.

— Oh, mon Dieu ! Je viens d'avoir une idée géniale ! J'ignore si tu accepteras, Jack, mais ce serait la meilleure des solutions !

La gorge serrée, Hong-Wei jeta un coup d'œil autour de lui et vit quatre visages joyeux, quatre personnes désireuses de les aider, Simon et lui.

Comment supporter de les perdre ?

Son cœur enfla jusqu'à la douleur. Il se renfonça dans son siège et hocha la tête :

— Je t'écoute, Ram.

SIMON NE parvint pas à attendre le soir pour parler à Owen.

Dès son arrivée à l'hôpital, le regard perçant de son ami l'avait épinglé. Par la suite, Owen n'avait cessé d'insister pour savoir ce qui n'allait pas. À l'heure du déjeuner, Simon céda et se lança dans son récit. Dès les premiers mots, Owen l'interrompit, l'entraîna dans une salle de conférence vide et téléphona à Jared pour lui dire de les rejoindre à Ste Anne sans attendre.

Simon avait déjà eu du mal avec Owen. Incapable de supporter la pression de ses deux amis penchés sur lui, il se mit à pleurer.

— Je n'ai pas envie de partir, mais je ne peux pas rester ici et continuer comme ça. Et je ne peux pas non plus renoncer à Hong-Wei.

Il se voûta, certain que les deux autres allaient lui crier dessus.

Il se trompait. Un grand silence tomba sur les trois hommes. Simon osa relever la tête. Pour une fois, Owen semblait plus triste que furieux. Il posa la main sur le dos de Simon et dessina des cercles apaisants.

— Où comptez-vous aller ?

— Nous ne savons pas encore. En vérité, nous ne sommes pas d'accord. Il voudrait rester à proximité de Copper Point, mais à mon avis, ce serait dommage pour lui et pour sa carrière. Un médecin aussi remarquable mérite un grand hôpital…

Simon s'arrêta pour renifler et reprendre son souffle.

Jared lui prit la main.

— Ne t'en fais pas, vous finirez par trouver une solution qui vous satisfasse tous les deux. Et vous avez raison de quitter Copper Point. Il n'y a pas d'avenir ici.

Ainsi Owen et Jared arrivaient à la même conclusion que Hong-Wei et lui ? Submergé, Simon pleura de plus belle.

— Mais vous allez tellement me manquer ! hoqueta-t-il.

Owen grogna et lui ébouriffa les cheveux.

— Qu'est-ce que tu racontes ? Espérais-tu te débarrasser de nous si facilement ? Si vous partez, nous aussi.

Au début, Simon crut à une plaisanterie, mais pas du tout, Owen était tout à fait sérieux. Simon jeta un coup d'œil interrogateur à Jared, qui leva les mains avant de répondre :

— Tu n'as quand même pas oublié le serment que nous nous sommes fait à l'université, hein ? *Tous pour un et un pour tous.* Nous sommes frères, Simon, et nous resterons unis envers et contre tout. Owen a raison. Si nous sommes revenus à Copper Point, c'est pour être avec toi, parce que tu paraissais y tenir. J'avoue que ça nous plaisait aussi d'aider la communauté, mais si ces ingrats ne sont pas fichus de serrer les rangs pour vous soutenir, Jack et toi, contre le conseil, ils ne valent pas que nous restions plus longtemps. Donc, nous partons avec vous.

Simon se couvrit la bouche pour retenir ses sanglots.

— Vous êtes géniaux, les gars !

Owen sourit.

— Oui, oui, je sais. Dis-moi, crois-tu que Jack va nous trouver encombrants ? Ton bonheur compte beaucoup pour moi, gamin, mais si je peux en plus agacer notre chirurgien, ce serait un bonus.

Pensif, Jared s'accouda à la table de conférence. Il déclara en ricanant :

— Ce cher Nick va recevoir un sacré choc quand il apprendra que Ste Anne perd trois bons médecins et le meilleur des infirmiers ! Bien fait pour lui ! Et si nous demandions à Kathryn et à Rebecca de nous suivre ?

Bouleversé, Simon éclata d'un rire larmoyant. Très émus eux aussi, ses deux amis le serrèrent dans leurs bras. Simon se laissa faire, le cœur en fête. Même s'il était en train de prendre du retard pour son travail, il ne comptait pas se priver du réconfort qu'Owen et Jared lui offraient dans ce moment difficile.

Ce fut tout à fait rasséréné qu'il quitta la salle de conférence. En principe, seuls ses deux amis étaient au courant de son prochain départ. Pourtant, très étrangement, Simon sentit très vite que la nature des murmures et des regards qui continuaient à le suivre partout s'était… modifiée.

Il s'apprêtait à quitter l'hôpital, quand Susan le coinça dans un couloir pour lui demander si c'était vrai, s'il comptait vraiment démissionner et partir loin de Copper Point. Trop surpris pour cacher sa réaction, Simon marmonna un « vous verrez bien » avant de prendre la fuite. Il atteignait le parking quand un ambulancier l'intercepta en lui posant la même question.

En se rendant chez Hong-Wei, Simon était un peu inquiet. Et il en voulait à Owen et Jared. Quelles pipelettes, ces deux-là ! À moins qu'ils n'aient délibérément laissé courir le bruit de son départ… mais *pourquoi* ?

À peine arrivé, il raconta ses déboires à Hong-Wei.

Son amant, très penaud, lui révéla que la « fuite » venait de lui. Il se laissa tomber dans le canapé et s'excusa :

256

— Je suis vraiment désolé. J'étais censé répéter avec le quatuor, mais j'étais bouleversé, ils s'en sont rendu compte, ils m'ont interrogé et de fil en aiguille, je leur ai tout raconté. Je leur avais demandé la discrétion, mais ils n'en ont pas tenu compte, on dirait.

Simon s'installa à côté de Hong-Wei, les pieds sur un coussin.

— C'était prévisible ! Amanda est une tombe, mais Ram et Tim sont trop bavards pour réussir à tenir leur langue, surtout avec un secret pareil. Oh, mon Dieu ! Il faut que je prévienne maman avant qu'elle l'apprenne par la bande. J'ai peur qu'il soit déjà trop tard.

Il ne se trompait pas. En sortant son portable, il constata avoir manqué un appel de sa mère. Il la rappela sans attendre. À peine avait-il décroché qu'elle lui demanda si le bruit qui courait était vrai…

— Tu envisages de quitter Copper Point avec Jack, chéri ?

— Excuse-moi maman, j'avais prévu de t'en parler moi-même, mais nous avons été pris de court. Oui, c'est vrai.

— Venez tout de suite à la maison, tous les deux.

Simon ayant accepté, Hong-Wei et lui passèrent la soirée à discuter avec les Lane. C'était assez étrange ! Leur projet prenait forme alors qu'ils n'avaient pas encore officiellement démissionné ni décidé où s'installer.

Attablé dans la salle à manger de ses parents, Simon jeta un coup d'œil à son amant qui sirotait un café, puis reprit :

— Nous ne savons pas où aller. J'aimerais un endroit où Hong-Wei pourra exercer au mieux de ses capacités.

Par-dessus le rebord de sa tasse, Hong-Wei lui jeta un regard sévère.

— Et moi, je veux que Simon reste à proximité de sa famille.

Maddy soupira.

— C'est une décision difficile et chacun de vous cherche à tenir compte de l'autre. Quel dommage que le conseil soit aussi borné et que vous ayez à partir ! J'étais si heureuse que Simon ait enfin trouvé l'homme qui lui fallait. J'envisage très sérieusement de prendre John Jean entre quatre yeux pour lui exprimer ce que je pense de ses manigances !

De derrière son journal, le père de Simon intervint :

— Non, Maddy, surtout pas. Si tu le défies publiquement, il ne fera que se retrancher sur ses positions.

Au moment du départ, Stephen Lane attira son fils à l'écart pour lui glisser mille dollars dans la main.

— C'est pour participer à ton déménagement, chuchota-t-il, d'une voix plus rauque que d'ordinaire. Si ça ne suffit pas, dis-le-moi franchement, d'accord ?

Incapable de regarder Simon dans les yeux, il se contenta de lui tapoter le dos.

Une fois dans la voiture, Simon se mit à pleurer et il ne s'arrêta pas jusqu'au moment où Hong-Wei l'aida à se mettre au lit.

Il resta très émotif la semaine suivante, quand des gens qu'il avait connus toute sa vie se mirent à défiler pour lui souhaiter bonne chance avec Hong-Wei. Tous exprimaient aussi leurs regrets de perdre leur chirurgien.

Puis le bruit courut que Jared et Owen s'en allaient eux aussi et l'agitation générale menaça de tourner à l'émeute. Ce n'était pas tant l'anesthésiste que regrettait la communauté, peu consciente du rôle vital qu'Owen jouait à Ste Anne, mais le pédiatre dévoué qui savait faire rire les enfants malades et se mettait en quatre pour leur arracher un sourire. Les seuls à se féliciter du départ des « pédés », c'était la poignée de bigots conservateurs qui semblaient craindre qu'un homme gay et fier de l'être donne des idées – en clair, *corrompe* – leur précieuse progéniture.

Une évidence restait incontournable : Jared était à l'heure actuelle le seul pédiatre de Copper Point, comme Kathryn était la seule gynécologue-obstétricienne, Hong-Wei le seul chirurgien et Owen le seul anesthésiste. Et comme les médecins en place à Ste Anne étaient déjà overbookés, en perdre trois d'un coup paraissait impensable. Qu'allaient donc devenir les patients ?

Bien que Kathryn et Rebecca n'envisagent pas de déménager, la rumeur prétendait le contraire et la ville paniquait. Les lettres arrivaient de plus en plus nombreuses au conseil, au directeur de l'hôpital, au journal local, mais aussi à tous ceux plus ou moins susceptibles d'intervenir. Et la communauté tout entière comptait bien assister à la prochaine réunion du conseil d'administration pour demander l'abrogation de cette règle restrictive unanimement jugée responsable du désastre.

Ravi de ce chaos, Owen lisait tous les soirs le journal, en particulier le virulent courrier des lecteurs. Mort de rire, il partageait avec ses amis les passages les plus intéressants. Jared, quant à lui, cherchait plutôt les endroits où s'installer. Il avait ouvert un classeur qui récapitulait leurs options et s'asseyait souvent avec Hong-Wei pour en discuter, comparant les avantages des villes en question et les spécificités de leurs hôpitaux.

Simon commençait à réaliser que Hong-Wei ne tenait pas plus que lui à quitter Copper point.

Alors qu'aucun des quatre amis n'avait encore officiellement démissionné, le personnel de Ste Anne les traitait comme si leur départ était imminent. Simon recevait quotidiennement des étreintes et des vœux de bonne chance, Hong-Wei des regards attristés. Tout le monde se demandait comment s'en sortirait l'hôpital avec trois médecins en moins.

— IL PARAIT que c'est la panique au conseil ! annonça un jour Hong-Wei à Simon.

Ils déjeunaient dans son bureau de plats livrés par le China Garden. Les Zhang ayant eux aussi appris leur départ, ils exprimaient leur chagrin en doublant les portions. Avec ce qui restait sur la table, Simon et Hong-Wei auraient de quoi manger pendant trois jours.

Simon planta ses baguettes dans ses nouilles.

— Ça n'a rien de surprenant. Ont-ils tenté de négocier avec toi ?

Avant de répondre, Hong-Wei croqua dans une boulette.

— Non, et ça m'étonne un peu. John Jean doit vraiment croire qu'il a tous les atouts en main et qu'une nouvelle approche de sa part serait un aveu de faiblesse. Ou alors il se sent acculé et il ignore comment sortir de cette impasse.

Simon se pencha et l'embrassa sur la joue.

OWEN ET Simon finirent par s'intéresser au classeur de Jared, qui commençait à se remplir. Après un débat animé, le groupe décida de concentrer ses efforts sur les hôpitaux de la région des *Twin Cities* [11].

Et tous lancèrent encore la devise des *Trois Mousquetaires* : *tous pour un, un pour tous* !

Soulagé à l'idée de garder ses meilleurs amis, Simon faisait de son mieux pour participer. Il éclata de rire quand Owen proposa d'acheter une maison à quatre et que Hong-Wei refusa platement.

— Voisins, d'accord, colocataires, il n'en est pas question ! Je ne veux que Simon !

11 « Les villes jumelles », Minneapolis et de Saint Paul, au Minnesota.

Un vague de chaleur envahit Simon quand il comprit que Hong-Wei comptait vivre ouvertement en couple avec lui.

LE LENDEMAIN, Simon s'apprêtait à quitter Ste Anne et rêvassait à son avenir avec Hong-Wei quand il croisa Erin Andreas dans un couloir. En fait, il le télescopa de plein fouet, provoquant la chute des dossiers que le DRH tenait à la main.

Écarlate, Simon se précipita pour aider Erin à récupérer son chargement.

— Oh, je suis désolé. C'est de ma faute ! Je… je ne regardais pas où j'allais.

Erin s'était lui aussi accroupi. Ses mains tremblaient.

— Ce n'est pas grave. Laissez, je vais récupérer tout ça.

Étonné, Simon lui jeta un coup d'œil plus attentif. Erin était pâle, sinon blême, avec des cernes sous les yeux, comme s'il n'avait pas dormi. Simon détourna les yeux et termina de ramasser les documents.

Erin Andreas fronçait les sourcils.

— Zut, tout est mélangé ! Tout remettre en ordre va me prendre un temps fou et ma réunion est dans quarante minutes.

Ce n'était pas tant les mots qui éveillèrent les soupçons de Simon que la voix d'Erin, éraillée, presque hésitante. En plus, le DRH n'osait pas croiser son regard.

Que se passait-il ?

L'attitude d'Erin avait changé de façon subtile et Simon n'était pas du tout certain qu'il l'aurait remarqué autrefois, quand la simple proximité du DRH l'effrayait et le privait de ses moyens. Aujourd'hui, Erin n'avait plus aucun pouvoir sur lui, son poste, sa vie, ou son avenir. Simon était libre ! C'était grisant.

Toujours agenouillé, Simon dévisagea son ancienne Némésis en essayant de déterminer ce qui n'allait pas. Erin Andreas était aussi hagard que Hong-Wei après ce funeste repas avec John Jean.

Erin réside en permanence sous le toit de son père, manipulateur et sans pitié.

Simon s'éclaircit la gorge et suggéra :

— Regardez, la salle de conférence est inoccupée. Si vous le permettez, j'aimerais vous aider à remettre ce dossier en ordre. Ça irait plus vite. Et c'est la moindre des choses, puisque c'est moi qui vous ai heurté.

Il s'attendait plus ou moins à voir son offre refusée, mais à sa grande surprise, ce ne fut pas le cas, même si Erin se contenta d'un sec mouvement de tête. Il tremblait toujours et semblait avoir l'esprit ailleurs.

Les documents entre les mains, Simon se redressa, entra dans la salle de conférence et déposa son chargement sur la table. D'instinct, il referma la porte.

Puis il commença à trier les papiers.

Erin Andreas, qui l'avait suivi, le fixait étrangement. Trente secondes plus tard, il se mettait à parler :

— J'ai essayé de vous prévenir.

Simon releva les yeux.

— De quoi ?

Erin avança et s'accrocha au dossier d'un des sièges réunis autour de la grande table.

— Vous travaillez en chirurgie, je savais que vous seriez en rapport constant avec le Dr Wu. J'avais lu son dossier, je m'étais aussi renseigné, je savais qu'il était... qu'il s'intéressait aux hommes. Et vous n'avez jamais caché votre homosexualité alors, je savais qu'il y aurait un risque... Je vous ai rappelé le règlement le jour où je vous ai envoyé le chercher à l'aéroport. Je voulais vous mettre en garde.

Oh. Voilà qui était... inattendu.

— Je n'avais pas compris, admit Simon. Eh bien, merci.

Erin ricana.

— À quoi bon me remercier ? Ça n'a servi à rien, vous n'avez pas tenu compte de mes conseils. Lui non plus d'ailleurs. Sans doute est-il plus à blâmer que vous. J'ai tout de suite senti qu'il était déterminé à n'en faire qu'à sa tête. C'est une qualité chez un chirurgien, je présume, mais en tant qu'employé, ça le rend difficile à gérer.

À ce stade, Simon n'avait plus rien à perdre.

— Justement ! Si vous et le conseil aviez évité de *gérer* Hong-Wei, nous n'en serions pas réduits à quitter Copper Point !

Le regard d'Erin se durcit.

— Alors, c'est vrai ? Vous comptez partir ? J'ai cru à une simple provocation.

Sidéré, Simon cligna des yeux.

— Une *provocation* ? Mais pour qui vous prenez-vous ? C'est peut-être un jeu pour vous, mais moi, c'est *ma vie*. Nous partons parce que nous refusons d'être manipulés.

Erin leva les yeux au ciel.

— C'est partout pareil. Vous serez manipulés où que vous alliez.

— À ce point ? Non, je ne crois pas.

Erin commençait à perdre pied.

— Mon père était prêt à faire une exception, il l'a clairement exprimé au Dr Wu !

— Peuh ! rétorqua Simon. Votre père a surtout espéré en faire sa marionnette. Pourquoi Hong-Wei aurait-il accepté ce marché de dupes, Erin ? Pour satisfaire la bigoterie des esprits étroits ? Avec ses diplômes et sa compétence, les hôpitaux les plus prestigieux se battent pour l'engager et vous croyez vraiment qu'il se contenterait de Copper Point et de rencontres furtives ? Et avez-vous réellement espéré que je le laisserais faire ? Même si j'avais été assez égoïste pour accepter, comment le reste du personnel aurait-il réagi à ce passe-droit à votre avis ? Ma vie serait devenue impossible !

Erin crispait si fort les doigts sur le dossier de la chaise que ses jointures avaient blanchi.

— J'ai tenté de vous avertir, répéta-t-il.

Simon grimaça.

— Et ça n'a servi à rien parce que je suis tombé amoureux. De toute façon, en quoi mon sort vous concernait-il ? Nous n'avons jamais été proches, je vous connais à peine. Vous avez tenté de me rendre service, je vous l'accorde… mais pourquoi ? Pourquoi *moi* ?

Après cet éclat, le silence retomba. Pendant un long moment, Erin affronta le regard perplexe de Simon. Il finit par reprendre la parole, d'une voix cassée :

— Si vous partez avec le Dr Wu, je suppose que la rumeur dit vrai et que les docteurs Gagnon et Kumpel vous suivront. Pourriez-vous me le confirmer, Simon ?

Il avait dans les yeux une lueur étrange, un mélange de fureur, de frustration et de chagrin. En fait, on aurait presque pu penser qu'il s'estimait trahi.

Simon en béait d'étonnement. Pourquoi Erin était-il aussi bouleversé ? Owen et lui passaient leur temps à s'accrocher. Leurs querelles étaient devenues légendaires à Ste Anne, comme si tous deux en avaient besoin pour expurger…

Oh !

Oh, non…

Quel gâchis ! Quel gâchis stupide et inutile !

Simon aligna la pile de dossiers étalés sur la table.

— Puis-je vous poser une question, Erin ? Pourquoi ce règlement qui interdit aux membres du personnel de se fréquenter ? Qui en est à l'origine ?

Après une très brève hésitation, Erin baissa la tête et répondit :

— Le conseil l'a proposé après les scandales qui ont secoué l'hôpital en lui faisant perdre une partie de sa crédibilité. Nick a accepté. Il ne s'oppose jamais aux décisions du conseil.

— Vous non plus, d'après ce qu'on dit.

Erin ignora la pique.

Après un moment de silence, Simon attaqua sous un autre angle :

— Pourquoi êtes-vous revenu travailler à Ste Anne ? Nous manquions déjà de personnel qualifié quand l'État a muselé les syndicats. Les salaires et avantages sociaux sont plus intéressants au Minnesota, vous le savez comme moi. Le conseil va vous faire perdre trois bons médecins et trouver des remplaçants ne sera pas si facile parce que le bruit commence à se répandre que les salariés se font virer pour un oui ou pour un non dans cet hôpital. Pourquoi ne changent-ils pas leur fusil d'épaule, Erin ?

Simon attendit une réponse qui ne vint pas. Il soupira et enchaîna :

— Je vois… Comme vous, le conseil ne croit pas à notre démission, c'est ça ? Ils vont tomber de haut. Ça m'amuse assez, je l'avoue, mais quand ils ouvriront enfin les yeux, nous serons loin et il sera trop tard. Vous êtes un homme intelligent, Erin, vous savez très bien que Ste Anne risque de ne pas s'en remettre, Copper Point non plus d'ailleurs. Kathryn hésite encore à cause de sa mère, mais Rebecca finira par la convaincre de s'en aller.

Erin ne répondait toujours pas. Résigné, Simon secoua la tête.

— Hong-Wei était prêt à s'investir à fond pour Ste Anne. Il fait partie de ces rares médecins qui font passer le bien-être des patients avant la réussite personnelle. Il aimait la région, il appréciait même une petite communauté où tout le monde se connaît. Il comptait exercer à la fois en intensiviste et en généraliste. Il avait même contacté d'anciens amis pour les inciter à s'installer ici. Un cardiologue était sur le point d'accepter. Dommage que vous teniez tant à votre Foutu Mémo !

Erin réagit enfin :

— J'applique seulement le règlement.

— Non, Erin. Vous avez cherché à me faire changer d'avis au lieu de vous concentrer sur le conseil. Vous les avez laissés contrôler cet hôpital et cette ville au lieu d'unir vos efforts à ceux de Nick Beckert pour bâtir un nouvel avenir. C'est vraiment navrant, car mes amis et moi aurions été heureux de vous aider.

S'écartant de la table, Simon retourna jusqu'à la porte. Avant de quitter la salle de conférence, il ajouta :

— Je suis sincèrement désolé pour vous, mais vous avez creusé votre propre tombe. Dorénavant, vous en gérerez seul les conséquences. Bonne chance !

Peu après, il quittait l'hôpital, l'esprit plus léger. Ce petit discours lui pesait sur le cœur depuis pas mal de temps. D'avoir parlé l'avait libéré.

CETTE NUIT-LÀ, ce fut sans hésitation qu'il se joignit aux trois autres pour étudier le classeur de Jared, puis consulter le portable d'Owen à la recherche de maisons à louer.

Même s'il aurait préféré rester à Copper Point, il comptait bien profiter à fond des surprises que l'avenir lui réservait.

XVI

Le jour du Festival du Fondateur arriva. Hong-Wei avait reçu des *Twin Cities* six offres fermes, dont une spontanée. Il tenait à exercer dans une petite structure où il aurait plus de chances d'être régulièrement avec Simon, comme à Ste Anne. Pour le moment, son choix était un hôpital de taille moyenne dans la banlieue sud de Minneapolis.

Owen consacrait beaucoup de temps à démontrer à Simon tout ce qu'une ville aussi importante leur permettait de faire.

Simon commençait à rêver – un peu seulement, car il gardait des regrets de quitter Copper Point. Cependant, il se disait qu'une fois le déménagement effectué, ça irait mieux.

Le festival fut pour lui une distraction – et un chagrin, vu qu'il s'agissait de son dernier. Il décida donc d'en profiter au maximum en compagnie de sa famille et de ses amis. N'était-ce la plus belle façon pour lui de faire ses adieux à sa ville natale ?

Ayant toujours adoré cette fête locale, il s'était porté volontaire cette année pour aider à l'organiser. Le jour J, il parcourut la Grand Rue et examina avec satisfaction les stands colorés. Sur l'arrière, au-delà du jardin public, la falaise surplombait la baie. *Quelle belle réussite !* se dit-il, heureux du résultat de ses efforts – de ceux du comité.

Tout Copper Point participait au festival. Hong-Wei et le nouveau quatuor de Ram jouaient dans le kiosque, près du stand du China Garden, devant des auditeurs ravis. Leur répertoire comportait du classique, bien entendu, mais aussi des airs modernes – de la pop en particulier –, ce qui enchanta la foule. Si tous les musiciens du groupe étaient dotés d'un certain talent, Hong-Wei était exceptionnel. Les compliments s'entendaient de tous côtés et Simon en rayonnait de fierté.

Son amant était beau à tomber dans son smoking. Les quatre musiciens portaient la même tenue, même Amanda, mais Simon ne voyait que Hong-Wei. Sans doute était-il partial, convint-il en son for intérieur.

Au moment de la pause, le quatuor se dispersa et Simon s'approcha de Hong-Wei, inhala son parfum avec délice et passa la main sur le dos large.

— Vous étiez tous superbes, déclara-t-il, mais tu es le plus beau.

Hong-Wei sourit et déposa un baiser sur sa joue.

— Merci.

— Vous avez très bien joué. Les gens vous écoutaient en retenant leur souffle.

— Je suis content que tu aies apprécié. J'ai trouvé ça très amusant.

Simon se rembrunit à l'idée que Hong-Wei allait devoir renoncer à ce plaisir. Encore ! Il faillit l'exprimer, puis se ravisa afin de ne pas casser l'ambiance. Aujourd'hui, il préférait rester positif.

— Allez-vous revenir après le déjeuner ? Un autre groupe est censé vous remplacer à l'heure du repas, mais à quatorze heures, il y a un trou.

Hong-Wei esquissa un sourire mystérieux.

— Oui, nous avons autre chose de prévu et c'est pour tout de suite. Ça te plaira, je te le promets. Ne bouge pas, d'accord ? C'est une surprise.

Simon le dévisagea, un peu étonné.

— Bien sûr. Une surprise, hmm ? Tu peux m'en dire plus ?

— Non, répondit Hong-Wei avec un clin d'œil.

Il embrassa Simon sur les lèvres et s'en alla rejoindre le quatuor.

Simon fut vite rejoint par Owen et Jared. L'un croquait dans une saucisse plantée sur une pique en bois, l'autre picorait du popcorn.

Jared lui donna un coup de coude.

— Alors ? Il paraît que le quatuor va donner un spectacle ? Si tu veux mon avis, ils cherchent à nous concurrencer.

Surpris, Simon fronça les sourcils.

— Comment ça ?

Sans cesser de manger, Owen grogna :

— Ils vont danser, comme nous pour les enfants à l'hôpital, mais comme ils chanteront en même temps, c'est plutôt du karaoké.

Les yeux écarquillés, Simon se rapprocha du kiosque pour ne pas perdre une miette du spectacle. Chaises et pupitres avaient disparu, ainsi que les instruments du quatuor. Les quatre musiciens, toujours en smoking, se tenaient à l'avant de la scène, tête baissée, chacun tenant un microphone sans fil.

Quand la foule commença à murmurer, Ram releva la tête et jeta :

— Mesdames et messieurs, bonjour. Nous espérons que vous avez apprécié notre concert. À présent, nous allons vous offrir un numéro un peu différent. Au fait, Jack m'a chargé de faire passer un message : *Owen, attrape-nous si tu peux !* cria-t-il en soufflant un baiser à l'anesthésiste.

266

Sans laisser à Owen le temps de répliquer, la musique démarra et Hong-Wei se mit à chanter en coréen.

Simon en perdit le souffle. C'était si beau ! Et il connaissait la chanson : *Lucifer* de SHINee, un classique de la K-pop.

Que son amant le regarde ainsi droit dans les yeux en hululant « Lucifer ! » pendant que ses hanches virevoltaient sensuellement au rythme de sa musique préférée était une déclaration d'amour publique et personnalisée. Et ce smoking…

Simon ne savait plus trop s'il rêvait – s'il fantasmait ! – ou si son plus cher désir se réalisait enfin. Hong-Wei aurait-il lu dans son subconscient ?

Tim chantait, lui aussi. Comment connaissait-il cette chanson ? Il était Californien, ses parents aussi, bien que d'origine coréenne. Comprenait-il le sens de ces paroles ? Simon n'aurait su le dire, mais quelle importance ? C'était beau, voilà tout. Même Ram et Andrea ne s'en sortaient pas si mal.

Et leur danse ! Oh, c'était parfait ! Un vrai clip vidéo de professionnels. Enchanté, Simon se mit à taper du pied au rythme du tempo. Puis il dansa lui aussi, tout en chantant entre ses dents.

Jared le fustigea d'un œil assassin.

— Traître !

— Ils sont fantastiques ! répondit Simon.

À la fin de la chanson, les applaudissements furent frénétiques. Simon était parmi ceux qui faisaient le plus de bruit. En fait, il hurlait, les bras levés au-dessus de la tête.

Mais le quatuor avait un autre tour dans son sac. Une fois le calme revenu, un nouvel air émana des haut-parleurs. Simon le reconnut aux premières notes : c'était *Despacito*, une chanson espagnole, aussi la pensa-t-il destinée à Amanda qui parlait couramment sa langue natale. À sa grande surprise, ce fut Hong-Wei qui chanta le premier couplet… en mandarin, puis Amanda prit la suite en espagnol, et ainsi de suite. Les deux autres les accompagnaient au moment du couplet. Et ils dansaient tous. C'était magique !

La foule se déchaîna. Le personnel du China Garden avait abandonné le stand pour danser, leurs voisins, des restaurateurs mexicains, également. Tout le monde finit par rejoindre la joyeuse mêlée, les barrières de la langue étant bel et bien oubliées.

Owen était écœuré.

— On est foutus ! gémit-il. Ils nous ont mis la barre trop haute !

Simon crut qu'après une telle apothéose, la prestation allait se conclure. Il se trompait. Juste après les dernières notes de *Despacito*, un autre air commença, une musique qui paraissait venir d'un film de Bollywood. Et connaissant Ram, pensa Simon, c'était sans doute le cas.

Les tambours résonnaient dans la rue, ranimant l'enthousiasme délirant des auditeurs. Tous crièrent à pleins poumons le « hé, hé, hé » du refrain. Amusé, Simon regardait les lèvres de Ram bouger et se souvint du temps où il avait été amoureux du musicien.

À la fin de la chanson, les acclamations retentirent, les applaudissements, assortis de cris, de hululements et de demandes « encore ! »

Les membres du quatuor changèrent de place et Ram réclama le silence.

— Mesdames et messieurs, avant de vous quitter, nous avons une dernière chanson, la plus importante.

Il raccrocha son micro et, à la surprise générale, quitta la scène et se mêla à la foule.

Hong-Wei avança au bord de la scène, Tim et Amanda l'encadrant de près, à droite et à gauche. L'air commença, lent et entraînant. Le trio sur scène se mit à danser. Hong-Wei était seul à chanter en mandarin, si sincère et passionné que Simon en eut des frissons. Surtout que Hong-Wei avait les yeux fixés sur lui.

Simon sursauta quand on lui prit la main. Il tourna la tête : c'était Ram.

— Viens.

Sans lui laisser le temps de protester, Ram l'entraîna jusqu'au kiosque, le fit monter les marches et rejoindre son amant sur scène. Le souffle coupé, Simon ne pensa même pas à demander ce qui se passait.

Hong-Wei était devant lui, il chantait toujours. Et Simon, hypnotisé, resta figé, les bras ballants, les yeux écarquillés. Hong-Wei lui prit la main…

Simon ne comprit rien jusqu'au moment où il entendit : « *viens avec moi, j'ai besoin de toi* ». C'était de l'anglais. Puis Hong-Wei repassa au mandarin et Simon sourit béatement. Ce refrain « *viens avec moi, j'ai besoin de toi* » revenait régulièrement, comme une antienne. Hong-Wei ne dansait plus, se contentait de tenir sa main et de chanter pour lui.

Simon avait très chaud. C'était tellement intense, surtout ainsi, devant tout le monde. Jamais il ne s'était senti aussi exposé, jamais il n'avait été aussi heureux…

Il avait du mal à respirer.

Viens avec moi, j'ai besoin de toi.

Il aurait voulu dire à Hong-Wei : « oui, je viens, je te suis, je te suivrai n'importe où. »

La chanson se terminant, la foule commença à applaudir, mais d'un geste impératif, Ram et les autres réclamèrent le silence.

Hong-Wei tomba sur un genou et sortit un écrin de la poche de sa veste.

Les larmes aux yeux, Simon se couvrit la bouche d'une main.

Hong-Wei prit l'autre et la porta à ses lèvres.

— Viens avec moi, répéta-t-il. J'ai besoin de toi. Je veux te garder à mes côtés jusqu'à ce que la mort nous sépare. Simon Lane, je t'aime et par cet anneau, je promets de te rester fidèle tout le reste de ma vie. Veux-tu m'épouser ?

Bouleversé, Simon bredouilla un « oui » étranglé, puis il s'accroupit et se pencha pour embrasser Hong-Wei et sceller leurs fiançailles.

Hong-Wei passa son anneau au doigt, puis tous deux se relevèrent et, main dans la main, accueillirent avec un sourire heureux aux lèvres les félicitations de la foule.

Une seconde durant, Simon crut apercevoir au dernier rang Erin Andreas, plus misérable encore que le jour où ils s'étaient parlé dans la salle de conférence de Ste Anne, mais quand il plissa les yeux pour vérifier, le DRH avait disparu.

Simon l'oublia aussitôt, pris dans le bonheur sans nuages de ce moment parfait.

Peu après, il quitta la scène avec Hong-Wei et reçut de ses amis et connaissances des félicitations assorties de vœux pour leur future installation, où que ce soit.

LE LUNDI suivant, Hong-Wei vécut à Ste Anne une journée douce-amère. Chaque membre du personnel mit un point d'honneur à passer le voir pour le féliciter de ses fiançailles, mais aussi pour lui faire ses adieux. Plus personne ne cherchait désormais à le convaincre de changer d'avis ni ne lui promettait d'écrire à tel ou tel personnage influent, non, tous lui serraient la main avec un mot gentil, une accolade et un sourire résigné.

En plus, il avait un travail fou ! Après de longues heures au bloc opératoire, il alla dîner au China Garden avec Simon et ses amis. Parmi les clients attablés ce soir-là dans la grande salle bondée, plusieurs patients à lui se levèrent pour lui serrer la main et exprimer leurs regrets concernant son départ. Tous ceux qui nécessitaient une opération s'empressèrent de dire qu'ils avaient pris déjà rendez-vous afin de profiter de ses derniers jours à Copper point.

Quand le groupe se retrouva seul, Owen tapota sa fourchette contre son verre et se pencha en avant.

— J'espère qu'ils se retourneront tous contre le conseil ! Ste Anne ne parviendra pas à nous remplacer, tout le monde le sait. Rebecca est absolument certaine d'être élue au siège vacant, le pantin sénile que John Jean a dû désigner n'a pas la moindre chance. Malheureusement, le conseil n'est pas encore prêt à passer sous les fourches caudines !

Jared sirota une gorgée de bière, puis il pinça les lèvres et lança :

— En vrai naïf, j'ai cru que Nick était capable d'entendre raison. Il a haussé les épaules en disant que je ne comprenais rien à la situation et il m'a planté là.

Simon esquissa un sourire forcé comme chaque fois que le sujet était abordé, ce que Hong-Wei trouvait terriblement triste.

— Oublie-le, Jared. Concentrons-nous plutôt sur cette soirée et profitons du temps qu'il nous reste à Copper Point.

Hong-Wei fit de son mieux pour suivre ce conseil, conscient d'avoir une chance folle d'avoir Simon. Les deux amants passaient tout leur temps libre ensemble, chez l'un ou chez l'autre, le plus souvent au duplex. Ils cuisinaient, géraient les tâches ménagères et faisaient l'amour. Parfois, ils se contentaient même de rester côte à côte à réfléchir en silence, les yeux dans le vide.

Hong-Wei n'imaginait plus son existence sans Simon. Les nuits où Simon était de garde et pas lui, il l'attendait, le regard fixé sur la porte. Quand Simon revenait, la lumière revenait avec lui.

Et ce sera comme ça tout au long de notre vie. Il restera à mes côtés jusqu'à ce que la mort nous sépare.

Hong-Wei avait encore une tâche importante à accomplir... et ne savait pas par quel bout l'aborder : annoncer son nouveau déménagement à sa famille. En fait, il avait beaucoup à dire aux siens, leur parler de Simon, de sa vie à Copper Point, de ce qu'il allait perdre. Il regrettait de ne pas s'être confié avant d'être au pied du mur. Si la situation, de prime abord, rappelait celle qu'il avait déjà connue à Houston, il la ressentait tout à fait différemment. Cette fois, son cœur s'était donné.

Des jours durant, il réfléchit à la meilleure façon d'entamer le sujet, ouvrant même une page sur son ordinateur portable pour y jeter des idées.

Il finit par se retrouver devant son écran les mains vides et le cœur battant très vite. Une fois Skype lancé, Hong-Wei bougea la souris et pressa le bouton d'appel d'une main tremblante. Au bout d'un moment d'attente intolérable, un visage aux yeux graves apparut à l'écran.

Son père n'avait pas changé au cours des derniers mois, fut la première pensée de Hong-Wei. Bel homme aux cheveux poivre et sel, au regard vif et droit, il paraissait jeune malgré les rides qui striaient le coin des yeux et les quelques tâches de vieillesse marquant sa peau olivâtre.

Son père le salua d'un geste esquissé, comme toujours, même après une longue et pénible journée, même quand Hong-Wei l'avait déçu.

Au fil des années, Hong-Wei avait peu à peu compris les soucis que cachait le sourire de son père. Pus jeune, il avait souhaité alléger ce fardeau – ou au moins de ne pas l'alourdir. Il avait failli. Il soupira à ce souvenir.

— Bonjour, papa, dit-il en mandarin.

Son père lui sourit.

— Bonjour, Hong-Wei. Je suis heureux de recevoir enfin de tes nouvelles. Ton silence commençait à inquiéter ta mère et ta grand-mère. Et moi aussi.

Hong-Wei baissa si bas la tête qu'il faillit sortir du champ de la caméra.

— Je suis vraiment désolé. J'aurais dû vous contacter plus tôt. C'est juste… j'avais trop honte de mon échec. Je t'en demande pardon. Je ne suis pas le fils que tu mérites, papa, mais depuis que je suis à Copper Point, j'ai tenté de devenir meilleur.

— Mon petit, reprit son père d'une voix si tendre que Hong-Wei sentit son cœur se briser, pourquoi ne serais-je pas fier de l'homme que tu es devenu ?

Bouleversé, Hong-Wei ferma les yeux et tenta de contrôler ses larmes.

— Mais papa, j'ai échoué, comment pourrais-tu me pardonner ?

— Je n'ai rien à te pardonner, mon fils. Ta sœur m'a expliqué tout ce que tu faisais dans cet endroit éloigné pour aider tes patients. Je suis fier de toi.

Hong-Wei maîtrisa la nausée qui lui remontait dans la gorge et se sentit tenu de tout révéler à son père.

— Je vais encore devoir m'en aller. L'administration de mon hôpital tient plus à appliquer à la lettre un règlement dépassé qu'au bien-être des patients. Ils ont tenté de me faire chanter, papa, de faire de moi un pantin !

Étonné, son père fronça les sourcils.

— Te faire chanter ? Quel moyen de pression peuvent-ils bien avoir contre toi, mon fils ?

Son cœur battait follement dans sa poitrine, Hong-Wei avoua sans détour :

— L'homme que j'aime, papa. Je lui ai demandé de m'épouser, il a accepté. Je suis impatient de vous le présenter, si vous l'acceptez.

Cette fois, il releva la tête pour affronter la réaction de son père à son coming-out.

Après un moment de surprise – qu'il ne cacha pas –, son père esquissa un sourire affectueux.

— Un homme… je vois. A-t-il bon cœur ?

Hong-Wei ne put retenir ses larmes.

— Oh, oui, papa ! Il est merveilleux. Il travaille avec moi, c'est mon infirmier. Il est intelligent, consciencieux, gentil et doux. Il m'a accueilli à mon arrivée, il m'a présenté ses amis, il m'a monté le vrai visage de l'amour. Il m'a aussi aidé à comprendre quel genre de médecin je voulais être.

— Dans ce cas, j'en suis heureux pour toi, mais je ne vois pas en quoi votre relation te pousse à quitter un endroit où, de toute évidence, tu te plais beaucoup.

Hong-Wei expliqua à son père le règlement absurde de Ste Anne, la rigidité du conseil, son contrôle sur les esprits, puis il évoqua ses projets pour développer Ste Anne, ses contacts avec d'anciens amis à lui, spécialistes, et ses craintes qu'un départ groupé sonne le glas de l'hôpital, ce dont la communauté de Copper point ne manquerait pas de pâtir.

— Mais je ne vois pas d'autre solution, conclut-il, je ne peux pas travailler dans ces conditions. Imagine un peu : le conseil prétend ne pas reconnaître mon couple avec Simon ! À notre époque, c'est intolérable !

Son père acquiesça avec un soupir.

— Oui, je comprends. J'espère que tu trouveras dans ce prochain hôpital ce qu'il te faut pour être heureux, Hong-Wei. J'aimerais aussi que tu passes bientôt nous rendre visite avec Simon.

Rasséréné, Hong-Wei sourit.

— Bien sûr, c'est promis !

— Merci, mon fils ! répondit son père d'un ton vibrant de sincérité.

LA VEILLE du jour où Hong-Wei et Simon avaient prévu d'aller à Minneapolis passer leur entretien d'embauche, tout le personnel de Ste Anne reçut le même mail.

À peine arrivé à l'hôpital, Hong-Wei comprit que quelque chose n'allait pas. En temps normal, les couloirs bruissaient de mouvements et de conversations, les membres du personnel vaquaient à leurs occupations et se croisaient avec un salut, un sourire ou un hochement de tête. Pas ce matin.

Agglutinés en petits groupes, tous chuchotaient avec animation – et stupéfaction. Et de façon très étrange, tous les yeux étaient fixés sur lui.

Au lieu d'aller dans son bureau, Hong-Wei chercha Simon avec l'intention de lui demander ce qui se passait. Il trouva son amant accoudé au comptoir des infirmiers, très entouré.

Quand Hong-Wei apparut, tous s'écartèrent. Simon, les joues brûlantes, tenait un document à la main. Conscient que tout le monde continuait à les regarder, Hong-Wei s'approcha et demanda à mi-voix :

— Que se passe-t-il ? Es-tu au courant ?

— Pas vraiment. Tu n'as pas ouvert ta boîte mail, je présume ? Voilà ce que j'ai trouvé dans la mienne en arrivant ce matin … et tous les employés ont reçu le même.

Il tendit à Hong-Wei la feuille qu'il tenait : un mail imprimé.

> *De : Erin Andreas*
> *À : tout le personnel*
> *RE : Règlement interne de Ste Anne*
> *Je vous fais part par la présente de l'abrogation à effet immédiat de l'addendum interdisant les relations entre les employés. Le directeur et moi-même envisageons d'autres changements pour soutenir nos médecins et nos employés, et donner à Ste Anne les moyens d'évoluer pour un meilleur suivi de nos patients.*
> *Dans cette optique, je recevrai personnellement vos remarques et suggestions.*
> *Avec mes salutations,*

Après avoir lu le texte trois fois de suite, Hong-Wei leva les yeux sur Simon.

— C'est un canular ?

— Non, je ne crois pas, mais personne n'en sait trop rien. J'ai entendu dire qu'Erin attend dans la cafétéria qu'on vienne lui parler. Jusqu'ici, personne n'a osé s'y risquer.

— Alors, allons-y.

Hong-Wei tenait toujours le surprenant message. De sa main libre, il saisit celle de Simon et l'entraîna dans le couloir.

EFFECTIVEMENT, ERIN était seul au centre de la cafétéria, devant une table ronde, à siroter un café dans un gobelet de carton. Il travaillait sur son ordinateur portable et une pile de dossiers s'éparpillait autour de lui.

Simon s'arrêta à l'entrebâillement de la porte et se mordit la lèvre.

— Il est pâle, mais moins que l'autre jour, quand nous avons discuté.

Surpris, Hong-Wei se tourna vers lui.

— Tu lui as parlé ? Quand ça ? Et pourquoi ne pas me l'avoir dit ?

Simon esquissa un sourire timide.

— Parce que j'ai oublié une fois rentré à la maison. C'était peu avant le Festival du Fondateur, je m'apprêtais à quitter Ste Anne et je ne regardai pas où j'allais, j'ai heurté Erin et il a lâché son dossier. Il y avait des documents partout, alors, je l'ai aidé à les ramasser et à les retrier. Nous avons échangé quelques mots. Il était… bizarre. Je ne saurais pas comment l'expliquer. J'espère que tout va s'arranger maintenant qu'il s'est enfin décidé à agir.

Ils entrèrent ensemble dans la cafétéria, sans trop savoir quelle réception ils allaient recevoir.

En les entendant approcher, Erin referma son portable.

— Ah, oui. Je m'attendais à vous deux.

Hong-Wei agita le document qu'il tenait à la main.

— Vous êtes sérieux ? Vous avez réellement abrogé cette règle absurde ?

— Oui, il était plus que temps, n'est-ce pas ? De toute façon, ce Foutu Édit ne nous a causé que des ennuis.

Alerté, Hong-Wei leva un sourcil.

— Et vous avez l'aval du conseil pour agir ainsi ?

— L'administration de l'hôpital a décidé de prendre des mesures, que vous faut-il de plus ?

Des gouttes de sueur perlaient au front du DRH. Voyant ça, Hong-Wei comprit la vérité : Erin avait agi seul. Et qu'il ait choisi pour se rebeller contre son père et le conseil la veille de leur entretien d'embauche – premier pas d'un départ définitif – était très significatif. Depuis le début des rumeurs, Simon, Hong-Wei, Owen et Jared avaient espéré une réaction de Ste Anne. C'était enfin arrivé : Erin cherchait à les garder.

Et maintenant, seul dans la cafétéria, il attendait.

Il attendait qui ? se demanda Hong-Wei. Lui et Simon, ou bien… quelqu'un d'autre ?

Hong-Wei posa la main sur l'épaule de Simon.

— Retourne à la réception, s'il te plaît, et annule tous mes rendez-vous d'aujourd'hui. Explique à nos patients que c'est une urgence et que je les rappellerai sous peu pour convenir d'une nouvelle date. Ensuite, reviens ici.

Éberlué, Simon le regarda comme s'il avait perdu la tête.

— Quoi ?

— Simon, s'il te plaît, fais ce que je t'ai demandé et reviens vite. Ne parle à personne. Le temps nous est compté. Passe aussi dans mon bureau et rapporte-moi mon ordinateur portable. Je pense que nous allons avoir du travail.

Toujours aussi surpris, Simon partit en courant. Erin ne pipa mot, mais d'après Hong-Wei, il était un peu soulagé. En tout cas, il transpirait moins.

Hong-Wei s'éloigna de quelques pas et téléphona à Owen. L'anesthésiste, censé opérer avec lui ce matin, arriverait à l'hôpital d'une minute à l'autre.

— Oui ?

— Owen, j'ai annulé mes opérations de ce matin, je suis la cafétéria. Viens vite avec tous les renforts que tu pourras trouver, des gens solides de préférence. Nous sommes en plein un coup d'État.

— C'est quoi ces conneries ?

— Erin vient d'abroger le Foutu Édit sans demander son avis au conseil. Et maintenant, il attend à la cafétéria que son père vienne le massacrer.

— Merde ! Donne-moi cinq minutes !

Il arriva plus vite encore, précédé par des beuglements qui résonnaient dans les couloirs, ameutant tous ceux qu'il croisait à le suivre. Au début, les gens arrivaient, l'air ahuri, sans comprendre ce qui se passait. Jared se chargea des explications et instructions, Lui aussi avait annulé ses consultations.

275

Tous ceux qui étaient là s'installèrent et attendirent. La salle fut vite pleine à craquer. Pourtant, les gens continuaient à arriver, les salariés de Ste Anne, bien sûr, mais aussi des patients et habitants de Copper Point, inquiets pour l'avenir de leur hôpital. Maddy Lane était là, ainsi que Rebecca avec une bonne moitié de son cabinet, plusieurs commerçants de la Grand Rue, des chefs d'entreprise, Ram, avec Tim, Andrea et plusieurs professeurs et étudiants de l'université. Le PDG de la mine de grès se tenait près de Kathryn et des autres médecins.

Le capitaine de la brigade locale des pompiers arriva lui aussi, à titre privé. Devant l'affluence, il redevint professionnel et réclama qu'on ouvre les deux salles adjacentes de la cafétéria et que les issues de secours soient dégagées.

Alors que pour obéir à ses ordres, les gens se séparaient et créaient des passages de circulation, le conseil entra dans la cafétéria.

John Jean Andreas marchait en tête. Son attitude indiquait une colère maîtrisée. Il toisa ceux qui étaient venus apporter leur soutien à la rébellion de son fils, puis approcha jusqu'à la table centrale où Erin était toujours assis, son ordinateur posé devant lui. Figé comme une statue, Erin leva les yeux sur le conseil agglutiné en face de lui. Il ne dit pas un mot. Il attendait.

Son père lui adressa ce sourire de requin qu'il avait eu pour Hong-Wei durant le déjeuner où il avait tenté d'en faire sa marionnette. La foule retenait son souffle.

— Viens, Erin, j'ai à te parler en privé.

Sa voix fut parfaitement audible dans le silence presque oppressant. Extérieurement, Erin semblait très calme. Pourtant, Hong-Wei le savait terrifié par le pouvoir d'un père qui l'avait toujours écrasé.

— Non, père. Si tu as quelque chose à dire, parle devant tout le monde.

John Jean maîtrisa son expression, seule une lueur menaçante brilla brièvement son regard gris silex.

— Très bien. Où est notre directeur ? Il ne me semble pas qu'il assiste à ta petite… réunion.

— Je suis là.

Nick Beckert était contre Jared, à l'entrée de la cafétéria, aussi blême qu'Erin, avec l'expression grave et résignée d'un condamné à mort. Il se pencha pour chuchoter quelques mots à Jared, puis traversa la foule et rejoignit Erin, face au conseil – geste qui indiquait clairement quel parti il soutenait.

John Jean s'adressa à lui :

— Seriez-vous complice de ce qui se passe ?

Nick resta calme.

— Je suis avec Erin. Il était nécessaire d'abroger ce règlement pour garder des éléments indispensables à la bonne marche de Ste Anne.

John Jean commençait à réaliser que la situation lui échappait. Manifestement, il n'en avait pas l'habitude et son irritation devenait perceptible. Il montra les dents et grinça :

— Le conseil n'a pas été consulté, c'est inacceptable. Nous allons devoir vous retirer vos positions. C'est ce que vous cherchez, tous les deux ?

Son vernis habituel venait de craquer.

— Essayez un peu ! cria une voix dans la foule. Et vous vous ferez virer avant eux !

Hong-Wei ne parvint pas à associer un visage à cette voix, pourtant familière. D'un autre côté, il connaissait tous ceux qui étaient assemblés dans la cafétéria. Il n'eut pas le temps d'y réfléchir, car d'autres voix se manifestaient, criant des encouragements à Nick et Erin, ou huant le conseil dans son ensemble – et John Jean en particulier.

En quelques secondes, la foule était au bord de l'émeute.

Ce fut alors que Rebecca saisit le micro – celui que la cuisinière utilisait pour les commandes spéciales – pour calmer les esprits :

— Mesdames et messieurs, vous êtes là aujourd'hui pour aider et soutenir votre hôpital, merci à vous. Merci aussi à Erin Andreas, directeur des ressources humaines de Ste Anne, et à Nick Beckert, directeur général, d'avoir pris l'initiative d'agir en ce moment de grande tension. Messieurs du conseil, ça fait des années que vous surveillez la bonne marche de notre hôpital, tâche ardue, je n'en doute pas, merci à vous. Merci aussi d'avoir eu la sagesse de désigner comme administrateurs des hommes jeunes et capables de décider par eux-mêmes ce qu'il convient de faire au moment opportun. C'était bien la raison qui vous a poussé à les engager, n'est-ce pas ? Et vous avez eu raison, puisqu'ils ont su recruter d'excellents médecins comme Kathryn Lambert, Owen Gagnon, Jared Kumpel et Jack Wu. Je suis rassurée à l'idée qu'ils n'aient plus de raison de quitter Copper Point. Dans le cas contraire, l'avenir de Ste Anne aurait été menacé et ma femme et moi aurions dû également songer à déménager. Mesdames et messieurs, je vous propose d'applaudir tous ceux qui se dévouent quotidiennement pour Ste Anne et ses patients !

Les applaudissements furent frénétiques. D'innombrables portables avaient été brandis pendant le discours de Rebecca, l'enregistrant pour la postérité – et les réseaux sociaux.

Rebecca était superbe dans son tailleur-pantalon, avec son rouge à lèvres lie-de-vin, ses cheveux très noirs et son teint doré. Son éclatante jeunesse contrastait avec la peau fanée et les cheveux blancs des membres du conseil, tous en « uniforme » de vieux, pantalon de flanelle et chemise de golf.

Nick, Erin et les membres du conseil restaient figés comme des statues.

Ce n'était plus sur son fils que portait le regard létal de John Jean, mais sur la jeune avocate dominicaine. Hong-Wei dut se mordre la lèvre pour cacher son sourire.

Rebecca toisa John Jean d'un regard de prédateur assorti d'un sourire qui exhibait des dents très blanches – un requin, elle aussi, au pouvoir bien plus dangereux. Puis elle conclut au micro :

— Après les moments difficiles qu'ont connus Ste Anne et Copper Point, nous devons unir nos efforts pour aborder l'avenir avec espoir et sérénité. Pourquoi ne pas oublier licenciements et démissions et consacrer notre énergie de façon plus positive avec des projets, des engagements et des agrandissements ?

— Vous êtes géniale, je vais voter pour vous ! cria un homme au premier rang, vite rejoint par d'autres participants.

Une main posée sur sa poitrine, Rebecca prit un air faussement innocent.

— Merci, il est vrai que je compte me présenter au conseil, mais ce n'est pas encore à l'ordre du jour.

Réalisant qu'il perdait du terrain, John Jean adressa quelques mots autour de lui et tous les membres du conseil se retirèrent à la queue leu leu. Les mêmes portables qui avaient enregistré Rebecca filmèrent cette sortie sans gloire.

Libérée de la présence pesante du conseil, la foule explosa bruyamment et les gens formèrent de petits groupes pour discuter de ce qui venait de se passer.

Owen en profita pour se pencher à l'oreille de Hong-Wei.

— Tu sais, ces opérations que tu as annulées, tu peux sans doute les reprogrammer pour demain. M'est avis que tu n'as plus besoin d'aller passer ton entretien.

— Tu as raison, répondit Hong-Wei, très soulagé.

Il attira Simon à ses côtés et l'embrassa sur la joue. Les yeux fermés, il inhala son parfum avec délices.

XVII

En décembre

SIMON ENTENDIT Hong-Wei rentrer, accrocher son manteau, ôter ses chaussures et déambuler jusqu'à la cuisine. Il se pencha sur une cocotte dont il touillait le contenu, le front plissé de concentration.

Une odeur divine flottait dans la pièce. À peine entré, Hong-Wei émit un gémissement.

— Oh, mon Dieu ! C'est l'odeur de la soupe de nouilles au bœuf ! La recette de ma grand-mère !

Le cœur battant, Simon le regarda s'approcher et humer la cocotte.

— Oui, confirma-t-il. Elle m'en a donné la recette quand nous sommes allés lui rendre visite, ainsi que des conseils pour la préparer. J'ai aussi parlé avec Hong-Su sur Skype. J'ai fait de mon mieux. Je ne peux pas te promettre que mon premier essai sera parfaitement réussi, mais je me perfectionnerai avec le temps.

Hong-Wei se pencha davantage, le visage presque enfoui dans la cocotte.

— Oh, que ça sent bon ! Je peux goûter ?

— Non !

Simon le repoussa et remit le couvercle.

— Pourquoi ? se plaignit Hong-Wei.

— D'abord, ce n'est pas tout à prêt, ensuite, ce serait impoli de ne pas attendre les autres.

Hong-Wei le fixa, horrifié.

— Quels autres ? Ne me dis pas que je vais devoir *partager* ?

Simon désigna l'énorme cocotte.

— J'en ai fait beaucoup, tu vois bien.

Hong-Wei secoua la tête.

— Tu n'as pas idée de la quantité que je suis capable d'avaler. Merci, Simon.

Il le prit par la taille et l'embrassa longuement. Puis il chuchota contre ses lèvres :

— Je veux bien partager ma soupe, mais pas toi.

Abandonné dans les bras de son amant, Simon lui sourit, le regard enamouré.

— Je ne veux que toi. Alors, dis-moi, comment s'est passée ta répétition ?

— Très bien ! Ram était tout excité de nous avoir trouvé un local. Une chance que Ste Anne soit prêt à engager un autre chirurgien, je vais voir besoin de temps pour tout ce qu'il a prévu.

— Tant mieux, surtout si ça te fait aussi plaisir. Dis, nous avions parlé d'inviter le quatuor à dîner, as-tu trouvé une date qui convienne à tout le monde ?

— Oui, mais ça ne sera pas avant début janvier. Ils ont déjà des projets pour les congés de fin d'année : Ram et Tim les passent en famille et Amanda a prévu un petit voyage. Et avant, ils seront pris par les examens de fin de semestre.

— Très bien, ils auront bien un week-end libre début janvier.

Hong-Wei se tourna vers la cocotte qui mijotait. Un air concupiscent passa sur son visage.

— Je n'arrive pas à croire que tu m'aies fait ma soupe préférée !

— Pourquoi pas ? Tu la regrettes depuis que tu as quitté Houston. Tu en parles sans arrêt. Je crains seulement que mes talents culinaires soient loin d'être à la hauteur de ceux de ta sœur et de ta grand-mère. Je ne veux pas que tu sois déçu.

Avec un sourire tendre, Hong-Wei lui caressa la joue.

— Tu as cuisiné pour moi, je ne *peux pas* être déçu.

Ils se chargèrent ensemble de mettre la table et de choisir le vin. Simon surveillait de près son amant, le sachant très déterminé à se faufiler dans la cuisine pour goûter sa soupe avant l'arrivée des invités. Pour compléter le dîner, Simon avait préparé du pain *naan* et une salade qui attendait au frigo. Deux recettes qui venaient de Hong-Su et qui, selon elle, allaient bien avec la soupe.

Il posa les couverts sur la table et déclara :

— Au fait, j'ai croisé Rebecca à l'épicerie. Elle a trouvé presque trop calme la dernière réunion du conseil. Apparemment, aucun des ancêtres n'a critiqué ses propositions, je crois qu'elle en est déçue.

— Ils sont complètement perdus ! C'est la première fois de leur petite existence bien protégée qu'ils croisent une femme aussi moderne, autoritaire et décidée. Ils la prennent sans doute pour une sorcière !

281

— Elle essaie de convaincre Amanda de se présenter dans six mois, quand il y aura un autre siège à pourvoir. Le conseil est terrifié.

— Oui, j'imagine. Après une Dominicaine, une Latino ? Ça doit les faire trembler ! Je me demande comment ils vont réagir.

Simon soupira.

— Ils feront avec, comme tout le monde. Quel autre choix auront-ils ? Au fait, j'avais invité Erin ce soir, mais il a encore décliné.

Hong-Wei ricana.

— Ça ne fait rien, continue. D'après un proverbe asiatique : *l'eau qui tombe goutte à goutte finit par briser la pierre*. N'est-ce pas comme ça que j'ai vaincu ta résistance ?

Simon secoua la tête et déposa un baiser sur son menton.

— N'importe quoi ! Tu flirtais autant qu'un héros de feuilleton asiatique.

La sonnette de la porte d'entrée les interrompit et Simon s'écarta à contrecœur. Avant d'aller ouvrir, il toisa son fiancé d'un œil sévère :

— N'en profite pas pour goûter ma soupe !

— Qui, moi ?

L'air innocent, Hong-Wei continua à mettre la table. Simon s'éloigna méfiant.

Une fois la porte ouverte, Owen se jeta sur lui et l'étreignit.

— Lâche-moi, grosse brute ! piailla Simon. Et enlève tes chaussures avant d'entrer. Toi aussi, Jared !

Il avait été distrait. Alors qu'il tendait des chaussons à ses deux amis, un bruit métallique attira son attention. Avec un cri d'outrage, il se rua dans la cuisine et surprit Hong-Wei en flagrant délit, une cuillère plongée dans la cocotte fumante, le visage extatique.

— C'est sublime ! gémit son amant, totalement inconscient que Simon était tenté de l'étriper.

— Je t'avais demandé d'attendre ! Wu Hong-Wei, tu es impossible !

Sans tenir compte de ses protestations, Hong-Wei tomba à genoux.

— Tu seras mon mari, Simon Lane, c'est promis ?

— Mais oui, nous avons même décidé d'une date en juin prochain. Qu'est-ce qui te prend ?

— Dans ma famille, il est recommandé de ne jamais laisser s'échapper une personne qui sait cuisiner.

Simon rougit. Incapable de retenir sa curiosité, il demanda timidement :

— Alors, c'est bon ? Ça ressemble à la soupe de ta grand-mère ?

— C'est délicieux, tu y es presque. Pour un premier essai, c'est incroyable ! Tu es génial, je t'adore.

Simon avait eu tellement peur de ne pas être à la hauteur !

— Tu exagères, marmonna-t-il, très gêné.

— Non, c'est vrai. Ta soupe est divine et que tu te sois donné la peine d'en faire pour moi me bouleverse plus que je ne saurais le dire. Tu es le seul homme que j'aie jamais aimé et je t'aimerai jusqu'à mon dernier souffle. Dès notre première rencontre à Duluth, j'ai senti que tu étais fait pour moi.

Simon s'empourpra, rayonnant de fierté. Hong-Wei le prit dans ses bras et virevolta avec lui dans la cuisine. Simon s'accrocha à son cou et ignora les appels de Jared et Owen qui demandaient à savoir ce qui se passait.

Il était trop bien dans les bras de son héros à savourer ses baisers. Le moment était parfait, romantique à souhait.

Comme dans une série asiatique !

HEIDI CULLINAN a toujours apprécié les histoires d'amour qui finissent bien. Fière d'être originaire du premier État du Midwest à avoir voté le mariage pour tous, Heidi écrit des romans LGBT où les personnages trouvent le bonheur après avoir surmonté les obstacles que le destin place sur leurs routes. Deux de ses romans ont été finalistes au prix RITA et des articles élogieux concernant son œuvre ont paru dans *Library Journal*, *USA Today*, *RT Magazine* et *Publisher's Weekly*. Outre l'écriture, Heidi aime la cuisine, les romans d'amour et les mangas. Elle joue aussi avec ses chats et regarde trop de films d'animation.

Son site Web est : www.heidicullinan.com.
Vous pouvez également la contacter : heidi@heidicullinan.com.

Par HEIDI CULLINAN

HÔPITAL DE COPPER POINT
Les secrets du Docteur Wu

Publié par DREAMSPINNER PRESS
www.dreamspinner-fr.com

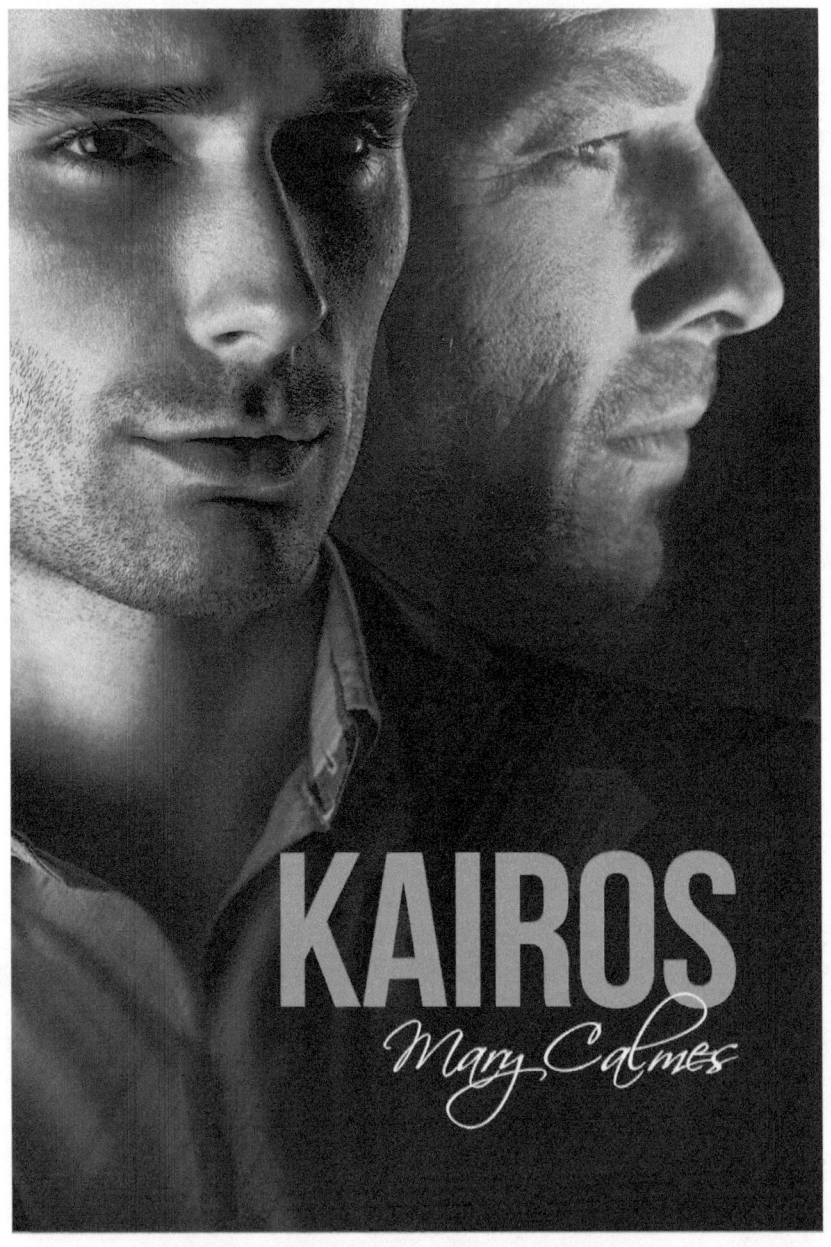

DU BLEU
À
L'INFINI

RICK R. REED